LOUCAMENTE APAIXONADA na LIVRARIA dos CORAÇÕES SOLITÁRIOS

ANNIE DARLING

LOUCAMENTE APAIXONADA na LIVRARIA dos CORAÇÕES SOLITÁRIOS

Tradução
Cecília Camargo Bartalotti

7ª edição
Rio de Janeiro-RJ / São Paulo-SP, 2024

VERUS EDITORA

Editora
Raïssa Castro

Coordenadora editorial
Ana Paula Gomes

Copidesque
Maria Lúcia A. Mayer

Revisão
Cleide Salme

Capa
Adaptação da original
(© HarperCollinsPublishers Ltd 2018)

Ilustração da capa
© Carrie May

Projeto gráfico
André S. Tavares da Silva

Diagramação
Juliana Brandt

Título original
Crazy in Love at the Lonely Hearts Bookshop

ISBN: 978-85-7686-770-8

Copyright © Annie Darling, 2018
Todos os direitos reservados.

Tradução © Verus Editora, 2019
Direitos reservados em língua portuguesa, no Brasil, por Verus Editora. Nenhuma parte desta obra
pode ser reproduzida ou transmitida por qualquer forma e/ou quaisquer meios (eletrônico ou
mecânico, incluindo fotocópia e gravação) ou arquivada em qualquer sistema ou banco
de dados sem permissão escrita da editora.

Verus Editora Ltda.
Rua Argentina, 171, São Cristóvão, Rio de Janeiro/RJ, 20921-380
www.veruseditora.com.br

CIP-BRASIL. CATALOGAÇÃO NA FONTE
SINDICATO NACIONAL DOS EDITORES DE LIVROS, RJ

D235L
7ª ed
Darling, Annie
    Loucamente apaixonada na livraria dos corações solitários /
Annie Darling ; tradução Cecília Camargo Bartalotti. – 7ª. ed. – Rio de
Janeiro [RJ] : Verus, 2024.
    ; 23 cm. (A livraria dos corações solitários ; 3)

    Tradução de: Crazy in love at the lonely hearts bookshop
    Sequência de: Amor verdadeiro na livraria dos corações solitários
    ISBN 978-85-7686-770-8

    1. Romance inglês. I. Bartalotti, Cecília Camargo. II. Título. III. Série.

19-56139   CDD: 823
                                     CDU: 82-31(410.1)

Vanessa Mafra Xavier Salgado – Bibliotecária – CRB-7/6644

Revisado conforme o novo acordo ortográfico.

Seja um leitor preferencial Record.
Cadastre-se no site www.record.com.br e receba
informações sobre nossos lançamentos e nossas promoções.

Atendimento e venda direta ao leitor:
sac@record.com.br

Para Mr. Mackenzie,
o gato mais fofo do mundo

Era uma garotinha rebelde e travessa.

Era de manhã. Pelo menos parecia. Tímidos raios de sol esforçavam-se como podiam para invadir a penumbra do pequeno apartamento sobre a livraria Felizes para Sempre.

Nina O'Kelly xingou o sol que se infiltrava debilmente pela janela de seu quarto, depois xingou a si mesma por não ter fechado as cortinas na noite anterior. Na verdade, estava até surpresa por se ver em sua cama, já que não tinha absolutamente nenhuma lembrança de como havia chegado em casa.

Não estava de ressaca. Não exatamente. Sentia-se ligeiramente fraca, sonolenta pelas poucas horas de sono, e o barulho de Verity, sua colega de apartamento, andando do quarto para a cozinha parecia o de um elefante saindo da jaula, embora Verity costumasse ter passos muito leves.

Com um gemido infeliz, Nina virou na cama. Mais dez minutos não fariam nenhum mal. Ou quinze. Talvez devesse abrir um olho bem devagar só para ver a hora, ou manter os dois olhos fechados e cochilar só mais um pouquinho...

Uma leve batida soou na porta.

— Nina? São nove horas. Você leva uma hora só para se maquiar — Verity chamou, suavemente. — Vou entrar. Quero ver seus pés no chão.

Nina não se deixaria enganar pela doçura naquela voz, sabia que Verity não era mulher propensa a brincadeiras. Uma manhã, quando era bem mais tarde que isso e Nina continuou na cama, Verity a forçara a acordar com um copo d'água na cara. Seu cabelo ficou um lixo por causa disso.

Embora todos os músculos de seu corpo protestassem, Nina se sentou e girou as pernas, de um jeito que, quando Verity abriu a porta, todos os dez dedos dos pés de Nina, pintados com um exuberante esmalte verde-água, já tocavam o chão.

A inevitável expressão de pesar no rosto de Verity era um borrão para Nina, que ainda não conseguia abrir totalmente os olhos.

— Já levantei — ela resmungou, pegando a caneca de café que Verity lhe entregava e abrindo a boca para a amiga enfiar um pedaço de torrada, porque ela era de fato a melhor colega de apartamento de todos os tempos.

Como era muito talentosa com multitarefas, Nina bebeu o café enquanto tomava uma chuveirada sem molhar o cabelo, que no momento estava pintado de rosa-bebê e penteado em ondas no estilo Marilyn Monroe. Todas as segundas e sextas-feiras, na hora do almoço, Nina ia ao cabeleireiro retrô próximo à livraria para lavar o cabelo e enrolá-lo sob um secador de pedestal duas vezes mais velho que ela. Não havia muito risco de estragar o cabelo entre as visitas. Tudo que ele precisava era de uma ajeitadinha nas raízes, uma generosa aplicação de fixador, e ela estava pronta.

Bem, não tão pronta assim. Ela não havia tirado a maquiagem antes de desabar na cama e, como estava atrasada — Verity já tinha descido para a loja para começar o dia de trabalho, embora, tecnicamente, elas entrassem às dez e ainda fossem nove e cinquenta e sete —, decidiu retocar a maquiagem da véspera.

Um punhado generoso de base, primer e quantidades imorais de corretivo, e então começou a trabalhar com o delineador líquido, o rímel, depois mais delineador líquido. Uma passada de blush e várias camadas de batom vermelho-escuro e Nina havia feito tudo que podia com seu rosto. Não que fosse um rosto ruim. Ela tinha todos os traços regulares —

olhos, nariz, boca, queixo dispostos no lugar certo — e, agora, havia se transformado em uma glamorosa visão retrô.

Só restava tempo para vestir sua odiada camiseta cinza de trabalho com "Felizes para Sempre" rabiscado no peito em letras cursivas cor-de--rosa. Era muito difícil combinar alguma coisa com a camiseta: vestidos não serviam e Nina raramente usava jeans, mas se enfiou em uma saia lápis justa, calçou seus sapatos de salto diurnos e, quando desceu apressada a escada até a loja, estava apenas...

— Quinze minutos atrasada! — reclamou Posy, a dona da Felizes para Sempre, em uma voz desnecessariamente alta. — Você mora *em cima* da loja. Seu tempo de deslocamento de casa até o trabalho é de dez segundos, então como pode, *mesmo assim*, chegar quinze minutos atrasada?

— É evidente que o meu relógio biológico é quinze minutos atrasado em relação ao seu — Nina declarou. — Não tenho culpa das minhas necessidades fisiológicas. E, por falar nisso... café! — Um apelo que soou como um gemido de lamento. — Amor, dê uma corridinha até o salão de chá e me traga a maior xícara de café possível, pode ser?

— Eu sei que sou um amor, mas também sou sua chefe — Posy respondeu, brava, mas ela jamais conseguia fazer o tipo bravo de verdade. Seu rosto doce e bonito simplesmente não tinha sido feito para isso. — Só uma colher de açúcar?

— Melhor pôr duas — Nina decidiu. — Para ser sincera, eu não esperaria muito de mim até depois do almoço, Posy.

Posy sacudiu a cabeça em sinal de desânimo enquanto passava sob o arco que levava a uma série de antessalas, que por sua vez levavam ao salão de chá, de onde o aroma celestial de café fresco e bolos recém-saídos do forno se espalhava pela loja.

E que loja adorável era aquela. A Felizes para Sempre era a única livraria na Grã-Bretanha, talvez no mundo, dedicada a livros românticos. "Uma livraria para todas as suas necessidades de ficção romântica", como se lia nos marcadores que Nina colocava em todos os livros que vendia.

Mesmo antes de morar no apartamento sobre a loja, a Felizes para Sempre era como um lar para Nina, e, de onde estava instalada sobre um banquinho atrás do balcão, ela correu os olhos por toda a extensão. O centro da sala principal era decorado com três sofás em variados estados de uso, dispostos em torno de uma mesa cheia de livros. Havia uma parede de lançamentos e best-sellers, cujas prateleiras mais altas eram acessadas por uma escada de rodinhas; a parede oposta continha mais livros e uma série de pequenas estantes vintage repletas de objetos relacionados a literatura romântica, de canecas a cartões, camisetas e bijuterias.

Depois, nas duas laterais da sala, ficavam os arcos que levavam a várias salas menores, todas abarrotadas do chão ao teto com mais livros ainda. Era o tipo de loja onde se podia passar uma hora só passeando com satisfação entre as estantes. Embora, naquele momento, Nina estivesse longe de estar satisfeita.

— O café que você me fez esta manhã, não que eu esteja reclamando, mas estava mais fraco que peido de gato — ela gritou para Verity, que estava em sua mesa, no escritório nos fundos da loja, atrás do balcão. A porta estava só entreaberta, por isso a necessidade de gritar. — O Tom vem hoje?

— Pois para mim parece reclamação, e, não, o Tom não vem hoje. Ele telefonou para dizer que está tendo uma emergência com as notas de rodapé da tese — Verity respondeu. — E a Posy tem uma reunião com o contador agora de manhã, então você vai ter que defender o forte sozinha.

— Tudo bem, mas se ficar muito cheio você vai ter que vir me ajudar na loja. — Nina seria bem firme quanto a isso. Verity não podia se entocar no escritório e deixá-la se virar sozinha se fossem subitamente inundados por uma torrente de clientes. Apesar de que... Ela deu uma espiada pelas vitrines salientes. Era uma terça-feira úmida e cinzenta, então Nina esperava que tudo ficasse sossegado até sua energia voltar.

Por experiência própria, quando ela ficava assim, tão frágil, seu vigor não costumava reaparecer até que tivesse consumido pelo menos três doces e devorado um superalmoço, do tipo "ou vai ou racha". E ali estava Posy de volta, trazendo o café que ela havia pedido e um muffin do tamanho de sua cabeça.

— Esse muffin é para mim? — Nina perguntou, esperançosa.

Sim, era para Nina e estava recheado de mirtilos, que qualquer idiota sabia que eram um superalimento, portanto era um muffin muito saudável, Nina concluiu, enquanto enfiava grandes pedaços na boca e começava a lidar com os livros que esperavam para ser guardados nas prateleiras, em uma pilha enorme à sua frente no balcão.

— Não pegue neles com os dedos sujos de muffin — Posy alertou, mas Nina comia bolinhos e lidava com livros novos profissionalmente havia três anos, então ignorou sua chefe.

Além do mais, ela não viraria as páginas. Só estava lendo os resumos na contracapa para que, quando uma cliente entrasse e dissesse que queria um romance paranormal, provavelmente com uma capa azul, protagonizado por um duque/lobisomem mutante e viajante no tempo, ela pudesse encaminhá-la na direção certa.

Uma vez digeridos (os resumos, não o muffin), Nina separou os livros em pilhas diferentes para ficar mais fácil distribuí-los nas estantes. Históricos, do período da Regência, que tinha sua própria seção, eróticos, juvenis...

— O que exatamente você está fazendo? — perguntou uma voz à esquerda de Nina. Era uma voz masculina. Eles não tinham muitas vozes masculinas na Felizes para Sempre, e aquele não era o timbre de tédio do mundo de Tom nem a fala arrastada de garoto fino e arrogante de Sebastian, o marido de Posy. Era uma voz suave, educada, curiosa, no entanto tinha um traço de austeridade que pôs Nina em alerta instantaneamente.

Ela se virou e encontrou um homem *atrás do seu balcão*. Tinha cabelos ruivos, um tom de vermelho-acastanhado, acobreado, tipo Rita Hayworth, que Nina havia tentado replicar em seu próprio cabelo sem sucesso alguns meses atrás. Para combinar com o cabelo, tinha a pele clara generosamente pontilhada de sardas e olhos verdes que, vamos admitir, eram bem bonitos, mas isso não importava. O que importava era que ele estava *atrás do seu balcão*.

— O que eu estou fazendo? — Nina perguntou, incrédula. — O que *você* está fazendo?

— Observando — o homem disse. Ele deu uma espiada na pequena pilha de livros eróticos que Nina estivera examinando (e ela tinha certeza de que, em certo ponto, havia exclamado "Ahhh! Eu adoro uma cena de sexo a três" em voz alta) e fez uma anotação em seu iPad. — Finja que eu não estou aqui. Você fez isso muito bem até o momento. Estou neste mesmo lugar há meia hora.

— Você devia ter dito alguma coisa — Nina protestou. Ela se sentia... *violentada*. Estava ali sentada enchendo a cara de muffin, talvez até mastigando de boca aberta, sorvendo ruidosamente seu café, fazendo comentários lascivos sobre os livros, e durante todo o tempo aquele homem aleatório permanecia de pé ali. — Observando o quê? *Me* observando? Existem leis sobre esse tipo de coisa.

— Na verdade, este é um espaço público e...

Nina não suportava pessoas que começavam a frase com "Na verdade..." quando questionadas. Isso significava que o argumento delas era fraco e que estavam prestes a jogar mais algumas palavras pedantes para cima dela.

— É propriedade privada — ela revidou. — Se você está aqui é a convite da proprietária, e falando nisso... POSY! — Berrar como uma vendedora de peixe no mercado não foi suficiente. Nina foi forçada a sair de seu banquinho, o que era sempre uma manobra complicada com uma saia lápis justa, para empurrar a porta do escritório, enquanto o *usurpador* de cabelo vermelho fazia outra anotação em seu iPad. — POSY! Tem um sujeito estranho aqui invadindo o nosso espaço.

O sujeito estranho murmurou alguma coisa e a pele clara sob as sardas enrubesceu.

— Eu tenho todo o direito de estar aqui — ele protestou, rígido, e Nina teve certeza de que ele a fazia lembrar alguém, mas não conseguiu definir quem era. Talvez o cara ruivo do programa *Great British Bake Off* do ano passado?

— É verdade — disse Posy, espiando pela porta do escritório. — Esse é o Noah. Eu não apresentei vocês?

— Não. — Nina deu outra olhada para o tal Noah. Ele estava de terno. Terno azul-marinho, camisa branca e gravata estreita azul-marinho. Francamente, quem usava terno *e* gravata atualmente? Tirando o marido de Posy, Sebastian, mas ele pelo menos usava lenços de bolinhas ou meias muito coloridas como acessórios para seus ternos. Não como esse cara, que combinava o terno com a gravata. Por que alguém faria isso?

— Claro que apresentei. Pelo menos tenho certeza que o apresentei para a Verity, e é bem feito para você por ter chegado quinze minutos atrasada — disse Posy, implacável. — O Noah é analista de negócios. Ele está aqui para observar o funcionamento da loja. Falamos sobre isso na reunião de ontem.

— Isso já passou. Você tem ideia de quanta vodca eu tomei desde ontem? Enfim, você sabe que esse lado dos negócios do negócio não é o meu negócio.

Nina era geneticamente programada para desligar certas palavras, como "negócios" e "analista". E também "plano de previdência atrelado à inflação", "chinelos" e "dormir cedo".

— Nina! — Posy disse com um suspiro. — Você sabia que estávamos procurando maneiras de estimular os negócios. Trabalhar com inteligência. Recursos digitais. Essas coisas todas.

Noah, o analista de negócios, de quem Nina ainda tinha certeza de que ninguém havia lhe falado, ficara em silêncio durante toda essa conversa, mas agora deu um passo à frente.

— Só estou aqui para observar as melhores práticas comerciais de vocês — disse ele, embora Nina não estivesse segura de ter nenhuma delas. Ela só chegava, batia o ponto, vendia alguns livros, depois subia ao apartamento e se arrumava para sair e gastar seu salário com homens, bebidas e, hum, algumas coisinhas mais.

— É bem esquisito você ficar aí parado observando alguém que obviamente não sabe que está sendo observado — Nina insistiu.

— Eu falei "oi", mas você estava gritando sobre café, então talvez não tenha me escutado — disse Noah. — De qualquer modo, já sabemos que eu sou Noah e você é Nina. A Posy me informou sobre o restante.

— Sim — Posy respondeu em tom neutro, o que podia significar qualquer coisa. E Nina sabia que não tinha levado uma vida irretocável. Longe disso. — Nina, eu tenho mesmo que ir para o escritório do contador agora. Ele fica bem irritado se eu atraso um minuto que seja.

Nina estava se sentindo ela mesma bem irritada, e talvez Noah tenha entendido o recado, porque, quando Posy saiu, apressada, ele decidiu ir para o escritório. Embora Verity fosse quieta, com certeza detestaria ser observada, mas, quando Nina sentou novamente no banquinho à espera da primeira cliente do dia, ouviu ruídos desconcertantes vindos de suas costas.

Verity estava batendo o maior papo. Rindo. Em certo momento, até roncou de rir. Isso era muito estranho nela, que raramente conversava, ou ria, ou roncava de rir na presença de estranhos.

— Dá para acreditar que nós ainda registramos o estoque em um livro-razão? — Ela riu.

— Está me dizendo que vocês fazem a contagem do estoque por escrito em um livro-razão? — Noah, o tal especialista em negócios, perguntou em tom incrédulo.

— Sim, e depois, quando vendemos um livro, nós o riscamos no registro de estoque.

— Eu não vi nenhum scanner de códigos de barra no balcão, e a sua caixa registradora... poderia estar em um museu, não é?

Nina fez um afago na velha caixa registradora. Bertha tinha pelo menos quarenta anos e era um pouco temperamental. Sua gaveta tendia a enroscar, mas havia um ponto específico onde era preciso bater quando isso acontecia e então ela funcionava perfeitamente bem.

— A Lavinia, que era a dona da Bookends e deixou a loja para a Posy, que a transformou na Felizes para Sempre, era muito apegada aos velhos hábitos — Verity explicou, séria. — Especialmente depois que o marido, Perry, morreu. Ela não gostava de coisas que fazem sons eletrônicos, e eu gosto que a loja seja assim, diferente e charmosa, mas... mas...

— Mas o quê? — Noah incentivou. — Pode me dizer. Sou só um analista. Sem julgamentos, sem consequências.

"Não confie nele!", Nina queria gritar, mas nesse momento a porta se abriu, o sininho tocou e duas mulheres entraram, então ela foi forçada a parar de ouvir a conversa e pregar um sorriso no rosto.

— Bem-vindas à Felizes para Sempre. Estou à disposição se estiverem procurando alguma coisa específica.

Eram mulheres de meia-idade, com sapatos confortáveis, calças largas e casacos impermeáveis, mas Nina sabia que não devia tentar adivinhar as preferências de leitura de qualquer cliente pela aparência.

— Eróticos de vampiro? — uma das mulheres perguntou, o que provou que a teoria de Nina estava certa.

— A seção de eróticos fica na última sala à direita. Eróticos paranormais à esquerda, quando entrarem na sala, e a ficção com vampiros, nas duas prateleiras superiores — Nina as orientou. — Recebemos um livro novo na semana passada de uma escritora chamada Julietta Jacobs sobre o chefe de uma máfia de vampiros. É totalmente sujo.

— Ahhh, parece bem o meu estilo — a mulher disse, e ela e sua amiga passaram sob o arco à direita.

Enquanto isso, Verity ainda reclamava animadamente com Noah sobre como a loja funcionava mal.

— ... tudo tem que ser registrado manualmente, então leva três vezes mais tempo para ser feito do que deveria. Recebimento e controle de estoque, fechamento do caixa... É um pesadelo.

— É, não parece muito eficiente em termos de tempo — disse Noah em uma voz solidária, embora tivesse afirmado que não ia dar opiniões.

Nina já não gostava dele, e ela era famosa por não ter padrões muito elevados no que se referia a homens. Sua irritação foi interrompida por outra cliente: Lucy, uma mulher bonita que trabalhava em um prédio da prefeitura nas proximidades, entrou na loja. Ela lia um romance por dia, três nos fins de semana. Nina receava que chegaria um dia em que ela teria lido todos os livros românticos já publicados.

Mas esse dia ainda não era hoje.

— Estes são os lançamentos? — Lucy perguntou, os olhos brilhando ao ver a pilha de livros sobre o balcão.

— São — Nina confirmou. — Pode atacar!

Verity riu outra vez — ela não era a mesma desde que se apaixonara alguns meses atrás — e Noah murmurou algo novamente, mas o sininho tocou, mais clientes entraram, e a ressaca de Nina já havia melhorado o suficiente para ela sair de seu banquinho e se aventurar pela loja para ajudá-las.

Seu brilho era intenso demais para este mundo.

Noah e seu iPad infernal deixaram a loja antes do almoço e não retornaram. Nina esperava que aquela coisa sinistra de observar em silêncio tivesse acabado, mas, quando chegou do contador, Posy disse que ele voltaria no dia seguinte.

— Mas ele parece legal, não? — ela insistiu. — É amigo do Sebastian.

— Sério? O Sebastian tem amigos? — Nina sacudiu a cabeça. Sebastian Thorndyke era muitas coisas: empreendedor digital, o tormento da infância e, agora, recém-casado com Posy, era também o homem mais grosso de Londres e não tinha nenhum filtro. Na última vez que Nina o encontrara, quando estava estreando seu novo cabelo cor-de-rosa, Sebastian deu uma olhada para seus cachos perfeitos e zombou:

— Uma tórrida noite de paixão com uma máquina de algodão-doce, acertei?

Como resultado desse e de muitos outros insultos, Nina não podia imaginar que Sebastian tivesse muitos amigos, mas ali estava Posy, insistindo que ele tinha e que, aparentemente, Noah era um deles. Talvez fosse por isso que Nina ainda estava com uma estranha sensação de que o conhecia de algum lugar, embora preferisse arrancar um olho a frequentar eventos tecnológicos chatos com o marido de Posy. Ele certamente não estivera no casamento de Posy e Sebastian, que tinha sido um evento muito pequeno, organizado em três semanas.

— Eles se conheceram em Oxford — disse Posy, com a expressão toda derretida com que sempre ficava quando pensava em Sebastian. — São amigos desde então. O Noah não concorda com os disparates do Sebastian. Você não acha que ele é um pouquinho sexy, de um jeito nerd?

— O quê? Não! Ele estava de gravata! — Nina exclamou, com um estremecimento. — E de terno. Não faz nem um pouco o meu tipo. Eu gosto de bad boys. Não gosto de nerds.

— Você nunca pensou em variar? — Verity perguntou de canto de boca, porque estava fechando o caixa e, se se distraísse muito, perderia a conta.

— Por que eu ia querer? — indagou Nina. — Seria como me pedir para ter olhos castanhos em vez de azuis. Ou para deixar de ter um metro e sessenta e oito de altura. Não posso mudar o que sou.

— Mudar é bom — Posy insistiu enquanto pegava os livros deixados nos três sofás que dominavam o centro da sala principal e começava a recolocá-los nas estantes. — Aconteceram muitas mudanças por aqui nos últimos meses, e elas foram todas bastante positivas.

Era verdade. No verão anterior, a velha e decadente Bookends tinha se tornado a Felizes para Sempre, especializada em ficção romântica, com um novo esquema de cores e o salão de chá reaberto. Nina estava muito mais feliz agora, vendendo romances para clientes em sua maioria mulheres, do que antes, quando não vendia praticamente nada para o ocasional comprador que vez ou outra visitava a loja.

Só que, para que a Bookends se tornasse a Felizes para Sempre, a querida Lavinia, sua chefe e mentora, havia morrido, e Nina sentia tanta falta dela agora quanto na terrível manhã, alguns meses atrás, quando recebera a notícia. Por isso a mesa central da loja era um pequeno santuário para aquela amiga muito amada por todos eles. Cada vez que Nina olhava para os livros favoritos de Lavinia empilhados ali ou sentia o inebriante perfume das rosas cor-de-rosa favoritas de Lavinia no vaso de vidro que ela tinha comprado na Woolworths na década de 60, vivenciava a mesma dor profunda e doce.

Além disso, Posy havia passado de nunca sair com homem nenhum (a menos que Nina a forçasse) a se casar com o neto de Lavinia, Sebastian, no espaço do que pareciam ter sido cinco minutos. Posy alegou que aquilo vinha crescendo havia anos, mas, até onde Nina sabia, em um minuto Posy e Sebastian estavam gritando um com o outro como sempre faziam e, no momento seguinte, estavam selando seus votos no cartório de Camden Town.

Mas, de certa maneira, essa também tinha sido uma mudança boa. Era evidente que Sebastian fazia Posy muito feliz. A expressão sisuda que ela costumava usar havia sido substituída por um sorriso ligeiramente atordoado e, melhor ainda, ela e seu irmão mais novo, Sam, tinham desocupado o apartamento em cima da livraria para morar com Sebastian na casa de Lavinia, perto de um lindo jardim do outro lado de Bloomsbury. Embora Nina sentisse uma falta terrível de Sam — ele sempre podia ser persuadido a ir comprar chocolate ou a dar um jeito em seu iPhone quando a tela congelava —, Posy oferecera seu antigo apartamento para Nina e Verity, livre de aluguel.

Nina não esperou que ela oferecesse duas vezes. Pagar aluguel levava uma porção enorme de seu modesto salário de vendedora de livros. Sem falar que ela estava tendo que se contentar com uma casa em Southfields dividida com cinco outras pessoas, sem sala e com uma infestação de traças na cozinha que não acabava nunca. Era um inferno para chegar ao trabalho, especialmente quando a linha District do metrô dava problema, o que sempre acontecia. Muitas foram as vezes também que teve de dormir no sofá de amigos, após perder o último metrô para casa.

Então as mudanças boas e ruins meio que se equilibravam. E algumas coisas nunca mudavam, como o fato de Nina ter que esperar Posy acabar de guardar os livros nas estantes e Verity terminar de fechar o caixa antes de sugerir, esperançosa:

— Pub?

Ir ao pub depois do trabalho era uma tradição antiga, exceto que essa era mais uma coisa que havia mudado — e não para melhor.

— Eu gostaria... — Posy começou e sacudiu a cabeça. — Mas tenho que ir para casa. O Sebastian esteve fora em uma viagem de negócios e faz três dias que a gente não se vê. Ainda estamos praticamente em lua de mel.

Nina achava difícil acreditar que alguém que se casou em junho ainda estivesse em lua e mel em fevereiro, mas decidiu que era melhor não fazer comentários. Em vez disso, voltou seus olhos suplicantes para Verity.

— Pub, Very?

— Não posso. Preciso deitar meia hora para desestressar, depois eu e o Johnny vamos a uma palestra sobre art déco no Instituto Courtauld — ela respondeu, porque outra mudança era que Verity, *Verity*, uma introvertida assumida, estava apaixonada pelo novo namorado, um arquiteto riquinho chamado Johnny, e agora Nina mal a via. Ela preferia quando Verity namorava um oceanógrafo chamado Peter Hardy, que quase sempre estava longe oceanografando, porque assim quase sempre podia convencer sua amiga a acompanhá-la ao pub.

— O que é isso? O que eu estou ouvindo? — Nina levou a mão ao ouvido. — Ah, sim. É o som de sininhos de casamento acabando com a minha turma.

— Eu fui ao pub com você ontem — Posy a lembrou.

— E eu não estou casada nem tenho planos — acrescentou Verity.

— Álcool? — soou uma voz com um sotaque carregado vindo da passagem em arco à direita, e Nina se virou agradecida para Paloma, a barista do salão de chá que estava ali com uma expressão expectante no rosto. — Álcool? Nina? Álcool?

— Álcool! — Nina confirmou, aliviada. — *Sí!* Álcool!

Paloma era espanhola, de Barcelona, e não estava em Londres havia muito tempo. Seu inglês era bem básico, embora ela dissesse que "café" era uma linguagem praticamente universal, e ela ganhava em piercings de Nina (que tinha sete furos em uma orelha, oito na outra e um aro de metal na língua) ou mesmo do amigo de Nina, Claude, e ele fazia piercings como profissão. Paloma também tinha um relacionamento enrolado com um cubano chamado Jesus, que não era tão bonzinho quanto o nome sugeria. Muitas vezes Nina achava que eles estavam tendo brigas homéricas enquanto conversavam, como aconteceu dez minutos depois, assim que se acomodaram em uma mesa em um bar de tapas, em uma travessa da Grays Inn Road.

Como de costume, Paloma e Jesus gritavam um com o outro e gesticulavam vivamente enquanto Nina bebericava sua vodca com tônica para afastar os últimos resíduos da ressaca.

— Gente — ela disse por fim, quando houve uma pausa na discussão. — Sério, eu acredito profundamente em paixão, mas será que não dá para vocês se acalmarem um pouquinho?

— *Qué?* — Jesus franziu a testa.

— Nós só estamos falando se precisamos de... de *papel de baño*...

— Papel do quê? — Nina perguntou.

— Como se diz... — Paloma deslizou a mão pela região da virilha, onde aparentemente tinha uns tantos piercings também. — Para depois do xixi.

— Ah, você quer dizer papel higiênico.

— *Sí!* Papel higiênico.

Quando Nina começava a perder as esperanças para sua noite de terça, a porta se abriu, dando passagem a uma rajada de vento e a um grupo de amigos de Paloma e Jesus. Houve muitos abraços, beijos, gritos e gestos. Um verdadeiro mar de rostos desconhecidos, ainda que sorridentes.

Os amigos juntaram mais duas mesas, pediram o que pareciam centenas de deliciosos aperitivos e gritavam entre si em espanhol. Eles tentaram incluir Nina, trazê-la para a conversa com um inglês hesitante, mas, no fim, ela acabou ficando meio isolada, com uma tigela de *patatas bravas*. Era assim que Paloma devia se sentir boa parte do tempo, com todos conversando em outra língua, portanto Nina achou a situação justa. Também aceitou os olhares demorados de um dos amigos de Jesus, Javier, e os retribuiu com interesse.

Javier tinha cabelos pretos revoltos, o tipo de cabelo que existia apenas para ser desarrumado pelas mãos de uma amante. Tinha olhos escuros nos quais uma garota poderia se perder. Também tinha um sorriso que era puro sexo e, sentado como estava na frente de Nina, só podia ser a perna dele que esfregava na sua.

Nina olhou para Javier sob os cílios e desceu os dedos provocativamente pelo decote para realçar a linha dos seios, muito favorecida pelo vestido preto vintage justo que ela colocara rapidamente antes de saírem da loja.

Mas, quando a língua de Javier fez algo um tanto obsceno com sua garrafa de cerveja, ela começou a se perguntar como as coisas poderiam avançar se ela só falava cinco palavras em espanhol. E, quando ele repetiu o gesto, dessa vez com o acréscimo muito pouco sexy de uma chupada no gargalo da garrafa, ela esfriou completamente.

Nina não sabia nada de Javier, exceto que ele era da Espanha (e nem estava totalmente certa disso, ele podia ser de algum outro país de língua espanhola), era amigo de Paloma e, a julgar pelo que fazia com sua pobre garrafa de cerveja, estava atrás de uma transa casual.

Ah, Deus, ela estava tão cansada dessa história. Era hora de Nina se despedir e ir embora, porque tinha uma regra de no mínimo três encontros antes de transar. E como sair três vezes com alguém sem entender quase nada que a pessoa fala? Além do mais, se ela e Javier conseguissem ter três encontros, tivessem alguma intimidade e depois as coisas esfriassem (afinal, intimidade não era nenhuma garantia de um felizes para sempre), talvez a situação ficasse estranha entre ela e Paloma. Paloma preparava mesmo um café sensacional, e Nina detestaria se ela começasse a cuspir em sua xícara ou, pior ainda, parasse de servi-la de vez. Era por isso que a querida e amada Lavinia gostava de dizer: "Não compre seu pão no mesmo lugar onde compra seus ovos", ou, como o pai de Nina diria mais diretamente: "Não cague na sua própria cama".

O que Javier estava fazendo com a língua *agora* começava de fato a deixá-la um pouco nauseada e cansada daquilo tudo. Desde quando arrumar uma transa se tornara tão... tedioso? Se havia algo de que Nina queria distância era tédio. Não era para ficar entediada que ela tinha mudado a maquiagem do dia para um look noturno, o que envolveu mais uma tonelada de delineador, sobrancelhas mais fortemente definidas e quantidades industriais de batom vermelho. Não era para ficar entediada que tinha colocado um vestido de cetim preto superjusto e se equilibrado até o bar de tapas sobre saltos de doze centímetros.

Ela fizera todo esse esforço porque queria enfeitiçar e seduzir o homem de seus sonhos e tinha uma ideia muito clara de quem seria esse homem. Uns dez anos atrás, ela tinha lido *O morro dos ventos uivantes*, de Emily Brontë, e isso mudara sua vida para sempre. Heathcliff e Cathy eram amantes infelizes que não podiam viver um com o outro nem um sem o outro. Era tudo paixão, angústia e as charnecas inclementes de Yorkshire. E, embora em seus piores momentos Heathcliff fosse cem por cento masculinidade nociva, em seus melhores momentos Nina tinha visto nele o tipo de homem que a faria feliz. Um homem que era sua alma gêmea. Seu único amor verdadeiro. Um coração inquieto para combinar com o dela. Um homem que tentaria vencê-la em seu próprio jogo, mas só teria sucesso às terças, quintas, sábados e em domingos alternados. Um homem que compartilharia todos os altos e baixos de um amor grande demais para ser contido. Um homem que amasse com todo o seu ser e não se contentasse com menos. E então, colocadas as coisas nesses termos, por que Nina deveria se contentar? Era por isso que ela esperava um Heathcliff e não aceitaria substitutos.

Só que, na vida real, Heathcliffs eram muito escassos, e Nina sabia sem sombra de dúvida que um Heathcliff *não* estaria passando a língua apaixonadamente por uma garrafa barata de cerveja europeia em uma noite de terça-feira.

Ela sorriu com ar de lamento, enfiou as pernas embaixo da cadeira antes que Javier lhe causasse assaduras por fricção e pegou o celular.

A noite ainda é uma criança, ela pensou, enquanto se conectava ao HookUpp. Talvez seu herói romântico estivesse espreitando nos algoritmos naquele momento. HookUpp era um aplicativo de encontros de propriedade da empresa de Sebastian, a Zinger Media, então Nina se sentia sempre um pouco aterrorizada de que ele tivesse acesso a seus detalhes de login e pudesse compartilhar informações confidenciais com Posy durante o jantar.

"Eu não esperaria que a Garota Tatuada chegasse na hora amanhã", ele diria, examinando os dados de Nina. "Ela acabou de selecionar um designer gráfico que escolhe uma mulher diferente a cada noite e nunca recebe menos de quatro estrelas de nenhuma delas."

Mesmo assim, o medo de Nina não era suficiente para ela excluir o aplicativo, afinal sempre havia a chance de o amor estar à espreita logo ali na esquina. Ou Steven, 31, escritor, que aparentemente estava a trezentos metros de distância e já havia selecionado Nina e enviado uma mensagem:

> Que tal um drinque?

Estava meio escuro no bar de tapas e Nina teve que olhar a tela bem de perto para ver direito a foto de Steven. Não que ela fosse superficial, mas não queria sair para tomar um drinque com alguém que parecesse ter enterrado seus quatro últimos contatos do HookUpps em covas rasas.

Steven parecia legal. Estava posando com um labrador absolutamente maravilhoso. Não podia ser um cara muito ruim se era amigo de um cachorro. Cachorros são ótimos juízes de caráter.

Nina selecionou Steven e enviou uma mensagem de volta:

> Thornton Arms, em dez minutos?

Steven respondeu:

> Te espero do lado de fora.

Isso não era muito romântico, mas procurar o amor, mesmo procurar um Heathcliff, era uma loteria. Uma garota precisava lidar com um monte de sapos antes de encontrar seu príncipe. Na experiência de Nina, que era vasta, era melhor atravessar o mais rápido possível a fase de apresentações, e então, quem sabe, ela e Steven, 31, poderiam entrar na parte de se apaixonar.

Com renovado otimismo, Nina arrastou a cadeira para trás e se levantou.

— Pessoal! Eu preciso ir — disse ela. Houve um coro gratificante de "Não!" e muitas gesticulações. Javier, no entanto, só deu de ombros e parou de fazer amor com sua garrafa de cerveja. Nesse momento Nina soube que estivera certa em confiar em seus instintos. Se Javier tivesse o gene de Heathcliff, teria se jogado no chão para impedir que ela saísse ou, no mínimo, se oferecido para lhe pagar um drinque se ela concordasse em ficar.

Houve tempo apenas para uma ajeitada e um spray rápidos no banheiro para garantir que seu cabelo ainda estivesse imaculadamente penteado e que seu batom continuasse no lugar.

Tudo certo. *Prepare-se, Steven, 31, escritor, para ficar loucamente apaixonado.*

Nina saiu do bar, virou a esquina, entrou à esquerda e, mesmo agora, depois de anos de encontros às cegas com homens cuja foto era um pequeno avatar na tela de seu celular, ainda sentia o mesmo frio na barriga. Uma sensação inquietante, um formigamento de expectativa, excitação e, sim, um pouco de medo. Não importava quantas vezes ela fosse a um encontro, aquela nuvem de borboletas nunca deixara de bater as asas dentro dela, porque ela poderia estar prestes a se encontrar com seu destino. Este. Poderia. Ser. O. Cara.

— Você é a Nina? — perguntou o homem de terno, em pé do lado de fora do Thornton Arms. — Parecia mais magra na foto.

E ele parecia pelo menos dez anos mais jovem, dez centímetros mais alto e, definitivamente, com muito mais cabelo.

— Steven — Nina confirmou com um sorriso largo, embora o frio na barriga tivesse ido embora e ela se perguntasse por que tinha se dado o trabalho de retocar o batom para *aquilo*.

— Vamos? — Steven abriu a porta não para Nina, mas para ele mesmo entrar no pub primeiro, o que eram péssimos modos. Pelo menos não soltou a porta na cara dela, mas já tinha marcado um ponto contra.

— Vamos arrumar um lugar para sentar? — Nina sugeriu, mas Steven estava muito ocupado analisando-a de cima a baixo para responder.

Os olhos dele se demoraram no que Nina chamava afetuosamente de seus três Bs: busto, barriga, bumbum. Não com admiração, desejo ou cobiça, mas com claro desagrado.

— Sabe — disse ele —, você realmente devia incluir uma foto de corpo inteiro no seu perfil do HookUpp. Economiza um monte de tempo. Eu não costumo contatar mulheres que só têm uma foto de rosto.

Nina se conteve para não comentar que ele havia postado uma foto de um passado nebuloso e distante, quando ainda tinha a cabeça cheia de cabelos.

— Sinto muito se as minhas curvas são demais para você — ela respondeu com frieza, esticando bem o corpo para exibir as curvas em todo o seu esplendor.

Ela era manequim 44... 46... 44. Tudo bem, alguma coisa entre 44 e 46, dependendo do período do mês, da loja e de quantas gulodices do salão de chá tivesse devorado naquela semana. E não tinha nenhum problema com isso. Gostava de seu corpo. Ele ficava bem em seus lindos vestidos vintage. Ficava bem sem nenhuma roupa. Podia caminhar grandes distâncias em saltos altos. Podia andar distâncias ainda maiores nas ocasiões muito raras em que usava sapatos sem salto. Se quisesse se sentir mal com seu corpo, visitaria sua mãe. Certamente não deixaria aquele Steven, com seu terno barato e seu suor no lábio superior, tentar fazê-la se sentir diminuída.

— Quer saber? Vamos parar por aqui — ela disse, o que era muito razoável de sua parte.

— Por que faríamos isso? Vou buscar um drinque para você — Steven ofereceu, mas soou muito indelicado, como se estivesse lhe fazendo um enorme favor. — Depois você pode me compensar.

Compensá-lo *por quê?* Por não ter as palavras EU NÃO SOU MANEQUIM 38 escritas em caps lock em seu perfil? E como exatamente Steven esperava que ela compensasse esse terrível descuido? Bom, os olhos dele mal haviam deixado seus peitos nos últimos cinco minutos, então ela tinha uma ideia bastante clara.

— Sou muito boa em compensar — ela ronronou, batendo os cílios para Steven, cujo lábio superior suou ainda mais. — Traga uma vodca com tônica para mim, bem grande, enquanto eu retoco a maquiagem.

Steven teve o desplante — o desplante! — de dar um tapinha em seu traseiro, e esse talvez tenha sido seu quinto ponto contra. Nina já havia perdido a conta, na verdade, e foi por isso que não entrou no banheiro, mas seguiu pelo corredor até uma porta com a placa "Privativo" e bateu.

Quem abriu foi um homem corpulento de meia-idade com uma camiseta do One Direction, que não pareceu surpreso ao vê-la.

— Operação Sapo? — ele perguntou.

— Operação Sapo — ela confirmou. — Eu poderia beijar o cara até a eternidade e ele nunca seria nada além de um completo idiota.

— Não precisa dizer mais nada, minha querida — disse Chris, dono do Thornton Arms e salvador de qualquer cliente que se visse em um encontro ruim. — Venha.

Ele a conduziu pelo corredor até uma porta, a qual destrancou para que ela pudesse escapar pelos fundos, enquanto Steven ainda esperava para pedir uma vodca com tônica bem grande para ela.

— Você é um cara muito legal, Chris — elogiou, agradecida, porque aquela não era a primeira vez, e provavelmente não seria a última, que ele a resgatava. — Eu te devo uma.

— Você me deve mais de uma — Chris respondeu com um sorriso. — Já é hora de sossegar com um cara decente.

Nina fez uma careta.

— Eu não quero sossegar com um cara decente. Não quero nada menos que um amor louco e apaixonado com um homem que me daria o céu e as estrelas, se eu lhe pedisse.

— Boa sorte com isso, querida. — Chris sacudiu a cabeça e fechou a porta.

Nina pegou o celular no bolso do casaco para bloquear Steven. Ela ainda estava logada no HookUpp e o aplicativo bipou para avisar que havia pessoas compatíveis nas proximidades. Por um momento, ela se sentiu tentada. A noite ainda era uma criança, afinal, e *ela* mesma já não era tanto. Ou podia voltar para o bar de tapas e talvez tentar de novo com Javier. Talvez o tivesse dispensado rápido demais.

Ou podia apenas ir para casa. Estava pertinho da Felizes para Sempre e, como se tivessem vontade própria, seus pés viraram para a esquerda e seguiram pela Rochester Street, depois para Rochester Mews. Nina suspirou enquanto digitava o código de segurança no painel do portão eletrônico que impedia que pessoas indesejáveis ganhassem acesso à praça depois de certa hora.

Em seguida foi um equilibrismo instável e vertiginoso pelo calçamento de pedras em direção à Felizes para Sempre. A loja estava escura e Nina não se preocupou em acender as luzes depois que fechou a porta e, com alívio, descalçou os sapatos.

Atravessou a sala principal e passou pelo balcão da livraria até a porta que levava à escada. Não havia nenhuma luz acesa no apartamento, mas isso não significava necessariamente que Verity tivesse ficado para dormir na casa de Johnny *outra vez*. Ela podia estar em casa praticando ioga, o que preferia fazer à luz de velas. Ou podia estar lendo, que era outra atividade silenciosa que ela poderia facilmente abandonar para ouvir Nina contar uma história divertida sobre suas aventuras daquela noite.

— Very? Está em casa? — Nina chamou enquanto subia a escada. — Dei um perdido em um completo imbecil esta noite. Ele tinha o pior implante de cabelos que já vi na vida.

— Rooooowwwwwwrrrrrrrr! — veio a resposta queixosa não de Verity, mas de Strumpet, o gato obeso e carente de Verity, que esperou Nina chegar ao topo da escada e então se enrolou em seus tornozelos.

— Strumpet! Ela te deixou sozinho em casa? — Nina levantou o gato nos braços, quase ganhando uma hérnia no processo, e seguiu pelo corredor até a cozinha usando-o como se ele fosse uma estola de pele.

Havia um bilhete preso na geladeira. "Oi, Nina, acho que vou ficar no Johnny esta noite. O Strumpet já comeu, mesmo que diga o contrário. Se cuida. Te vejo amanhã. Bjs, Very."

Não fazia muito tempo que, com um pouco de insistência, Nina podia convencer Verity e Posy a saírem com ela. E agora não eram nem nove horas de uma noite de terça, e Posy estava aconchegada com o marido, e Verity estava dividindo o sofá (ela não era muito o tipo de ficar aconchegada) com seu namorado arquiteto extremamente sexy. E onde Nina ficava nisso tudo?

Embora ela preferisse morrer a se tornar uma esposa toda cheia de si, seria maravilhoso ter alguém a esperando em casa. E, caramba, uma noite picante com seu Heathcliff seria absolutamente perfeita naquele momento. Em vez disso, seu companheiro naquela noite era um gato exigente e rechonchudo, como se ela fosse uma daquelas solteironas loucas por gatos, sem nada para fazer a não ser pôr o pijama, fuçar a geladeira em busca de sobras para comer e assistir ao último episódio de *Tattoo Fixers*.

Para quem queria *O morro dos ventos uivantes*, aquele era o programa mais sem graça do mundo.

Mas eu começo a pensar que você não gosta de mim.

Embora Nina adorasse dizer "Eu posso dormir quando morrer" toda vez que uma de suas amigas — especialmente Verity, que era rígida quanto a oito horas diárias de sono — a alertava por estar emendando o dia com a noite, havia muito a argumentar a favor de ir cedo para a cama.

Em um acontecimento inédito, ela havia se deitado às dez e meia e acordara na manhã seguinte *antes* do despertador. Foi uma revelação e tanto descobrir que tomar um banho, se vestir e se maquiar era uma atividade que podia ser feita sem pressa e, quando Verity finalmente chegou em casa depois de passar a noite com Johnny, se espantou ao ver a amiga sentada na cozinha, demorando-se em uma torrada com geleia e sua primeira xícara de café do dia.

— Bom dia, Very! — Nina levantou a cafeteira. — Quer uma xícara?

Verity arregalou os olhos.

— O que está acontecendo? — perguntou, com ar confuso. — Você passou a noite inteira fora?

— O quê? — Nina protestou, como se estivesse ofendida com a sugestão de que a única razão de ela estar acordada seria não ter ido para a cama. — Que ideia! Não sou como você, sua safadinha!

Foi a vez de Verity se sentir ultrajada.

— Eu não sou uma safadinha. Estou em um relacionamento amoroso sério, para sua informação.

Meia hora mais tarde, quando Posy chegou ao trabalho, Nina se deleitou em lhe abrir a porta da livraria com muita cerimônia e um animado "Posy! Você está cinco minutos atrasada! Mas não precisa se preocupar, eu já recebi algumas entregas e preparei a caixa registradora".

Posy levou a mão à testa e fingiu desmaiar.

— Meu Deus, acho que estou delirando. É você mesmo, Nina?

Ela confirmou com a cabeça.

— Sou uma Nina nova e melhorada que foi dormir cedo.

— Eu sempre soube que este dia ia chegar — Posy disse com um sorriso, dando uma leve cotovelada na amiga. — Se você continuar nova e melhorada, eu poderia te promover a subgerente, aí você ficaria encarregada de abrir a loja todos os dias e eu conseguiria ficar um pouco mais na cama.

— Tenho certeza que amanhã voltarei a ser a Nina versão um — ela decidiu, e Posy fingiu chorar, estabelecendo um clima alegre para a manhã, o que era bom, porque o dia estava úmido e cinzento outra vez, e a livraria, muito quieta. Nina esperava que fosse só por causa do mau tempo e não por estarem ficando sem clientes. Verity ainda recebia muitos pedidos pelo site, e Posy insistia que era só um período ruim e que "as coisas vão melhorar quando chegar mais perto do Dia dos Namorados".

Mas o Dia dos Namorados era dali a uma semana e Nina não achava que as pessoas iriam querer comprar romances se já tivessem um na vida real. E, no caso das solteiras, para que comprar um livro romântico como um agrado especial de Dia dos Namorados se isso só servia para lembrar que ninguém as amava?

De qualquer modo, Dia dos Namorados ou não, a loja ficara horrivelmente quieta agora que o Natal já tinha passado fazia tempo.

Quando reabriram como Felizes para Sempre, no verão anterior, eles planejaram todo tipo de coisas empolgantes para fazer. Eventos com escritores, noites com blogueiros, um clube de leitura do livro do mês, mas, até aquele momento, nada dessas coisas empolgantes havia acontecido.

31

Ninguém nem se importava mais em atualizar o perfil da loja no Twitter ou no Instagram. Sam, o irmão de dezesseis anos de Posy, e a Pequena Sophie, a garota que ajudava aos sábados, haviam prometido se encarregar disso, mas suas boas intenções duraram no máximo duas semanas. Nina não teria se incomodado de assumir o lugar deles, ou pelo menos o Instagram, pois assim poderia tirar fotos dos lançamentos, mas ninguém parecia saber as informações de login das contas. Quando ela perguntou a Sam, ele teve um ataque de mau humor adolescente, o que a fez desconfiar de que ele não se lembrava das senhas.

Ainda assim, havia algo em favor de uma manhã tranquila. Nina pintou as unhas, depois leu um romance muito sexy passado em um local de trabalho, com o título *De dia bilionário, de noite gigolô*, enquanto trocava mensagens de texto com a amiga Marianne sobre sua recente decisão de parar de dar oportunidade para babacas e realmente se concentrar em encontrar seu verdadeiro amor. Então, apesar da falta de clientes, a manhã passou voando.

Como a loja estava sem movimento e ela havia de fato começado a trabalhar cedo naquela manhã, Nina concluiu que ninguém se importaria se ela se atrasasse um pouco para voltar do almoço. Havia planejado comer algo rápido com a bela Annika, a namorada do belo Stefan, dono da delicatéssen sueca na Rochester Street, mas Annika e Stefan haviam tido uma briga colossal que pelo jeito fora horrível, então ela teve que ouvir toda a história da tal briga e depois dar alguns conselhos.

Geralmente, quando suas amigas brigavam com o namorado, Nina argumentava que a paixão fortalecia o relacionamento, desde que a razão da briga não envolvesse traição ou mancha de cocô na cueca, mas Annika não estava convencida disso.

— Ele se importa mais com a sala de defumação do que comigo — disse ela, tristemente, referindo-se ao pequeno galpão de madeira no pátio da déli onde Stefan defumava seu próprio salmão.

E foi por isso que Nina se atrasou para voltar do almoço. Só quinze minutos, o que não era nada. Ela já tinha voltado muito mais tarde que isso. Muito, *muito* mais tarde.

32

Infelizmente, o sol tinha aparecido desde que Nina saíra da livraria e, quando ela voltou, a Felizes para Sempre estava lotada de clientes, como se o público leitor de histórias românticas só se aventurasse a sair de casa com o céu azul.

— Desculpe! — ela exclamou, animada, aproximando-se do balcão onde Posy manejava a caixa registradora e uma Very muito relutante tinha sido convocada à força para ajudar. — Eu não pude vir antes.

— Tem uma razão para isso se chamar *hora* do almoço — Posy retorquiu, de uma maneira muito não Posy. — É porque só deve durar sessenta minutos.

— Já pedi desculpa. Não precisa arrancar os cabelos — disse Nina, empurrando Posy da frente com o quadril para poder atender a próxima cliente. — Olá! Vai levar estes?

— Vou voltar para o escritório agora — Verity anunciou, lamentosa, porque detestava interagir com o público de todas as maneiras possíveis e imagináveis. E ela só atendia o telefone em caso de extrema necessidade, ao passo que Nina tinha prazer em atender o telefone sempre que ele tocava e conversar com cada cliente, o que entediava um pouco até a própria Posy, então agora Verity e Posy podiam parar de sofrer.

Nina não costumava cumprir rigorosamente os horários, mas era excelente no atendimento aos clientes. Ela já havia dito isso para Posy, que agora pegava os livros que Nina registrava e os colocava em uma sacola com um marcador da Felizes para Sempre, mas Posy só murmurou com mau humor que já estava com saudade da Nina nova e melhorada.

A fila parecia interminável, mas em certo momento acabou, e Nina pôde tirar o casaco, guardar a bolsa debaixo do balcão e se virar para dar de cara com...

— Você de novo? Há quanto tempo está parado aí? — ela perguntou a Noah, que de fato estava de pé na outra ponta do balcão, com seu terno idiota e seu tablet idiota. Sem dúvida havia feito muitas anotações sobre a quantidade de respostas que Nina dava a Posy e ia recomendar que ela fosse demitida imediatamente.

— Um bom tempo, na verdade — Noah respondeu, sem alterar a voz. — *Eu* não voltei atrasado do almoço.

Nina lhe lançou um olhar duro. Não gostava de seu jeito irônico. Nem um pouco. Ele tinha uma expressão gentil e inteligente, mas, quando sorria com ar manso para ela, como estava fazendo agora, só inflamava ainda mais o fogo de sua antipatia.

— O Noah vai passar a tarde aqui — disse Posy. — Você saberia disso se tivesse chegado do almoço na hora certa.

— Meu Deus, Posy, você não vai mais parar de falar nisso? — Nina resmungou, então Noah fez outra anotação em seu iPad, no qual Nina ia derrubar uma bebida quente na primeira oportunidade que tivesse, e Posy fungou e disse que tinha trabalho a fazer e não queria ser perturbada, até desaparecer no escritório dos fundos.

Ela até fechou a porta para Nina não escutar o que ela e Verity diziam, o que significava que certamente estavam falando dela. Nina olhou em volta, depois esticou o pescoço para ver o que acontecia nas antessalas à esquerda e à direita. O número de clientes havia diminuído. A loja estava quase vazia outra vez. Como nos velhos tempos, quando eram a Bookends e só o que os impedia de fechar as portas era que Lavinia tinha uma renda particular para manter a loja funcionando. Nina suspirou.

Na época, ela meio que esperara ser demitida. E agora, se aquelas últimas semanas de poucos clientes na livraria fosse o novo normal, ou o novo velho normal, será que ela teria que voltar a viver com medo de perder o emprego? Afinal, ela havia sido a última funcionária a ser contratada, e todos sabiam que o último a entrar pela porta era o primeiro a sair quando aconteciam cortes. Embora Verity se recusasse a atender clientes, ela era a única funcionária que sabia como o sistema de estoque funcionava. E Posy recebera a livraria de herança de Lavinia porque era praticamente da família (seu pai era gerente da loja e sua mãe administrava o salão de chá até morrerem em um acidente de carro) e, de qualquer forma, ela não poderia se autodemitir.

Tom trabalhava só meio período e se recusava a usar a camiseta oficial da Felizes para Sempre, mas tinha um jeito inacreditável com as clientes mais velhas. Além disso, Nina até podia imaginar que, se Posy o demitisse, Tom simplesmente lhe diria, muito irritado, que ele não estava demitido e o assunto estaria encerrado.

Antes de vir trabalhar na Bookends, Nina tivera tanto sucesso em manter empregos quanto em conservar seus relacionamentos. Tanto um quanto o outro costumavam durar entre três dias e três meses. Ela havia perdido quase todos os trabalhos que já tivera por uma variedade de razões que iam de desrespeito a horários ao péssimo hábito de ser distraída. Mas, na verdade, isso não era culpa dela. Ela se entediava horrivelmente em sua profissão anterior. Ficava de pé o dia inteiro, as substâncias químicas detonavam seu esmalte, e ela era obrigada a convencer as clientes a comprar produtos supercaros de que elas não precisavam de fato.

E então acontecera aquele momento milagroso, três anos atrás, em que Nina esbarrara em Lavinia numa exposição sobre David Bowie no Museu Victoria e Albert. Era um dia quente de julho, Nina usava um vestido anos 50 sem mangas e admirava um display com roupas do período Ziggy Stardust, quando alguém cutucou seu ombro.

— Desculpe, meu bem — disse uma voz feminina com sotaque muito refinado —, essa tatuagem no seu braço é de *Alice no País das Maravilhas*?

Nina se virou e viu uma senhora idosa de pé ao seu lado, embora não houvesse nada de velho na expressão curiosa e afável de seu rosto.

— É — respondeu, esticando o braço para a mulher ver melhor o desenho elaborado que retratava o chá do Chapeleiro Maluco e as palavras nele entrelaçadas: "Você é louca, maluquinha, totalmente pirada. Mas vou te contar um segredo: as melhores pessoas são assim".

Elas leram a citação em uníssono, as duas rindo, e então Lavinia se apresentou e perguntou a Nina se poderia convidá-la para um chá com bolo. Dez minutos depois, havia lhe oferecido um emprego na Bookends.

Mas Lavinia se fora, e a Bookends também. Estavam em uma nova era, de Posy e Felizes para Sempre, e Posy tinha certeza de que se transformar em "uma livraria para todas as suas necessidades de ficção romântica" lhes traria novos clientes em grande número, mas e se ela estivesse errada?

— Não se importe comigo, minha função é só ficar aqui observando, mas você está bem?

— O quê?

Os devaneios carregados de desgraças de Nina foram interrompidos por Noah, que se sentira compadecido o bastante para largar o iPad enquanto olhava para ela com ar de preocupação. Se ao menos ela conseguisse lembrar de onde o conhecia...

— É que você está parada aí há seis minutos e quarenta e três segundos sem se mexer. Você sofre de hipoglicemia?

— É difícil, com a quantidade de bolos que eu como — Nina respondeu com sinceridade. Em seguida sacudiu a cabeça e piscou. — Estou bem. Não fique me encarando assim. É esquisito.

Mas ela não era a melhor pessoa para dizer aquilo. Ela própria estava sendo bem esquisita. Noah obviamente pensou o mesmo, porque murmurou algo para si enquanto pegava novamente o iPad e fazia outra anotação. Claro. Nina podia até imaginar o que ele estava escrevendo sobre ela.

Nina é uma péssima funcionária. Não tem nenhuma ética no trabalho. Nem sequer tenta parecer ocupada quando a loja está vazia. Só fica lá parada, como se estivesse prestes a ter uma crise de hipoglicemia. Além disso, acho que ela estava babando.

— Chega! — Nina exclamou, embora não tivesse certeza se estava falando com Noah ou fazendo uma advertência a si mesma. De qualquer modo, precisava fazer algum trabalho. Ou pelo menos fingir. O sininho tocou sobre a porta e um casal entrou. — Olá! Bem-vindos à Felizes para Sempre. Estou à disposição, caso precisem de ajuda — repetiu como costumava fazer, e não só porque estava sendo contínua e perturbadoramente observada.

Felizmente, houve um fluxo constante de clientes durante toda a tarde, e Nina não teve que fingir que estava ocupada. Ficou exausta com uma única mulher que permaneceu na loja por mais de uma hora porque estava com vontade de ler "uma série de livros ambientada em uma casa de campo, mais ou menos como as Crônicas da Família Cazalet", mas já tinha lido tudo que Nina tirava das estantes. Ou, se não tinha lido, não gostava da cara dos livros.

No fim, Nina a convenceu a reler as Crônicas da Família Cazalet e a despachou com os cinco livros da série, já que a mulher havia emprestado os dela para a cunhada com quem não falava havia dezoito meses, desde que brigaram em um batizado na família por causa de uns potes que não foram lavados e devolvidos depois de um churrasco.

Fora isso, foi a rotina usual de cobrar e embalar livros, recomendar leituras e pedir o e-mail dos clientes para incluir na mala direta da Felizes para Sempre para receberem um boletim mensal. (Embora essa fosse mais uma coisa que havia deixado todos entusiasmados na pré-reinauguração e ainda não havia acontecido na pós-reinauguração.)

Durante todo o tempo, Nina tinha consciência de que Noah estava sempre em seu campo de visão. Espreitando. Tomando notas. Não sendo nem um pouco prestativo, mesmo percebendo que ela estava sobrecarregada. Será que ele ia morrer se largasse um pouco aquele maldito iPad para colocar um marcador dentro de um livro, enfiá-lo em uma sacola e entregá-lo à sua nova dona?

Mas, exceto por ter deixado escapar um palavrão quando teve de trocar o rolo de papel da caixa registradora (sempre uma manobra complexa), Nina havia sido uma funcionária exemplar da equipe da Felizes para Sempre.

Não que Noah tenha comentado alguma coisa com Posy, quando ela finalmente saiu do escritório. Ele disse apenas:

— Bom, estou indo, então. Até amanhã.

E saiu da loja todo apressado, provavelmente para poder organizar logo seu zilhão de anotações sobre a frágil ética de trabalho de Nina. Ela esperou que a porta fechasse e virou para Posy.

— Eu pedi para você me ajudar na caixa registradora três vezes! Três vezes! Você tem ideia de como a loja ficou movimentada esta tarde?

Posy levantou as mãos como se pudesse conter a raiva de Nina.

— Por favor, Nina — disse ela, com ar de sofrimento. — Eu e a Very estávamos examinando as contas. Se eu parasse um segundo, ia me perder no meio daqueles cálculos. Amanhã tudo vai melhorar. O Tom disse que terminou sua emergência com as notas de rodapé e vai vir trabalhar.

Nina também teria algumas coisas a dizer para Tom amanhã por tê-la abandonado com o que parecia ser a desculpa mais esfarrapada de todos os tempos. Queria só ver quando ele descobrisse sobre Noah. Falando nisso...

— E quanto *àquele* Noah! Eu não vou mais aguentar isso, Posy! Ele está literalmente me perseguindo com o aval da minha chefe...

— Ei, calma! Ele não está fazendo isso. — Posy deu um tapinha no braço de Nina com a intenção de tranquilizá-la, mas isso só a irritou mais.

— Está, sim. Não posso nem respirar que ele já anota alguma coisa. Eu não sou obrigada a tolerar isso — Nina disparou. — Eu tenho direitos! Direitos trabalhistas!

— Na verdade, não tem, não — disse uma voz prepotente vinda da porta. Era Sebastian Thorndyke, claro, porque ele sempre aparecia quando Posy se encontrava em apuros, como se tivesse um sexto sentido que o avisasse quando sua amada estava sendo atacada.

Nina virou para sacudir o dedo para Sebastian. Normalmente, ela tinha muita consideração por ele, porque ele entendia que drama e paixão eram as bases do amor verdadeiro, e também porque fazia Posy loucamente feliz, mas naquele momento não sentiu nenhuma consideração por ele.

— Eu tenho direitos, sim — ela insistiu. — Qualquer tribunal trabalhista diria exatamente isso.

— Ah, meu Deus, ninguém está falando de tribunal trabalhista — Posy argumentou, em desespero. — Sinceramente, Nina, você está fazendo tempestade em copo d'água.

— Será mesmo? — Nina reagiu. — Como você pode deixar esse tal de Noah invadir minha privacidade com aquele tablet espião eletrônico? Eu aposto que isso vai contra a Lei de Proteção de dados também. Como eu disse, tenho meus direitos.

— Tudo bem, Morland, eu cuido disso — interveio Sebastian, o que era outra coisa que realmente irritava Nina: quando ele agia como se Posy fosse indefesa sem ele, o que ela não era. — Como *eu* disse, você não tem muitos direitos, porque a outra coisa que você não tem é um contrato de trabalho.

Nina abriu a boca, mas tudo que saiu foi uma arfada de choque, porque o maldito Sebastian estava certo. Lavinia era uma fofa, a melhor de todas as chefes, mas detalhes como contratos e descrições de cargo não eram muito prioridade para ela.

Pelo menos, isso tornava as coisas mais fáceis para todos. Nina abriu a boca de novo para... *O quê?* Estaria ela prestes a jogar tudo para o ar em um ataque de despeito? Seria mesmo tão burra? Mas então a injustiça, a desconsideração e a noahlidade da situação a invadiram em um acesso de fúria.

— Certo, tudo bem, então eu me...

— Chega! — Posy gritou com os olhos faiscando, porque, ao contrário de Nina, ela demorava para explodir, mas quando o fazia era melhor ficar longe, de preferência atrás de alguma proteção. Ainda que o fato de Posy estar brava com Nina fosse mais uma injustiça em uma semana inteira de injustiças. — Cale a boca, Sebastian! Por falar em contratos, como eu queria não ter assinado um contrato de casamento! Nina, Very: pub! Isso é uma ordem.

— Mas eu ainda não terminei de fechar o caixa — Verity lembrou timidamente.

— NÃO OUSE ME DESOBEDECER! VAMOS PARA O PUB, E É AGORA!

*Não vou agir como a senhora entre vocês,
ou morrerei de fome.*

Meia hora mais tarde, todas as três estavam sentadas no Midnight Bell, com uma garrafa vazia de shiraz e os restos de três saquinhos de batatas fritas sobre a mesa, enquanto Posy tentava tranquilizar Nina pela nonagésima vez.

— Ninguém vai ser demitido, a menos que seja o meu marido. O Noah não está lá criar problemas; ele está lá para nos dar soluções. Certo?

— Certo — Nina concordou, embora ainda estivesse um pouco mal-humorada, mesmo depois de Posy ter explicado que desde a reinauguração, tirando o período do Natal, o movimento estava baixo, o que significava que as vendas estavam fracas e não dava para lucrar apenas com os pedidos pelo site. Nina queria que Posy se lembrasse de todas as ideias brilhantes que elas tiveram para atrair mais clientes quando planejaram a reinauguração, mas Posy estava com o pescoço todo empipocado por causa do estresse, então ela achou melhor deixar para comentar isso em outra hora.

— Falando sério, ser casada não é fácil — Posy reclamou. — Não me entendam mal. Setenta e cinco por cento do tempo o Sebastian é um amor e faz com que *eu* me sinta incrível também, mas nos outros vinte e cinco por cento ele é um saco. E eu quase não tenho mais tempo para ler agora.

Verity deu um suspiro longo e baixo.

— Eu entendo o que você quer dizer. Nunca pensei que eu suportaria ter um namorado em tempo integral...

— E o Peter Hardy, oceanógrafo? — Nina interrompeu. Peter Hardy, que tinha sido o namorado de Verity antes de Johnny, o arquiteto charmoso.

Verity enrubesceu, como sempre acontecia quando seu ex era mencionado.

— Ele não era em tempo integral, já que estava quase sempre longe, mapeando oceanos! — Ela sacudiu a cabeça, como se não aguentasse falar sobre ele. — Enfim, como eu estava dizendo, nem acredito em como o Johnny se encaixa bem na minha vida. Vocês sabem como eu preciso ter meu próprio espaço. Mas meu tempo de leitura diminuiu bastante.

— Estou chorando por vocês, meninas — disse Nina, fingindo enxugar as lágrimas. — Mas achei que tínhamos vindo para cá para eu me tranquilizar porque não ia ser demitida e que depois íamos pedir outra garrafa e ficar falando mal do Tom, e que seria como nos velhos tempos, antes de vocês duas *sossegarem*, então vamos parar com essa conversa sobre seus relacionamentos?

— Você fala *sossegar* do mesmo jeito que alguém diria *doença venérea* — Verity comentou com um sorrisinho.

— Ou *péssima higiene pessoal* — Posy acrescentou, e Nina nem se importou de estarem fazendo gozação com ela, porque realmente sentira falta *disso*, sentira falta delas. Ninguém apoiava tanto a vida amorosa de suas amigas quanto Nina, mas, meu Deus, ficou tão chato depois que elas formaram seus seguros e mornos casaizinhos.

— Eu preferiria ter uma doença venérea a sossegar! — Nina disse, o que não era de forma alguma verdade, mas obteve a reação desejada. Verity soltou uma exclamação de choque e Posy fingiu engasgar com o vinho. — Apesar de que... andei pensando que talvez esteja na hora de dar um descanso para o HookUpp.

Very e Posy a encararam, boquiabertas.

— Fechem essa boca, gente. Não é tão surpreendente assim que eu tenha me cansado disso, é?

Elas se entreolharam e tiveram um ataque de riso.

— Não sei o que é tão engraçado. — Nina estava de fato se sentindo bastante ofendida. — Vocês sabem quantas noites eu desperdicei com homens do HookUpp, que sempre acabam se revelando uns imbecis? Eu falei para o Sebastian que ele precisava de um filtro de babacas melhor naquele aplicativo. Só sei que não vou encontrar minha alma gêmea, a outra metade do meu coração, com a ajuda de um algoritmo de aplicativo de encontros inventado por algum nerd certinho da folha de pagamentos do Sebastian que provavelmente nunca nem transou na vida.

Posy parou de rir.

— Com certeza vou mencionar sua sonora aprovação para a outra metade do *meu* coração — disse ela, secamente.

Very enxugou os olhos.

— Quando você fala em alma gêmea, quer dizer alguém que tenha um monte de tatuagens e não retorne suas ligações porque é *muito* descolado para fazer isso? Você sabe que adora um bad boy, Nina, mas parte do trato com bad boys é que eles não gostam de se amarrar.

— Eu sei — Nina argumentou —, mas veja a Cathy e o Heathcliff. Eles eram completamente apaixonados e...

— É — zombou Posy —, e a história de amor deles acabou *muito* bem.

— ... sim, mas não estamos no século XIX, então eu não vou morrer no parto chorando meu amor perdido. E, seja como for, a Cathy e o Heathcliff *eram* almas gêmeas — Nina insistiu —, e eu quero uma para mim também. Meu Deus, não devia ser tão difícil encontrar um homem demoniacamente lindo, com um jeito devasso e um espírito aventureiro. Um cara que quisesse passar a noite dançando e bebendo, mas de manhã levantasse da cama primeiro para me fazer uma xícara decente de café. — Ela se abanou. — E nem queiram saber o que faríamos naquela cama.

Verity abanou o próprio rosto.

— Não mesmo.

— Enfim, isso é o que eu quero em um homem, e não vou me contentar com menos. Mas com certeza não é para sossegar, porque isso é para pessoas entediantes sem romantismo, e eu preferiria ficar sozinha a sentir tédio.

Very levantou as sobrancelhas.

— Você está dizendo que eu e a Posy somos entediantes? Porque, se estiver, isso seria incrivelmente grosseiro e ofensivo.

— *E* falso — Posy completou. — Eu e a Very não somos entediantes. Nós podemos ser várias coisas, mas você, Nina, não tem força de vontade. A sua saída do HookUpp não vai durar mais que duas semanas, e então você vai começar a selecionar de novo qualquer homem com tatuagem.

— Isso também foi bem ofensivo. — Nina fungou. — Estou falando sério, Posy. Chega de HookUpp. Estou seriamente à procura do meu próprio herói romântico e vou apagar do meu celular esse aplicativo de encontros ridículo do seu marido.

Elas se encararam com expressão de desafio por um momento, até que Verity bateu na mesa com as duas mãos, fazendo-as parar com o susto.

— Tempo! Sinceramente, isto está parecendo uma noite com as minhas irmãs. Vamos parar de brigar e começar a falar do Tom. Estamos mesmo acreditando nessa história de emergência com as notas de rodapé?

Elas não estavam acreditando. Tom vinha trabalhando em sua tese de doutorado há *anos*. Isso não era nem exagero de Nina. Ele havia levado quatro anos para escrever o que era basicamente um trabalho enorme, sabe-se lá a respeito do quê. Ele não falava muito sobre sua outra vida na vizinha UCL, a universidade onde também lecionava na graduação. Alguns de seus alunos haviam aparecido para ajudar a pintar a loja pouco antes da reinauguração, e até eles sabiam muito pouco sobre o doutorado de Tom.

Mas não era apenas sua vida acadêmica que era fonte de controvérsia. Nina era quem mais interagia com ele e sabia que ele morava em Finsbury Park porque praticamente arrancara essa informação, ameaçando amarrá-lo e ler para ele os trechos mais sujos dos livros mais picantes que eles tinham na seção de eróticos. Tudo o mais era um mistério. Namoradas? Namorados? Família? Bichos de estimação? Ninguém sabia, mas era divertido especular.

— O Tom está usando um disfarce muito, *muito* secreto, esperando que seus instrutores em Moscou o ativem — decidiu Verity, que atualmente estava lendo um romance de espionagem ambientado durante a Guerra Fria. Nesse momento a entrada do Midnight Bell ficou agitada.

As três levantaram os olhos e viram alguém totalmente escondido por centenas e centenas de flores tropeçar para dentro do salão. Então essa pessoa desconhecida cambaleou até o pequeno canto onde elas estavam, a sua mesa de sempre, e uma voz familiar disse:

— Morland, estou terrivelmente angustiado. Não fique brava comigo. Você sabe que eu detesto que fique brava comigo. Para completar, é quase certeza que estou tendo uma crise de rinite. — Sebastian terminou com um espirro extravagante que fez balançar algumas frésias.

— Ainda estou muito brava com você — Posy respondeu calmamente.

— E você precisa pedir desculpas para a Nina, que vai ter um contrato de trabalho assinado amanhã bem cedo.

Houve uma pausa. Nina não ia ficar na expectativa. Sebastian Thorndyke pedindo desculpas para alguém que não fosse Posy? O inferno congelaria antes disso.

— Garota Tatuada, aceite isso como sinal da minha estima e da minha vergonha abjeta e blá-blá-blá — disse Sebastian, enquanto estendia vários buquês de rosas mais ou menos na direção de Nina.

— Tentativa podre de desculpas aceita — Nina decidiu, porque as rosas eram lindas: de um vermelho profundo, as pétalas macias como veludo, o perfume delicioso e forte o bastante para mascarar o cheiro de cloro que vinha da piscina da academia algumas casas abaixo.

— Filha do vigário, pode ficar com algumas flores também.

Verity recebeu alguns buquês de margaridas. Carol, a proprietária do Midnight Bell, ficou muito feliz com uma seleção de goivos, tulipas importadas e lírios, e Posy disse que eles levariam o resto para casa, embora só tivessem terminado a primeira garrafa de vinho.

Assim que Posy e Sebastian foram embora, Verity se levantou com um sorriso pesaroso.

— Não vou me encontrar com o Johnny hoje — ela anunciou, quando Nina abriu a boca para acusá-la de ir fazer exatamente isso. — Estou precisando muito passar um tempo com o Strumpet e tenho toneladas de roupas para lavar.

— Só desta vez vou te perdoar pela crueldade de me abandonar — disse Nina, levantando-se também. — E é só porque vou me encontrar com a Marianne e o Claude em Camden daqui a meia hora. Então não me espere acordada.

— Não vou esperar, mas não fique tão bêbada a ponto de esquecer a senha do portão e ter que me ligar para abrir — pediu Verity, enquanto elas saíam juntas do pub.

— Isso só aconteceu uma vez!

— Neste mês, você quer dizer — respondeu Verity. — "Você se deleita em me irritar."

Quando Verity sentia necessidade de citar *Orgulho e preconceito*, era porque estava de fato bem aborrecida.

E só havia um remédio para isso.

— "Cabe a Deus punir as pessoas más; nós devemos aprender a perdoar" — Nina citou uma frase de *O morro dos ventos uivantes*, o que fez Verity dar um gritinho de prazer, porque a garota nunca encontrara uma citação literária de que não gostasse. Além disso, Verity era filha de um vigário, então Nina ganhou alguns pontos extras por mencionar Deus.

✑

Deus não estava em nenhum lugar à vista no Dublin Castle, na Camdens Parkway, mas os dois melhores amigos de Nina estavam. Foi fácil avistá-los: ambos tinham cabelos muito pretos (casal que tingia unido permanecia unido, ao que parecia), embora Claude usasse um topete tão alto que desafiava a gravidade e Marianne preferisse um chanel com franja. Naquela noite, Claude vestia um terno estilo anos 50 vermelho-vivo e sapatos brancos de solado alto, enquanto Marianne estava enfiada em um macacão justo com estampa de oncinha, tendo como acessório sua melhor cara de megera. Em resumo, eles pareciam amedrontadores. Impactantes. Intimidantes. Então viram Nina passar pela porta e ambos sorriram como bobos e se levantaram para abraçá-la.

Nina e Marianne haviam se conhecido em um curso de dança de cabaré anos atrás e, além de ser sua melhor amiga, Marianne era a principal fornecedora de roupas vintage para Nina, e Claude era seu tatuador e piercer pessoal. Os dois também eram leitores vorazes (Claude talvez ligeiramente menos interessado pelo atual estoque de Nina do que na época pré-Felizes para Sempre), portanto essa era uma dupla amizade muito dispendiosa e muito empoderadora. Assim que Nina se sentou depois de pedir sua rodada de bebidas para a mesa, Marianne lhe passou uma sacola volumosa da Felizes para Sempre. Na última vez que Nina vira a sacola, ela estava cheia de uma coleção cuidadosamente selecionada de romances para Marianne, e agora estava recheada com...

— Um vestido estilo wiggle com estampa de cerejas, duas saias lápis para o trabalho e um casaco de estampa de oncinha com botões de strass — disse Marianne, enquanto Nina retirava cada item. — Todos devem servir. Quer que coloque na sua conta?

Marianne tinha as medidas de Nina arquivadas, embora Nina realmente tivesse que parar de comer tanto bolo, caso contrário essas medidas precisariam ser corrigidas. Ou ela teria que começar a usar uma camada dupla de cinta modeladora.

— Você sabe que eu nunca recuso nada com estampa de oncinha — disse Nina, ao mesmo tempo em que Claude pegava seu celular e uma caneta marcadora e segurava o braço esquerdo de Nina, o que significava trabalho em andamento.

O resultado final seria uma manga inteira dedicada a *O Morro dos ventos uivantes*. Já estavam na metade; o antebraço de Nina tinha silhuetas de Cathy e Heathcliff se abraçando junto a uma árvore ressequida e a citação: "Seja do que for que nossas almas são feitas, a dele e a minha são iguais". Os ramos da árvore, curvados pelo vento, continuariam subindo por seu braço, com andorinhas voando em um céu tempestuoso e descolorido.

A mãe de Nina tinha detestado. Ela também detestara o desenho anterior de rosa e espinhos, que Claude estava cobrindo, e não era muito fã do outro braço de Nina, com a manga inteira de *Alice no País das Maravilhas* que tanto encantara Lavinia. "Espere só para ver o que eu planejei para minhas pernas", Nina gostava de dizer, o que só aborrecia ainda mais sua mãe.

— Tenho aqui o modelo que você me mandou. Posso desenhar para a gente ver como fica? — Claude perguntou, indicando a parte superior do braço de Nina, adornada apenas com os contornos dos galhos de árvores retorcidos.

— À vontade — ela respondeu enquanto bebia vodca com tônica com a outra mão e conversava com Marianne sobre a feira de artigos vintage que sua amiga ia visitar no fim de semana, antes de lhe contar sobre suas mais recentes dificuldades e tribulações na Felizes para Sempre.

— Eu não suportaria ter um nerd de análises empresariais me stalkeando — disse Marianne. — Que sinistro!

— Não é? — Nina se sentia aliviada por *finalmente* estar com pessoas que a compreendiam.

— Quem sabe onde suas informações pessoais podem parar? — Claude refletiu enquanto desenhava delicadas andorinhas negras mergulhando pelo braço de Nina. — Provavelmente em um arquivo no gabinete de Vladimir Putin.

Claude gostava de uma teoria da conspiração. Nina uma vez cometera o erro de mencionar na frente dele como era triste que Hillary Clinton não tivesse ganhado as eleições presidenciais e isso lhe custara três horas de falação. Então Nina e Marianne o ignoraram. Era o melhor caminho.

— Eu posso ir até a livraria te atormentar com perguntas e você me ajudaria sendo supersimpática — Marianne sugeriu. — Aí ele poderia anotar que você é uma excelente funcionária.

— Talvez seja uma boa ideia — Nina refletiu, levantando o copo. — Falando em boa ideia, é sua vez de pagar a rodada, Claude.

Mais duas vodcas com tônica e o mundo de Nina tinha cores novas e agradáveis. Foram para a pequena sala dos fundos ver uma banda de rock indie chorosa. O som deles era como o de qualquer outra banda indie chorosa que Nina já tivera a infelicidade de ver nas salas dos fundos de pubs de Camden.

Esses músicos indie específicos, os Noble Rots, eram clientes de Claude, então Nina fez comentários entusiasmados ("Achei vocês *muito* bons! Que profundo!") quando eles vieram falar com seu amigo depois da apresentação.

Eles estavam com uma pequena turma, formada por um roadie taciturno e atarracado, um cara ainda mais taciturno (que evitava Nina e Marianne como se elas fossem portadoras de uma doença infecciosa), o qual era o empresário da banda, e duas garotas japonesas que não falavam uma palavra sequer, mas não paravam de encarar os quatro caras da banda com tanta insistência que Noah poderia processá-las pelos direitos autorais. As meninas tinham vindo de Osaka para ver os Noble Rots tocarem como atração secundária no Dublin Castle. Nina não pôde deixar de pensar que havia sido um terrível desperdício de passagem aérea.

Com tão poucas opções, não foi surpresa que os quatro membros dos Noble Rots tivessem começado a rodear Nina, após ter ficado claro que Marianne estava com Claude.

— Nem pense nisso — Marianne alertou o vocalista quando ele perguntou o seu signo. — Estou com o Claude há onze anos, e você não vai mesmo querer arrumar confusão com um homem que vive enfiando agulhas nas pessoas.

Após ter prometido largar o HookUpp, era extremamente agradável para Nina ter quatro homens capazes e reais se empurrando para chegar mais perto dela enquanto o grupo se dirigia à Camden High Street para comer alguma coisa.

Ela havia sido rejeitada tantas vezes por homens como Steven, 31, escritor, que acabara esquecendo que, na verdade, era considerada muito atraente, até bonita. Ou, como Noel, o vocalista dos Noble Rots, ronronou em seu ouvido: "Você parece uma pinup dos anos 50. Eu adoraria que você fosse a garota do mês no meu calendário".

Era uma boa cantada, mas Nina não saía com vocalistas. Muito ego para o seu gosto. Também não saía com bateristas. *Todo mundo* sabia que bateristas sofriam de hemorroidas, e era impossível ver algo sexy em hemorroidas.

O que lhe deixava o baixista e o guitarrista, um de cada lado. O baixista, Nick, tinha cabelos loiros atrevidos e um sorriso também atrevido para combinar e comprou um saquinho de batatas fritas para Nina. O guitarrista, Rob, não comprou nada para ela, mas a olhava com ar contemplativo enquanto ela lambia lascivamente o ketchup de uma batata.

Ah, calma, coração! Nina tinha um fraco por homens que a encaravam com ar contemplativo. Por isso era preciso conhecê-los em um cenário de vida real, e não em um aplicativo. Para poder trocar olhares com um estranho na rua, sentir aquele formigamento nos dedos dos pés e das mãos, aquele arrepio bom embaixo da barriga. Não havia nenhum aplicativo no mundo que pudesse fazer você se sentir assim.

— Então você vem para casa comigo — disse ele.

Nina também tinha uma inegável atração por homens que assumiam o controle. Porém...

— Eu não vou para casa com você — ela respondeu com firmeza, porque Rob ia ter que fazer muito mais que só a encarar com ar contemplativo e falar com uma voz ronronada e decidida. Além disso, havia a regra dos três encontros, e aquilo nem sequer contava como um primeiro encontro. Apesar do arrepio, ela não podia ter certeza de que Rob era sua alma gêmea, portanto precisava fazê-lo passar por alguns testes. Ainda que, se ele fosse o seu Heathcliff, será que ela não saberia assim que ambos puseram os olhos um no outro pela primeira vez? Talvez esse fosse um caso de início mais lento. — Mas você pode me acompanhar até o ponto de ônibus.

— Tudo bem — Rob concordou e caminhou com Nina até o ponto do ônibus número 168, e chegou mais perto, e mais perto, até que ela pôde sentir o cheiro de couro, cigarros e cerveja, uma combinação inebriante de aromas para ela, e então ele a beijou.

Não havia nada de contemplativo nos beijos de Rob. Eles eram um pouco molhados demais, mas ávidos, entusiasmados, e o famoso poder de fixação de seu batom MAC Ruby Woo não foi suficiente para sobreviver ao ataque.

— Eu te mando uma mensagem — disse ele quando se separaram para respirar e o painel de LED no ponto de ônibus avisou que o 168 estava a apenas dois minutos de distância.

Trocaram números de telefone, deram mais um amasso rápido e Nina embarcou no ônibus.

Ela estava um pouco bêbada, o que também significava que estava um pouco mais introspectiva que de costume. Talvez fosse por isso que uma vozinha em sua cabeça dizia: *Meu Deus, você tem quase trinta anos e continua dando amassos em pontos de ônibus como uma adolescente*. Era uma vozinha muito crítica. Parecia muito com a de sua mãe.

— Mais um garoto de banda, Nina? Ah, você é *tão* previsível.

Essa não era uma vozinha crítica dentro de sua cabeça, mas uma voz crítica *fora* de sua cabeça. Nina se virou e soltou um suspiro desanimado enquanto seus lábios se curvavam em um sorriso de desdém.

— Gervaise — disse ela, sem entusiasmo, porque seu ex-namorado totalmente *imbecil* estava sentado no banco de trás. Ele estava com... uma pessoa de gênero indefinido toda vestida de preto, de cabelos loiros tingidos penteados para trás com gel, lápis preto grosso em volta dos olhos e um sorriso presunçoso. Em suma, Gervaise havia conseguido encontrar um duplo, um sósia, um *mini-me*, o que não era surpresa, já que ele era a pessoa mais egocêntrica que Nina já conhecera. — Ainda sexualmente fluido, não é?

— Ah, Nina, eu perguntaria se você ainda é irremediavelmente plebeia, mas você já mostrou que sim — ele respondeu com doçura.

Gervaise era um artista performático que Nina havia conhecido em uma convenção de tatuadores. Ele chegara em Nina todo imponente com um casaco com estampa de oncinha que ela cobiçou de imediato e lhe dissera que ela era a mulher mais linda que ele já tinha visto e que os dois juntos nunca dariam certo porque ele jamais conseguiria ter um relacionamento importante com alguém mais bonito que ele.

Nina ficara instantaneamente atraída, lisonjeada e ansiosa para aceitar o desafio.

— Que tal um relacionamento sem importância, então? — ela respondera com voz rouca, e Gervaise sorrira.

— Meu tipo favorito de relacionamento.

Tiveram uma semana alucinante vendo filmes franceses, apreciando arte polonesa e bebendo vodca russa, e então Gervaise lhe dissera que era sexualmente fluido.

— Quê? — Nina perguntara, empurrando-o, porque era o terceiro encontro e as coisas estavam esquentando muito na cama japonesa dele. — Bissexual?

— Ah, Nina, você é tão inocente — ele dissera, algo que ninguém jamais lhe havia dito antes. — Estou querendo dizer que não acredito que a minha sexualidade seja um ponto fixo em um gráfico. — E, quando Nina estava prestes a questioná-lo sobre isso, os olhos dele brilharam. — Meu Deus, você tem peitos incríveis... — E o momento passou.

Verity disse que, para ela, isso parecia significar que Gervaise pretendia traí-la com outras mulheres *e* homens, mas Nina descartara essa opinião, porque Verity era filha de um vigário, então o que poderia saber sobre esses assuntos?

Muito, na verdade. Porque o relacionamento acabou consistindo basicamente em Gervaise a traindo e, como Verity previra, ele traía Nina com outras mulheres, outros homens e, uma vez, com ambos ao mesmo tempo. Depois eles brigavam por causa das traições, porque ele nem sequer se dava o trabalho de disfarçar, mas insistia em declarar que ficaria desolado sem Nina em sua vida. Tudo era muito dramático, mas não muito divertido. No fim, Verity ameaçara fazer uma vigília de oração a noite inteira se Nina não chutasse Gervaise de uma vez por todas, o que ela finalmente havia feito pouco mais de seis meses atrás.

E agora ali estava ele, no ônibus 168, parecendo muito satisfeito consigo mesmo, ainda que, na última vez que Nina o vira, ele tivesse jurado que jamais conseguiria superar a dor pelo fato de ela o ter deixado. Para completar, ela simplesmente *sabia* que tinha batom vermelho espalhado por toda a metade inferior do rosto.

Enquanto consertava esse estrago, ela ouviu Gervaise dizer para seu duplo em um tom de voz claramente destinado para ela escutar:

— Ela é tão provinciana, limitada até.

— Provinciana? — Nina protestou, cortante, recusando-se a virar para trás. — Isso é ótimo vindo de alguém que nasceu e foi criado nos subúrbios de classe média de Londres.

Então ouviu uma forte puxada de ar atrás dela.

— Stevenage é uma área bastante precária. É praticamente um gueto.

— É, mas você não é de Stevenage, é de Welwyn Garden City. — Nina pressionou o botão para a próxima parada, fechou ruidosamente seu estojo de pó compacto, guardou-o na bolsa e levantou. Sentia-se mais autoconfiante agora que seu rosto estava restaurado à glória anterior. Também ficou claro que, embora Gervaise a tivesse tratado de modo terrível, ele ainda não havia superado a separação, ou não sentiria necessidade de ficar falando mal dela para seu substituto. Mas ela ainda não tinha terminado. — Ah, a propósito — ela acrescentou, olhando para o dito substituto. — o nome dele nem é Gervaise. É *Jeremy*.

E nem se importou que Gervaise a chamasse de "puta" enquanto ela descia rapidamente os degraus. Só o que estava na cabeça dela ao se apressar pela agora deserta Rochester Street e entrar no Mews era chegar em casa em segurança. Era quase meia-noite, e sabe-se lá quem poderia estar espreitando nas sombras. Ela conteve a respiração enquanto digitava a senha de segurança do portão.

Foi só quando atravessava com cuidado a loja silenciosa que seu estômago começou a se apertar, como acontecia quando ela recebia uma carta do banco ou sua mãe telefonava. Naquela noite, havia conhecido um homem bonito e de ar contemplativo que a beijara avidamente e lhe dera seu número de telefone. Mesmo contando o encontro desagradável com Gervaise, não havia razão para aquela sensação de medo e fatalidade que se instalara em seu estômago.

Você é tão previsível. As palavras de Gervaise ecoaram na cabeça de Nina enquanto ela subia a escada na ponta dos pés, embora isso ela realmente não fosse. O que ela se esforçava para ser era, nas palavras de Emily Brontë, "meio selvagem, destemida e livre".

Então por que aquela noite se parecia com centenas, com milhares de outras noites? Ela tinha quase trinta anos e — aquela vozinha perturbadora voltou — ali estava, ainda dando amassos em pontos de ônibus.

Ela deveria estar vivendo sem rédeas, no limite, dando uma banana para as convenções, com seu próprio Heathcliff ao lado.

No entanto, ali estava Nina, de pé na cozinha, comendo creme de amendoim direto do pote, com o gato de sua colega de apartamento se enrolando em seus tornozelos, após uma noite com amigos, todos felizes com seus pares, enquanto ela ainda fazia seleção de sapos.

Se aquela era sua melhor vida, queria pedir um reembolso.

*Era tão absurdo ele plantar um carvalho em um vaso
de flores e esperar que crescesse quanto imaginar
que poderia devolver a ela sua vitalidade.*

No dia seguinte, Tom estava de volta. A vontade de Nina era abraçá-lo, e só não o fez porque Tom ameaçaria registrá-la no livro de assédio sexual. O livro de assédio sexual era parte da lenda da Felizes para Sempre, mas não existia de fato. E, na verdade, Tom não merecia um abraço.

— Eu estou furiosa com você — Nina lhe disse, antes que ele ao menos tivesse a chance de tirar o casaco ou desembrulhar seu panini de café da manhã. — Emergência com notas de rodapé, né? Tá bom!

— Eu tive mesmo um problema com as notas de rodapé — confirmou Tom, sério. Ele tendia a ter dois humores: sério ou mal-humorado, embora Nina gostasse mais do terceiro humor, mais raro, de Tom, o gozador absoluto. — Eu vi que elas não estavam formatadas direito e, quando tentei corrigir, a tese toda foi reformatada e eu perdi todos os itálicos. Sério, Nina, a minha vida inteira passou diante dos meus olhos.

— Ainda não parece muito uma emergência — Nina resmungou, arregalando os olhos. — Você vai ter que me buscar chocolate para compensar e me trazer café do salão de chá sempre que eu estiver precisando.

— Você me manda fazer isso mesmo quando não está brava — Tom a lembrou, depois ergueu a mão. — Nem mais uma palavra até eu terminar de comer meu panini.

Os cinco minutos com seu panini de café da manhã eram sagrados para Tom. Nina lhe lançou um olhar afetuoso enquanto ele enfiava na boca o bacon e os ovos dentro de duas fatias de pão italiano tostado. Ele não podia ter mais de trinta anos, embora até sua idade fosse um mistério, e não ajudava o fato de ele se vestir como um velho professor. Hoje ele estava com uma calça cinza que parecia ter sido produzida na década de 30, uma camisa branca com punhos e colarinho puídos, gravata azul de tricô e, ah, Deus, não, em vez do casaco de tweed habitual, Tom estava usando um cardigã com couro nos cotovelos.

Seu cabelo loiro-escuro estava penteado em um topete e os olhos cor de avelã espiavam o mundo por trás de óculos de aro escuro, embora Nina frequentemente desconfiasse de que Tom enxergava perfeitamente bem sem eles. O resultado final era de um garoto intelectual e desamparado, carente de cuidados. Sem dúvida, Tom tinha um enorme grupo de fãs entre suas clientes, "todas elas na pós-menopausa", como Nina certo dia comentou com Posy, fazendo-a cuspir o chá que estava bebendo. Uma das admiradoras mais fiéis de Tom, que nitidamente estava chegando aos oitenta, o presenteara uma vez com uma gravata que havia tricotado especialmente para ele.

Nina não conseguia ver todo esse charme em Tom, o que era bom. Ela já se distraía muito facilmente, mesmo sem se sentir atraída por um de seus colegas de trabalho.

— Onde a Posy e a Very estão? — Tom perguntou, após engolir a última mordida do panini. — Achei que uma delas ia vir do escritório para me dar uma bronca pelas minhas faltas e atrasos.

Além da tal emergência com as notas de rodapé, Tom se atrasara vinte minutos. Ainda que a única razão de Nina ter chegado na hora tenha sido que Verity deixou um Strumpet sem comida entrar em seu quarto e ele sentou em cima da cabeça dela e uivou até Nina levantar para alimentá-lo.

— Elas foram a uma feira de negócios em Olympia para dar uma olhada em lembrancinhas e coisas de papelaria. A Posy queria ter umas ideias para o próximo Natal — Nina o informou. — A Verity decidiu ir com ela para garantir que...

— A Posy não voltasse com quinhentas sacolinhas — Tom completou.

— Foi mais ou menos essa a conversa. — Nina cruzou os braços. — Então, você arruma o estoque novo nas estantes e eu atendo os clientes.

— Nós dois arrumamos o estoque novo nas estantes até a hora que algum cliente entrar e precisar ser atendido. — Tom cruzou os braços também e olhou para Nina sobre os óculos, que haviam escorregado pelo nariz como costumavam fazer.

— Você está me devendo. Emergência com notas de rodapé, seu rabo! Você não sabe como ficou a loja na sua ausência! Espere só até eu te contar sobre o...

Quando Nina estava pronta para atualizar Tom sobre as mais recentes e indesejáveis novidades da Felizes para Sempre, a porta se abriu, o sininho tilintou e a mais recente e indesejável novidade entrou na livraria, trazendo junto uma lufada de ar frio.

— ... Noah — disse Nina, com um tom nem amistoso nem hostil, tão neutro quanto a Suíça.

— Nina — Noah respondeu, com igual neutralidade. — Olá — acrescentou para Tom, enquanto passava por ele, dava a volta no balcão e entrava no escritório nos fundos, retornando em seguida sem o casaco, com seu terno azul-marinho e o iPad nas mãos. Fazia um frio cortante, suas faces estavam rosadas pelo vento e os cabelos despenteados pela brisa, de modo que ele praticamente parecia brilhar de vitalidade.

— Noah? — Tom perguntou, empurrando os óculos de volta para o alto do nariz. — E você está aqui para...

— Ele está só observando — disse Nina e, antes que Tom pudesse falar qualquer outra coisa, ela o pegou pela gravata e o puxou até o primeiro arco à esquerda. — Temos um estoque urgente para arrumar na sala de livros eróticos. Você não precisa observar isso — ela acrescentou para Noah, que levantou as sobrancelhas à menção de "eróticos".

Então, em enfáticos sussurros, ela informou seu colega de trabalho sobre o espião que agora havia entre eles.

— Uma raposa no galinheiro — Tom definiu assim que Nina terminou de falar. — Isso é uma total violação das nossas liberdades civis.

— A Posy disse que ninguém vai ser demitido. Ou pelo menos que *eu* não vou ser demitida — Nina comunicou. Ela amava Tom como a um irmão, mas, no que se referia ao mercado de trabalho, ele era nitidamente mais empregável que ela. — De qualquer modo, você sempre fala para a Posy quando ela tenta te forçar a usar a camiseta da loja que a Waterstones te contrataria em um piscar de olhos.

— Eu não quero trabalhar na Waterstones — Tom sibilou. — Eles não teriam sido nem de longe tão compreensivos com a minha emergência com as notas de rodapé.

Eles ouviram um tilintar distante e Noah chamou:

— Acho que vocês têm uma cliente.

Teria sido uma rara alegria para Tom e Nina terem a loja só para si. Nina amava Posy e Verity infinitamente, inquestionavelmente, mas Tom era seu parceiro. Seu copiloto. Juntos, eles eram uma equipe eficaz de atendimento aos clientes: Tom as encantando com seu modo sério, mas sincero, e Nina fechando o negócio com um pouco de persuasão contundente. "Dê um presente para você mesma", ela dizia para alguma cliente hesitante com sua escolha de livros. "Leve todos eles. Está quase no dia do pagamento."

Mas, com Noah ali, *observando*, eles não se sentiam à vontade para agir ao seu estilo. Além disso, Tom estava trabalhando com extrema diligência. Arrumando as prateleiras na metade do tempo que levava normalmente. Repreendendo Nina com tom moralista quando ela enviou uma mensagem de texto a Paloma para lhe trazer o café, *como fazia todas as manhãs*, porque ela podia muito bem ir até lá buscar. Jogando tanto charme para cima de uma cliente que a pobre mulher sucumbiu a um rubor espontâneo. E lá estava Noah espreitando atrás do balcão, ou espiando pela lateral da escadinha rolante, ou se esgueirando até a seção da Regência para anotar que Tom tinha completo domínio da tarefa de organizar os livros nas prateleiras.

Era quase como se Tom estivesse representando o papel de um vendedor de livros dedicado e consciencioso, para que qualquer um que o estivesse *observando* achasse que ele era um funcionário-modelo. O que ele absolutamente não era. Ele sempre respondia para Posy, recusava-se a entrar na seção de livros eróticos desacompanhado, tentava evitar as consumidoras de livros românticos mais exaltadas e, mais importante, sabia muito pouco sobre qualquer um dos livros que estavam à venda, exceto os que ficavam na seção de clássicos.

Nina esperava mais de Tom.

— Eu alimentei uma cobra no meu peito — ela disse a Mattie, quando teve que atravessar *toda* a livraria até o salão de chá em vez de pedir uma entrega por mensagem de texto. — Quem poderia imaginar que o Tom seria um puxa-saco desse jeito?

— Homens... — Mattie respondeu com desgosto, um tom que não combinava nem um pouco com seu jeito moleca; ela era a própria imagem de Audrey Hepburn em *Cinderela em Paris*. Recém-chegada da capital francesa, onde aprendera a arte da confeitaria, ela sofrera uma desilusão amorosa, e toda essa experiência a deixara muito pouco entusiástica em relação à espécie masculina. — Não se pode confiar em nenhum deles.

Já era quase a hora do almoço, e Posy e Verity ainda não tinham voltado. Posy enviou uma mensagem avisando que mal haviam começado a examinar os itens de papelaria.

— Bom, só vou dar uma saidinha rápida para um sanduíche — disse Tom, a cara da responsabilidade. — Já que estamos só nós dois.

— Então eu não vou nem sair — Nina respondeu, porque também podia fazer esse jogo. — Vou pegar qualquer coisa no salão de chá e comer atrás do balcão. Mas tudo bem, Tom, pode ir. Eu consigo defender o forte sozinha por dez minutos.

Tom resmungou enquanto vestia o casaco, então saiu com passos ofendidos. Nina ouviu uma risadinha atrás de si, virou-se e viu Noah, como se pudesse ser alguém além dele, apoiado no batente da porta do escritório.

— Ele é sempre assim tão dedicado? — ele perguntou.

— Quase nunca — ela respondeu, azeda. — Não, não anote isso!

— Eu não anoto tudo — Noah protestou, franzindo a testa.

Na maior parte do tempo, Nina evitava olhar para Noah. Só a mera sugestão de sua presença já era suficiente para irritá-la, mas agora, quando deu uma espiada nele, foi novamente tomada pela sensação de que já o tinha visto antes.

Só não conseguia lembrar onde. Ela não costumava sair com pessoas do mundo dos negócios e certamente se lembraria de Noah, com aquele cabelo — era de fato uma cor gloriosa quando pegava uns raios de sol, como acontecia naquele momento — e as sardas; ele não era o tipo de pessoa que se esquece. Especialmente quando sorria para ela, como estava fazendo agora. O sorriso transformava seu rosto, fazendo-o deixar de ser um analista de negócios todo certinho em um terno azul-marinho e se tornar um homem bastante atraente. Tinha maçãs do rosto bonitas também.

Parecia que ele estava amolecendo, e seria uma pena não tirar proveito disso.

— Você anota a maioria das coisas. — Ela deu a volta no balcão para chegar mais perto dele. — Deixa eu dar uma olhadinha.

Noah segurou o iPad junto ao peito.

— No que eu escrevi? Isso seria antiético, não acha? — Assim tão de perto, os olhos dele não eram só verdes, mas tinham um anel cor de avelã em volta das pupilas. — E, se você chegar mais perto de mim, eu *vou ter* que anotar isso.

Seria uma ameaça ou uma brincadeira? Nina não sabia dizer.

— Eu vou fazer valer a pena — ela garantiu, em sua voz mais rouca. Bateu os cílios e moveu o lábio inferior. Se não estivesse usando sua odiada camiseta da Felizes para Sempre, que tristemente lhe escondia os seios, ela os teria usado como parte de seu arsenal mortífero.

Noah, porém, não se impressionou. Embora tenha sorrido de novo.

— Onde está o famoso livro de assédio sexual? — ele perguntou. — O que eu vou escrever ficaria mais apropriado lá.

— Na verdade, nós não temos, um livro de assédio sexual — disse Nina. — A única pessoa que Posy, Very e eu poderíamos assediar sexualmente é o Tom, e ele não vale o esforço.

— Ou o Tom poderia assediar vocês?

— Ele não *ousaria*. — Nina riu com prazer ao imaginar Tom assediando sexualmente quem quer que fosse, e Noah deve ter pensado que ela estava sorrindo para ele, porque retribuiu o sorriso. De novo.

Nina sorriu de volta, pois parecia a coisa mais educada a fazer, o que fez com que os dois ficassem presos em toda uma situação de sorrir e sorrir de volta, como se estivessem tendo um momento especial.

O que não estavam. Nenhum momento especial estava ocorrendo ali.

— Se você for ao salão de chá pegar alguma coisa para o almoço, posso ir com você? — Noah sugeriu, porque esse era o resultado de ficar sorrindo para as pessoas. — Ainda estou na fase de experiência com todas aquelas delícias. O que você recomenda?

— Bom, a Mattie faz um ótimo enroladinho de salsicha de porco e maçã com molho apimentado — Nina respondeu, porque Noah era mais ou menos um colega ali, e aquilo era apenas uma conversa de intervalo de almoço. Longe de estarem ficando amigos ou algo parecido. — Mas não é para os fracos.

— Parece excelente — ele concordou com entusiasmo. — Eu adoro comidas apimentadas.

— Mas eu não posso sair da loja até o Tom voltar — Nina o lembrou, porque de jeito nenhum queria ser coleguinha de almoço de Noah. Ainda mais que ele nem a deixava dar uma espiada no iPad. Se bem que, se ela conseguisse cair nas graças dele, com certeza ele lhe daria uma avaliação de desempenho excelente, e isso seria bem feito para Tom.

Foi só pensar nele que a porta da livraria se abriu violentamente e Tom parou ali na entrada.

— Nina! O que você está fazendo? — perguntou ele.

— Nada! — ela protestou, afastando-se de Noah. Como havia chegado tão perto dele assim?

— Não parecia — resmungou Tom. — Enfim, preciso falar um minuto com você.

Foi um alívio abençoado se afastar de Noah e parar de sorrir.

— Então você finalmente vai admitir que não teve nenhum problema com as notas de rodapé?

— O quê? Não! Para com essa história. — Fechou a porta. — Não é sobre isso que precisamos conversar.

Subitamente, Nina sentiu uma mão em seu braço. Dedos quentes cobrindo Cathy e Heathcliff abraçados junto à velha árvore ressequida.

— Quer que eu te espere? Ou quer que eu traga um daqueles enroladinhos de salsicha para o seu almoço?

— Eu já trouxe o almoço da Nina — Tom interveio, com uma ligeira aspereza na voz, como se duvidasse das intenções de Noah. — Um bagel de salmão defumado do Stefan e um rolinho de canela de sobremesa. Agora, se pudermos ter aquela conversa... *a sós* — acrescentou, incisivo.

Noah pareceu um pouco aborrecido ao dar a volta no balcão.

— Na verdade, acho que preciso de um pouco de ar fresco antes daquele enroladinho de salsicha — disse ele, e Nina se pegou sorrindo outra vez.

— Fica mesmo bem abafado aqui dentro — ela comentou, enquanto Tom lhe lançava um olhar de repreensão.

Ele esperou até a porta se fechar atrás de Noah, depois pegou as mãos de Nina de um jeito pouco habitual.

— Vou ter que te registrar no livro de assédio sexual? — Nina perguntou, soltando as mãos.

— Sem essa de confraternizar com o inimigo — disse Tom, e Nina estava prestes a assinalar que Noah não era exatamente um inimigo, e sim mais um invasor do espaço deles, quando Tom segurou suas mãos outra vez. — Eu queria te pedir desculpas pelo que fiz antes do almoço — falou. — Não sei o que deu em mim.

Nina soltou as mãos *de novo*.

— Está falando da sua encenação de "funcionário do mês"? Sinceramente, Tom, eu não sabia que você podia ser tão imbecil.

— Nem eu — ele concordou. — Estou com vergonha de mim mesmo. Juntos para o que der e vier, está bem? Vamos só fazer o que normalmente fazemos quando *aquele* Noah estiver por perto?

— Sim, por favor! Mas talvez não tão normalmente como sempre — Nina sugeriu. — Talvez discutir menos quando a Posy e a Verity estiverem sendo muito mandonas.

— Boa ideia. — Tom lhe entregou a sacola de papel marrom da delicatéssen de Stefan, como se tivesse planejado não lhe dar o almoço se ela se recusasse a ser solidária com ele. — Além do mais, eu já estava ficando *exausto* de ser tão eficiente. Não consigo manter essa encenação nem mais um minuto.

— Me admira você ter conseguido mantê-la por uma manhã inteira — disse Nina, com um sorriso.

— Mas você e o Noah estavam parecendo muito íntimos quando eu interrompi — Tom comentou, enquanto desembrulhava seu bagel.

— Interromper implica que estávamos no meio de alguma coisa e, pode acreditar, não estávamos no meio de nada.

— É que eu pensei se... Não... Esquece que eu toquei nesse assunto... — Ele sacudiu a cabeça.

Tom sempre fazia isso. Começava a dizer algo que atiçava a curiosidade e parava no meio, obrigando Nina a se empenhar para extrair alguma fofoca picante ou algum comentário maldoso espetacular.

— O que foi? — ela perguntou. — Não me deixe assim boiando.

Ele terminou de mastigar lentamente um pedaço de bagel antes de responder.

— Não é nada.

— Tom! — Nina rosnou.

— Eu só estava pensando que você poderia mesmo estar se insinuando para aquele Noah...

— Eu não estava me insinuando — ela interrompeu, indignada.

— Parecia que você estava pondo em prática seus ardis femininos — disse Tom, porque às vezes ele falava com o linguajar típico de um romance do século XIX.

— Eu nunca faria isso — disse Nina, embora tivesse feito exatamente isso. — Estou chocada por você ter essa opinião tão baixa sobre mim, Tom.

— Claro que não — ele concordou depressa. — Mas digamos que você estivesse flertando com ele para obter informações, penetrar as trincheiras inimigas, pelo benefício de nós dois, e da Verity também, então isso seria pelo bem maior.

Nina não podia acreditar no que estava ouvindo. De Tom. Entre todas as pessoas.

— Você quer que eu me venda para o Noah? Quando ele não faz de jeito nenhum o meu tipo? Naquele terno. Com suas soluções de negócios. Aff.

— Não estou sugerindo que vá para a cama com ele, mas você é muito atraente — disse Tom, depressa, acenando a mão na direção de Nina. — Só um flertezinho de leve, enfiar seus seios na cara dele. Você sabe, esse tipo de coisa.

— Tom! — Nina exclamou, verdadeiramente chocada. — Que tipo de mulher você acha que eu sou?

O rosto de Tom ficou tão vermelho que ele parecia estar com queimaduras de terceiro grau.

— Eu acho que você é uma mulher adorável e altruísta que adora enfiar os seios na cara das pessoas, então não custaria ter uma boa razão para isso.

Bem, quando Tom punha as coisas nesses termos... Nina sempre achava difícil resistir a um desafio. Mas Noah?

— Um pouco perto demais para o meu gosto. Você sabe que ele é amigo do Sebastian, não sabe?

— Só um flertezinho de leve — Tom insistiu. — Você quase se jogou para cima daquele Piers horroroso. Para ele parar de encher o saco. A Verity me contou.

Piers era um empreendedor imobiliário totalmente odioso, mas muito sexy, que ficara rodeando Nina, mas só porque era tudo parte de seu plano nefasto de comprar a Bookends e transformá-la em um prédio de apartamentos de luxo. Uma história que não havia terminado bem. Na verdade, terminara com Piers trancando Posy no depósito de carvão embaixo da loja e jogando tinta cinza por toda a livraria dois dias antes da reabertura, e depois Sebastian aparecendo para salvar Posy e encher Piers de porrada.

63

É inegável que tudo havia sido muito emocionante, mas também um lembrete oportuno — não que Nina realmente precisasse de um — de que ela tinha um gosto terrível para homens.

— Toda aquela história do Piers foi muito complicada — ela arriscou, sem muita convicção. — De qualquer modo, eu decidi que não vou mais desperdiçar meu precioso tempo flertando com qualquer um. Quero uma alma gêmea, não um...

— Almas gêmeas só existem nas páginas dos livros que nós vendemos. Além disso, o Piers era mau e esse Noah não tem nenhum jeito de ser mau, mas como podemos ter certeza disso sem alguém do lado de dentro? — Tom perguntou, em tom lamurioso. — Por exemplo, ele pode sugerir que a gente vire uma loja exclusivamente online, e você sabe como a Posy é influenciável. Com certeza vamos ser mandados para o olho da rua se isso acontecer.

Tom tinha razão nesse ponto. As pessoas às vezes eram irritantes, mas Nina gostava de lidar diretamente com o público. Se eles se tornassem uma empresa online, Posy e Verity poderiam facilmente administrar tudo sozinhas.

— Você disse só um flertezinho de leve?

— Exatamente — Tom confirmou, dando um tapinha no braço dela. — Você sabe que faz sentido. E lhe dará alguma prática para quando você encontrar o cara certo. Sua "alma gêmea" — ele acrescentou, com um gesto de aspas no ar e um sorrisinho irônico.

Quando Noah voltou para a livraria, meia hora mais tarde, encontrou Nina criando uma vitrine temática para o Dia dos Namorados, que exibia uma infinidade de corações vermelhos de papel, previamente confeccionados. Quanto a Nina, ela mantinha a atenção fixa no cartão vermelho que cortava com cuidado, porque não conseguia nem olhar para Noah, quanto mais enfiar os seios na cara dele.

Tom estava sentado atrás da caixa registradora lendo *O bebê de Bridget Jones* e mal levantou os olhos quando Noah passou pela porta.

— Pesquisa — ele murmurou.

Mas Noah não entrou sozinho; duas mulheres o seguiram para dentro da loja.

— Iuhuu! Tommy, querido! Estava com saudade de nós?

Nina ergueu olhos bem a tempo de ver Tom perder toda a cor. Ele pulou do banquinho, abriu a boca, fechou-a de novo e fugiu para a segurança do escritório, batendo a porta atrás de si.

— O Tommy não vai subir na escadinha para pegar os livros para nós? — perguntou a senhora mais velha, com olhos muito vivos atrás de óculos de armação cravejada de pedrinhas cintilantes. — Eu, particularmente, queria algo da prateleira mais alta.

— Ah, claro — disse Nina, levantando-se de sua posição ajoelhada e sacudindo a saia, o que fez minúsculos coraçõezinhos vermelhos de lantejoula choverem para o chão como confetes. — Vocês queriam é ficar olhando para o traseiro do Tom.

— Nós? Somos senhoras tementes a Deus e acabamos de sair da igreja — a segunda mulher respondeu e, com seus cachos grisalhos comportados, a impecável jaqueta bege, as calças largas e os sapatos de cadarço, de fato parecia mais propensa a comungar com o Senhor que a exortar Tom a se esticar um pouco mais do que seria razoavelmente decente. — Nós jamais faríamos tal coisa.

— Fico feliz por ouvir isso — Nina falou com cordialidade, o que não queria dizer que acreditasse nelas. — Mas o Tom está muito ocupado, então vão ter que se contentar comigo.

A decepção ficou clara no rosto delas, mas só por um momento, porque logo avistaram Noah, que estivera observando a conversa com um ar ao mesmo tempo divertido e horrorizado.

— Nina, sua malandrinha! Você não nos contou que tinham um homem novo na equipe!

— Nós ainda precisamos de um livro que está na prateleira do alto!

Nina se sentiu tentada a atirar Noah, que agarrava seu iPad com muita força, aos leões, mas isso seria injusto. Hilário, mas injusto, e nem um pouco na linha recomendável de um pequeno flerte.

— Ele não é da equipe e tem pavor de altura — disse ela, sem saber se ele realmente tinha medo de altura, mas Noah parecia o tipo que teria medo de qualquer coisa que pudesse amassar seu terno. — E vocês não precisam de um homem, porque eu já separei alguns livros que acho que vão gostar. Janet, você disse que queria romances médicos, e Hilda, encomendei alguns romances repletos de inspiração especialmente para você.

— Ah!

— Louvada seja!

Noah foi esquecido enquanto as duas senhoras se apressavam até o balcão e Nina pegava a pequena pilha de livros que havia selecionado para elas.

Janet passara quarenta anos atendendo a pacientes no NHS, o serviço nacional de saúde britânico, e ainda tinha apetite por romances médicos com cirurgiões de queixo largo e enfermeiras atrevidas, enquanto Hilda adorava romances cristãos "limpos", em que parecia haver uma boa quantidade de "noivas por encomenda", não que coubesse a Nina fazer julgamentos.

Enquanto Noah prosseguia com sua contínua tarefa de observar, Nina respondeu amavelmente às perguntas das duas senhoras sobre suas tatuagens, pôs a língua para fora para mostrar seu piercing e o balançou enquanto elas davam gritinhos de prazer e admitiu que ainda não havia aceitado Jesus Cristo como seu Senhor e Salvador. Depois, finalmente registrou as compras para que elas pudessem ir embora e Tom voltasse de seu autoimposto exílio.

O que se seguiu foi uma tarde comum, apesar da ausência de Posy e Verity. Nina trabalhou na vitrine, Tom organizou as estantes de lançamentos e ambos se revezaram para atender os clientes que se aventuraram no que havia se tornado um dia ventoso e molhado, e, durante todo o tempo, Noah fazia anotações. Nina se surpreendeu com a rapidez com que se acostumou com a presença dele, como o participante de um reality show na TV que esquece que há câmeras filmando cada movimento. Provavelmente foi por isso que ofereceu a Tom uma dança de "My Funny Valentine" quando ele disse que o coração grande que enfeitava o centro da vitrine estava torto.

Posy e Verity só voltaram de sua feira de negócios quando Nina estava virando a plaquinha na porta para "Fechado". Elas entraram como um furacão, quase a derrubando, ambas com os lábios apertados e as faces vermelhas de uma maneira que não tinha nada a ver com o ar frio do começo de noite.

— Pub! — Posy rosnou, jogando a bolsa no sofá, sem nem fazer soar como uma pergunta esperançosa, do jeito como Nina fazia. — Pub. Preciso de muito álcool. — Ela se virou para Verity, que havia arrancado o casaco e o lançado no sofá oposto, o que ia contra todo o seu modo de ser característico. — Você me força a beber!

— Eu preciso de muito mais álcool que você — Verity revidou. — Sinceramente, alguém devia te internar numa clínica de reabilitação para viciados em sacolas.

— Quantas sacolinhas novas você encomendou, Posy? — Nina perguntou com um sorriso. Desde que haviam começado a planejar a transformação da Bookends em Felizes para Sempre, Posy ficara obcecada por sacolas. No momento, tinham cinco estampas exclusivas à venda, e Verity proibira Nina e Tom de dizer qualquer coisa no alcance da audição de Posy que pudesse funcionar como um slogan literário bonitinho em uma sacola. — Eu estava pensando outro dia mesmo que a primeira frase de *Alcova*, da Shirley Conran... você sabe: "Qual de vocês, suas vagabundas, é a minha mãe?"... ia ficar incrível em uma sacola.

Posy não mordeu a isca.

— Sacolas? Não posso comprar nem sequer uma cartela de selos, porque a Very se recusa a me entregar o cartão de crédito da loja, que, no caso, é a *minha* loja, portanto é de fato o *meu* cartão de crédito.

— Sim, e vai ser à *sua* audiência de falência que todos nós vamos ter que comparecer — Verity respondeu. — Pub! Pelo amor de Deus, vamos para o pub para eu poder beber meu peso inteiro em uma porcaria de vinho tinto e afogar todos os traumas deste dia.

— Não foi *tão* ruim assim — Posy resmungou. — Traumas! Acho isso muito ofensivo.

Posy e Verity normalmente eram tão boas amigas que Nina se sentia meio como um estepe. Mesmo assim, não era legal ver as duas brigando.

— Pub — Nina ecoou. — E hoje é a noite do jogo de perguntas, então, se vocês vão discutir, o que eu prefiro que não façam, pelo menos podem discutir de maneira produtiva. Tom? Você vem? Ou suas notas de rodapé estão te chamando?

Tom estava fechando o caixa enquanto toda a tempestade emocional das sacolas acontecia. Ele ficou animado quando Nina mencionou que era a noite do jogo de perguntas, mas perdeu o entusiasmo à menção das fatídicas notas.

— Eu não devia ir. Preciso revisar minha bibliografia. — E olhou para Nina com olhar de súplica. — Me diga para ir para casa revisar minha bibliografia.

— Não seja tão chato, Tom! E você sabe que precisa estar lá se aparecer uma daquelas perguntas bobas de ficção científica. Eu vou ficar furiosa se você tentar abandonar a gente — disse Nina, porque ela e Tom sabiam que não havia nada que ele mais quisesse naquele momento que deixar de lado a bibliografia de sua tese e ir responder a perguntas, mas ele tinha que fingir que era a ameaça de Nina que sentava seu traseiro em um banco de bar, e não sua própria vontade. — Então vamos lá, gente. O tempo está passando e tem uma garrafa de pinot noir e um saquinho de torresmo esperando por mim.

Houve uma movimentação geral. Posy e Verity pegaram de volta a bolsa e o casaco de onde os haviam atirado em um ataque de raiva. Tom desligou a impressora e apagou as luzes do escritório, enquanto Nina punha a capa em Bertha e lhe fazia um afago de boa-noite.

— Pub!

— Pub!

— Pub!

Era como se a palavra "pub" tivesse deixado de ter algum significado real, de tantas vezes que era falada.

Todos se voltaram para Posy, porque era a vez dela de repetir.

— Pub! — ela disse de bom grado. — Você também vem, não é, Noah?

Quando Noah saiu de baixo do arco de onde estivera assistindo à cena, Nina se deu conta de que ainda não havia flertado nem um pouquinho com ele. De alguma maneira, parecia *errado*. Mas sempre haveria o dia seguinte. Claro que ele não iria ao pub, pois era óbvio que Posy só estava convidando para ser educada e que ir de fato ao pub com eles seria violar os princípios de "só observar e fazer muitas anotações". E que assim fosse mesmo, porque, se ele decidisse ir ao pub, Nina teria que provocá-lo de forma sensual ou Tom teria um ataque, e às vezes ela não tinha vontade de dar em cima de ninguém.

— Eu adoraria. Simplesmente não resisto a um jogo de perguntas de pub — Noah respondeu entusiasticamente e, como estava de costas para ele, Nina revirou os olhos e fez uma careta para Posy.

— O que foi? — Posy perguntou, porque ela era tão sutil quanto um stripper em uma festa de despedida de solteira.

— O quê? O que foi você? — Nina perguntou inocentemente, mas não inocentemente o bastante, porque viu uma expressão magoada no rosto de Noah quando ele passou em direção à porta. Seu lábio inferior estava trêmulo e as sobrancelhas unidas, de maneira que ele parecia chateado. No mesmo instante, Nina se sentiu a pior pessoa do mundo.

Não havia mais nada a fazer. Ela ia ter que aceitar Noah no grupo do jogo de perguntas, depois flertar com ele como havia pretendido. Ou só o suficiente para fisgá-lo, mas não o suficiente para deixar Posy ou Verity desconfiadas.

— Espero que venha bem preparado — Nina disse a Noah, quando saíram juntos da livraria. — Nós jogamos para vencer.

— Bom, espero não decepcionar — ele respondeu com outro de seus sorridentes olhares de lado.

— "Antes a morte que a desonra" é o lema do nosso time — disse Tom, vindo para o outro lado de Nina. — Tem uns caras que trabalham em uma loja de conserto de computadores aqui perto que são os piores vencedores...

— Eles fazem uma volta da vitória dentro do bar, é bem patético — Nina explicou, apertando os lábios, porque toda semana o capitão desse time, um australiano chamado Big Trevor, vinha até a mesa deles para gritar "Perdedores!". — Não podemos deixar que eles nos vençam.

— Vocês devem ter uma boa taxa de sucesso — Noah comentou, enquanto saíam da praça para a Rochester Street. — Acho que trabalhando em uma livraria...

— O que a Nina quer dizer é que não podemos deixar que eles nos vençam *de novo,* como fazem todas as semanas desde que eu me lembro — Tom comentou com amargura. — Se todas as rodadas de perguntas fossem sobre doces e livros românticos, seríamos invencíveis.

— É, por mais que me doa admitir isso, estamos afundando — disse Posy e sorriu em seguida. — Mas o importante é participar, não é? — Ela puxou a pesada porta do Midnight Bell. — E o mais importante de tudo é beber.

Você sabe que te esquecer seria como esquecer minha existência!

O Midnight Bell era um pub art déco belamente preservado, com os revestimentos de madeira das paredes intactos, azulejos de estampas solares nos banheiros que eram imagens frequentes em feeds do Instagram e uma placa na parede do lado de fora ostentando sua condição de prédio protegido de grau dois.

Mas também era aconchegante o bastante para ter se tornado um segundo lar para a equipe da Felizes para Sempre. Eles se reuniam em seu canto de costume no bar, juntando bancos e cadeiras e discutindo sobre o que beber e quantas porções de batatas fritas com queijo pedir.

Tom e Noah foram despachados ao balcão para pedir uma garrafa de vinho tinto e o que quer que os dois quisessem beber, Posy enviou uma mensagem de texto para seu irmão mais novo, Sam, vir encontrá-los (mesmo que ele tivesse aula na manhã seguinte e aquele fosse seu tão esperado ano de exames de qualificação para a formatura no ensino médio), porque ele era a única esperança na rodada de esportes, e Verity e Nina pagaram a inscrição para Clive, proprietário do Midnight Bell, que lhes disse que esperava um jogo bom e limpo.

— Diga isso para o Big Trevor — Nina murmurou, porque Big Trevor tinha acabado de chegar com sua turma de colegas técnicos de computadores, todos eles usando camiseta laranja com o nome do time, Os

RAMbos, exibido no peito. — Eles parecem um punhado de Cheetos gigantes com essas camisetas.

— Calma, minha jovem, vamos fazer um jogo amistoso — disse Clive enquanto lhes passava o envelope com as folhas para as respostas. Abri-lo antes que Clive desse autorização, às sete e meia em ponto, quando o jogo começava oficialmente, significava eliminação instantânea. — Entreguem seus celulares.

Quando Clive dizia que era um jogo agradável e amistoso, o que ele de fato queria dizer era que o Quiz de Quinta-Feira à Noite no Midnight Bell era um evento com tantas regras e regulamentos que, em comparação, as negociações do Brexit pareciam uma tranquila venda de bolos.

Tom e Noah voltaram com as bebidas e Sam chegou com cara de má vontade, que desapareceu assim que Posy lhe disse que ele poderia tomar um drinque bem fraquinho desde que comesse uma tigela de batatas fritas com queijo para absorver a quantidade insignificante de álcool.

Nina se sentou alegremente no banco estofado, Sam a seu lado, batatas fritas com queijo à frente, uma enorme taça de vinho tinto na mão e, por um momento, sentiu que tudo estava certo em seu mundo.

— Tem espaço para mim? — Noah perguntou e, antes que Nina pudesse se forçar a ronronar uma resposta, ele se espremeu do outro lado dela. — Sempre tem lugar para alguém magrinho. — E, assim, Nina não tinha mais espaço para se espalhar.

Ela se contorceu até Sam se afastar um pouquinho, mas ainda sentiu a perna de Noah roçando a sua quando ele se inclinou para pegar a caneca de cerveja.

— E aí, Sam? — ele cumprimentou, à vontade. — Como está indo o projeto Hackintosh?

— Vocês se conhecem? — Nina indagou com alguma rispidez, porque houve um tempo, alguns meses atrás, antes de Posy se casar e ela e Sam se mudarem de lá, em que ela sabia tudo o que acontecia na vida do garoto. Ela o via todos os dias quando ele chegava da escola, geralmente acompanhado de seu amigo Pants, que tinha uma incontrolável obsessão por ela. Agora, fazia *semanas* que ela não via Pants, e Sam, como todo mundo, ao que parecia, estava seguindo sua vida, enquanto Nina continuava empacada exatamente no mesmo lugar.

— Bom, o Noah é amigo do Sebastian — Sam respondeu como se não fosse nada, embora ele adorasse o novo cunhado. Balançou a cabeça para tirar a franja dos olhos. — Então às vezes a gente se encontra.

— E o que é Hackintosh? — Nina insistiu.

— Eu e o Sebastian estamos construindo um Mac em um PC comum — Sam contou, embora Sebastian fosse rico o bastante para entrar em uma loja da Apple e comprar uma centena de MacBooks sem pestanejar. — A gente consegue as peças online, dependendo das modificações que desejar, e depois monta...

Nina sorriu e assentiu com a cabeça, mas tinha certeza de que seus olhos estavam vazios. Do outro lado da mesa, Posy e Verity brigavam agora sobre qual seria o nome da equipe, enquanto Tom tomava seu vinho com cara de quem preferia estar em casa, onde quer que isso fosse, trabalhando com sua bibliografia.

— ... e aí a gente ia dar uma turbinada no processador — Sam explicava para Noah, que parecia fascinado com aquele relato passo a passo de nerdice extrema. Vai entender.

— É mesmo? Imagino que vocês poderiam chegar a dois ponto nove gigahertz — disse ele. — Uma vez que estão modificando um processador Intel Core M padrão.

— Parece incrível, meninos — disse Nina, que estava achando exatamente o contrário. — Por falar em computadores, Sam, você conseguiu lembrar o login da livraria no Instagram e no Twitter?

Ele sacudiu a cabeça no mesmo instante e seu rosto ficou outra vez obscurecido pela franja.

— Não tive tempo. Este é um ano muito importante para mim nos estudos — respondeu com fingido ar de responsabilidade, enquanto estava em um bar bebendo um drinque em uma noite no meio da semana e falando do projeto Hackintosh, que parecia ocupar boa parte de suas horas.

— Sam, de que adianta você ficar encarregado das redes sociais da livraria se nunca atualiza nenhuma das nossas contas? — Nina perguntou.

— A Sophie ia atualizar a conta do Twitter — disse Sam, em voz baixa. — Mas... — sua voz ficou mais baixa ainda — ela não pode se conectar porque eu usei um programa para gerar senhas para todas as contas, mas esse programa acabou sendo infectado por um vírus e eu consegui dar um jeito nisso, só que... não conte para a Posy, ela vai surtar... agora nós ficamos sem acesso ao Twitter e ao Instagram.

— Ah, Sam, que vacilo! — gemeu Nina. — Não tem um jeito de redefinir a senha?

— Shhh — ele a advertiu. — A Posy vai ouvir.

— As contas não são ligadas a algum número de celular para verificação? — perguntou Noah. — Ou a um endereço de e-mail?

— Provavelmente. — Sam franziu a testa. — Talvez.

— Que tal amanhã a gente ver se descobre isso? — sugeriu Noah. — Aposto que podemos encontrar um jeito de entrar nas contas, e então a Nina pode assumir as atualizações das redes no seu lugar.

— Aí eu posso postar fotos dos livros novos no estoque, citações e coisas assim — disse Nina.

— Que tédio! Quem quer ver isso? — Sam desdenhou.

Nina o cutucou de lado e ele protestou com um grito.

— Você se dá conta de que eu trabalho em uma livraria que é propriedade da sua irmã? E que as pessoas que visitam o Instagram da loja podem querer ver fotos de livros bonitos?

— E você poderia postar uma foto da sua vitrine do Dia dos Namorados — disse Noah, enquanto Sam fazia gestos dramáticos de massagear a costela, embora Nina mal o houvesse tocado.

— Sim — ela concordou. — Acabei de lembrar... acho que temos algumas luzinhas em forma de coração lá no depósito de carvão.

Noah sorriu para ela e ela sorriu de volta, e, ah, Deus, tomara que não começassem de novo toda aquela história de sorrisos: ela realmente não queria que Noah ficasse com a ideia errada.

Na luz suave e muito favorável do Midnight Bell, o cabelo de Noah fazia Nina pensar em geleia e folhas de outono. E seus olhos verdes eram muito cintilantes, embora talvez fosse apenas o brilho refletido das velas que Carol, a proprietária, havia distribuído pelo local.

Mas, com a iluminação ambiente ou sem ela, o sorriso de Noah era o mesmo de sempre: amigável, carinhoso, convidativo. Um pouco como um abraço.

Nina sacudiu a cabeça. Ela não era muito de abraços. Teria que dizer a Tom que a Operação Nina Infiltrada estava cancelada.

Ela parou de sorrir e o sorriso de Noah também se foi, e não sorrir um para o outro era ainda mais constrangedor que sorrir. Tão constrangedor que até Sam, que era um adolescente pouco ligado a emoções, sentimentos e coisas semelhantes, sentiu-se levado a dizer:

— Por que vocês dois estão assim esquisitos?

— Ninguém está esquisito — Nina reagiu bruscamente, e nunca se sentiu tão aliviada de ver Mattie, que também tinha sido convocada para o jogo de perguntas, mas precisou primeiro terminar seus preparativos no salão de chá para a manhã seguinte. — Mattie! Aí está você!

— Sim, Nina, aqui estou eu — ela confirmou, com uma expressão ligeiramente confusa diante da recepção tão entusiasmada. — Querem mais alguma coisa para beber?

— Eu te ajudo — Nina ofereceu, disposta a fazer qualquer coisa para se afastar de Noah e de sorrir ou não sorrir para ele.

— Não, pode ficar aí. — Mattie fez um gesto vago para Nina, deslizando para o balcão daquele jeito lânguido com que fazia tudo, até quando lidava com o movimento na hora do almoço.

— O que foi? — Noah perguntou baixinho para Nina. — O Sam tem razão, você está esquisita. Está tudo bem, não estamos mais em horário de trabalho, eu posso ser um participante ativo e não só um observador, então não tem motivo para a situação ficar incômoda.

— Não tem nada de incômodo. Está tudo certo — disse Nina, e Posy e Verity *ainda* estavam discutindo sobre as malditas sacolas, e Tom agora estava conversando com Sam sobre as melhores técnicas de estudo, e Sam parecia estar querendo morrer, e Mattie levava a vida inteira no bar, e Nina vasculhava o cérebro em busca de algo para dizer a Noah que não fosse controverso, e nunca se sentiu tão aliviada ao ouvir um pequeno guincho de estática quando Clive ligou o microfone para iniciar o jogo.

— Senhoras e senhores, sei que já conhecem as regras, mas vou repeti-las mesmo assim — ele começou, e todos no Midnight Bell deram um gemido coletivo e Nina pôde relaxar, sabendo que agora iam jogar.

O Quiz de Quinta-Feira à Noite no Midnight Bell nem sempre era tão relaxante. Muitas vezes Posy insistia em ficar encarregada da caneta e de escrever as respostas, mas sempre se distraía e se perdia e Verity tinha que ficar atenta para garantir que ela não escrevesse as respostas da rodada anterior no lugar errado.

Depois Tom ficaria bravo quando todos olhassem para ele para dar as respostas de esportes, porque Sam só sabia sobre futebol e apenas de 2012 em diante. "É um absurdo insistir que eu saiba sobre esportes só porque sou homem", Tom protestaria se alguém ousasse lhe perguntar quem era o capitão do time de rúgbi da Inglaterra.

Para piorar, haveria os uivos presunçosos de alegria dos RAMbos do outro lado da sala conforme eles fossem liquidando rapidamente cada rodada, quando havia muito poucas perguntas sobre doces ou literatura para o Time Sacolinhas arrasar. (Ainda que, sendo filha de um vigário, Verity se saísse muito bem se houvesse alguma pergunta sobre santos ou festas religiosas.)

Então, o jogo não era geralmente uma experiência prazerosa e, quando Clive anunciou a primeira rodada, "Inventores", Nina temeu o pior.

— Uma para as moças — Clive declarou. — Quem inventou o primeiro sutiã?

— Ah, eu sei essa — Nina exclamou, animada. — Não foi a Jane Russell, aquela atriz? Ela fez um filme chamado *O proscrito* e...

— Na verdade, foi uma socialite de Nova York chamada Mary Phelps Jacob, que obteve uma patente em 1914 para o que hoje é conhecido como o sutiã moderno — interrompeu Noah. — Ela usou dois lenços e uma fita cor-de-rosa para criar o que chamou de *backless brassiere*, ou sutiã sem costas.

— Minha mão já está com cãibra e é só a primeira resposta — Posy reclamou, enquanto todos olhavam espantados para Noah, que ficou muito vermelho por saber tanto sobre a história dessa roupa íntima feminina.

— Segunda pergunta: Quem inventou o primeiro vaso sanitário com descarga?

O Time Sacolinhas se entreolhou.

— Thomas Crapper? — arriscou Verity, enquanto a equipe RAMbos fazia high-fives e Big Trevor escrevia a resposta em sua folha. — Eu tenho quase certeza que foi Thomas Crapper no século XIX.

— Acho que foi um pouco antes disso — Noah falou, meio sem graça. — Entre 1584 e 1591, o poeta elisabetano John Harrington projetou e instalou um vaso sanitário com descarga em sua nova casa e lhe deu o nome de Ajax. A rainha Elizabeth ficou tão impressionada que pediu que ele lhe fizesse um também.

— Meu Deus, como você sabe disso? — Posy perguntou, admirada. Noah encolheu os ombros.

— Eu só tenho boa memória. Tudo que eu leio ou escuto fica no meu cérebro. É bem útil quando estou fazendo palavras cruzadas.

Também era muito útil para o jogo de perguntas do Midnight Bell. Não havia nenhuma pergunta que intimidasse Noah. Nenhuma resposta que o confundisse. Fossem sitcoms britânicas clássicas, dissidentes políticos ou a malfadada rodada do queijo, Noah tinha as respostas para o time Sacolinhas de novo, de novo e de novo.

Quando a última pergunta foi respondida ("Beaufort. É um queijo alpino francês, muito semelhante ao gruyère, muito bom para um fondue.") e as folhas de respostas recolhidas, a equipe da Felizes para Sempre se virou para Noah com expressões combinadas de admiração.

— Você é o deus dos jogos de perguntas — suspirou Posy com ar sonhador, de maneira que teria feito Sebastian desafiar Noah para um duelo se ele não estivesse em San Francisco cuidando de assuntos empresariais tecnológicos. — Isso é o que você vai fazer nas suas noites de quinta-feira de agora até a eternidade.

— Nós não sabemos se todas as minhas respostas estão certas — Noah disse com modéstia e sorriu timidamente para seu copo de cerveja, o que até Nina foi forçada a admitir que era muito charmoso. Mattie e Verity pareceram pensar o mesmo, porque as duas fizeram um "ah" silencioso em apreciação. — A rodada dos dissidentes políticos foi muito difícil.

77

Todos aqueles nomes estrangeiros! A gente não espera encontrar uma rodada sobre dissidentes políticos em um jogo de perguntas de um pub.

— Desde que o Clive esteve no programa de perguntas *Fifteen to One*, ele ficou com uma ilusão na cabeça — explicou Nina, baixando a voz para um sussurro, porque aquele ainda era um assunto delicado. — Ele errou uma pergunta muito fácil sobre quando o ABBA ganhou o Festival Eurovision e, desde então, sente que tem que provar alguma coisa.

— Em 1974 com "Waterloo" — Noah disse imediatamente, depois deu um tapa na testa. — Desculpe, ainda não saí do modo jogo.

Nina não perdeu tempo para aceitar o desafio.

— Certo, então diga todos os ganhadores de *Strictly Come Dancing* em ordem cronológica.

Noah pensou por um segundo, os olhos verdes quase se cruzando com o esforço.

— Vamos lá, hum, Natasha Kaplinsky, Jill Halfpenny, Darren Gough...

Sam murmurou algo sobre eles não deverem tratar Noah como uma atração de circo, mas Noah não era uma atração de circo. Ele era a Wikipédia em forma humana. O Google em carne e osso. Uma enciclopédia ambulante. Assim, não foi muita surpresa quando Clive se aproximou com a folha de respostas deles e os fez jurar pela vida de suas mães que não haviam usado nenhum celular.

— Vocês fizeram cento e sete pontos de cem — Clive admitiu por fim. — Tive que dar uns pontos extras pelas informações adicionais. — Ele sacudiu a cabeça em descrença, depois olhou para Noah com uma expressão ligeiramente amarga. — Você devia ir ao *Mastermind*. Ia acertar todas.

— Ah, eu só tive uma noite boa — Noah murmurou.

Ele era muito respeitoso com os sentimentos alheios. Nem uma vez sequer ele havia feito seus colegas de equipe se sentirem mal pela deficiência em conhecimentos gerais. Nina percorreu mentalmente sua lista de ex-namorados para pensar se algum deles teria se comportado de maneira semelhante. Não que qualquer um deles fosse capaz de responder corretamente a uma pergunta sobre dissidentes políticos ou queijos do mundo, mas, ainda que o fosse, não teria sido muito modesto em relação a isso.

E, se tivessem levado seu time à vitória sozinhos, como Noah fez, nenhum deles teria baixado a cabeça e insistido que todos haviam contribuído quando Clive anunciou a equipe Sacolinhas como vencedora, provocando uma reação de descrença espantada, seguida de aplausos esparsos.

— Não teríamos conseguido sem você — Nina disse a Noah, tendo que elevar a voz sobre a agitação no canto onde os RAMBos protestavam, sem querer aceitar a derrota. — Geralmente conseguimos ficar em penúltimo. Tudo isso é mérito seu.

— É verdade — Posy concordou veementemente, agitando o envelope com o prêmio. — E agora estamos ricos! Mais ricos que em nossos melhores sonhos!

Eles haviam ganhado a esplêndida quantia de noventa e oito libras e setenta e seis pences, parte da qual foi imediatamente gasta em mais bebidas e batatas fritas com queijo. Nina gostava de pensar que eram bons vencedores, calmos e educados, e não como os RAMBos.

Big Trevor se aproximou, furioso, para exigir uma recontagem, examinou a folha de respostas para conferir cada item e, por fim, pediu que Clive os desqualificasse por terem trazido uma pessoa de fora.

Clive não deu atenção a nada disso.

— A decisão do juiz é final e definitiva — ele insistiu, e Nina não pôde mais resistir.

— Ei! Big Trev! Ninguém gosta de um mau perdedor! — ela exclamou. — Agora pare de choradeira e mostre um pouco de dignidade.

Não era sempre que Nina tinha a chance de repreender alguém por falta de dignidade. Geralmente era o contrário, ela pensou, enquanto Trevor voltava para o seu canto.

— Meu Deus, eu pensei que era só um jogo de perguntas, mas parece que acabou virando uma espécie de vingança de sangue — disse Noah. — É sempre assim?

— Não, porque os RAMBos sempre ganham. — Tom encolheu os ombros. — Vamos ter que sair daqui juntos para o caso de eles estarem nos esperando na rua.

— Falando em sair, já está bem tarde para quem tem aula amanhã. — Posy lançou um olhar muito sério para seu irmão mais novo. — E quantos drinques você tomou?

— Este é o segundo — Sam respondeu com uma entonação ligeiramente magoada, como se não pudesse acreditar que sua irmã desconfiasse de que ele romperia a regra de "dois drinques com pouco álcool em noites durante a semana, e em qualquer outra noite também". Poderia até ser convincente se Nina não soubesse com certeza que aquele era, de fato, o quarto drinque de Sam e que era por isso que ele estava começando a ficar cada vez mais risonho. — Eu não estou nem um pouco bêbado. E são só nove horas. Ainda é cedo. Vamos ficar mais um pouco.

Era uma pena desfazer o grupo, mas Nina tinha outro lugar para ir.

— Na verdade, eu tenho que ir embora — disse ela, com genuíno pesar, porque estava muito confortável naquele banco, mesmo com sua coxa ainda roçando a de Noah, e ela poderia tranquilamente devorar mais uma tigela de batatas fritas com queijo. — Tenho um encontro picante com aquele guitarrista que conheci na outra noite.

Olhares curiosos se voltaram para ela.

— Como assim? Eu falei para vocês sobre ele. Seu nome é Rob, ele toca guitarra em uma banda de rock indie e tem um lindo olhar contemplativo — Nina contou para seus colegas *outra vez*.

Tom sacudiu a cabeça.

— Não estou lembrando desse. Mas você já falou sobre tantos guitarristas de olhar contemplativo...

— Bom, eu tenho certeza de que ele é adorável — Posy interpôs, em apoio, e Nina fez uma careta. Ela não queria "adorável". "Adorável" trazia à mente o tipo de homem que dava ursinhos de pelúcia com a frase "Para a melhor namorada do mundo" escrita na barriga e sugeria que você conhecesse os pais dele antes mesmo de terem transado.

— Eu não quero "adorável" — ela insistiu, quando se levantou e começou a recolher seus pertences. — Eu quero o meu próprio Heathcliff e, como eu disse, o Rob é muito bom em olhares contemplativos.

Para seu ligeiro horror, Noah também se levantou.

— Vou te acompanhar, se não se importar. Está na hora de eu ir para casa.

Nina deu de ombros como se não se importasse e tentou ignorar o olhar cortante de Tom, que indicava que ele estava muito decepcionado por ela não estar flertando com Noah.

Noah segurou a porta para ela e ajustou seu passo rápido para um ritmo mais lento para se adequar ao de Nina, que tentava se equilibrar nos saltos na calçada de pedras da Rochester Street.

— Para onde você vai? — ele perguntou.

— Camden, então é só até o ponto de ônibus mais próximo — ela respondeu e, quando viraram a esquina na Theobalds Road, já dava para ver o ponto.

— Eu espero com você — disse Noah, embora ainda não fossem nem nove e meia e ela estivesse perfeitamente segura. — Até você entrar no ônibus.

Ele era tão adorável quanto Posy desejava que os pretendentes de Nina fossem. Até a mãe de Nina ia adorá-lo, e ela não era fácil de agradar. *Mas não é meu tipo*, Nina se assegurou, enquanto se instalava um silêncio incômodo. Porém ela já havia tido encontros suficientes para saber o que fazer com um silêncio incômodo, e um pouquinho de flerte não ia doer. Podia até ser um aquecimento para o seu encontro.

— Você é mesmo bom em jogos de perguntas — Nina disse, porque todo mundo gostava de receber elogios. — Quando está sem dinheiro, você vai aos pubs que têm máquinas de jogo para ganhar alguns trocados?

— Isso nunca passou pela minha cabeça, mas, pensando agora, até que poderia ser uma boa renda extra. — Noah sorriu. — Embora em alguns assuntos eu seja bem ruim.

— Em qual, por exemplo? — Nina desafiou. — Para mim pareceu que você sabia de tudo.

— Estou bem longe de saber de tudo. Não sou bom em um monte de coisas. Insetos. Sempre confundo os deuses gregos e romanos. E patinação no gelo. Não sei nada sobre patinação no gelo.

Droga! Nina estava sorrindo. Para Noah. De novo.

— Não acredito em você. Aposto que tem um monte de coisas sobre patinação no gelo armazenadas aí. — Ela quase tocou a testa dele.

— Não. Realmente não — Noah lhe garantiu.

— Agora eu já vi você em ação. Você sabe tudo.

Sabe tudo. Noah. Sabe tudo.

Ah, meu Deus, era isso! É claro que ela o conhecia! Como podia ter esquecido? Ele era o Noah Sabe-Tudo!

Nina fez aquela cara de personagem de desenho animado, uma fração de segundo antes de algo pesado cair sobre a cabeça dele de uma grande altura. Os olhos esbugalhados, a boca aberta, enquanto continuava a olhar para Noah ainda sem acreditar, portanto não foi surpresa que o sorriso desaparecesse gradualmente do rosto dele.

Ele deu um passo para trás, com a expressão ligeiramente confusa.

— Não acredito... Ai! — Nina teve de morder a língua *com força* para não deixar escapar a revelação inesperada, porque agora também lembrava por que o apelido de Noah Sabe-Tudo não devia trazer muitas lembranças felizes para ele. — Desculpe, eu estava... sabe como é... ansiedade de primeiro encontro. — E fez uma careta. Como desculpa por estar parecendo um personagem de desenho animado, aquela era bem fraquinha. Tentou um sorriso acanhado, que Noah não devolveu. — Normalmente eu não fico nervosa antes de um encontro, mas esse guitarrista, ele é ousado! Grrrr! — E, sim, ela havia acabado de pôr as mãos em forma de garras e urrar. O que tinha dado nela?

— Eu entendo — disse Noah, com os olhos fixos em algum ponto além do ombro de Nina. — Olhe! É o seu ônibus. Não vá perder e se atrasar para o seu encontro picante.

Nina se virou e viu o 168 se aproximando.

Em seguida virou de novo para Noah para se despedir, talvez pedir desculpas, fazer alguma piadinha boba, mas ele já tinha ido embora. Estava se afastando rapidamente, como se mal pudesse esperar para ficar bem longe dela.

Eu o odeio por ele mesmo, mas o desprezo pelas lembranças que ele revive.

Noah Sabe-Tudo. Embora, em todos os anos em que Noah frequentara a Escola Secundária de Orange Hill, as pessoas o tivessem chamado apenas de Sabe-Tudo.

Não porque ele estivesse sempre esfregando na cara das pessoas o seu enorme intelecto, longe disso. Agora que Nina finalmente respondera àquela vozinha perturbadora que lhe perguntava de onde o conhecia, achava que podia visualizar o Noah adolescente com muita clareza.

Na época, o cabelo dele era realmente cor de laranja, o tipo de cabelo que brilhava tanto que parecia ter sua própria fonte de energia. Ele usava óculos com lentes grossas que ampliavam o tamanho de seus olhos verdes para proporções de mangá. Com muita frequência, esses óculos estavam colados com fita adesiva, porque era comum serem lançados ao chão.

Ele também era desengonçado, todo joelhos e cotovelos, e andava de um jeito esquisito, como uma girafa recém-nascida que estivesse começando a ficar de pé, então sempre parecia estar em fase de crescimento, mesmo quando já estava no fim do ensino médio. Provavelmente porque, a essa altura, Noah já havia pulado vários anos escolares. Era uns dois anos mais velho que Nina, da mesma idade de seu irmão, Paul. Mas tinha avançado um ano em matemática e em todas as matérias de ciências. Depois mais um ano. Depois outro. Aparecera até no jornal local por ter feito seus exames de qualificação do ensino médio e o vestibular muito cedo, o que não lhe rendera nada além de zombaria por parte de seus colegas de classe.

Paul e seus amigos — mas principalmente Paul, um fato que dava arrepios em Nina só de pensar — tornaram a vida de Noah um inferno por ele ousar ser melhor do que eles. Depois os garotos mais velhos fizeram a vida de Noah um inferno também por ele ousar ser melhor do que *eles*.

De qualquer modo que se olhasse, a adolescência de Noah havia sido um inferno. Muitos empurrões em corredores e gritos de "Vai se f****, Sabe-Tudo!" sempre que ele aparecia. Nina não queria nem pensar nos horrores que podiam ter acontecido no vestiário dos meninos quando eles se trocavam para os treinos de futebol.

Já era suficientemente ruim que ninguém jamais chamasse Noah pelo nome, a não ser ao cantarem musiquinhas de gozação quando ele passava apressado.

Nina não lembrava se ela alguma vez havia participado do coro. Esperava que não. Realmente esperava que não. Mas ela era parte do rebanho na época. Vestia-se como todas as outras meninas. Andava como elas. Falava como elas. Não queria se destacar...

— O que foi, Nina? Viu um fantasma? — Verity perguntou, e Nina estremeceu outra vez e piscou, voltando ao presente e à sexta-feira de manhã na diminuta cozinha ao lado do escritório dos fundos, onde deveria estar fazendo chá.

— Só estava pensando — ela murmurou, enrubescendo.

Verity a examinou, intrigada, porque murmurar e enrubescer não eram o jeito normal de Nina. Eram mais o jeito de Verity.

— Pensando no encontro de ontem à noite? — Verity indagou. — Acha que ele pode ser o tipo de cara para um relacionamento sério?

Depois de reconhecer Noah, Nina havia perdido o pique para seu encontro com Rob, o guitarrista contemplativo. Além disso, ela logo percebeu que ele não era exatamente contemplativo, mas um pouco lento. Entediante, até. Nenhuma conversa decente, só uma lenga-lenga interminável sobre pedais de efeito.

— Definitivamente ele não é o meu Heathcliff. Nem mesmo o tipo de cara para um terceiro encontro, Very — Nina confessou tristemente. — Mas sou obrigada a dizer que, quando a gente precisa decidir se realmente quer ter uns bons momentos de sexo com a pessoa com quem já saiu duas vezes, a regra dos três encontros de fato ajuda a diferenciar os homens dos meninos.

— Só que você não *precisa* transar com alguém no terceiro encontro — Verity a lembrou.

— Não *precisa*, mas, se *quiser*, o terceiro encontro é o sinal verde — Nina declarou com firmeza. Antes de Verity e Posy terem se assentado com seus respectivos pares, elas tratavam Nina como o oráculo sobre todas as coisas relacionadas a homens, encontros e sexo. Alguns de seus conselhos, bem, na verdade muitos deles, ela apenas inventava na hora, mas mesmo assim sentia falta de ser a pessoa que suas amigas procuravam em assuntos de relacionamento.

— E, se você realmente *quiser*, tipo, se tiver se apaixonado loucamente por alguém, talvez até no primeiro encontro — Verity refletiu. — Amor à primeira vista. *Un coup de foudre.* Amor relâmpago, como dizem os franceses.

— Sexo no *primeiro* encontro — Nina ecoou, em sua voz mais ultrajada. — E você é filha de um vigário, Very. — Verity se fingiu de ofendida e, nesse instante, a água na chaleira começou a ferver. — Chá? Faço para a Posy também? O Tom não vem hoje. E o Noah?

A voz de Nina falhou nas duas sílabas do nome dele, mas aparentemente Verity não percebeu.

— O Noah também não vem hoje. Mandou um e-mail ontem tarde da noite dizendo que ia continuar o trabalho fora da livraria por uns tempos.

— Hum?

— Não sei como ele vai poder registrar tudo que nós dizemos e fazemos se não estiver aqui para observar — Verity disse com alguma rispidez, como se não concordasse de fato com aquele esquema para fazer a Felizes para Sempre trabalhar de forma mais eficiente, ou quem sabe trabalhar mais, o que era novidade para Nina.

— Hum? — Nina repetiu.

— Eu amo a Posy. Todos nós amamos a Posy, mas ela não precisa de um Noah. — Verity fez cara de inconformada. — Ela só precisa encontrar o flipchart onde estão escritas todas as ideias que nós tivemos antes da reinauguração.

— Concordo plenamente. Minha ideia de um clube de leitura foi genial, e nós ainda não temos nenhum clube de leitura. Não temos nem uma presença adequada nas redes sociais. — Nina pensou com tristeza na conta do Instagram bloqueada. *Que vacilo, Sam!* — Se bem que, de repente, o Noah pode ter algumas ideias boas que nunca passariam pela nossa cabeça — disse, porque ela nunca mais, em tempo algum, teria outro pensamento maldoso a respeito de Noah. Ele já tinha recebido sua cota de pensamentos maldosos em Orange Hill para uma vida inteira. — Aquela história de ver com novos olhos.

— O Noah é uma pessoa muito legal, não estou dizendo que ele não é — Verity insistiu, porque ter pensamentos maldosos provavelmente era algo proibido nos Dez Mandamentos. — Só estou dizendo que ele não é a resposta para todos os nossos problemas.

— Quando você fala em problemas, eu fico até preocupada. A loja está mesmo indo tão mal? — Nina perguntou.

— Não se preocupe com isso — Verity respondeu, mas de maneira um tanto ansiosa. — E não precisa se preocupar com o Noah também. Mas eu me preocuparia com o sininho da porta que ouvi tocar três minutos atrás, o que provavelmente quer dizer que temos clientes esperando.

                    ᶜ⌒ᴐ

Nina gostaria de poder seguir o conselho de Verity e não se preocupar com Noah, mas Noah foi tudo em que ela conseguiu pensar por boa parte da sexta-feira, quase todo o sábado e especialmente no domingo, quando, em vez de passar o dia dormindo para se recuperar dos excessos da semana, ela ia almoçar em casa.

Ou, melhor dizendo, na casa de seus pais em Worcester Park, Surrey. Nina não morava lá havia anos. Em vez disso, dividia apartamentos tão perto do centro da cidade quanto pudesse pagar. O mais recente tinha sido em Southfields, que Posy sempre descrevera como "tão longe de Londres quanto se podia chegar ainda estando em Londres".

Isso porque Posy nunca havia estado em Worcester Park, Nina pensou, melancólica. O metrô não chegava tão longe a sudoeste, então ela tinha que descer do metrô em Waterloo, pegar um trem até os subúrbios de Surrey e percorrer rua após rua de casas geminadas idênticas da década de 30, intercaladas com um estranho desfile de lojas, um pub e um parque.

O trem resfolegou através de Earlsfield, Wimbledon, Raynes Park, Motspur Park e, finalmente, Worcester Park. A essa altura, uma melancolia havia se instalado sobre os ombros de Nina como uma fina camada de caspas. Quando ela saiu do trem na estação, um grupo de adolescentes fazia malabarismos em suas bicicletas no estacionamento quase deserto, mas, quando Nina passou por eles a passos largos, olhos à frente, tentando não empinar muito os seios, eles pararam para encará-la, boquiabertos.

— Sua maluca — um deles gritou para ela.

— Mas que peitão!

Ah, como diria Dorothy em *O mágico de Oz*, ela não estava mais em Kansas. Certamente não estava em Bloomsbury, onde ninguém se impressionava com ela, a menos que fosse outra mulher que lhe lançasse um olhar de aprovação ou alguém que a encarasse por tê-la achado atraente.

Nina havia até pegado leve naquele dia. Estava usando um vestidinho preto, um vintage dos anos 40 em rayon, meias arrastão, sapatos pretos de camurça de salto grosso e casaco imitando pele de leopardo. Até sua maquiagem era leve. Ela decidira não usar cílios postiços, o delineador era um traço discreto, o batom, rosado, quando geralmente aplicava várias camadas de seu infalível MAC Ruby Woo.

Embora retornasse à sua terra ancestral no segundo domingo de cada mês, todas as vezes Nina esquecia que mesmo seu look diurno mais discreto ainda era excessivo para o subúrbio de Worcester Park.

Puxou mais o casaco em volta do corpo e resistiu à vontade de dizer: "Eu conheço sua mãe, mocinho", para o que tinha gritado "Peitão". Tinha *certeza* de que havia estudado com a mãe dele, porque ele tinha o mesmo olhar belicoso de Tanya Hampton, da série anterior à dela, mas dizer isso parecia coisa de avó, e o que ela ia fazer se Tanya Hampton aparecesse na porta da casa de seus pais para tirar satisfações com ela? Era o tipo de coisa que Tanya Hampton costumava fazer.

Não, era melhor ignorar os meninos, que, de todo modo, já estavam mesmo perdendo o interesse e voltando a empinar suas bicicletas para atravessar uma grande poça. Nina estava indo para casa ver sua família, participar do almoço de domingo, não cair nas provocações passivo-agressivas de sua mãe e voltar em no máximo três horas. O plano de Nina era esse, e ela ia fazer exatamente isso.

Sua presença é um veneno moral que contaminaria os mais virtuosos.

Foi uma caminhada de dez minutos da estação, passando por ruas idênticas de casas idênticas, até Nina virar na rua sem saída onde seus pais moravam havia trinta e três anos.

O número 19 tinha a mesma cara de sempre. O jardim da frente totalmente cimentado para dar espaço ao táxi preto de seu pai e ao ágil conversível Mazda de sua mãe. Parada à porta enquanto pescava as chaves de dentro da bolsa, Nina via seu reflexo na reluzente placa dourada com o número da casa.

Quase deu um pulo de susto ao ouvir batidinhas na janela ao seu lado. Virou-se e viu suas sobrinhas, Rosie e Ellie, pulando e acenando para ela.

Nina acenou de volta, pegou as chaves ouvindo gritos de "Tia Nina agora está de cabelo *cor-de-rosa*!" e abriu bem a porta para que Rosie e Ellie pudessem se jogar em cima dela com tanta força que ela balançou sobre os saltos.

— Oi! Oi! Oi! — As duas gritavam a um volume de perfurar os tímpanos, abraçando Nina com tanto entusiasmo que ela até se espantou de não lhe quebrarem uma costela.

— Calma aí, mocinhas! — Nina ofegou. — Esperem eu largar minhas coisas. — Rosie e Ellie afrouxaram o abraço por uma fração de segundo para Nina soltar suas sacolas no chão e voltaram a agarrá-la. — Isso, agora vocês podem me dar todo esse amor.

Nina tinha esquecido que havia coisas boas em sua visita mensal obrigatória e agora estava com os braços cheios delas. Duas cabecinhas loiras de cabelos cacheados aninhadas em seu peito, mãozinhas apertadas no tecido de seu vestido de tal modo que definitivamente o deixariam amassado, mas ela não se importava.

— Tenho que respirar agora — disse com delicadeza, e suas sobrinhas a libertaram do aperto de aço e a fitaram com olhos fascinados.

— Esse cabelo faz você parecer uma sereia — disse Rosie, de oito anos, muito séria.

— Ou uma princesa — sua irmã Ellie, de cinco, acrescentou.

— Princesa sereia era mesmo o que eu pretendia — Nina concordou. — Onde estão todos?

Não era surpresa que "vovó e mamãe" estivessem na cozinha preparando o almoço e que o pai e o irmão de Nina, Paul, estivessem fazendo uns consertos no andar de cima. As divisões de trabalho tradicionais se mantinham no norte de Surrey, Nina pensou, curvando os lábios.

— Você trouxe presentes? — Ellie quis saber. — Nós fomos muito boazinhas.

— Nós fomos ótimas — Rosie completou.

— Bom, nesse caso, talvez eu tenha algum presentinho para vocês — Nina respondeu, porque sempre tinha presentes para elas, quer tivessem sido ótimas ou não. Livros, geralmente.

Dessa vez, tinha trazido para Rosie um livro chamado *Bad Girls Throughout History*, uma coletânea de histórias sobre mulheres revolucionárias de todo o mundo, de Cleópatra a Rosa Parks, e um lindo livro ilustrado chamado *Ada Twist, Scientist* para Ellie. Nina não tinha dúvidas de que sua mãe estava enchendo a cabeça das netas com todo tipo de bobagens, então cabia a ela restabelecer o equilíbrio. Além disso, ela e as sobrinhas já haviam concordado que, embora fosse perfeitamente aceitável querer ser uma sereia ou uma princesa quando crescessem, era bom ter outras opções.

Nina deixou as meninas acomodadas no sofá com os livros novos e seguiu pelo corredor em direção à cozinha, onde sua mãe, Alison, e sua cunhada, Chloe, haviam terminado o almoço e estavam sentadas em banquinhos, cada uma com uma grande taça de vinho branco.

Essa era a outra única coisa boa de vir para o almoço de domingo: tinha álcool. Chloe levantou os olhos quando Nina entrou.

— Espero que as meninas não tenham te deixado louca — disse ela, como cumprimento. — As duas dormiram na casa de amigas na noite passada, mas acho que dormir foi uma coisa que não fizeram muito.

— Não, elas foram fofas como sempre — Nina murmurou enquanto se aproximava para beijar o rosto de Chloe. — Você e o Paul aproveitaram para sair ontem à noite, já que as meninas estavam fora?

A cunhada sacudiu a cabeça e sorriu.

— Não. Estávamos na cama às oito e meia. Doze horas inteiras de sono. Foi a melhor coisa do mundo.

— Ah, Nina, o que você *fez* com o seu cabelo agora?

Ela trocou um longo, longo, *longo* olhar de sofrimento com Chloe, depois se virou para sua mãe.

— É um tonalizante cor-de-rosa — respondeu sem se alterar e, dessa vez, apenas beijou o ar em algum lugar perto do rosto de sua mãe. — Você está bonita.

Não era mentira. Alison O'Kelly era uma mulher jovial de cinquenta e três anos. Nas ocasiões muito raras em que ela e Nina eram vistas em público juntas, alguém *sempre* comentava: "Nossa, vocês parecem irmãs!" Ela era loira de olhos azuis, fazia grandes esforços para manter a silhueta em um manequim 38 e sua aparência nunca era menos que impecável.

Para o almoço de família no domingo, ela estava usando uma blusa listrada azul e branca da Breton, uma elegante calça preta justa, joias douradas discretas e um par de sapatilhas de couro, porque ela não usava chinelos.

Não que Alison tenha ficado satisfeita por Nina estar usando vestido e sapatos de salto, sua própria versão de melhor roupa de domingo.

— Parece que você engordou de novo — ela comentou, ignorando o elogio da filha.

Nina realmente *tinha* engordado *de novo*. Esse era um infeliz efeito colateral de ter Mattie sempre despejando doces sobre os funcionários da livraria. *Eu não vou reagir*, lembrou a si mesma, e até conseguiu forçar um sorriso.

— Por falar nisso, trouxe bolo para vocês. Eu já contei sobre a Mattie e o salão de chá, não é? Vocês deviam mesmo ir lá conhecer. — Nina tirou da sacola um pote contendo o famoso bolo de camadas de merengue de framboesa quase inteiro. — Como a gente fecha no domingo, no sábado dividimos todos os bolos e doces que sobraram. Achei que poderíamos comer este como sobremesa.

Alison se afastou do pote que Nina segurava como se estivesse coberto com algum tipo de lama radioativa.

— Você sabe que eu não como bolo! — ela protestou.

— Bom, os outros podem comer — Nina respondeu entredentes. Embora tivesse decidido não cair nas provocações, sua pressão certamente estava subindo. — O papai pode comer. Ele adora bolo.

— Eu devia estar cuidando do meu colesterol — disse uma voz alegre atrás delas, e Nina sentiu o aroma da loção Davidoff Cool Water e um leve cheiro de aparas de madeira e óleo de motor, quando um par de braços a envolveu.

Nina tinha quase trinta anos, mas, quando seu pai a abraçava, ela se sentia do mesmo jeito de quando tinha quase cinco, ou quase dez, ou quase quinze. Que era amada e estava segura e protegida.

— O bolo tem framboesas — disse ela, enquanto Patrick O'Kelly beijava seu rosto. — É praticamente comida saudável.

— Talvez uma fatia pequena, então — Patrick concordou, os lábios de Alison se apertaram, e Nina achou que ela fosse dizer alguma coisa, mas nesse instante o forno apitou e a campainha da porta tocou ao mesmo tempo.

— O assado — disse ela, acima do som de gritinhos no corredor quando Rosie e Ellie dispararam em direção à porta. — Alguém vá abrir para a mamãe, o papai e a vovó.

Todo mundo se agitou. A avó de Nina, Marilyn, e sua bisavó, Hilda, entraram na cozinha para supervisionar os últimos estágios do assado de domingo. Nina já sabia que era melhor ficar de fora do debate acalorado sobre cozinhar os legumes no vapor ou fervê-los por tanto tempo que eles ficavam parecendo uma pasta, então se serviu de uma dose generosa de chardonnay e foi balançar o piercing que tinha na língua para Rosie e Ellie, que soltavam gritinhos de alegria horrorizada.

À uma hora em ponto, o almoço de domingo foi servido. Nina se sentou entre sua mãe, para que Alison pudesse supervisionar e comentar cada porção de comida que ela pusesse no prato, e sua bisavó, que já havia recebido, agradecida, dois romances de letras grandes.

Claro que os avós de Nina quiseram saber se ela estava saindo com alguém. Ao que a resposta foi "não". Era sempre "não", mesmo quando ela estava saindo com alguém, porque a ideia de ter que trazer um homem para sua casa em Worcester Park para conhecer a família era aterrorizante demais para pensar. Gervaise havia sido o último alguém especial de Nina, e seu cabelo loiro descolorido e as roupas pretas unissex (geralmente um kilt preto sobre leggings) teriam se destacado como "uma prostituta em um batizado", como seu avô diria assim que tivesse tomado algumas cervejas a mais.

Foi a mesma velha conversa dos almoços de domingo. Seu pai e seu avô, Teddy, eram motoristas de táxis pretos e fizeram as mesmas velhas queixas de como o movimento estava fraco. Paul era encanador e fez a mesma velha queixa sobre a companhia de água, que tentava convencer os moradores locais a instalar medidores inteligentes. Chloe era babá e fez a mesma velha reclamação sobre os pais de uma das crianças de que ela cuidava, que estavam no meio de uma separação difícil e usavam a pobre criança como moeda de troca.

Nina não tinha muito do que reclamar. Morava em um bom apartamento no centro de Londres sem pagar aluguel e, embora as coisas estivessem paradas quando o assunto era encontrar-seu-verdadeiro-amor, isso uma hora ia ter que se resolver, e ela gostava de seu trabalho. Exceto por não saber por quanto tempo ainda o manteria, o que levou seus pensamentos de volta a Noah.

— Paul, você nunca vai adivinhar com quem eu estive trabalhando — disse ela, no intervalo entre o assado e a sobremesa. — Lembra do Noah Harewood da escola?

Seu irmão estremeceu tanto que a mesa balançou.

— Isso é uma bomba do passado — ele disse devagar. — Meu Deus, fico suando só de pensar no que a gente fazia com aquele pobre coitado. Como ele está?

Na época, Paul era o terror de Worcester Park. Ele andava com uma turma em que os garotos se autodenominavam gângsteres, mas, na verdade, eram um bando de garotos brancos de Surrey que andavam de agasalho esportivo e cabelos curtos descoloridos. Frequentemente faltavam às aulas para fazer pequenos furtos em lojas, ficavam de plantão na frente de bares, onde compravam cigarros avulsos, ou ficavam no estacionamento da estação montados em suas bicicletas, provavelmente falando para as moças que passavam que elas tinham uns peitões. E, quando estavam na escola, eram grosseiros com os professores, perturbavam as aulas e faziam dos dias de Noah um inferno.

Paul tinha deixado a escola praticamente sem nenhuma qualificação, e então dois acontecimentos transformadores ocorreram em sua vida. Primeiro, ele se envolveu em um acidente com uma mobilete roubada, colidiu com um caminhão e se enfiou em um poste. Acabou em um hospital com o pescoço quebrado e o corpo inteiro engessado e, por cerca de uma semana, ninguém sabia se ele ia ficar paralisado para sempre. O medo o fez abandonar a vida de delinquente e, como garantia de que isso seria definitivo, ele conheceu Chloe no Centro Cheam Leisure, onde fazia natação para melhorar a mobilidade, e se apaixonou perdidamente.

— Nunca subestime o amor de uma boa mulher — Hilda havia dito com sabedoria quando Paul, determinado a ser o homem que Chloe merecia, conseguiu trabalho como aprendiz com um encanador local e voltou a estudar para concluir sua formação. Agora, dez anos depois, era um marido amoroso, um pai dedicado e tinha seu próprio negócio. Foi uma virada e tanto. Paul era uma pessoa completamente diferente do menino que havia sido no passado, e Nina percebia a culpa na voz do irmão, via-a em seus olhos, quando ele perguntou sobre sua vítima na adolescência.

— Ele está bem — ela informou. — Está muito diferente agora. Levei uma semana para reconhecê-lo. — Franziu a testa. — Mas parece que ele não me reconheceu.

— E como reconheceria? Você está totalmente diferente do que era na escola. — Paul fez um gesto para sua irmã que incluía o cabelo, as tatuagens, os piercings e todos os outros elementos da Nina versão 2.0.

— Bem, você está pelo menos uns vinte qu...

— Enfim — Nina interrompeu depressa a especulação de sua mãe sobre quanto peso ela havia ganhado desde o tempo da escola, quando seu principal objetivo na vida era entrar em um jeans skinny tamanho 38. — Eu tive que me segurar para não gritar: "Meu Deus, você é o Noah Sabe-Tudo!" Dá para imaginar? Deve ter sido traumático para ele. Imagino que tenha tido que passar por uma séria terapia para superar os tempos de escola.

— Nem me fale! Aquela musiquinha horrível que a gente cantava. Nós éramos muito cruéis — Paul gemeu, baixando a cabeça nas mãos. — Mas *o que* ele está fazendo trabalhando em uma livraria melosa?

Não adiantava argumentar que vender apenas ficção romântica não significava que a loja era melosa. Nina já havia tentado convencê-los disso inúmeras vezes.

— Ele não é funcionário da livraria. Está lá como analista de negócios para avaliar como podemos melhorar nossas práticas de trabalho.

— Analista de negócios. Parece chique — decidiu a bisavó Hilda. — Mas não parece um emprego de verdade.

— Não deixe a avó dele ouvir você dizer isso — Alison fungou. — Ela vai ao salão às sextas-feiras para arrumar o cabelo e só fala de seu maravilhoso neto Noah e de como ele foi para Oxford, depois para Harvard, que aparentemente é nos Estados Unidos e não aceita qualquer um, e de como ele trabalhou no Google, e aí a tia Mandy falou: "Bom, a nossa Nina lê muito *e* trabalha em uma livraria". Com isso ela calou a boca.

— Não vejo por quê — disse Nina, pois ler muito e trabalhar em uma livraria não se comparava nem de perto com as qualificações de Noah. — O Noah sempre foi mesmo muito inteligente. Eu nem sei o que ele estava fazendo na nossa escola.

— Bom, os pais dele tinham umas ideias esquisitas sobre ter que frequentar escola pública — respondeu Alison. — Todas as vezes que eu precisei ir à escola para uma reunião com o diretor e os pais do Noah quando o Paul se excedia um pouco em seu entusiasmo...

— Mãe, eu era um delinquente vestido em agasalhos Kappa...

— Era mesmo, Ally — o pai de Nina interveio.

Alison sacudiu a cabeça como se nada disso fosse verdade.

— O Paul só se envolveu com más companhias. Mas, como eu estava dizendo, os pais do Noah eram muito esquerdistas. Hippies. — Ela falou essa última palavra em um sussurro escandalizado. — O diretor, o sr. Hedren, *implorava* para eles tirarem o Noah da Orange Hill. Dizia que a escola particular local adoraria recebê-lo, mas a mãe dele afirmava que não gostava da ideia de ambientes de ensino seletivos e que o Noah encontraria seu próprio caminho na vida.

— Acho que foi para encontrar seu próprio caminho na vida que ele fez os exames de qualificação dois anos antes do prazo normal — disse Paul, ainda com a cabeça nas mãos. — Para poder se livrar de todos nós. Escute, na próxima vez que encontrar com ele, pode lhe dizer que eu peço desculpas? Eu adoraria convidá-lo para um drinque, instalar um superchuveiro novo na casa dele, fazer alguma coisa para tentar me redimir.

Nina fez uma careta ao pensar nisso. Essa era uma conversa que ela gostaria de não ter nunca.

— Para ser sincera, Paul, eu não tenho nenhuma intenção de dizer para ele que o conheci na escola. Para quê? Isso só traria lembranças que ele deve preferir que fiquem enterradas. — Ela fez uma pausa e voltou um pouco na conversa. — Mas, mãe, o que *você* estava fazendo no salão da tia Mandy numa sexta-feira? Você sempre arruma o cabelo a cada quinze dias, às quartas-feiras. — Era assim desde que Nina havia chegado a este planeta. — Sexta-feira não é seu dia de pilates?

Houve um silêncio incômodo na mesa, bem diferente do silêncio incômodo de quando Alison provocou Nina sobre quantas batatas assadas ela ia comer.

— O que foi? O que está acontecendo? O que vocês estão me escondendo? — Nina perguntou, passando os olhos pela cara culpada de todos à sua volta.

— Ah, nada que vá te interessar — Marilyn disse depressa. — Sério, você não vai querer saber de todas as nossas coisinhas.

— É claro que eu quero saber das suas coisinhas — Nina protestou. — Talvez não de todas elas. Eu realmente não preciso de um relatório detalhado da visita do vovô ao consultório do urologista, mas é claro que me interesso pelo que vocês estão fazendo. — Isso não era totalmente verdade e, além do mais, nenhum de seus familiares estava loucamente interessado pelo que Nina fazia, e era assim que ela queria que fosse. Um telefonema a cada duas semanas, um almoço com a família uma vez por mês e uma intensa troca de gifs divertidos no Twitter com Chloe. Ela nem sequer estava incluída no grupo de WhatsUpp da família, no entanto... — Mãe, o fato de você mudar seu dia de ir ao cabeleireiro é *muita* coisa.

— Não é *tão* interessante e...

— A VOVÓ ARRUMOU UM EMPREGO, MAS NINGUÉM PODE CONTAR PARA VOCÊ! — Ellie gritou, como se não pudesse mais suportar as mentiras e enganações. — Ela atende o telefone no salão da tia Mandy e diz: "Quer me dar seu casaco? Quer uma xícara de café?"

Nina teve que se segurar firme na borda da mesa.

— Você arrumou um emprego? — ela perguntou à mãe com a voz trêmula, porque isso ia contra todo o seu sistema de crenças. Na verdade, ia contra todo o sistema de crenças de sua mãe.

Alison acreditava que lugar de mulher era em casa. Especialmente quando essa mulher gostava de limpar essa casa de cima a baixo todos os dias. Nina olhou em volta na sala de jantar e confirmou que tudo continuava em sua forma reluzente e faiscante. Nem um grão de poeira, nenhuma mancha. Nem um único enfeite fora de lugar sobre o móvel.

91

Sua mãe era a única pessoa que Nina já havia conhecido que passava aspirador duas vezes por dia. Uma vez depois do jantar (e ai de quem fizesse alguma bagunça após as sete horas da noite) e novamente de manhã, para o caso de o tapete ter acumulado alguma migalha durante a noite.

E não eram só as horas diárias de cuidar da casa. Havia a zumba às segundas-feiras, o pilates nas manhãs de terça e sexta e a hidroginástica às quintas.

No entanto, por algum motivo, Alison O'Kelly havia decidido aceitar o emprego de recepcionista no salão Hair (and Nails) By Mandy, de sua irmã mais velha, na High Street.

— É por isso que eu não queria que você soubesse. Tinha certeza que você ia fazer um alvoroço por causa disso — Alison disse, com a voz tensa.

— Só estou um pouco surpresa — respondeu Nina, o que era o eufemismo do ano. — *Por quê?*

— Porque as coisas ficaram um pouco difíceis recentemente e eu estou fazendo a minha parte.

— O movimento não é mais como era, com esse maldito Uber — resmungou Patrick. — E esse maldito Lyft também. Eu pensei em trabalhar até mais tarde, mas a gente quase já nem se via mais, então, quando a Mandy precisou de uma nova recepcionista para alguns dias por semana, sua mãe disse que queria o emprego.

Alison levantou o queixo, desafiadora, como se esperasse que Nina fizesse algum comentário depreciativo, como ela própria teria feito se as posições fossem invertidas. Mas Nina ainda estava tentando pensar em algo neutro para dizer sobre aquela surpreendente reviravolta.

— Você está gostando? — ela perguntou finalmente.

— Comecei faz só umas duas semanas. Tem muitas coisas novas para aprender: o computador, o sistema de agenda de horários, mas está indo bem.

— Que ótimo. Sempre achei que pensar em computadores é mais assustador do que realmente usá-los — disse Nina, como incentivo, porque ela era de fato uma santa: a santa das filhas sem reconhecimento. — São como uns celulares grandões, não é?

— Sim! Exatamente — Alison concordou, depois deu um sorriso tímido. — A Mandy está com muitas ideias. Disse que quer me treinar como manicure. Dá para imaginar?

— Seria excelente — Chloe interveio. — Você é ótima para fazer minhas unhas.

Nina tinha uma lembrança nítida de tardes de domingo muito tempo atrás: "domingos de spa", como elas chamavam. Ela e sua mãe punham máscaras faciais, faziam tratamentos intensivos com creme de hidratação no cabelo e pintavam as unhas uma da outra. Até hoje, Nina sempre usava pasta e escova de dentes para limpar as unhas e eliminar qualquer amarelado nelas, do jeito que Alison havia lhe ensinado.

— Você devia fazer isso, mãe — disse ela, com entusiasmo. — Poderia ser o início de uma nova carreira.

— A Mandy falou que está cansada de contratar essas meninas que ficam uns meses e depois decidem que preferem trabalhar em um salão chique em Earlsfield. Ela não consegue manter as funcionárias. — Agora que Nina superara o choque inicial, estava genuinamente satisfeita por ver a mãe expandindo seus horizontes, mesmo que fosse apenas até o salão da tia Mandy, a cinco minutos dali a pé. Mas subitamente o rosto de Alison assumiu uma expressão de pesar. — Ah, Nina — disse ela, lamuriosa. — A Mandy ainda fala que você foi a melhor colorista que ela já teve.

— Não comece! — Nina resmungou. — Eu amo a tia Mandy, mas me sentia *sufocada* lá. A coisa mais empolgante que acontecia era quando alguém queria um cabelo cheio de mechas.

Posy e Verity achavam que Nina sempre havia trabalhado com vendas, e Nina jamais contestara. Mas na verdade, desde que terminara a escola aos dezesseis anos, Nina trabalhara com cabelos. Penteando-os, cortando-os e, principalmente, tingindo-os. Tinha começado no salão de sua tia enquanto estudava para a qualificação no curso técnico e, quando finalmente trocara o Hair (and Nails) By Mandy por um emprego em um salão elegante em West End, nem Mandy nem Alison receberam isso muito bem. Tirando a possibilidade de Nina aceitar um emprego com o arquirrival de Mandy, Derek, do Hair to Eternity, no outro lado da High Street, elas não poderiam ter se sentido mais traídas.

A mãe de Nina endureceu os ombros.

— Temos que acompanhar os tempos — disse ela, tão rígida quanto sua coluna. — Fazemos até balaiagem agora. — Cruzou os braços. — Mas você acha que é boa demais para cuidar do cabelo das pessoas.

— Eu não acho que sou boa demais para trabalhar como cabeleireira. — Nina não teve mais como conter a irritação. — Só não era o que eu queria fazer pelo resto da vida.

Sua mãe bufou com desdém, enquanto Patrick intervinha:

— Vamos parar, vocês duas. Temos que ouvir sempre a mesma briga toda vez que a Nina vem para casa?

— Isso me dá uma azia horrível — acrescentou Hilda, virando-se para a bolsa em busca de suas pastilhas.

Alison ainda não havia terminado.

— Bem, quando descobrir o que quer fazer da vida, por favor nos avise, porque você já tem trinta anos...

— Não tenho trinta. Tenho *quase* trinta...

— ... e está trabalhando como caixa em uma loja e ainda nem se casou.

— Eu não sou caixa! Sou vendedora de livros, e casar não é o objetivo de tudo. Prefiro me apaixonar loucamente por alguém e, mesmo que durasse só uma semana, pelo menos eu teria vivido essa emoção intensamente — Nina proclamou tão alto que foi quase um grito. — Não tem nada de emocionante em se casar antes de descobrir quem você é e, depois de alguns anos, perceber que não tem nada para conversar com a outra pessoa a não ser sobre o seguro de vida ou se a máquina de lavar roupa vai aguentar mais um mês.

— O casamento é um pouco mais do que isso — disse Paul, com um olhar magoado para a irmã, porque, no momento em que Nina saísse daquela casa, teria conseguido ofender cada membro da família ali presente. Era como um superpoder muito inútil.

— É, a gente às vezes sai à noite, só nós dois — Chloe acrescentou — E nunca conversamos sobre seguro de vida.

— Eu só quero algo diferente para a minha vida — disse Nina, como costumava dizer havia anos, e como sempre sua família entendia isso como um ataque pessoal. O que fora certo para Hilda, depois para Marilyn e finalmente para Alison, ou seja, estar casada e com um bebê a caminho antes de soprar vinte velinhas no bolo de aniversário, não era certo para Nina.

Embora ela tivesse *quase* trinta e ainda não soubesse a forma exata do algo diferente que queria.

— Não tem nada errado em ser casada — insistiu Alison, com determinação.

— Mas não é preciso ser casada para ser feliz — Nina respondeu, igualmente determinada, o que fez a pequena Rosie começar a chorar.

— Eu quero casar para poder usar um vestido bonito e comer bolo — ela soluçou, porque Nina conseguia se indispor até com as crianças do clã O'Kelly.

— Rosie, meu bem, você pode se casar se quiser — disse Nina, levantando-se para se aproximar da menina e abraçá-la. — E também pode usar um vestido bonito e comer bolo mesmo sem se casar, se quiser.

— Apesar de que ninguém vai querer se casar com você se comer bolo demais e ficar gorda — Alison declarou com firmeza e, embora jurasse que não estava falando de Nina e seu manequim não casado 44 ou 46, dependendo da fase do ciclo menstrual, deu toda a impressão de que estava.

Nina foi embora pouco depois, recusando a sobremesa, o café ou uma carona até a estação, e levando seu bolo de camadas de merengue de framboesa. Quando chegasse em casa, vestiria direto o pijama e comeria todo o maldito bolo enquanto lia um livro ou assistia a um filme trash.

Ela soltou um suspiro irritado quando chegou à estação, viu que o trem para Waterloo já estava encostando e teve que correr, de salto alto vestido justo e carregando um bolo de merengue perigosamente desmontável em um pote.

Entrou no trem com segundos de folga. As portas deslizaram em suas costas e Nina se recostou nelas para recuperar o fôlego enquanto olhava em volta no vagão.

Era começo de tarde de domingo, aquele estranho intervalo de calmaria em que a maioria das pessoas ainda está digerindo o almoço, então havia muitos assentos vazios. Nina poderia ter um espaço de quatro lugares só para si se quisesse, e ela queria. Não queria ter que olhar ou, pior, conversar com outro ser humano pelas próximas horas. Devia ser assim que a introvertida Verity se sentia quando estava sobrecarregada ao fim de um dia agitado.

Nina endireitou o corpo e caminhou oscilante até o meio do vagão, onde ficavam os espaços de quatro assentos. Havia um homem sentando-se em um deles. Nina esperava que ele não chamasse a atenção dela por colocar os pés para cima, mas ai dele se o fizesse.

Então ela se aproximou e viu seu rosto, e ele levantou os olhos da tela do iPad como se tivesse sentido seu olhar, e os dois se encararam sem dizer nada por um longo momento.

Era Noah. Só podia ser o Noah, porque aquele estava sendo um dia dos infernos.

Estou agora perfeitamente curado de querer buscar prazer na sociedade, seja no campo ou na cidade. Um homem sensato deve encontrar companhia suficiente em si mesmo.

Noah ergueu a mão em um cumprimento meio hesitante, e Nina poderia simplesmente deixar passar batido, acenar de volta e continuar andando até o fim do vagão.

Ou poderia agir como uma pessoa adulta e se sentar diante dele.

— Puxa, que coincidência! — Claro que não era coincidência, já que os pais dele moravam a cinco ruas de distância dos dela. Deus a castigaria por todas as mentiras que ela estava prestes a dizer. — Bom, essa situação já é esquisita o suficiente sem a gente se ignorar até Waterloo, mas, se você preferir ficar sozinho, eu posso mudar de lugar.

Ele sacudiu a cabeça.

— Não, pode ficar.

Noah de fato sabia como fazer uma garota se sentir especial.

— Então... onde você mora? — Nina perguntou.

— Bermondsey. — Ele parecia um pouco constrangido, mas Nina estava acostumada a lidar com pessoas difíceis. Ela havia *acabado* de sobreviver a um almoço de família, afinal.

— Legal. Perto do Tate Modern? — ela indagou, e o interesse fingido diante de um nível zero de encorajamento por parte dele era de fato muito semelhante a estar em um encontro ruim.

— Mais perto do Mercado Borough.

— Tem uma banca no Mercado Borough que vende uma torta de chocolate com caramelo salgado que me dá vontade de chorar só de pensar. — Nina fechou os olhos à lembrança da tal torta de chocolate com caramelo salgado, depois os abriu de novo e viu Noah olhando para ela. Ele desviou o olhar rapidamente. — A Mattie não pode saber de jeito nenhum que estou desejando os doces franceses de outra pessoa — ela acrescentou, e nem estava brincando, e... Aleluia! Seria aquele um sorriso muito tênue abrindo caminho pela expressão fechada de Noah?

— Vou levar seu segredo para o túmulo — ele prometeu solenemente, depois indicou com o dedo o pote no colo de Nina. — De onde você está vindo?

— Da casa dos meus pais. O almoço de domingo uma vez por mês é meio como cumprir uma penitência, agora que eu moro no centro da cidade. — Ela suspirou. — Ou pelo menos era para ser um almoço de domingo, até que a Terceira Guerra Mundial explodiu entre mim e a minha mãe.

Noah levantou as sobrancelhas.

— Ruim assim, é?

— É, mas deixamos passar uma semana e então ela vai me telefonar, porque é a vez dela de telefonar depois de uma briga, fui eu que liguei da última vez, e nenhuma de nós duas vai tocar mais no assunto. É o nosso jeito. — Nina sacudiu a cabeça para o total desastre que era sua relação com a mãe. — E você? — Ela se conteve quando estava prestes a perguntar se ele também tinha ido visitar a família. Afinal eles mal se conheciam, e seria estranho ela saber que a família dele também era de Worcester Park.

Noah tinha uma pequena coleção de potes a seu lado no banco. Ele lançou um olhar de repugnância para os recipientes.

— Como você, visitando meus pais. Não tivemos a Terceira Guerra Mundial, mas alguns pequenos confrontos — ele confessou com a voz cansada. Depois esfregou os olhos, como se sua própria viagem ao seio da família amorosa o tivesse esgotado.

104

Nina entendia o sentimento.

— Bom, pelo menos você trouxe as sobras — ela comentou, porque queria acabar com a testa franzida de Noah. E, embora não estivesse diretamente envolvida, ainda se sentia culpada pelos tempos difíceis que ele havia enfrentado quando garoto. — Quem não adora uma batata assada fria?

— Eu adoro batata assada fria — Noah disse com ar sonhador, depois fixou os olhos verdes em Nina. — Mas não é batata assada fria que tem nessas vasilhas. É só comida vegana com alto teor de fibras.

Sua mãe havia dito algo sobre os pais de Noah serem hippies com ideias esquisitas, mas, para Alison, qualquer pessoa que usasse sandálias Birken ou não comesse carne era um hippie com ideias esquisitas. Nina não compartilhava a opinião de sua mãe. Na verdade, ela mesma decidira não comer carne alguns dias da semana, porque se importava com o planeta e porque, bem, às vezes seu jantar era apenas uma tigela de batatas fritas com queijo do Midnight Bell.

— Delícia. Alguns dos meus momentos mais felizes envolveram encher a cara de dal de lentilhas pretas.

— Não duvido — Noah respondeu, melancólico. — Infelizmente, a culinária vegana dos meus pais não avançou além dos pães de frutas secas que eles aprenderam a fazer quando eram estudantes, embora tenham seguido as tendências e agora adicionem também sementes de chia. — Ele esfregou os olhos de novo. — Hoje o pão estava tão seco que sugou cada gota de umidade do meu corpo. Ou talvez tenha sido o bolinho de broto de feijão.

Nina havia morado certa vez com uma vegana militante que deixava tigelas com brotos de feijão de molho por toda parte, então podia compreender.

— Estou ficando com a boca seca só de pensar — disse ela, não percebendo que estava com os músculos tensos até se recostar no banco e sentir a tensão deixá-la. — Foi por causa disso o confronto? Você tentou entrar com um ovo à escocesa escondido?

— Eu seria capaz de matar por um ovo à escocesa. Acho que vou ter que desviar o caminho e passar no Tesco Express para comprar um antes de ir para casa — disse Noah, com a mesma expressão sonhadora de antes. Quando ele apareceu pela primeira vez na Felizes para Sempre, com seu terno e seu iPad, Nina nunca teria imaginado que ele poderia ter tantas facetas. Noah não estava de terno hoje. Estava de jeans e um suéter azul-marinho espiava por baixo do casaco de mesma cor. Caramba, ele gostava mesmo de um visual azul-marinho. — Mas, não, eu não tentaria entrar com produtos de origem animal escondidos na casa dos meus pais. Nosso confronto foi sobre as minhas escolhas de estilo de vida.

— Você também? Nunca imaginei que teríamos tanto em comum — disse Nina, e Noah riu, coisa que ela não se lembrava de tê-lo visto fazer antes. O riso foi como um filtro instantâneo do Instagram, dissipando a expressão cansada e tensa de seu rosto e trazendo-o de volta à vida.

— Então isso deve significar que seus pais também estão muito decepcionados porque o sangue do sangue deles vendeu a alma. Depois eles discursaram um pouco sobre mamar nas tetas do mundo corporativo, mas eu me desliguei — disse Noah, com perceptível irritação na voz. — Assim que eles começam a falar sobre "O Sistema", eu já sei o que vai vir em seguida e desligo.

— Eles não têm orgulho de você? Como assim? Você estudou em Oxford e Harvard — Nina o lembrou, embora não fosse algo que Noah esqueceria.

— Eu te contei isso no pub? — Ele pareceu confuso, e Nina começou a tossir fortemente para distraí-lo. Não, ele não tinha contado, droga, tinha sido a mãe dela.

— Precisa de um gole d'água? — Noah endireitou o corpo e bateu nos bolsos, como se uma garrafa de água fosse aparecer milagrosamente. Nina conseguiu controlar o "ataque de tosse" e fez um aceno leve com a mão para ele não se preocupar.

— Estou bem — ela respondeu, rouca.

— É uma coincidência e tanto você também ser de Worcester Park — Noah disse, enquanto ela enxugava os olhos lacrimejantes. — Além de tudo, você deve ter mais ou menos a mesma idade que eu. — Ele franziu a testa e Nina fechou os olhos em silenciosa agonia, prevendo a pergunta seguinte que ele inevitavelmente faria. — Que escola você frequentou?

— Eu reprimi a maior parte das lembranças de escola — ela falou, numa tentativa desesperada. — Com certeza não foram os melhores dias da minha vida. Quem fala que foram não sabe o que está falando.

— Ah, sim! Para ser sincero, eu também não penso muito na escola. Foi bem ruim para mim também, mas quer saber? Aprendi algumas lições de vida com isso e segui em frente — Noah disse calmamente, como se seus dias infernais na Orange Hill não fossem grande coisa. — Eu não seria muito bom no meu trabalho se não soubesse compartimentalizar.

Será que ela conseguiria escapar tão fácil daquela pergunta? Afinal Noah nem parecia reconhecê-la dos seus tempos na Orange Hill, quanto mais perceber que ela era irmã de Paul — que bom que eles não eram muito parecidos. Mas será que ela devia contar a Noah sobre o parentesco? Seria a coisa certa a fazer?

Como começar a tocar nesse assunto? *Na verdade, meu irmão mais velho, o Paul, sempre batia em você.* Nina fez uma careta.

— É, eu também superei. Ainda bem!

— É melhor deixar tudo isso no passado — Noah concordou. — Neste momento, só tenho cabeça para ovos à escocesa. Estou morrendo de fome — ele se lamentou, lançando um olhar tristonho para seus potes.

Nina baixou os olhos para o recipiente em seu colo. Deu uma sacudidinha cautelosa na vasilha. O conteúdo parecia muito menos intacto do que antes de ela ter corrido para o trem. Puxou a tampa para abrir o pote e confirmar suas suspeitas. O inigualável merengue de framboesa de Mattie não estava exatamente esmigalhado em farelos, mas tinha se quebrado em pedaços grandes.

— Isto serve? — Nina ofereceu o pote para Noah, que espiou dentro e se iluminou com uma expressão de pura alegria, muito mais agradável de olhar do que seu rosto de pedra de antes.

Ele escolheu um grande pedaço de bolo que estava se desmanchando e olhou em volta.

— Preciso de um prato e de um babador.

Nina já estava procurando dentro da bolsa.

— Quando se usa tanta maquiagem como eu, nunca se vai a lugar nenhum sem um pacote de lencinhos umedecidos. Também tenho lenços de papel, bolinhas de algodão e álcool em gel para limpar as mãos. — Ela passou alguns lenços de papel para Noah e assistiu enquanto ele dava uma mordida feliz no bolo.

O aroma que subia do recipiente era celestial: a nuvem doce e suave do merengue e o cheiro ácido das framboesas, mas Nina não comeria bolo em público. Não depois de passar duas horas com sua mãe, o que faria com que só conseguisse pensar em quantas calorias, carboidratos e gramas de açúcar estava consumindo.

Esperava que, quando chegasse em casa, esses sentimentos já tivessem passado e ela pudesse comer bolo e o que mais quisesse sem ouvir Alison resmungando em seu ouvido: "Um momento nos lábios, uma vida nos quadris" ou "Nenhum sabor se iguala ao prazer de ser magra", e o mantra gordofóbico favorito dela: "Boca sempre cheia é o caminho da baleia".

Nina não queria continuar olhando para Noah enquanto ele mastigava. Provavelmente ela começaria a babar, que é o que acontece quando a gente se nega a comer um pedaço de bolo. E se Noah pensasse que ela estava babando por ele?

Nina estremeceu e voltou a atenção para o celular. Havia uma mensagem de Chloe:

> Espero que esteja tudo bem. Nós saímos logo em seguida, depois que eu disse para a sua mãe não falar bobagens para deixar a Ellie e a Rosie complexadas a respeito do corpo delas. Ela aceitou bem. Só que não! Dê notícias. Bjs

E ainda duas mensagens no HookUpp de homens que ela havia selecionado, mas ainda não tinha encontrado, antes de decidir abandonar o aplicativo. Dar uma olhada não contava, porque ela não ia responder, a menos que um deles afirmasse categoricamente que estava procurando a Cathy para o seu Heathcliff. O que não foi o caso. Eles só mandaram fotos do pinto.

Será que alguma mulher já tinha construído um relacionamento importante com um homem que nem se importava em trocar algumas palavras gentis, nem sequer um "Como você está?", e começava direto lhe mandando uma foto de seu membro ereto, e mesmo assim muito pouco impressionante? Nina duvidava muito.

— Para mim chega — Noah declarou, e Nina levantou os olhos do celular para vê-lo fechando a tampa do pote plástico. — Quero deixar espaço para o meu ovo à escocesa e já estou ficando um pouco tonto de tanto açúcar.

Estavam parando na estação Earlsfield, algumas pessoas esperavam na plataforma, e em poucos minutos estariam em Waterloo. Nina debatia consigo mesma as vantagens de pegar a linha Northern até Tottenham Court Road e andar o restante do caminho ou chamar um Uber, embora talvez devesse apagar o app do Uber em solidariedade a seu pai, quando percebeu que Noah estava falando com ela, porque de repente ele estendeu o braço e deu uma batidinha de leve em seu joelho.

— Mas você não acha que isso é estranho? — ele perguntou.

Nina piscou.

— O que é estranho?

— Nós nunca termos nos encontrado antes. — Ele fez um gesto para ela com a mão ligeiramente suja de merengue. — Crescemos no mesmo lugar, temos mais ou menos a mesma idade, e você não é o tipo de pessoa que passa despercebida.

Ao pensar em seus dias na Orange Hill, ainda que eles não tivessem sido a casa dos terrores que foram para Noah, Nina sentiu o mesmo frio na barriga que sempre sentia. Uma sensação de náusea, de pânico, que ela tentou afastar. Mas Noah havia acabado de confirmar que não sabia que Nina tinha frequentado a escola dele, quanto mais que era parente de seu principal torturador, e parecia uma pena ela lhe contar isso justamente agora que estavam se dando tão bem. Ela esperaria até estarem na Felizes para Sempre, em um ambiente profissional, e o chamaria de lado para dar a notícia, mas por ora isso podia esperar.

— Acho que, na verdade, a gente morava mais perto de Cheam que de Worcester Park — ela corrigiu rapidamente. — E eu não era *assim* naquela época.

Noah lançou a Nina um longo olhar avaliador, que começou por seus sapatos de camurça abertos nos dedos e viajou para cima, parando nos lugares em que ela não esperaria que ele parasse, depois se demorando em seu rosto. Ele sorriu, como se o rosto dela fosse especialmente agradável, embora Nina tivesse certeza de já ter comido todo o batom. Havia planejado fazer um rápido retoque no trem, antes de dar de cara com ele.

— Eu certamente teria me lembrado se você fosse *assim* — disse ele, e seu tom era de apreciação e inteiramente masculino, de um jeito que tirou Nina do prumo. Será que ele estava flertando com ela? Não. Ela com certeza não era o tipo dele, e ele com certeza não era o dela, ainda que, naquele exato momento, a ideia de Tom de que Nina flertasse de leve com Noah parecesse bastante atraente. Não para descobrir os planos dele, mas porque Nina gostava desse jogo de flertar.

— Bom, na época eu tinha dentões de coelho, usava aparelho e tinha peitos minúsculos. Depois, quando o aparelho foi embora e a puberdade finalmente chegou, eu passava a maior parte das minhas horas alisando o cabelo e garantindo que tivesse bastante barriga à mostra, graças à minha enorme coleção de camisetas cortadas e jeans de cintura baixa. Mesmo no inverno.

— E como você passou daquilo para isto? — Noah perguntou, com mais uma longa examinada em Nina, os olhos semicerrados, fazendo-a sentir outra onda de frio na barriga, embora esta não a fizesse se sentir em pânico ou nauseada. Era o tipo bom de friozinho na barriga.

Obviamente a cena na casa de seus pais a havia perturbado. E agora Nina estava sendo arrastada de volta para o passado. Para Worcester Park. E para a menina que havia sido.

— Como eu disse, muitas coisas mudaram. — Era hora de mudar de assunto também. Esquecer aquela menina e ser a mulher que ela se tornara. — E você? Alguma moda adolescente vergonhosa escondida no seu armário?

— Ah, tantas que nem dá para contar. Eu demorei para amadurecer. — Noah encolheu os ombros com modéstia. — E custei a perceber que os suportes de caneta no bolso da camisa e os óculos enormes que eu usava não contribuíam em nada para minha aparência. Foi uma revelação e tanto.

— Posso imaginar — Nina disse com cuidado, receosa de soltar algo indelicado sobre a antiga aparência de Noah e seus óculos fundo de garrafa e acabar se entregando. — Depois que a gente passa a fase das espinhas e todo o problema dos hormônios, a puberdade é maravilhosa, não é?

— É, mas a acne foi dureza. Não dava para saber onde ela terminava e onde minhas sardas começavam — Noah respondeu, e os olhos de Nina foram atraídos para o rosto dele, livre de qualquer mancha, mas ainda com as sardas, principalmente no nariz e na testa.

— Eu gosto de sardas — declarou ela, com sinceridade. — São beijos do sol, não é? Quando eu estava na minha fase Doris Day, cheguei a desenhar algumas em mim com lápis de sobrancelhas marrom.

— Não me entenda mal, mas não vejo você como Doris Day — comentou Noah, enquanto o trem começava a desacelerar, aproximando-se de Waterloo.

— É por isso que a minha fase Doris Day não durou mais que uma semana — disse Nina, ao mesmo tempo em que soava o aviso para os passageiros se certificarem de levar todos os seus pertences ao saírem do trem. Ela apontou a coleção de potes de Noah. — Eu ia sugerir que você deixasse isso aqui, mas é capaz de eles destruírem os recipientes como material suspeito.

— É verdade. — Eu suspirou, levantou-se e pegou suas refeições veganas. — Além disso, se eu não devolver esses potes, minha mãe vai querer me matar.

Era perfeitamente natural sair caminhando ao lado de Noah, depois que desceram do trem e seguiram em direção às catracas.

— Bom, espero que você ainda tenha espaço para aquele ovo à escocesa — disse Nina e, na verdade, ela própria estava se sentindo com fome.

Embora morassem juntas havia poucos meses, Verity sempre fazia questão de vir da casa de Johnny para ficar com Nina toda vez que ela voltava da viagem à casa dos pais. Não que Nina gostasse de conversar muito sobre a vida em Worcester Park, mas Verity parecia sentir que não estava tudo bem e que ela precisava de companhia e de algo para comer enquanto assistia a alguma porcaria na TV.

— Eu sempre tenho espaço para um ovo à escocesa — Noah respondeu alegre e pacientemente enquanto esperava Nina procurar seu tíquete na bolsa. — Se bem que, neste momento, acho que eu encararia um filé.

— Jesus, você está mesmo desesperado para esquecer aquele pão de frutas secas — disse Nina, com uma risada.

Estavam no saguão da estação Waterloo. Inacreditavelmente, eram apenas três e meia, mas parecia mais tarde, mesmo que Nina estivesse vendo o sol fraco entrar por uma das saídas para a rua.

— Vou a pé para casa pelo South Bank e parar para um filé com fritas no caminho. Tem um restaurante francês muito bom na Bermondsey Street. Você gostaria? — Noah perguntou de modo tão casual que Nina mal registrou o que ele dizia enquanto começava a caçar o cartão do metrô.

E, de repente, as palavras registraram.

— Ah! Filé com fritas seria legal, mas... eu e a Very temos o costume de passar o fim de tarde e a noite juntas quando eu chego da casa dos meus pais — disse Nina.

— Está bem. — O rosto de Noah assumiu uma expressão súbita e determinada. — Só para deixar claro, isso era eu te chamando para sair. Para um encontro.

— Ah! — Nina exclamou de novo. — Tudo bem. — Estava mesmo tudo bem? Havia um mundo de diferenças entre eles... e ele era o melhor amigo do marido da chefe dela... e o guarda-roupa azul-marinho deixava muito a desejar... e tinha o DESASTRE TOTAL do segredo que ela estava escondendo dele... mas sentar-se com ele no trem não tinha sido uma provação. Na verdade, tinha sido uma distração bem-vinda, caso contrário ela teria passado a viagem inteira bufando e soltando fumaça pela briga que tivera com sua mãe, que teria conseguido acabar com todo o seu domingo.

Além disso, agora Nina sentia a obrigação de ser realmente gentil e simpática com Noah, nem que fosse apenas para compensar o modo cruel como seu irmão o tratara. Era uma maneira de equilibrar as coisas, pagar pelos seus erros, mostrar a Noah como se divertir um pouco, porque ele certamente nunca tinha se divertido nos tempos de escola.

— Então, tudo bem mesmo? — Noah quis confirmar, com o rosto muito rosado, mas ainda bastante resoluto. Nina de fato gostava de certa firmeza em seus homens.

— Sim, tudo bem — decidiu.

— Jantar, então, na próxima semana. Quarta-feira está bom para você? — Noah persistiu, e Nina percebeu que estivera meio esperando/meio desejando que eles trocassem telefones e fizessem algum bate e rebate de mensagens e que não passasse disso. Mas não. Noah queria marcar aquele encontro. Uma vez mais, tinha que lhe dar crédito por ser tão objetivo. Estava sinceramente enjoada de homens que não se comprometiam nem com um plano vago de se encontrarem para um drinque, como se ela fosse capaz de ter uma ideia errada e começasse a escolher os anéis de noivado. — Estou trabalhando em outro projeto esta semana, então não vou estar na Felizes para Sempre — ele esclareceu.

Nina abriu a agenda no celular, embora soubesse que estava livre na quarta-feira. Se realmente quisesse cair fora, poderia inventar algum compromisso marcado há muito tempo para essa data.

— Quarta-feira está bom — ela se ouviu dizendo, porque, aparentemente, não queria cair fora. Pensaria melhor sobre isso mais tarde.

— Ótimo. Estarei trabalhando no Soho...

— Eu vou encontrar você — Nina disse depressa, porque era só *um* encontro, um encontro para retribuir um convite gentil, e ela não precisava que nenhum de seus amigos ficasse sabendo. — Que tal oito horas na frente do Teatro Cambridge?

— Perfeito.

E então surgiu aquela sensação incômoda de novo, e Nina morreu um pouco por dentro só de pensar que havia acabado de se comprometer com um encontro com Noah.

— Bom, então te vejo na quarta-feira — ela falou, animada, como se estivesse ansiosa para chegar quarta-feira logo. Já estava se afastando, enquanto Noah permanecia ali, com o rosto ainda rosado e agora franzindo a testa, como se também tivesse dúvidas. — Aproveite seu filé com fritas!

— Obrigado — ele respondeu, e Nina não aguentou ficar ali nem mais um segundo. Estava agora a uma boa distância de Noah e, após um gesto de despedida, virou-se a passos rápidos para ser engolida pela multidão de viajantes que voltava de seus passeios de fim de semana.

Não é companhia quando a pessoa não sabe nada e não diz nada.

Quarta-feira era Dia dos Namorados e a loja estava com um movimento insano de pessoas que compravam livros românticos, o que contrariava totalmente as teorias de Nina de que os apaixonados não precisariam disso e os não apaixonados não suportariam tal ideia. Ainda que a maior parte dos clientes fosse homens em pânico que vieram em massa na hora do almoço e pouco antes de fechar para comprar cartões e presentes românticos. Também não faltaram uns: "Por acaso vocês vendem flores?"

Felizmente, Nina tinha clientes para ajudar, livros para vender e pouco tempo para ficar pensando em seu encontro daquela noite, mas a pergunta mais importante era POR QUE Noah a convidara para sair bem no Dia dos Namorados? O *que* isso significava?

Ela havia resolvido se manter discreta. Não havia contado a Verity ou Posy porque elas fariam um alvoroço, nem a Tom porque ele tentaria sorrateiramente convencê-la a extrair informações vitais sobre a segurança deles no emprego. De qualquer modo, ela já decidira que deixaria tudo muito claro com Noah desde o início. Antes mesmo de pedirem o primeiro drinque. Não estavam em um encontro de fato; estavam em um não encontro; eram apenas duas pessoas tomando um drinque juntas.

Porque, embora tivesse uma regra de nunca recusar um encontro, no caminho de volta para a Felizes para Sempre no domingo à tarde Nina se lembrara de outra de suas regras: não misturar trabalho com prazer.

Para alguém que tentava viver a vida com o máximo de paixão e espontaneidade, ela parecia ter regras demais, pensou consigo mesma com um pequeno suspiro, enquanto virava a placa da loja para "Fechada". Uma arrumadinha rápida na sala principal e teria cerca de uma hora e meia para ficar pronta.

— Nina! Você está doente? — Posy perguntou de trás do balcão, com a voz preocupada e as mãos nos quadris.

Nina franziu a testa.

— Não, eu estou bem. Por quê?

— Porque você não perguntou se vamos ao pub — Posy respondeu. — Você *sempre* tenta juntar um grupo para ir ao pub. Tem certeza que está se sentindo bem?

— Eu não vou *sempre* para o pub depois do trabalho — Nina revidou, porque ela não ia mesmo. Pelo menos, achava que não. Não *toda* noite. — Você fala como se eu fosse uma alcoólatra.

— Uma alcoólatra, não, você é apenas sociável — Verity falou do escritório, fazendo ser sociável parecer um destino pior que a morte.

Nina agora estava na porta do escritório, onde mostrou a língua para Verity, que mostrou a língua de volta.

— Enfim — disse Nina, enquanto pegava pá e vassoura na pequena cozinha anexa ao escritório. — Eu tenho um encontro hoje. — Ela murmurou essa última parte e, embora não arrastasse seus colegas para o pub *todas* as noites, era verdade que tinha encontros na maior parte delas, portanto isso não era uma grande novidade. Nem merecia muitos comentários.

— Ahhhh! Quem é? Onde você o conheceu? — Posy perguntou. — No HookUpp?

Nina começou a varrer o chão.

— Não, não foi no HookUpp, você sabe que eu jurei que não ia mais usar isso. É só um cara que eu conheci no trem de volta para casa domingo. Vocês com certeza não o conhecem. — Ela só esperava que Noah não tivesse mencionado nada para seu bom amigo Sebastian. Haveria perguntas, provocações e inúmeras especulações, e era apenas um encontro. Para falar a verdade, não era nem um encontro, era um não encontro.

116

— Então conta para a gente. Ele é de alguma banda? — Verity havia saído do escritório e agora estava parada na frente da caixa registradora, esticando os braços e com os dedos enlaçados, se preparando para fechar o caixa. — Como ele é? Quantas tatuagens ele tem?

— Por que todas essas perguntas? — Nina se queixou, enquanto atacava agressivamente a base de uma das estantes com a vassoura. — Por acaso eu fico interrogando vocês sobre sua vida amorosa?

— Sim! O tempo todo! Mesmo quando eu não tinha vida amorosa — Posy respondeu. Ela devia estar guardando os livros que os clientes tinham tirado das prateleiras, mas havia desistido disso para se esparramar em um dos sofás no centro da sala, com as pernas penduradas sobre um dos braços. — Você é a rainha dos conselhos sobre encontros. Quando a Very teve o terceiro encontro com o Johnny, você praticamente a mandou transar com ele.

— Eu não mandei. E nós concordamos que ela podia transar com ele em um quinto encontro, por ser filha de um vigário. Não foi isso, Very?

— Sim, muitas vezes nós discutimos minha vida sexual antes mesmo de ela existir — declarou Verity, impassível. — Geralmente na frente de uma loja cheia de clientes, e agora você está sendo estranhamente tímida com um primeiro encontro, quando já deve ter tido uns mil primeiros encontros.

— Não foram mil — Nina respondeu automaticamente, agachando-se para recolher todo um dia de migalhas, recibos e outros detritos com a pá. Então pensou nos últimos dez anos de sua vida. Nesse espaço de tempo, havia tido dois relacionamentos mais ou menos sérios que tinham durado uns seis meses cada. Um punhado de relacionamentos não sérios que não haviam chegado à marca dos três meses. Isso somava cerca de dois anos e meio, o que deixava sete anos e meio de encontros.

Nina fez alguns cálculos rápidos que lhe doeram no coração. Trezentos e sessenta e cinco dias por ano. Em sete anos, seriam, hum, digamos que dois mil e quinhentos dias. Dois mil e quinhentos dias de encontros marcados pela internet, encontros do HookUpp e encontros com amigos de amigos e encontros por troca de olhares com um estranho do outro lado do bar e, sim, meu Deus, ela provavelmente havia tido, no mínimo, uns mil primeiros encontros.

— O que eu estou fazendo com a minha vida? — Nina murmurou baixinho, quando a futilidade de tentar encontrar o amor, um amor apaixonado, gratificante, o-coração-dele-bate-junto-com-o-meu, após já ter estado em pelo menos mil primeiros encontros a atingiu em cheio.

— Bom, você sempre falou que é preciso beijar muitos sapos até encontrar seu príncipe encantado — disse Posy, levantando a mão e fazendo sua aliança e o enorme anel de safiras e diamantes que Sebastian lhe dera reluzirem. — Quanto a mim, fico muito feliz por praticamente não ter precisado beijar nenhum sapo.

— Você é uma amiga querida, Posy, e é por isso que eu preciso te alertar que está começando a falar como uma mulher casada e convencida — Very disse muito séria, balançando o lápis que segurava na direção de Posy.

— Nós só avisamos sobre isso porque gostamos de você — Nina acrescentou, mas se alegrou um pouco por Posy ter se lembrado do conselho dela.

Sim, houve muitos sapos na vida de Nina, mas seria necessário apenas um encontro, um homem, um beijo para virar a maré, para ser um príncipe encantado e não um anfíbio qualquer. E era uma pena Nina desperdiçar um encontro com Noah se ele não seria nunca o "amor do seu coração", como Emily Brontë dizia, mas, assim que ela deixasse claro que eles nunca seriam nada além de amigos, talvez ele tivesse alguns colegas atraentes para lhe apresentar.

Uma hora e meia depois, Nina se apressava pela Shaftesbury Avenue. Estava atrasada, ela sempre estava atrasada, mas o nervosismo era uma experiência nova e Nina não gostava nem um pouco daquilo.

Porque não havia nenhum motivo para ficar nervosa; era Noah. Ela passara duas semanas sendo silenciosamente observada por ele. Estivera no pub com ele. Viajara de trem com ele. Até estudara na mesma escola que ele e testemunhara vários incidentes o envolvendo que provavelmente ainda lhe provocavam pesadelos, mesmo que ele nunca fosse ficar sabendo disso.

Portanto, Noah estava longe de ser um desconhecido. No entanto, em todos aqueles outros primeiros encontros com homens que ela mal conhecia, muitos deles apenas uma pequena fotografia em uma tela de celular e um par de mensagens, não havia ficado nervosa. Havia apenas aquele delicioso arrepio de excitação, de "e se", mas agora, enquanto atravessava para a Charing Cross Road, se espremendo entre a multidão de pessoas que entrava e saía da estação Leicester Square, Nina se sentia quase nauseada de apreensão e, apesar do ar frio da noite de fevereiro, estava suando em lugares onde não queria ficar suada: as mãos, as axilas, e, mesmo tendo borrifado sua maquiagem com spray fixador, havia uma traiçoeira umidade na testa e sobre o lábio superior.

— É só o Noah — disse a si mesma, enquanto esperava para atravessar mais um semáforo. O local marcado ficava do outro lado da rua e, como uma adolescente em seu primeiro encontro, estava ansiosa demais para olhar se Noah já a esperava.

Mas, assim que atravessou a rua, antes de ter tempo de passar os olhos pelo rosto das outras pessoas que esperavam seus acompanhantes chegarem, sentiu a mão em seu braço.

— Nina — chamou uma voz, a voz de Noah, e ela puxou o ar antes de se virar com um sorriso completamente falso.

— Oi — disse ela, em uma voz vibrante que também era falsa. — Espero que não esteja esperando... há muito tempo.

— Acabei de chegar — Noah respondeu e se inclinou para beijá-la no rosto, o que rapidamente se tornou constrangedor quando Nina ofereceu a outra face, porque todo mundo não dava dois beijos?

Aparentemente, Noah não, porque ele já estava se afastando.

— Escute, quando eu te convidei para sair, não lembrei que hoje era Dia dos Namorados — explicou ele, com verdadeiro desgosto, de modo que Nina se sentiu imediatamente constrangida por ter em algum momento desconfiado do contrário. — Mas, enfim... Oi! Você está bonita.

Nina fez uma careta.

— Acho que não, mas obrigada assim mesmo. — Para se somar ao nervosismo, ela também tivera uma crise de guarda-roupa. A maioria de seus trajes de primeiro encontro envolvia vestidos justos com decotes profundos, mas ela não queria dar a Noah a ideia errada ou uma falsa esperança, então tivera que eliminar isso e ir para o plano B. O plano B era jeans, embora Nina raramente usasse jeans: um jeans escuro de cintura alta e barra virada com corte dos anos 50, com um conjunto de blusa e casaco com estampa de oncinha e botas de motociclista. Não era de surpreender que ela estivesse com calor e suada e se sentisse tão coberta quanto uma freira. — Mas você está bem.

Foi a vez de Noah fazer uma careta.

— Ah, essa coisa velha? — Ele segurou a ponta de seu casaco azul-marinho. — Então...?

— Então...? — Nina ecoou, pensando se já devia iniciar seu discurso de "este não é um encontro". As coisas não poderiam se tornar mais constrangedoras do que já estavam. Mas por onde começar? — Então... Noah, você parece um...

— Então, eu estava pensando...

Ah, meu Deus, agora eles estavam falando ao mesmo tempo. Noah enrubesceu e Nina tinha certeza de que sua maquiagem, apesar do spray fixador caríssimo, estava deslizando completamente de seu rosto.

— Desculpe.

— Não, eu é que peço desculpas.

— Você estava dizendo...

— O que você estava dizendo...

Eles estavam falando juntos de novo. Nina levantou a mão.

— Você primeiro — disse ela, um pouco desesperada.

— Tem certeza? — Noah perguntou.

Nina fechou os olhos, porque não conseguia ficar vendo a dúvida no rosto dele nem por mais um minuto. Era como se ele estivesse arrependido de tê-la convidado para sair. O que não tinha problema, ela sentia o mesmo, mas ele não precisava deixar isso tão óbvio.

— Tenho — ela falou com os dentes apertados. — O que você ia dizer?

Nina abriu os olhos e viu Noah engolir em seco e murmurar algo que ela não conseguiu ouvir.

— Certo — ele recomeçou, mais decidido. — O que eu ia dizer era que, não sei você, mas eu realmente estou precisando de um drinque. Para deixar claro, um drinque que contenha álcool. Parece uma boa ideia para você?

Nina jamais tinha ouvido uma ideia melhor.

— Sim — ela respondeu enfaticamente. — Pelo amor de Deus, sim.

*Se eu havia formado a nuvem, era meu
dever me esforçar para dispersá-la.*

Nina teria jurado que sabia andar pelo Soho até de olhos vendados, mas, enquanto caminhavam pela Old Compton Street, Noah a guiou para a esquerda, depois para a direita, depois por uma ruazinha minúscula que ela nunca havia notado antes.

Logo estavam sentados um diante do outro em uma hamburgueria chamada Mother's Ruin. O jukebox tocava Elvis, os hambúrgueres eram despretensiosos e grandes, e cada um deles tinha um drinque à sua frente.

— Este talvez seja meu novo lugar favorito no mundo — Nina disse a Noah, e ele levantou o copo, tocando o dela em um brinde.

— Eu passei por aqui umas duas semanas atrás e lembro de ter pensado que provavelmente você gostaria deste lugar — disse ele, fazendo questão de olhá-la nos olhos para ela entender perfeitamente a intenção de suas palavras. — Porque eu tenho pensado muito em você nessas últimas semanas.

Nina enrubesceu, o que estava começando a se tornar um mau hábito, embora ela já tivesse recebido muitos elogios parecidos. E nunca antes havia enrubescido.

— Quer dizer que minha incrível técnica de vendas tem feito você perder o sono à noite? — Nunca antes Nina tinha tentado com tanto empenho fazer brincadeiras espirituosas.

Noah levantou as sobrancelhas.

— Não que sua técnica de vendas não seja incrível, mas não é isso que tem me feito perder o sono. — Ele apertou muito os olhos, como se estivesse com dor. — Quer dizer, eu não *perdi* o sono pensando em você. Eu só... — Sacudiu a cabeça. — Vamos olhar o cardápio. Está com fome?

Se esse fosse realmente um encontro, Nina provavelmente teria respondido lascivamente, "Estou faminta, e não é por comida", mas esse não era realmente um encontro, então ela deu uma resposta normal.

— Seria bom comer.

Ficou muito melhor com os cardápios abertos, para poderem falar sobre as qualidades dos hambúrgueres tradicionais, quando comparados a porções de frango frito em manteiga de nata, e se pediriam uma porção de macarrão com queijo como acompanhamento para dividir, e junto as fritas com alecrim e tomilho e os anéis de cebola frita.

— E uma saladinha — Nina decidiu. — Só para mostrar boas intenções.

— É, seria bom ter algo verde e de folhas na mesa — Noah concordou. — E o que você quer beber? Mais um drinque ou uma garrafa de alguma coisa?

— Eu nunca misturo destilados e fermentados. Isso dá a pior das ressacas. — Nina estremeceu à lembrança de todas as ressacas terríveis que havia tido. — Acho que prefiro continuar nos drinques.

Ela se sentia mais à vontade agora, com calor suficiente para tirar o casaco com estampa de oncinha e arregaçar as mangas da blusa combinando. Noah a acompanhou e desabotoou os punhos da camisa azul-marinho (grande surpresa) para poder arregaçar as mangas, e foi então que Nina viu: uma série de números e letras em uma fonte preta, grande e elegante subindo pela pele lisa de seu braço esquerdo.

— O que é isso? — Nina perguntou. — O que é isso no seu braço?

Noah sorriu.

— É uma tatuagem, Nina — disse, sem se alterar. — Nunca tinha visto uma?

— Claro que sim! — E levantou seus braços pintados como prova. — Mas você! *Você* tem uma tatuagem?

— Tenho. — Ele sorriu de novo. — Vou ter algum problema de direitos autorais?

— Quê? Não! É só... É só que eu não consigo acreditar que você tem uma tatuagem. Você não parece o tipo.

Noah balançou um dedo para ela.

— Você trabalha em uma livraria. Já devia saber sobre essa história de julgar o livro pela capa.

— Claro. Desculpe. — Nina apontou o braço dele. — O que é isso?

Noah levantou o braço para ela ver melhor as letras, que não faziam sentido. Na verdade, estavam lhe dando flashbacks alarmantes de seus exames de matemática.

— Isso é... *álgebra*? — ela perguntou.

— É — Noah admitiu, satisfeito. — É minha equação favorita. O teorema de Bayes.

— Teorema de quem? Tem como explicar em palavras mais simples?

— Com certeza. — Noah pensou um pouco, enrugando a testa. — O teorema de Bayes descreve a probabilidade de um evento, com base no conhecimento prévio das condições que podem estar relacionadas a esse evento.

— Hum — Nina disse devagar. — Certo.

— Por exemplo, eu sabia que você gostava de roupas e coisas vintage e sabia que você comia carne, por causa da nossa conversa no trem. Então, com base nesse conhecimento, escolhi este lugar para o nosso encontro, porque é uma hamburgueria retrô. — Noah deu uma batidinha na tatuagem com o dedo. — Teorema de Bayes na prática.

— Estou impressionada! — Nina exclamou, e estava mesmo. — Se o meu professor de física tivesse se importado em explicar as coisas tão claramente na escola, talvez eu não tivesse abandonado essa matéria na primeira oportunidade.

— Meu professor de física nunca mais foi o mesmo depois que teve um caso com a professora de francês da turma B — disse Noah, enquanto a segunda rodada de drinques chegava.

Nina reprimiu uma exclamação de sincero choque: o sr. Clark e a sra. Usher, cujas aulas de francês envolviam basicamente histórias sobre o que ela havia feito nas férias na França com o monsieur Usher?

— Que escândalo! Como você descobriu essa superfofoca sobre essas duas pessoas que eu não faço ideia de quem sejam?

Noah franziu as sobrancelhas para ela.

— Um sábado eu fui a uma exposição na Wellcome Collection e vi os dois de mãos dadas na cafeteria. — Ele fez uma pausa para tomar um gole de seu drinque. — Achei que era melhor não dizer nada para ninguém.

Com uma surpresa culpada, Nina soube que, se ela tivesse visto os dois professores trocando afagos, a notícia estaria na escola inteira até a hora do almoço do dia seguinte. E lá, naquela época, embora não tivesse nenhuma razão para isso — quem o teria culpado se ele quisesse descontar em alguém? —, Noah havia sido mais gentil e respeitoso do que qualquer outro garoto adolescente seria.

Nina recompensou essa gentileza e respeito com um sorriso. Ela estava ali, afinal, porque Noah merecia um bom encontro, caramba, e Nina era uma veterana em bons encontros. O único caminho infalível que ela conhecia para o coração de um homem não era pelo estômago, embora aquelas bandejas de comida que estavam chegando pudessem se encarregar disso. Ah, não, se Nina tinha aprendido alguma coisa naqueles mil e poucos primeiros encontros era que nenhum homem podia resistir a falar sobre si mesmo.

— Sua tatuagem... — ela começou, enquanto o frango de Noah e o hambúrguer de Nina eram colocados na mesa. — Você estudou física em Oxford?

— Bem, eu classificaria o teorema de Bayes mais como estatística do que como física, e foi isso que eu estudei em Oxford: probabilidade e estatística. Você gosta de temperos? — ele acrescentou, quando o garçom pôs na mesa uma pequena bandeja carregada de mostardas e ketchups.

— Eu adoro temperos — respondeu Nina. — Um dos principais grupos de alimentos para mim. Probabilidade e estatística? Por que você quis fazer esse curso?

— Gosto de resolver problemas e de pensar que as coisas acontecem por uma razão e não por mero acaso — disse Noah, embora Nina gostasse de pensar exatamente o oposto. Que a vida era feita de sorte e destino, ainda que às vezes se pudesse dar um empurrãozinho na sorte. Não havia nada de romântico em viver a vida guiado por probabilidades e estatísticas. Juntando isso e o guarda-roupa exclusivamente azul-marinho, Nina achava que nunca tinha conhecido um homem com menos chance de ser seu amor verdadeiro. De qualquer modo, lá estava ela, em um não encontro com Noah por motivos altruístas, então daria o melhor de si.

— E como foi lá em Oxford? — ela perguntou, enquanto Noah se servia de um anel de cebola.

— Assustador. Eu era dois anos mais novo do que todos os outros porque pulei uns anos na escola, mas depois que me adaptei foi bom. Melhor que bom, na verdade, porque eu estava cercado de pessoas que queriam aprender. Era uma luta aprender alguma coisa na minha escola. Mesmo na classe mais avançada, sempre tinha alguém ou algo atrapalhando. — Ele pegou mais uma cebola. — E Oxford não era como uma universidade normal. Os funcionários na minha faculdade eram como pais superprotetores, e o Sebastian, justo ele, logo decidiu me adotar. Então, quando eu percebi que estava estudando com pessoas que não queriam me agredir, comecei a fazer amigos.

Nina concordou com a cabeça, embora seu estômago revirasse toda vez que ele mencionava "escola" e ela tivesse que largar o hambúrguer para tomar um grande gole de seu drinque. Queria desesperadamente dizer que sentia muito, pedir desculpas pelo que Paul havia feito, mas era um primeiro encontro, o único que teriam, um não encontro, portanto era melhor manter o humor alegre e descontraído.

— Você foi direto para Harvard depois de Oxford? — ela perguntou, esperando que a mudança de assunto não trouxesse mais referências indiretas a seu irmão e às coisas horríveis que ele havia feito com Noah.

— Não imediatamente. Eu tinha só dezenove anos, então decidi passar um tempo sem estudar e viajar um pouco, trabalhando pelo caminho para pagar as despesas. Comecei pela Tailândia...

Noah havia estado por toda parte. Tailândia, Vietnã, Singapura, todo o Sudeste Asiático, depois Goa e Índia, antes de entrar em um longo voo para explorar a América do Sul. Fez trilhas pela floresta no Peru, evitou por pouco ser sequestrado na Colômbia, tomou drogas psicotrópicas sem saber na Bolívia e chegou ao Rio bem a tempo de curtir o Carnaval.

— Você teve algumas aventuras — Nina comentou, admirada. Ela era uma criatura apaixonada e espontânea, mas, na verdade, o mais longe que já havia chegado e a maior aventura que já tivera foi quando viajou para Míconos para um fim de semana de despedida de solteira e acabou em um hospital com duas costelas e um dedo do pé quebrados ao cair de uma plataforma em uma casa noturna depois de ter bebido um pouco além da conta.

— Eu era novo e completamente inexperiente, então foram as aventuras que me encontraram, mas descobri que gostava da adrenalina. Rafting em corredeiras, bungee jumping, tirolesa de grande altura. Acho que nunca me sinto tão vivo como quando estou enfrentando a morte certa — disse Noah, com um sorriso tímido, afastando a tigela de batatas fritas em que vinha comendo sem parar. — Por falar em morte certa, vou morrer se comer mais alguma coisa.

— Nem me fale. — A cintura do jeans dela parecia tão apertada quanto um torniquete. Nina vinha comendo cebolas fritas e rindo distraidamente enquanto Noah a mantinha entretida com histórias de suas muitas experiências de quase morte durante as viagens. — Mas aceito outro drinque.

— Eu também — Noah concordou. Assim que o garçom anotou o pedido dos drinques e limpou a mesa, Noah, após algum incentivo, atualizou Nina sobre os últimos dez anos de sua vida.

Depois do Brasil, ele havia se encontrado com um amigo de Oxford que estava morando em San Francisco e viajara para lá para ajudá-lo com sua startup de tecnologia. Então fora chamado pela Google, que lhe pagou seu MBA em Harvard. Após seis anos na Google, ele decidiu seguir por conta própria.

— Não sou muito fã de rotina. Gosto muito mais de ser meu próprio patrão — ele disse a Nina, que, levando em conta o exemplo de Posy, não achava que ser seu próprio patrão era grande coisa. Parecia envolver muita responsabilidade e ter que preencher formulários de impostos a cada três meses.

— Mas, afinal, o que é que você faz? — ela quis saber, depois que seu novo drinque chegou. — Além de assediar funcionárias dedicadas com seu iPad?

— Se eu fosse você, me levaria ao tribunal — disse Noah, com outro sorriso, porque os dois estavam com aquele bom astral que vinha de muita comida boa, quatro drinques com uísque e uma conversa que havia conseguido ficar praticamente livre de momentos incômodos. — Especificamente, eu trabalho com empresas para encontrar soluções para um problema, de uma dificuldade para manter funcionários a vender mais livros românticos. É muito mais fácil para alguém de fora enxergar o quadro de maneira mais ampla.

— Acho que isso faz sentido — disse Nina, pronta para mais algumas perguntas, quando Noah levantou a mão.

— Chega de falar de mim — ele declarou com firmeza. — Não quero ser aquele cara que sai para um encontro e só fala de si mesmo. Quero saber o que você andou fazendo desde que saiu das ruas de Worcester Park.

Trabalhando em um monte de empregos insatisfatórios e saindo com um monte de homens insatisfatórios. Em comparação com o que Noah fizera em quinze anos desde que seus caminhos haviam se cruzado, isso não parecia muito impressionante.

Meu Deus, o que eu estou fazendo com a minha vida? Não era um pensamento novo. Pelo contrário, era um pensamento muito velho, muito revisitado, que Nina geralmente tinha depois de dispensar ou ser dispensada por um namorado ou chefe. E geralmente o tinha quando estava sozinha, na calada da noite, incapaz de dormir, não em público, não quando estava em um encontro. Realmente precisava encontrar uma direção na vida, mesmo que fosse apenas para não ter mais conversas torturantes como essas em primeiros encontros.

— Não tenho muito para contar — ela falou, despreocupadamente, porque aquele não era o momento para ceder à sua angústia. — Fiz algumas tatuagens, alguns piercings, enfrentei algumas ressacas... e é isso.

Noah não ia deixar passar.

— Tenho certeza que não é só isso — ele disse. — A Posy contou que você sempre trabalhou com vendas. Qual foi seu último emprego antes da Felizes para Sempre?

Nina não conseguiu evitar uma careta ao pensar em onde havia trabalhado antes de ir para a Felizes para Sempre. E onde trabalhara antes disso e antes... e antes.

— Puxa, foi tão ruim assim? — Noah perguntou, em resposta à expressão contrariada de Nina.

— Foi — Nina suspirou. — Não era com vendas. A Posy sempre achou que tinha sido e eu nunca neguei. Mas foi mais em... serviços, eu acho.

— Minha mente está percorrendo várias possibilidades... — Noah arregalou os olhos. — Serviços pode significar qualquer coisa. Você traficava armas? Contrabandeava bebidas? Assaltava residências?

— Eu era cabeleireira! — Nina admitiu, de má vontade. — Colorista, principalmente. Mas fazia um pouco de corte e penteado.

— Deve ser por isso que seu cabelo é tão bonito — disse Noah, com um gesto de cabeça para Nina, cujo cabelo ainda estava muito cor-de-rosa e, no momento, penteado com um rolinho na nuca e a parte da frente com um topete alto preso para trás. — Por que você decidiu trocar os cabelos pelos livros?

Não havia julgamento na voz de Noah. Ele parecia realmente interessado em ouvir o que havia levado à mudança de carreira de Nina, e de fato tinha sido um salto e tanto: trocar tesouras e papel-alumínio por livros e marcadores.

— Bom, como eu disse, eu larguei os estudos depois dos exames de qualificação do ensino médio, nos quais eu tive notas máximas, por sinal — ela acrescentou, um pouco na defensiva. — Daí já estava decidido que eu ia trabalhar com a minha tia, que tem um salão de beleza em Worcester Park, Hair by Mandy. Talvez você conheça — disse ela, sabendo muito bem que sim.

— Minha avó vai lá. E acho que é Hair *and Nails* by Mandy — Noah a corrigiu, e Nina sorriu.

128

— Nunca se deve esquecer o "and Nails" — Nina concordou seriamente, porque Mandy ficava louca se algum de seus funcionários fazia isso.

— Ainda não acredito que nunca nos encontramos — disse Noah, sacudindo a cabeça. — Você deve ter lavado e secado o cabelo da minha avó pelo menos uma vez enquanto estava lá.

Nina tentou sorrir jovialmente.

— Pode ser. Mas foram tantos lavar e secar, com tantas senhoras, sabia? Noah assentiu, parecendo ligeiramente decepcionado.

— Eu comecei como aprendiz e também fiz um curso técnico. Quer dizer, eu tenho qualificação. — O tom defensivo de novo em sua voz. — Trabalhei lá por quatro anos, mas não queria passar a vida inteira em Worcester Park fazendo sempre o mesmo corte e a mesma tintura nos mesmos clientes semana após semana, então arrumei um emprego na cidade... — Nina se interrompeu e balançou a cabeça.

— Sua tia Mandy reagiu bem a isso? — Noah perguntou.

— Ela ficou uma fera — Nina respondeu, sem rodeios. — Não sei como ela não me matou. Arrumei um emprego em um salão bem mais elegante no West End, depois fui mudando, trabalhei em uns lugares muito legais, fazia balaiagem, ombré, dip-dye, californianas, então não era sempre a mesma coisa.

— Não faço ideia do que é tudo isso — disse Noah. — Ombré? Não é uma técnica de pintura?

Nina confirmou, mas já estava muito embalada na estrada da memória para se deter e explicar como produzir um efeito ombré no cabelo de alguém.

— Meu último salão até era especializado em estilos vintage e retrô, mas eu já vinha trabalhando no cabelo das pessoas há doze anos e... Eu só... não estava mais gostando de fazer isso e vivia sendo demitida por causa do meu comportamento. Também aconteceu um incidente no penúltimo salão, em que eu acabei tendo uma discussão com a mãe da noiva sobre o pacote de casamento. Não vou te entediar com todos os detalhes. — Nina suspirou de novo. — Então eu conheci a Lavinia. Ela era a dona da Bookends... esse era o nome da Felizes para Sempre antes da reinauguração.

129

— Eu sei sobre a Bookends e conheci a Lavinia. Ela e o Perry iam a Oxford pegar o Sebastian para almoçar e ele me arrastava junto na esperança de que eles não lhe dessem nenhum sermão na minha frente. — Noah riu. — Mas muitas vezes não adiantou nada. Eu testemunhei umas broncas homéricas.

Nina riu também ao pensar em Sebastian, o homem mais grosso de Londres, levando um esculacho de seus avós.

— Esqueci que você e o Sebastian se conhecem há muito tempo — disse ela.

— Muito, muito tempo, mas estávamos falando de você, não de mim — Noah disse, sem elevar a voz, mas de uma maneira que deixava claro que não se desviaria de seu objetivo de conhecer mais sobre o errático caminho de Nina pela vida. Ela imaginava que essa mesma determinação fosse uma maneira muito eficiente de lidar com Sebastian também. — A Lavinia conseguia ver imediatamente o que estava no coração das pessoas, não é?

— Ah, sim! Ela conseguia mesmo. Eu a encontrei por acaso e, depois de dez minutos, era como se eu a conhecesse desde sempre e, mais que isso, como se ela também me conhecesse. Ela viu um lado de mim que ninguém mais via. — Nina levantou o copo em um brinde silencioso à sua falecida mentora. — Eu sinto muita falta da Lavinia.

— É, eu também. — Noah ergueu seu copo. — À Lavinia. Então ela viu a vendedora de livros escondida dentro de você?

— Mais ou menos. Ela viu minhas tatuagens e ficou muito impressionada. — Foi a vez de Nina estender os braços para Noah observar. — Minha manga de *Alice no País das Maravilhas* estava completa e eu mal tinha começado o desenho de *O morro dos ventos uivantes* no outro braço, mas ela me ofereceu um emprego ali, na hora, e eu adorava ler, mas nunca tinha sonhado que poderia trabalhar em uma livraria.

— Por que não? Se você adora ler, não parece o emprego perfeito? — Noah perguntou, e Nina teve vontade de lhe dizer que ela não era um problema a ser resolvido, mas não queria estragar aquele bem-estar induzido pelo uísque. Além disso, Noah era uma dessas raras pessoas, como

Lavinia, para quem se tinha vontade de contar coisas. Suas coisas mais profundas e pessoais, porque parecia impossível que ele pudesse pegar suas palavras e usá-las contra você. Ou julgar você por elas.

— É, mas... Não sou inteligente o bastante para trabalhar em uma livraria — Nina disparou, antes que perdesse a coragem. — É por isso que os outros não sabem que antes eu era cabeleireira. Todos eles têm diplomas. O Tom está trabalhando em seu *terceiro* diploma e eu só tenho sete exames de qualificação do ensino médio e um curso técnico. Nossa, o que estou falando? Acho que bebi demais. Está na hora de parar.

— A saideira? — Noah sugeriu com um sorriso. — Eu quero se você quiser. E você pode me contar mais sobre essas tatuagens enquanto isso.

Nina jamais podia recusar uma saideira.

— Ah, isso mesmo, acabe comigo de uma vez. — E virou o braço para que Noah visse sua tatuagem, Cathy e Heathcliff, recostados na árvore retorcida. — *O morro dos ventos uivantes* é meu romance favorito.

— Devia mesmo fazer isso? Ela mal o conhecia. Mas Noah estava inclinado para a frente, os olhos atentos em Nina, a expressão viva e alerta, como se tudo que ela dizia fosse infinitamente fascinante. Nina não se lembrava da última vez que alguém olhara para ela assim. Com certeza fora em algum momento em que vira Lavinia, então, sim, ela compartilharia aquele segredo sobre o que a movia. — Na verdade, *O morro dos ventos uivantes* tem sido minha inspiração nesses últimos dez anos da minha vida. Foi por isso que saí da Hair (and Nails) By Mandy e de Worcester Park, por isso que faço a maior parte das coisas que faço.

— Por quê? — Noah perguntou.

— Paixão. Cathy e Heathcliff eram governados por suas paixões. Eles não se contentavam com o que era seguro ou medíocre.

A princípio, Noah não respondeu. Simplesmente tomou um gole de seu drinque.

— Sou totalmente a favor de que as pessoas sigam suas paixões, mas tenho que dizer que há livros mais felizes para servirem de inspiração. — Ele se encolheu um pouco quando Nina enrijeceu o corpo. — O que quero dizer é que as coisas não terminaram muito bem para Cathy e Heathcliff, não é?

— Claro que não, e eu sei que Cathy e Heathcliff eram difíceis e que, se existissem na vida real, iam deixar as pessoas loucas, mas se eu aprendi alguma coisa com *O morro dos ventos uivantes* foi que uma vida sem paixão é uma vida vivida pela metade — disse Nina, com toda a paixão que pôde reunir, o que era muita paixão.

— Então você tem paixão por seu trabalho na Felizes para Sempre? — Noah indagou, com muita lógica.

— Bom... — Nina hesitou um pouco. — Eu gosto de trabalhar lá. Muito. Gosto muito mesmo — ela insistiu, enquanto pegava o copo e olhava séria para ele. — Caramba, estes coquetéis são como um soro da verdade. Eu estou feliz, só achava que, com quase trinta, eu estaria *mais feliz.*

— Eu entendo — disse Noah, com muito sentimento. — Eu não queria ser o cara que cita o U2...

— Por favor, não seja esse cara — Nina respondeu, mas Noah sacudiu a cabeça, irredutível.

— "What I'm looking for" Eu já andei literalmente por meio mundo e ainda não sei, o que estou procurando. Às vezes, gostaria de ter seguido meu sonho de criança e me tornado piloto de caça. — Ele bateu um dedo no canto do olho. — Mas acho que seria reprovado no exame de vista.

— Eu também acho — Nina comentou, delicada demais para alguém que já havia bebido cinco coquetéis à base de uísque. — Porque na escola você usava lentes bem grossas.

Ela congelou e escondeu o rosto atrás do copo. Será que ele tinha percebido seu deslize? Felizmente, parecia que cinco coquetéis à base de uísque eram suficientes para deixar Noah um pouco atrapalhado também.

— Lentes de contato. Lentes de contato bifocais. Mas dá para imaginar como deve ser terrível o treinamento militar? Pelo menos na escola eu podia voltar para casa todas as tardes. — Noah fez um gesto de afastar as próprias palavras, como se não suportasse ficar pensando muito nelas. — E você? O que queria ser quando era criança?

Nina não pôde evitar um arrepio que a percorreu inteira.

— Sinceramente? Queria estar casada aos vinte anos, porque foi isso que minha mãe, minha avó e minha bisavó fizeram, como se fosse uma grande tradição familiar. — Ela estremeceu de novo ao pensar em como escapara por pouco. — Mas eu adorava artes. Talvez até mais do que leitura. Eu adorava minha professora de artes.

— Eu não era chegado em artes — disse Noah. — Tinha uma autorização especial para fazer aulas extras de matemática nesse horário.

— Que·nerd! — Nina disse sem pensar, mas Noah riu.

— Não tenho nenhuma veia artística. Talvez meia veia. — Ele levantou o mindinho. — Deste tamanhinho. E a sua professora de artes era meio gótica? Todas na minha escola usavam um excesso de preto.

A sra. Casson era um pouco gótica mesmo. Tinha longos cabelos negros e usava vestidos compridos pretos esvoaçantes e, para impedir que seus alunos jogassem tinta e estiletes uns nos outros, ela os mantinha enfeitiçados com histórias sobre a faculdade de artes. Mais que isso, porém, ela vira algo diferente em Nina, embora Nina se vestisse, agisse e se comportasse igual a todas as outras meninas do seu ano. A sra. Casson disse a Nina que ela era realmente talentosa e que devia continuar os estudos, talvez até pensar em cursar uma faculdade de artes, mas Nina já trabalhava aos sábados no Hair (and Nails) By Mandy e namorava firme Dan Moffat, que estava um ano acima e já havia saído da Orange Hill. Dan estudava engenharia na faculdade local, então seu futuro já estava decidido.

— É, ela era meio gótica — Nina respondeu. — Mas tinha estudado na Escola de Artes de Londres e pintava quando não estava lecionando. Uma vez, ela fez uma exposição em uma galeria na cidade e nossa classe foi ver, e eu pensei que adoraria ser artista. Criar coisas que despertassem sentimentos nas pessoas. Isso é uma coisa incrível, não é?

— Sem dúvida — Noah concordou. — Mas nada te impede de fazer aulas de artes agora. Desenho de modelos-vivos, por exemplo?

— Todos na classe seriam muito melhores do que eu — Nina afirmou, com certeza. Além disso, não havia nada mais trágico do que alguém ficar voltando constantemente aos seus velhos dias de glória na escola. — Eu não pego um pincel há anos. Não teria a menor ideia do que fazer com um lápis carvão. Mas monto minhas vitrines na loja e desenhei todas as minhas tatuagens, então ainda consigo ser criativa. — Ela chamou o garçom. — Vamos pedir a conta?

Noah deve ter entendido a mensagem de que Nina não estava a fim de mais sugestões de aperfeiçoamento pessoal, porque mudou o assunto da conversa para a empresa em que ele estava trabalhando naquela semana. Eles tinham uma sala a que só era possível chegar por uma escada de corda, chamada de "A Casa de Pássaros", projetada para incentivar as pessoas a pensar alto e de modo criativo. E outra sala pintada de amarelo que se chamava "O Ovo", mas ninguém lembrava por quê.

— Talvez porque seja lá que eles chocam novas ideias — Nina sugeriu com um sorriso, porque, de alguma forma, Noah tinha conseguido levantar o astral do não encontro outra vez. — Ou para lembrar que é preciso quebrar alguns ovos para fazer uma omelete.

Noah gemeu como se tivesse doído.

— Piadinhas com ovos? Esperava mais de uma franguinha como você.

A conta chegou em um pires que foi colocado no centro da mesa, porque aquele era um estabelecimento moderno que não seguia convenções ultrapassadas de encontros. Como a própria Nina. Ela estendeu a mão para a conta, prestes a sugerir que dividissem, mas os reflexos de Noah foram muito mais rápidos.

— Eu pago — ele disse com firmeza, mal olhando para o total.

— Vamos rachar — Nina respondeu, com igual firmeza. — Você vai à falência com a quantidade de coquetéis que acabamos de tomar.

Noah segurou a conta junto ao peito.

— Não é para tanto. Escute, eu te convidei, então eu pago a conta. É assim que funciona. É de praxe.

Nina já conhecia essa história. De longa data. Você deixava o homem pagar a conta e ele esperava algo em troca. Teve até alguns engraçadinhos que Nina havia encontrado pelo HookUpp que exigiram que ela os reembolsasse pelo único drinque vagabundo que lhe pagaram depois que ela lhes enviou uma mensagem dizendo que tinha sido um prazer conhecê--los, mas não queria levar nada adiante.

— Eu sempre pago a minha parte — disse ela, contrariada. — Minha aparência pode ser da década de 50, mas minhas ideias certamente não são.

— Este é o meu modo de agradecer por uma ótima noite — Noah explicou, enquanto pegava seu cartão de crédito. — Você dá a gorjeta, está bem?

Nina concordou de má vontade e deixou uma gorjeta generosa para o garçom e, quando ela e Noah saíram cambaleantes, quase derrubados pelo súbito vento frio que os recebeu, ela tocou o braço dele, hesitante.

— Foi mesmo. Uma ótima noite — disse ela, porque não havia sido a provação que ela esperava. Na verdade, ela se divertira por uns bons setenta e cinco por cento do não encontro, o que a fez lembrar que ainda não havia mencionado a condição de não encontro daquele tempo que haviam passado juntos. Parecia grosseiro tocar nesse assunto agora, já que Noah havia acabado de pagar a refeição. Ela lhe enviaria sua testada e aprovada mensagem "foi um prazer te conhecer" dali a alguns dias.

— Para mim também — Noah respondeu, um pouco surpreso, como se não tivesse esperado que fosse assim. — Então, será que você quer, talvez, hum...

— Como você vai para casa? — Nina perguntou depressa, porque estava parecendo muito que Noah queria marcar um segundo encontro.

— Eu vou pegar um ônibus em Charing Cross Road. O bom de morar no centro da cidade é que a maioria dos ônibus praticamente deixa você na porta de casa.

— Mas está muito tarde. Por que você não chama um Uber? — O plano dela de distrair Noah havia funcionado.

— Meu pai é taxista. A culpa que eu sinto quando pego um Uber é maior que a conveniência — Nina respondeu. Eles haviam saído da ruazinha onde ficava a hamburgueria e estavam na Dean Street.

— Puxa, talvez eu devesse parar de pegar tantos Ubers. — Noah segurou o braço de Nina enquanto atravessavam a rua, mas tirou a mão do cotovelo dela assim que chegaram à segurança da calçada. — Vou te acompanhar até o ponto de ônibus, tudo bem?

— Não precisa — disse Nina, um pouco desesperada, porque Noah fazia questão de ser um cavalheiro perfeito, em um primeiro encontro perfeito, e Nina já estava planejando como faria para dispensá-lo.

— Não preciso, mas eu quero — Noah insistiu, ao seguirem pela rua estreita ao lado do pub The Pillars Of Hercules, na Greek Street. — Pode ter algum mal-encarado na rua, daqui até o ponto de ônibus.

— Quer dizer que você manda bem na luta corpo a corpo? — Nina perguntou e, pela décima quinta vez naquela noite, se repreendeu por dentro na mesma hora. Se Noah fosse bom de luta, seus dias na escola teriam sido muito diferentes.

— Hoje em dia sou bastante bom em luta corpo a corpo. Sou faixa preta em Krav Maga...

— É faixa preta em *quê*?

— Krav Maga! É um sistema de autodefesa desenvolvido pelas Forças de Defesa de Israel e inclui um pouco de tudo, de judô a kickboxing. Estava muito na moda quando morei em San Francisco — Noah explicou.

— Mostre alguns movimentos para mim — ela pediu, enquanto chegavam à esquina da Charing Cross Road. — Faça alguma coisa com chutes.

Noah riu e sacudiu a cabeça.

— A coisa com chutes é só depois de pelo menos três encontros. Falando nisso...

— Meu ônibus! — Nina nunca ficou tão feliz de ver um ônibus 38, ainda que, se deixasse esse passar, chegaria outro em menos de cinco minutos. — Tenho que ir. Obrigada pelo jantar.

Ela correu para o ponto, mas Noah a acompanhou com facilidade.

— O prazer foi meu. O que acha de repetirmos?

— Eu te mando uma mensagem — Nina ofegou, porque não estava acostumada a esse tipo de esforço, e chegou ao ponto exatamente no momento em que o ônibus encostou.

— Acho que não trocamos números de telefone — disse Noah, enquanto o pequeno grupo de pessoas que já esperava no ponto embarcava. — Posso te ligar na livraria?

— Olha, eu tenho mesmo que ir — Nina falou. Normalmente, ela era mestra em procedimentos de fim de encontros. Mas aquele era um não encontro e ela não sabia se devia dar um beijo no rosto de Noah ou abraçá-lo; ambos pareciam apropriados.

No fim, quando Noah se inclinou para ela, Nina decidiu por uma mistura dos dois e lhe deu uma batidinha no rosto, depois entrou no ônibus.

— Eu gostei muito — disse Noah ali de pé, com as mãos nos bolsos de seu casaco azul-marinho, os cabelos de uma cor exuberante no brilho das luzes da rua, e um sorriso no rosto como se realmente tivesse tido a melhor das noites. — A gente se vê.

Nina foi salva de ter que responder pelo motorista que fechou a porta, então tudo que pôde fazer foi acenar e levantar o polegar para Noah, como se fosse uma competidora em um jogo bobo de perguntas.

Para uma garota que dominava todas as técnicas, ela não conseguia se lembrar de nenhuma delas.

*Bobagem, acha mesmo que ele pensou
tanto em você quanto você pensou nele?*

Apesar dos cinco coquetéis de uísque da noite anterior, Nina saiu de seu quarto na manhã seguinte relativamente intacta. Havia chegado em casa em uma hora decente; nada de ficar bebendo pelos bares do Soho até altas horas, porque Noah não era esse tipo e Nina sabia que o coração que combinasse com o dela bateria em um ritmo que não parava antes do dia raiar.

— Que loucura é essa? Você costuma pôr o alarme no modo soneca pelo menos três vezes — Verity quis saber quando Nina entrou na cozinha. — E eu ouvi você chegar ontem à noite.

— Ah, desculpa, eu achei que não estava fazendo barulho — disse Nina, enquanto tentava decidir se fazia torrada ou esperava para ver que doces Mattie havia preparado para o café da manhã.

— Você não fez, para o seu padrão. Só fiquei surpresa por ter chegado tão cedo. O encontro foi ruim? — Verity perguntou, solidária.

— Very, pare de ser tão faladeira logo cedo — Nina a repreendeu. — Você não é assim e isso está me assustando.

Essa técnica de distração se revelou uma campeã. Verity esqueceu imediatamente o encontro de Nina, porque teve que assegurar nos termos mais firmes possíveis que não estava sendo faladeira logo de manhã.

— Eu só fiquei preocupada com o seu bem-estar emocional. Isso é o que boas amigas e colegas de apartamento fazem — ela declarou, depois se estendeu sobre o tema pela meia hora seguinte.

Verity podia ser uma introvertida que gostava da própria companhia e proibia Nina até de abrir a boca por meia hora depois do trabalho porque precisava de tempo para desestressar, mas, minha nossa, quando começava a falar... Não que Nina se importasse com isso. Elas três — Nina, Posy e Verity — adoravam uma boa falação e, naquela manhã, Verity ainda estava defendendo sua própria causa de não ser faladeira quando desceram a escada para começar o dia de trabalho.

— A Nina me acusou de ser muito tagarela! — ela informou a Posy e Tom, que chegaram juntos. — Justo eu! "Está querendo que eu justifique uma opinião que resolveu me atribuir, e a qual não subscrevo."

— Ainda não são nem dez horas da manhã e você já está citando *Orgulho e preconceito* — Posy protestou.

— Achei que tínhamos concordado que você não ia começar a citar Jane Austen até depois do almoço, está cedo demais — disse Nina, depois apertou os olhos para Tom. — Está cedo demais para você também, Tom. Não parou para pegar seu panini?

— Não — ele respondeu e sua voz falhou, como se ele estivesse superestressado. — Na verdade, só estou aqui tão cedo para avisar vocês que preciso começar a trabalhar mais tarde hoje.

Posy estava tirando o casaco e parou no meio.

— Acho que é isso que o Sebastian quer dizer quando fala que todos vocês se aproveitam do fato de eu ser boazinha. — Ela assumiu uma expressão séria. — Não, Tom. Você não vai começar a trabalhar mais tarde. Eu não permito.

Nina, Verity e Tom, que estavam todos sob as ordens dela, a encararam por um momento, chocados, depois se entreolharam e começaram a rir. Nina desconfiou de que ainda devia estar um pouco bêbada, porque riu tanto que ficou até sem ar.

— Fale isso de novo, Posy. — Ela arfou. — E não esqueça de fazer a mesma cara.

— Vocês não têm respeito pela minha autoridade — Posy resmungou, cruzando os braços e se decidindo por uma expressão ameaçadora desta vez. — Tudo bem, vou ouvir. Tom, por que você vai se atrasar se já está aqui?

Tom levantou a sacola que estava carregando.

— Porque eu preciso ir a um lugar em Russell Square para fazer duas cópias encadernadas da minha tese, e olha que isso vai ficar bem caro, para poder entregar.

— Parece justo para mim — Verity decidiu, e Posy e Nina concordaram. Nina olhou para a sacola outra vez.

— Espere aí...Você terminou a sua tese? — ela perguntou. — Checou todas as referências e fontes? Até a bibliografia?

— Sim — Tom respondeu, e novamente sua voz falhou de emoção. — Não é uma coisa tão grande assim.

— É uma coisa enorme — disse Posy, com a voz falhando também, porque tinha de fato o mais mole dos corações.

— É como se tivesse três anos inteiros da sua vida nessa sacola — disse Nina, e ela nem podia imaginar trabalhar em uma coisa só por um décimo de toda a sua vida. Bom, exceto ter uma manga inteira tatuada, mas isso era diferente.

— Quatro anos, na verdade — Tom ressaltou.

— Quatro anos! Parabéns! — Verity deu um soquinho gentil no braço de Tom, o que não era exatamente uma maneira apropriada de comemorar aquele evento extraordinário.

— Vou ter que te abraçar — Nina anunciou e, embora Tom tentasse se desvencilhar, ela o prendeu depressa contra o balcão para poder envolvê-lo com os braços e o apertar.

Foi como se aninhar em uma coluna de concreto reforçada.

— Nina, por favor, eu estou sentindo seus peitos — Tom gemeu baixinho. — Isso com certeza deve contar como assédio sexual.

— Claro que não — Nina falou, mas soltou Tom da prisão de seu abraço e tentou agarrar a sacola, mas, desta vez, ele foi mais rápido. — Ah, deixe a gente dar uma olhada! Pelo menos mostre o título.

— Bobagem, vocês não precisam ver isso. Sério, é muito sem graça — Tom protestou e esticou o corpo. — E eu não quero ser grosseiro, mas, a menos que saibam alguma coisa sobre teoria crítica, em particular sobre Lacan, provavelmente não vai fazer nenhum sentido para vocês.

Nina sentiu aquela já conhecida pontada de pesar por sua falta de instrução, mas até Posy e Verity, com seus diplomas universitários, franziram a testa à menção de "teoria crítica".

— Espero que você não fique tão metido quando receber seu doutorado — Posy revidou, antes de fazer um gesto com a mão mandando-o embora. — Vá! Caia fora daqui antes que eu mude de ideia!

Claro que, embora ele às vezes fosse muito irritante, elas não poderiam deixar passar o fato de que Tom havia terminado sua tese após quatro anos de trabalho sem fazerem nenhuma comemoração. Elas não conheciam outros amigos de Tom — nem sabiam se ele tinha outros amigos —, mas, à tarde, Mattie assou um bolo, Posy deu uma saída para comprar duas garrafas de algo borbulhante e Nina confeccionou um cartão. Era o mínimo que poderiam fazer, e todas estavam tão ocupadas e entusiasmadas com Tom que ninguém fez perguntas a Nina sobre o encontro da noite anterior. Ou nem estranhou que ela não estivesse contando em pormenores todos os detalhes sórdidos, como costumava fazer.

Confeccionar um cartão 3D, com um Tom que se projetava de beca e capelo, ao mesmo tempo que atendia os clientes foi uma grande distração para Nina também, para não ter que ficar pensando no encontro da noite passada.

Não. O não encontro da noite passada.

Isso significava que ela também não tinha que pensar em Noah. Em sua última visão dele: os ombros encolhidos no frio da noite, o sorriso alegre, o cabelo cor de fogo. Não era uma imagem que lhe desse aversão. Estava tão distante de suas lembranças do magricela e desengonçado Noah Sabe-Tudo, com suas sardas, seus óculos fundo de garrafa e seu suporte de canetas no bolso. Agora, Noah era de fato muito *agradável* de olhar, embora realmente precisasse sair daquela zona de conforto do azul-marinho.

Nina sacudiu a cabeça para afastar todos os pensamentos em Noah. Eles haviam tido um único não encontro e acabou. Ela tinha trabalhado sua culpa e agora era hora de seguir em frente e sair para um encontro com um cara que era vizinho de Stefan e Annika da delicatéssen sueca.

Stefan jurou que Nina ia adorá-lo, mas ela acabou descobrindo que Stefan tinha um gosto para homens ainda pior que o dela. Josh dirigiu todos os seus comentários para a dobra entre os seios de Nina e, como ele não fez nada além de falar de si durante os quarenta e sete minutos em que estiveram sentados juntos, ela estava certa de que ele seria capaz de identificar seus peitos em uma linha de reconhecimento na polícia.

Ele não fez a Nina uma única pergunta sobre ela e não disse nada que a fizesse rir ou querer ficar para um segundo drinque e conhecê-lo melhor.

E estava usando jeans justos (de que ela normalmente gostava) com a barra enrolada e mostrando os tornozelos peludos, porque estava também de sapatos sem meias (o que Nina sempre odiava, sempre). Na verdade, foi um encontro tão sem graça em comparação com os pontos altos do não encontro da noite anterior que Nina nem se deu o trabalho de usar seu habitual subterfúgio. Em vez de pedir licença para retocar a maquiagem e escapar noite adentro por uma porta lateral, ela simplesmente se levantou e vestiu o casaco.

— Isto não vai se repetir — ela disse a Josh. Era a primeira coisa que falava em trinta minutos.

— Então você não quer ir até a minha casa para uma rapidinha? — ele perguntou, todo esperançoso.

— Não enquanto houver força em meu corpo — Nina respondeu com altivez e voltou para casa para não pensar em Noah e no não encontro. E para mandar uma mensagem de texto a Stefan dizendo que ele lhe devia pelo menos uma semana de almoços grátis.

Nina ainda estava não pensando em Noah no dia seguinte, tanto que perguntou a Posy casualmente quando ele apareceria na livraria outra vez.

— Não sei. Talvez na próxima semana. Talvez na outra — Posy respondeu, vagamente. Sua ansiedade para que começassem a trabalhar de forma mais inteligente graças às soluções de negócios de Noah havia se dissipado, como sempre acontecia após sua explosão inicial de entusiasmo. — Por quê? Você precisa dele para alguma coisa?

— Não, só curiosidade — disse Nina, e elas tiveram peculiares dez segundos de olhar uma para a outra enquanto Nina se perguntava se Noah teria mencionado para Posy, a esposa de seu bom amigo, que havia estado em um encontro com a funcionária dela. E Posy provavelmente estava se perguntando por que Nina estaria olhando para ela sem piscar. Nina se forçou a baixar os olhos para o post-it em sua mão. — Na verdade a gente não precisa de um analista de negócios, não é? Eu estava pensando... todas aquelas coisas que nós conversamos antes da reinauguração, os eventos especiais, o clube de leitura, quando vamos pôr tudo isso em prática?

— Eu não me esqueci de nada disso — falou Posy, com os olhos alertas e a testa franzida. — É que eu mal dou conta de manter as operações normais em dia. Encomendar estoque, conversar com os representantes comerciais, administrar os funcionários.

— Mesmo assim é uma pena deixar tudo isso se perder — Nina comentou casualmente. Ela não tinha nenhuma experiência em organizar *coisas*, mas seria algo novo, algo desafiador. Podia não ser criativo, mas ela estaria lidando com pessoas criativas: escritores, blogueiros...

— Claro que, agora que o Tom finalmente terminou a tese, e eu ainda não entendo como alguém pode levar quatro anos para escrever um trabalho, mesmo que seja muito longo, talvez ele possa ter um papel mais ativo na loja — Posy refletiu. — Ele estava dando aulas enquanto fazia o doutorado, então tem experiência em dizer às pessoas o que fazer... embora talvez queira se dedicar à vida acadêmica em tempo integral agora.

— É, o Tom seria muito bom por esse lado, apesar de não saber nada de nada sobre livros românticos — Nina lembrou. — Ou...

— Ah, não que nossas clientes de uma certa idade se importem com isso — Posy interrompeu. — Elas tratam o Tom como um deus acadêmico dos livros. — Ela sacudiu a cabeça em descrença, depois foi para o escritório e fechou a porta, de modo que não pôde ver os ombros de Nina se curvarem. Normalmente, Nina não tinha dificuldade para ser assertiva, mas não costumava esperar que alguém a levasse a sério. Especialmente Posy, que tendia a tratá-la mais como um alívio cômico dos estresses de ser a proprietária de um pequeno negócio do que como uma funcionária valorizada. Mas não se podia dizer que isso era culpa de Posy, já que Nina passava boa parte do tempo se fazendo de engraçada.

— Com licença, você trabalha aqui?

A infeliz linha de pensamento de Nina foi interrompida por uma cliente que queria um livro de uma prateleira alta, e por outra senhora que queria uma recomendação para o aniversário de sua sogra, e muitas pessoas depois disso, todas querendo comprar livros, e Nina conversou com todas elas. Ela adorava conversar sobre livros com as pessoas; era sua parte favorita do trabalho. Fazia cada dia ser diferente.

E ela só estava preocupada com a falta de criatividade em seu dia de trabalho por causa do não encontro com Noah. Nina baixou os olhos para sua roupa: detestava a camiseta da Felizes para Sempre, e era por isso que a combinara com uma saia lápis preta justa e sapatos imitando couro de cobra verdes com saltos altíssimos. Estendeu os braços para conferir como estavam cobertos de tatuagens. Verificou os piercings na língua, no nariz e os vários que tinha nas orelhas, depois admirou seu rosto com as sobrancelhas perfeitamente delineadas e os lábios vermelhos no pequeno espelho que mantinha sob o balcão.

Ela *era* criativa. Uma pessoa não poderia ter a aparência de Nina se não fosse criativa. A cada manhã, quando parava na frente do guarda-roupa e decidia o que ia vestir, ou melhor, o que combinaria com aquela coisa cinza horrível que Posy a obrigava a usar, Nina escolhia quem ela queria ser naquele dia. Isso era criatividade pura, ela pensou, enquanto o sininho tocava em cima da porta e um mensageiro entrava.

— Eu posso assinar — Nina falou, porque, quando a porta do escritório estava fechada, isso significava que Posy e Verity estavam ocupadas e não queriam ser interrompidas.

O mensageiro entregou uma sacola do London Graphic Centre em Covent Garden.

— Para Nina O'Kelly.

Nina franziu a testa.

— Sou eu. — Ela tinha certeza de que não havia encomendado nada no London Graphic Centre, que era o paraíso dos amantes de papelaria e dos artistas. — Mas não pode ser para mim.

— Tem o seu nome aí. — O mensageiro não se importava, ele só queria a assinatura de Nina para poder seguir para a próxima entrega.

E já estava na calçada antes que ela abrisse a sacola. Dentro, havia dois lindos cadernos de desenho de capa preta mole, o papel liso como veludo, uma caixa de lápis de cor Faber Castell de excelente qualidade e uma caixa menor de lápis carvão para desenho.

— Mas como...? — Nina pensou em voz alta. Haveria outra Nina O'Kelly em um universo paralelo que de fato continuara estudando, entrara na faculdade de artes e se tornara uma artista gráfica bem-sucedida?

Era um mistério, até que ela olhou dentro da sacola outra vez e viu um envelope. Seu nome estava escrito em um rabisco quase ilegível. Ela o abriu e encontrou uma folha de papel com os mesmos garranchos. Teve de fazer algum esforço para decifrar.

Querida nina,

Você disse que não saberia o que fazer com um lápis carvão. Então aqui está sua chance de descobrir.

noah

Embaixo do nome, ele havia escrito seu endereço de e-mail, que estava pelo menos mais legível que o restante do bilhete.

Nina olhou para os cadernos de desenho, os lápis de cor, os carvões. Duas noites atrás, ela havia confessado seus sonhos secretos para Noah, embora não tivesse compartilhado essas aspirações nem com seus amigos mais próximos. E, como seus sonhos secretos eram também seus ressentimentos secretos, ela ficara na defensiva e fizera pouco caso quando Noah sugerira que ela fizesse um curso de desenho de modelos-vivos.

Agora, sentia algo ceder dentro de si, como uma flor abrindo lentamente suas pétalas. Noah a havia escutado, a havia escutado de verdade, e guardado todas essas informações para poder lhe comprar aquele presente tão sensível. Era a coisa mais gentil que alguém havia feito por ela em muito, muito tempo.

Eu não quero gentileza, disse a voz em sua cabeça (como dizia com tanta frequência). Mas com certeza teria que concordar com um segundo encontro agora, ela pensou, enquanto todos os sentimentos complicados que Noah despertava nela — bem-estar, irritação, surpresa e, mais que tudo, culpa — a inundavam novamente. Dessa vez, ela deixaria muito clara a situação de não encontro antes de terminarem o primeiro drinque. Talvez até desenhasse para Noah um gráfico da zona de amizade em que o colocaria. Faria todo um discurso sobre como eles deveriam ser apenas amigos, porque ele não era seu tipo e era impossível que ela pudesse ser o tipo dele. Afinal, ela só tinha sete qualificações de ensino médio.

Talvez outro não encontro com muita bebida fosse a mensagem errada. Nina podia ser tão perspicaz quanto Noah. Ou, pelo menos, poderia *tentar*. Enquanto atendia clientes e conversava sobre novos lançamentos no piloto automático, ela examinou e descartou meia dúzia de cenários possíveis para um não encontro com a ajuda do *Time Out* e do Google.

Noah provavelmente gostaria de uma palestra na Real Sociedade Geográfica sobre mudança climática ou de ir ao Instituto de Arte Contemporânea, no Mall, para ouvir um "teórico e ativista dos meios de comunicação" falar sobre "futurabilidade", mas ela preferiria fazer um tratamento de canal sem anestesia.

Ele havia mencionado que gostaria de participar do Rali Gumball, uma corrida de carros transcontinental, mas de jeito nenhum Nina passaria um dia em Brands Hatch, e, quanto aos outros interesses de pura adrenalina de Noah, Nina não faria nada que envolvesse ter que usar roupa de lycra colante. Ela gostava de valorizar seus pontos fortes, e ter cada gordurinha exibida não trabalhava nesse sentido.

Ainda estava refletindo sobre isso quando Sam entrou na livraria, chegando da escola.

— Ah! Olá, estranho! — Nina exclamou, satisfeita, porque uma visita de Sam era, infelizmente, algo raro ultimamente.

Antes de Sam e Posy terem se mudado para a casa de Sebastian, Sam sempre estava por ali, discutindo com Posy se havia feito ou não sua lição de casa, ou se precisava de calças novas para a escola. Asfixiando-os com a detestável colônia de que ele se encharcava para atrair a atenção da Pequena Sophie, a garota que trabalhava na Felizes para Sempre aos sábados e que ele conhecia desde que ambos estudaram juntos no primário e parecia corresponder ao afeto de Sam, embora ele fosse lento demais para perceber.

Sam se livrou da mochila que quase o estrangulava, largou-a no chão e desabou em um dos sofás.

— Eu e a Posy vamos ver informações sobre uns colégios preparatórios para o vestibular — ele explicou com voz cansada, como só o fato de pensar nisso já fosse exaustivo. — Tem bolo?

— Você pode ir lá perguntar para a Mattie — Nina respondeu. A loja estava tranquila, apenas duas clientes olhavam as estantes, então ela saiu de trás do balcão para se sentar no braço do sofá ao lado de Sam e lhe dar um empurrãozinho no ombro. — Talvez ela já tenha te perdoado por você ter comido aquelas bolinhas de chocolate de que ela precisava para decorar uma encomenda especial de bolo de aniversário.

De baixo da longa franja (Nina precisava lembrar a Posy que Sam realmente precisava de um corte de cabelo), Sam fez uma careta.

— Como eu ia saber que ela ia usar aqueles chocolates para decorar o bolo?

— Sam, você comeu três pacotes tamanho família inteiros!

Ele gemeu.

— Este é um ano muito estressante para mim, tenho que fazer os exames de qualificação do ensino médio. Mereço um desconto por causa disso.

Nina bateu no ombro dele outra vez.

— Boa tentativa.

Com grande esforço, Sam se esticou e sentou direito no sofá.

— Se você for e me trouxer um pedaço de bolo, eu te dou a senha de todas as redes sociais da livraria — ele propôs, com um sorriso maroto.

— O Sebastian ia hackear meu disco rígido e tentar recuperar as senhas, mas aí o Noah chegou, me fez umas perguntas e eu lembrei a senha do programa que gerou todas as outras para a Felizes para a Sempre. — Ele sacudiu a cabeça. — Foi como um passe de mágica.

— Noah — Nina ecoou, no que ela esperava que fosse uma voz indiferente. — Ele falou algo sobre o que tem feito nesses últimos dias?

— Não, por que ele falaria? — Sam cruzou os braços. — Anda logo, Nina. Esse bolo não vai chegar aqui sozinho.

Por mais que sentisse falta dele, Nina não deixaria Sam se dar bem com todo aquele descaramento. Isso abriria um precedente perigoso.

— Ou eu posso contar para a Posy que você perdeu as senhas e agora que está me chantageando para passá-las para mim.

— Você não faria isso — Sam se queixou. — Nunca imaginei que você ia passar para o lado negro.

— Pelo menos diga por favor — Nina insistiu.

Quinze minutos mais tarde, Sam estava alegremente se deliciando com um prato de doces e Nina tinha as senhas das contas da Felizes para Sempre no Twitter, Instagram e Facebook. Sam as entregara com grande cerimônia, como se estivesse transmitindo códigos nucleares, e fez uma vaga promessa de que mostraria a Nina como subir conteúdos para o website da livraria. Ela se conectou imediatamente à conta no Instagram, que continha só uma foto borrada da placa da loja, com curtidas de apenas duas pessoas. Com esse nível *tão* baixo, até ela certamente conseguiria melhorá-lo um pouco.

Então Posy apareceu na porta do escritório para dizer que ela e Verity *ainda* estavam preenchendo formulários de impostos e que ela começava a desejar uma morte rápida e indolor, mas que terminariam no máximo em meia hora. Enquanto isso, tinha começado a chover, o que afastara novos clientes.

Logo seria hora de fechar a loja, e geralmente Nina passava esse tempo no HookUpp tentando arrumar um encontro para a noite. Mas a ideia de sair para um encontro, mais um maldito encontro com um cara qualquer, fez Nina se sentir tão cansada, e até um pouco nauseada, que ela chegou a pensar se estaria ficando doente.

Talvez fosse melhor continuar pensando em seu próximo não encontro com Noah. Ela se jogou no sofá ao lado de Sam para pegar um macaron de pistache e decidiu procurar no Google mais algumas opções para um não encontro.

Buscar "opções de encontro cheios de adrenalina" não foi muito útil. Até onde ela sabia, não havia montanhas-russas na área da Grande Londres. Ela também eliminou rapidamente rafting em corredeiras, paraquedismo e algo chamado zorbing, então cutucou Sam outra vez.

— Estou planejando um encontro com um cara, você com certeza não o conhece, e ele gosta de umas coisas bem doidas. Como bungee jumping, trilhas radicais e sei lá mais o quê. Alguma ideia do que eu possa fazer com ele?

Sam fez uma careta como se estivesse sofrendo.

— Coisas de sexo? — ele perguntou.

Desta vez Nina não o cutucou, mas lhe deu um soco suficientemente forte para ele gemer.

— Não! Até parece que eu iria pedir conselhos sobre sexo para você. Nunca! Nem em um milhão de anos!

Ambos levaram alguns instantes para se recuperar da falha de comunicação. Então, Sam se mexeu.

— Você estava falando de esportes radicais para fazer em um encontro? — ele perguntou com cautela.

— É, mas não precisa ser necessariamente algo muito esportivo — Nina respondeu. — Nada que envolva pegar em bolas.

Sam quase engasgou com um profiterole.

— Tire a sua mente do esgoto, menino.

— No verão passado um dos meus amigos fez a festa de aniversário em um lugar de tirolesas em Battersea Park. Eles chamaram isso de "aventura no topo das árvores". Você se dá bem com altura?

— Não é o que eu mais gosto no mundo, mas consigo lidar com a escada de correr da estante se tiver alguém embaixo — disse Nina. — Então acho que encaro, não é? E esse cara que você definitivamente não conhece ia gostar de uma aventura no topo das árvores.

— Ah, Nina, essa não é a melhor resposta. — Sam tirou a franja da frente dos olhos para poder mostrar melhor a Nina seu olhar decepcionado. Era bem desconcertante ver a expressão que ele usaria dali a uns vinte anos se ele tivesse filhos e estivesse desaprovando suas escolhas de vida. — A Posy, a Sophie e minhas duas avós dizem que as mulheres não devem mudar só para agradar um homem. Isso é tipo um princípio básico do feminismo!

— Eu não estou mudando — Nina protestou. — Só estou pronta para enfrentar uma hora meio que bizarra para fazer uma coisa de que eu sei que esse cara gosta. Isso se chama altruísmo. Você devia experimentar, seu ladrão de bolinhas de chocolate!

Sam se recostou no sofá com um pequeno suspiro.

— Desnecessário, Nina.

— Cara, você acabou de tentar fazer um mansplaining de feminismo para mim. Você mereceu — disse Nina, sentindo falta de irritar Sam. Teve vontade de abraçá-lo, mas provavelmente ele já havia sofrido o suficiente com todas as cutucadas e soquinhos. — Battersea Park, você disse?

Só que um pouco de investigação levou à descoberta de que o lugar estava fechado no inverno, então não haveria travessuras em tirolesas no topo das árvores. Nina não pôde deixar de se sentir aliviada, como se tivesse se desviado de uma bala ou se salvado de quebrar vários ossos.

— Mais alguma ideia? — ela perguntou a Sam.

Ele mastigou um biscoito vienense, pensativo.

— Uma vez eu fui numa festa de laser tag em Whitechapel. Sabe, tiros de laser.

Lasers. East London. Muita adrenalina *e* na moda.

— Talvez dê certo. — Nina cutucou Sam. — Como funciona isso de você não ir a festas de adolescentes normais, em que os garotos bebem escondido e ficam com as meninas?

— É que eu tenho um monte de amigos com pais superprotetores —

Sam respondeu, tristemente, olhando de lado para Nina. — Na verdade, acho que tenho um voucher para esse lugar de laser tag. Estou na lista de contatos deles. Posso reservar os ingressos para você. É só me dizer quando quer ir.

— Ah, que gentileza a sua. — Nina apertou os olhos. — Muita gentileza. Por que você está sendo tão gentil?

— Estou sendo altruísta. — Sam jogou de volta para Nina as próprias palavras dela. — Como você me disse para fazer. Se for jogar laser tag, vai precisar usar tênis. — Ele baixou os olhos para os saltos de dez centímetros dela. — Por acaso você tem tênis?

— Tenho um Converse com estampa de oncinha. Acha que serve? Sam fechou os olhos.

— Prometa que vai filmar isso para mim. Por favor...

Antes que Nina pudesse perguntar por que, Posy apareceu de novo na porta do escritório, com uma expressão de dor.

— Nós temos mesmo que ir a esse encontro com os representantes dos colégios hoje? Porque eu perdi oficialmente a vontade de viver.

— Não precisamos ir — Sam concordou. — Embora todo o meu futuro dependa de bons resultados no vestibular para depois entrar na universidade que eu quiser, mas, se você prefere ir para casa ver um reality show na TV, você que sabe.

Posy gemeu e voltou para o escritório.

— Como você é mau, Sam — Nina comentou, com relutante respeito. Sam deu de ombros.

— Você não sabe nem a metade.

*Cabe a Deus punir as pessoas más;
nós devemos aprender a perdoar.*

— Eu vou matar o Sam — Nina disse a Noah cinco noites depois, do lado de fora do Ye Olde Laser Tag Experience, em Whitechapel Road. — Vou esfolar aquele garoto vivo com minha lixa de pé elétrica até ele implorar por misericórdia.

— "A mais moderna tecnologia de laser e luzes de efeitos especiais combinada com toda a diversão de uma feira renascentista" — Noah leu no cartaz. — Uau. Eu gostaria de ter participado da reunião em que eles criaram esse conceito.

— Desculpe — disse Nina. — Desculpe mesmo. Eu devia ter pesquisado direito e ter desconfiado muito mais quando o Sam se ofereceu para reservar os ingressos com um voucher que ele tinha.

Noah concordou com a cabeça.

— Você deve ter feito algo que deixou ele bem bravo.

— Eu peguei doces para ele — Nina se lembrou. — Mas a próxima coisa que vou servir para esse garoto será vingança. — Ela olhou para Noah, que ainda examinava o cartaz onde se viam dois homens em cota de malha barata, portando armas de lasers muito pouco medievais, guarnecidas com luzes verdes piscantes e com uma expressão meio espantada. — Quer pular direto para a segunda parte da noite e ir para o bar montado em uma alfaiataria antiga que eu encontrei?

O espanto se transformou em diversão. Noah pôs a mão no peito e franziu a testa como se Nina o tivesse ofendido.

— De jeito nenhum! Você me prometeu jogo de laser e nós vamos ter jogo de laser. — Ele bateu o dedo no cartaz. — Acha que vamos ter que falar em inglês arcaico, minha formosa senhora?

Em matéria de elogios, Nina já tinha ouvido coisas bem piores. E melhores também.

— Se você disser alguma coisa em inglês arcaico, eu vou embora. E não estou brincando — ela respondeu.

Aquele já estava entrando para os anais de Nina como um dos Piores Encontros de Todos os Tempos. Mas não tão ruim quanto o encontro para assistir a um filme japonês de nove horas de duração com apenas dois intervalos, ou o que envolvera um velório e um funeral, embora nesse pelo menos tivesse álcool.

Para completar, o nervosismo que ela sentira depois de seu primeiro não encontro não era nada em comparação com o coração palpitante, a palma das mãos suadas e o frio no estômago quando pegou a Central Line do metrô até a estação Bethnal Green.

As batidas aceleradas de seu coração subiram para um galope quando ela ouviu alguém chamar seu nome e, ao se virar, viu Noah de pé na plataforma, um ponto parado em meio a um mar de pessoas, na agitação da volta do trabalho. Ele sorriu para ela e ela não pôde evitar um sorriso em resposta.

Nina esperara até ele a alcançar e não houve tempo para o constrangimento usual da hora dos cumprimentos, porque, como se tivesse pensado nisso com antecedência e se preparado para o momento, Noah a segurou pelos cotovelos, se inclinou para a frente e a beijou primeiro na face direita, depois na esquerda. Então se afastou, sorriu de novo e disse: "Você sempre parece ter saído de um filme".

Nina estava se sentindo bem sem graça e desarrumada. Nada de saia justa hoje, mas um vestido de bolinhas branco e preto com saia godê e uma volumosa anágua de tule, para poder ter liberdade de movimentos enquanto estivesse dando tiros de laser. E estava de tênis. Não conseguiu encontrar seu Converse com estampa de oncinha, então pôs um Adidas com as três listras e biqueira de borracha que a bela Annika lhe emprestara garantindo que estavam muito na moda, mas Nina se sentia como se estivesse usando um par de sapatos ortopédicos.

Ele acrescentou:

— Você parece a Ava Gardner com cabelo cor-de-rosa.

— As pessoas costumam me comparar com a Marilyn Monroe — disse Nina.

— Não, a Marilyn não — Noah declarou com firmeza, pondo o braço de Nina no seu para começarem a andar rumo à saída da estação. — Acho que você é complexa demais para ser uma Marilyn.

As palavras dele haviam secretamente empolgado Nina, o fato de alguém mais conseguir ver que ela era uma criatura de profundidades escondidas e paixões grandiosas. Também havia sentido um estremecimento inesperado quando Noah a puxara para beijar seu rosto; algo a ver com estar subitamente tão perto dele que nem um sussurro caberia entre os dois. Perto o bastante para sentir o perfume de sua loção pós-barba, que era sutil, de modo algum intenso, como o próprio Noah, e fez Nina pensar em sabonetes caros e lençóis limpos. Mas, mais do que isso, Nina pôde sentir pelo jeito como Noah a puxou em seu rápido abraço que, apesar da aparência despretensiosa vestida de azul-marinho, ele era forte. Obviamente, toda aquela atividade de ficar pendurado em tirolesas e fazer trilhas por florestas tropicais lhe dera músculos. Espera aí... *o quê?* Nina não podia estar tendo pensamentos lascivos com um homem que usava tanto azul-marinho. Seu Heathcliff jamais seria um homem tão certinho, tão "compartimentalizado", tão... tão amarrado ao passado dela da pior maneira possível.

No entanto, durante o curto trajeto de ônibus até o local dos lasers, Nina ficara novamente com o coração acelerado e a palma das mãos suadas, não por receio da provação que teria pela frente, mas por uma mistura deliciosa de nervosismo e empolgação e, ah, Deus, isso geralmente significava que ela estava atraída por um homem que inevitavelmente acabaria se revelando a pessoa errada.

Não que Noah fosse uma pessoa errada, mas também não era a certa, e Nina tinha passado a viagem de ônibus inteira agoniada e tentando decifrar o que Noah realmente era e se aquele era de fato mais um não encontro, até que chegaram ao local do laser e então outras questões ganharam precedência. Principalmente se teria como matar Sam sem deixar Posy brava com ela.

Mas com isso ela se preocuparia mais tarde. No momento, sua preocupação era como poderia escapar de uma hora jogando uma mistura de Quasar e Dungeons and Dragons.

— Não é tarde demais para desistir — disse Nina, tentando tirar o corpo fora, mas Noah estava irredutível.

— Eu nunca desisto de um desafio — ele insistiu, puxando-a para dentro com sua força superior. — Acha que eles vão fazer a gente vestir cota de malha?

— Cota de malha é totalmente fora de questão para mim — Nina disse, de mau humor.

Não havia cota de malha, mas havia uma roupa horrorosa chamada "colete funcional para laser", uma espécie de túnica de vinil equipada com luzes verdes e não projetada para ser vestida por alguém com seios.

Eles receberam os coletes de um dos instrutores, ou mestres de cerimônia do laser, um homem barbudo e cheio de pose próximo dos quarenta anos chamado Peter, que ficava olhando toda hora para Nina com ar de incredulidade enquanto os conduzia a um local de reunião para conhecer o restante do time.

— Time? Não podemos jogar só nós dois? — Nina indagou. A palavra "time" nunca levava a nada de bom. Certa vez ela havia trabalhado para uma grande rede de cabeleireiros e fora forçada a comparecer a um torturante dia de construção de times, que envolveu uma quantidade de exercícios de desenvolvimento de confiança e role-playing suficiente para lhe causar aversão eterna pela palavra "time".

— Esta é uma atividade interativa em grupo. — Peter dirigia todos os seus comentários a Noah, cujos lábios tremiam como se ele fizesse um esforço realmente grande para não rir. — Vocês se juntarão aos outros convidados que reservaram a mesma sessão e eu os dividirei em dois times. Todas essas informações estavam em seu e-mail de confirmação.

Nina mostrou a língua para Peter quando ele se afastou por um corredor longo e escuro, e Noah pareceu se conter para não rir outra vez.

— Sou capaz de dar a minha vida por uma atividade interativa em grupo — disse ele, mas seu sorriso diminuiu ao ver os outros "convidados".

Vinte meninos com idade que variava de dez a quinze anos estavam reunidos para comemorar o aniversário de dez anos de Sunil. Eles souberam disso porque Peter deu a Sunil um distintivo brilhante especial para pregar em seu colete, enquanto Sunil olhava para o chão como se estivesse em seu próprio inferno especial. Nina compreendia totalmente.

Em seguida, houve um longo discurso sobre as regras do jogo, introduzidas pela previsível piada: regra número um, não fazer discurso sobre laser tag. Até onde Nina pôde entender, porque Peter tinha uma voz muito sonífera e ela se desligou logo, o objetivo era acertar o time adversário com o laser. Por que ele levou dez minutos para lhes dizer isso era um mistério.

— Quando isto acabar, vou precisar de um drinque maior que a minha cabeça — ela murmurou para Noah, que escutava atentamente as instruções e estudava um mapa da Ye Olde Medieval Village em um folheto que havia pego no saguão.

— Devo admitir que estar tão perto de tantos meninos adolescentes me traz lembranças desagradáveis de meus anos de escola — ele sussurrou de volta e Nina sentiu a habitual pontada de culpa, que foi o que a levou a concordar com o primeiro não encontro, para começar. — Também vou querer esse drinque.

— A gente ainda pode desistir... — Nina começou a dizer, até Peter olhar muito sério para ela.

— Por que você está falando? — ele perguntou. — Enquanto estiver falando, não pode ouvir as informações muito importantes que estou passando sobre saúde e segurança.

— Senhor! Sim, senhor! — disse Nina e, quando bateu os calcanhares e prestou continência, alguns dos meninos riram e Peter olhou para ela como se desejasse ter permissão para usar armas de verdade contra as pessoas, e não só armas de laser.

Ele teve sua vingança dois minutos depois, quando fez a divisão dos times. Escolheu os nove meninos mais novos e menores e disse para Noah e Nina ficarem nesse time, liderado por um funcionário da Ye Olde Laser Tag, com o rosto marcado de acnes e jeito nervoso chamado Jamie, enquanto levava os meninos maiores e mais velhos com ele para conversar sobre táticas.

— Eu nunca perdi um jogo de laser tag — eles o ouviram dizer em voz alta enquanto conduzia sua tropa para os fundos do prédio. — Vamos massacrá-los, e isso não vai ser bonito de ver.

— Um drinque de gim duplo, maior que a minha cabeça — Nina murmurou seu mantra. — Um drinque de gim duplo, maior que a minha cabeça.

— Então, bom, acho que a defesa é, hum, nossa melhor forma de ataque — disse Jamie, coçando um ponto de aparência particularmente dolorosa no queixo, que deu em Nina a vontade de praticar uma intervenção. — Eu escolheria um esconderijo, torceria para eles não encontrarem vocês, e, se encontrarem, rezem para ser rápido. — Ele olhou em volta, furtivamente. — O Peter é uma verdadeira fera.

Essa preleção motivacional foi recebida com gemidos.

— Que injusto — Sunil murmurou. — Eu não queria convidar os amigos do meu irmão e os meus primos, mas a minha mãe disse que eu tinha que convidar, e agora eles vão se juntar contra mim como sempre fazem, mas com armas de laser, e no meu aniversário.

— Que merda, cara.

— Seu irmão é um babaca.

— Quando a gente vai para o Nando's?

— Um drinque de gim duplo, maior que a minha cabeça — Nina repetiu e Noah sorriu em solidariedade. Ela achou que ele fosse concordar com sua sugestão, mas ele deu um passo à frente.

— Que é isso, pessoal? — ele falou, com entusiasmo, o que lhe valeu dez olhares hostis. Onze, se contar o Jamie também. — Vocês vão admitir a derrota assim tão fácil?

157

"Vamos" e "que adianta?" foi o consenso geral. Nina se perguntou em voz alta onde estariam os pais de Sunil e por que estavam deixando a festa de aniversário de seu filho ir por água abaixo, e junto os sonhos do garoto.

Aparentemente, eles estavam em uma lanchonete chamada Nando's nas proximidades, para onde Sunil e seus convidados iriam depois, e acreditavam equivocadamente que o irmão mais velho de Sunil, Sanjay, ia cuidar dele.

— Não preciso que cuidem de mim e eu odeio ele — disse Sunil, tristemente. — Esse é o pior aniversário da minha vida.

— Não! A gente ainda pode dar um jeito nisso — garantiu Noah, agachando para ficar na altura de Sunil. — Só precisamos ter um plano, e eu sou o homem dos planos.

Nina se afastou um pouco quando Noah começou a falar sobre "o fator surpresa", "formações em pinça" e "ataque pelos flancos". Talvez, se continuasse se afastando devagar, acabaria chegando de volta à entrada e poderia fugir. Exceto pelo fato de que estava em um encontro, ou um não encontro, que seja, e Noah parecia estar em seu elemento e não ia querer ir embora tão cedo.

Ele agora tinha todas as crianças e Jamie reunidos à sua volta em um semicírculo, parecendo muito mais animados do que antes, enquanto formulavam sua estratégia de batalha.

— A única coisa é que precisamos usar alguém como isca — Noah disse, com tom de lamento. — Essa pessoa, infelizmente, vai ter um jogo bem curto. Algum voluntário?

Nina praticamente passou por cima de seus pequenos companheiros com armas de laser em sua pressa de chegar ao campo de visão de Noah e levantar a mão.

— Eu vou! — ela gritou. — Tudo pelo time!

— O Peter vai ficar louco — Jamie comentou, com alegria. — Mal posso esperar para ver a expressão de derrota na cara dele.

— E ele vai mesmo lançar seu ataque da igreja? — Noah perguntou.

— Sempre é assim. Se nós ganharmos, ele vai me pôr para limpar banheiros pelo restante do ano, mas vai valer a pena — Jamie exultou. Nina esperava, realmente esperava que Noah soubesse o que estava fazendo e conseguisse salvar o aniversário de Sunil do desastre e permitir que Jamie se vingasse de seu despótico colega. Mas Peter trabalhava no lugar havia anos e Noah só estava ali havia quinze minutos, ainda que fossem alguns dos quinze minutos mais longos da vida de Nina.

— Muito bem, tropa, em marcha. — Noah tinha *de fato* incorporado o papel, mas, quando Nina passou caminhando (de jeito nenhum ela marcharia), ele deu uma piscadinha.

Quando chegaram à tosca réplica de uma aldeia medieval, Noah dispersou rápida e silenciosamente seu exército, que se dividiu em dois e rastejou pelo chão em direções opostas, para que as luzes dos coletes não fossem vistas enquanto eles montavam suas posições defensivas.

— Certo, você sabe o que fazer? — Noah perguntou a Nina. — O sucesso de toda esta operação depende do seu sacrifício.

Ele realmente estava no papel e, por mais que doesse a Nina admitir, o entusiasmo de Noah, seus olhos brilhando na luz fraca, o enorme sorriso em seu rosto, eram realmente adoráveis.

— Sempre feliz em servir o time — ela declarou e tocou a mão na lateral da testa no que pretendia ser uma continência irônica, mas Noah a saudou de volta solenemente e desapareceu nas sombras.

Nina não estava rastejando para lugar nenhum. Em vez disso, ela entrou caminhando na aldeia medieval, com a arma levantada à frente, virando-a ligeiramente de tempos em tempos para os lados, como se estivesse de fato atenta aos arredores, só para demonstrar seriedade. Seguia em direção ao Ye Olde Red Bulle, uma simulação de taverna que, infelizmente, não parecia servir nada alcoólico, quando ouviu um barulho alto e vigoroso atrás de si e o outro time veio correndo da igreja e a cercou rapidamente.

— Matem a garota! — gritou Peter, e Nina ficou parada onde estava enquanto era alvejada por lasers. Depois de alguns segundos de tiros, as luzes em seu colete, que irritavam sua pele, se apagaram e ela estava morta. Metaforicamente falando.

— Você morreu! — Peter gritou para ela. — No chão.

— Cara, eu estou usando roupa vintage e ninguém vai me fazer deitar no chão — Nina protestou e, enquanto Peter discutia e seu time ficava em volta assistindo, com as armas abaixadas nas mãos, Nina viu sua própria equipe cercá-los rapidamente e abrir fogo.

Eles nem souberam o que os atingiu. Uma a uma, as luzes se apagaram nos coletes do time Peter até restar apenas ele, o líder, abaixando, mergulhando e desviando para tentar escapar dos tiros de laser, até se contorcer no chão, atirando para o ar enquanto suas luzes se apagavam, até restar somente uma luz solitária piscando em seu cinto.

— Sunil, essa é sua! — Noah gritou. — Pessoal, dê cobertura para ele!

— Isso não vai ficar assim! — Peter gritou de volta quando Sunil chegou ao seu lado e atirou na última luz.

— Não seja criança, cara! — Nina exclamou para ele, enquanto Sunil era cercado por seus amigos com cumprimentos entusiasmados e ruidosos. — Você só perdeu um joguinho de laser. Aceite o fato!

Peter se levantou enquanto até o temido Sanjay e seus amigos cumprimentavam Sunil, que sorria tanto que Nina achou que seu rosto poderia se partir em dois.

— Eu contei pelo menos cinco movimentos ilegais — Peter declarou, e o sorriso no rosto de Sunil vacilou. — Vocês vão ter que pagar uma multa e vou anotar o nome de todos, porque estão banidos para sempre do...

Mas então parou quando Noah pôs a mão em seu ombro.

— Uma palavrinha, por favor. — Não era uma pergunta, nem mesmo uma sugestão, mas uma ordem, que combinava tanto com a expressão muito séria no rosto de Noah que até Nina, que desta vez estava totalmente inocente, sentiu uma estremecida de culpa.

Enquanto as luzes se acendiam, Noah levou Peter para um canto e, com os braços cruzados, fez um breve discurso. Noah não encostou a mão em Peter e, até onde Nina pôde perceber no meio de toda a conversa animada dos meninos, não elevou o tom da voz, nem ao menos levantou ou apontou o dedo. Mas, o que quer que Noah estivesse dizendo, suavizou a expressão no rosto de Peter, fez seus ombros se curvarem e ele recuou um passo. Noah continuou falando até que Peter finalmente concordou com a cabeça.

Os dois voltaram para onde os meninos ainda estavam reunidos. Peter foi direto até Sunil, que tentou se esconder atrás do irmão mais velho, mas Sanjay saiu habilmente para o lado e deixou Sunil exposto para enfrentar a ira do homem zangado de macacão.

— É, então, parabéns, meu jovem — Peter disse, como se cada palavra o sufocasse. — E feliz aniversário. Gostaria de oferecer a você e a três amigos uma sessão de cortesia no Ye Olde Laser Tag Experience no horário que quiserem nos próximos seis meses.

Sunil teve a elegância de não se gabar até estarem todos do lado de fora.

— Ah, eu peguei ele! Ninguém mexe com o poderoso Sunil!

— Cala a boca, Sunil — disse Sanjay, com aspereza. — E agradeça a esse cara gentil e à moça.

Sunil apertou solenemente a mão de Noah e de Nina como se eles fossem autoridades visitantes.

— Obrigado — ele falou. — Querem ir até o Nando's com a gente?

— É muito tentador — disse Nina, virando-se para Noah. — Não é?

— Muito tentador — ele concordou, com outra daquelas piscadinhas quase imperceptíveis se já não se estivesse esperando por elas.

— Mas você não vai querer a gente lá atrapalhando a diversão de vocês — Nina comentou.

— Isso é — disse Sanjay, o malandrinho, mas Sunil sacudiu a cabeça.

— Meus pais vão estar lá também. Vocês vão ter outras pessoas velhas para conversar — ele explicou com sinceridade, enquanto Nina tentava não parecer muito destruída, porque não tinha nem trinta anos ainda, e isso não era velha, embora, é verdade, ela até poderia ter um filho de dez anos, até um de doze como Sanjay, mas não tinha e, de qualquer modo, ela era uma adulta *divertida*.

— Eu preciso mesmo de um drinque de gim duplo, maior que a minha cabeça — ela explicou para Sunil, que a encarou, confuso.

— Fica para outra vez — disse Noah, pondo o braço em volta de Nina para conduzi-la. Mas então ele parou. — Como vocês vão até o Nando's?

— Andando — alguém falou. — É só um minuto daqui até lá.

— Só temos que perguntar para alguma pessoa com cara confiável de que lado fica a Mile End Road — Sanjay disse, balançando a cabeça, decidido. — Acho que é para a direita.

Nina suspirou e pegou o celular para abrir o Google Maps. Eles tinham que ir para a esquerda.

— Nem um passo! — ela exclamou. — Nós vamos levar vocês até o Nando's.

— É melhor vocês fazerem o que ela diz — Noah aconselhou. — Ela é assustadora quando fica brava.

— Aterrorizante — disse Nina, em sua voz mais pavorosa. — Façam duplas, porque nós vamos em fila e não quero ouvir nenhuma reclamação.

Não houve reclamações, mas um monte de resmungos. E então, Nina à frente e Noah atrás, eles entregaram vinte meninos ao Nando's e aos negligentes pais de Sunil e Sanjay.

*Por que estou tão mudada? Por que meu sangue se agita
em tamanho alvoroço por umas míseras palavras?*

Ainda levou uma boa meia hora até que Nina finalmente estivesse na frente de um drinque de gim maior que sua cabeça. Mas não tinha conseguido tomar mais que um gole, porque, no momento, estava chorando de tanto rir.

— E... cada tiro... que... ele... recebia... era como... se... tivesse... sido... ele... tro... cutado. — Ela ofegou entre as risadas, enquanto relembrava a resistência final de Peter. — Sério... é um desperdício ele estar no Ye Olde Laser Experience... Devia... estar... no teatro! Ah, não me faça rir mais. Minhas costelas estão me matando.

— Eu... não disse... nada. — Noah sacudiu a cabeça, rindo tanto que teve que parar de falar e se apoiar na borda da mesa. Suas faces estavam rosadas, as sardas destacando-se em nítido relevo, enquanto ele enxugava os olhos com um guardanapo. — Não consigo falar.

Nina já havia se recuperado o suficiente para conseguir, saborear um gole de seu martíni com pera.

— Falando nisso, o que você conversou com o Peter, afinal? Ele voltou muito pálido.

Noah fez um aceno vago com a mão, enquanto o riso ia diminuindo.

— Eu falei para ele que você era uma fiscal disfarçada que tinha sido enviada pela prefeitura para checar se eles estavam cumprindo todos os requisitos das regras de saúde e segurança, porque o lugar tinha recebido várias reclamações de clientes. E, depois que ele baixou a crista, eu falei que ele estava sendo um canalha com um menino de dez anos que só queria comemorar o aniversário. — Noah tomou um gole de seu gim--tônica. — Detesto esse tipo de cara valentão e, agora que estou em posição de enfrentar, nunca perco a oportunidade.

E ali estava outra vez: a razão pela qual aquilo nunca poderia deixar de ser um não encontro. Por que Noah ia querer sair com a irmã do menino que fazia bullying com ele numa época em que ele não podia se defender? Talvez fosse a hora de confessar. Podia começar mencionando como Paul estava arrependido. Ele havia enviado uma mensagem de texto para Nina no começo da semana para lembrá-la de sua oferta de fazer alguns serviços de encanador de graça para Noah.

— Você é *muito* bom com pré-adolescentes — foi o que Nina se ouviu dizer. Ela raramente fugia de um confronto, exceto, aparentemente, naquela noite. — Esta é a hora em que você me conta que tem dois filhos escondidos em casa?

— Não que eu saiba. — Noah sacudiu a cabeça outra vez. — Na verdade, posso afirmar categoricamente com todas as letras que não tenho nenhum filho. Embora esteja somando um número alarmante de sobrinhos e afilhados. E você?

— Nenhum afilhado — disse Nina, porque nenhuma de suas amigas havia se decidido a se tornar mãe, ainda que ela tivesse apostado com boas chances de acertar que Posy estaria grávida antes do fim do ano seguinte. Sebastian já falava em acrescentar mais uma ala à sua já enorme casa para acomodar a ninhada e, embora geralmente fizesse cara de tédio e lhe dissesse para calar a boca, Posy não parecia avessa à ideia de ter filhos. — Sobrinhas no plural. As duas pessoas que mais amo no mundo.

Uma vez mais, aquela era a oportunidade perfeita para trazer à conversa o pai dessas sobrinhas, mas, em vez disso, Nina pegou o celular para que Noah pudesse admirar Ellie e Rosie em várias fantasias de princesas e super-heróis.

Depois Noah mostrou a Nina seus sobrinhos e uma sobrinha, que ainda eram bem pequenos, de dois anos a dezoito meses e recém-nascido.

— Crianças, na verdade, não dão muito trabalho até terem mais ou menos um ano — disse ele, mostrando mais uma foto de Archie, de dois anos. — Este aqui começou a falar uns meses atrás e agora não para mais. Quase sempre sobre trens. Nós o levamos a um parque temático com um brinquedo do Thomas e seus Amigos e ele ficou louco. — Noah levantou o copo quase vazio. — Mas você foi muito boa com nossos novos melhores amigos. Muito simpática com as fotos.

Antes de eles se despedirem no Nando's, Nina concordara em fazer várias selfies com os amigos e primos de Sanjay. Ela recusara os pedidos de beijos, mas pusera de boa vontade o braço sobre os ombros deles, para que pudessem se gabar na escola de terem uma foto com "uma supergata".

— É bem fácil agradar meus fãs pré-adolescentes — disse ela, com modéstia. — São os adultos que dão trabalho. Com exceção da presente companhia.

— Vou tomar isso como um elogio — respondeu Noah com tranquilidade, tocando seu copo vazio no dela, e *era* um elogio, porque estar com Noah em um cenário de não encontro era a coisa mais fácil do mundo.

Eles haviam tido dois não encontros e Noah nem sequer vira Nina em modo encontro real, quando seus vestidos eram superjustos e os decotes desciam até quase o umbigo, mas ainda assim ela o pegava lhe dando uns olhares apreciativos disfarçados, quando achava que ela não estava prestando atenção, como se estivesse a analisando. E, pelo modo como seus olhos se apertavam e ele prendia o lábio inferior entre os dentes, Noah gostava do que via.

Nina certamente já devia ter trazido a questão do não encontro a essa altura, mas na verdade tudo estava começando a ficar com muita cara de encontro. As pernas de Noah roçavam as dela sob a mesa, não de uma maneira lasciva, mas porque ele tinha pernas longas e eles se sentiam à vontade um com o outro agora, mas, ao mesmo tempo, também havia uma sensação excitante, vertiginosa, *sexy*.

— Você deve tomar como um elogio — Nina disse devagar. — Você *é* mesmo muito legal.

Mas eu não acho que a gente deva ser mais do que amigos.

Mas você tem que saber que este é um não encontro.

Mas tem uma coisa que eu preciso te contar.

Mas eu não tenho sentimentos por você. Não desse jeito.

Só que os "mas" nunca vinham. E Noah fez uma careta.

— Legal? Legal é meio genérico, não é?

Verdade. Especialmente quando o tipo de homem dela podia ser classificado em B de "bad boy"...

— Legal é um alívio bem-vindo depois de alguns shows de horrores que eu vivi com quem andei saindo — Nina respondeu com sinceridade. E, então, porque aquilo estava saindo dos trilhos rapidamente e porque o copo deles estava vazio, ela se levantou. — Minha rodada. Vai o mesmo para você?

Noah confirmou com a cabeça e olhou para ela, pensativo desta vez, enquanto Nina pegava a bolsa. Ela sorriu para ele um pouco cautelosa e, sim, lamentando um pouco estar usando uma grande saia rodada que não permitiria que ele admirasse seus quadris enquanto ela ia até o balcão.

Quando Nina voltou com os drinques e tendo feito um pedido de nachos, estava decidida. Eles conversariam sobre assuntos leves e inocentes, como seus sobrinhos e sobrinhas, talvez até um pouco sobre análise de negócios, mas Noah não lhe deu chance de tomar sequer o primeiro gole.

— Então, você disse que seus encontros não têm sido muito bem-sucedidos? — ele perguntou.

Nina soltou um suspiro.

— Têm sido um desastre completo nos últimos tempos. Só imbecis e aproveitadores. E você? Está no HookUpp?

Ela tinha certeza de que Noah não estava, porque ele teria aparecido em suas sugestões quando estavam ambos juntos na livraria, a menos que os algoritmos de encontros de Sebastian tenham decidido que eles eram espetacularmente incompatíveis.

Mas Noah já estava sacudindo a cabeça.

166

— Eu não confiaria que o Sebastian não ia hackear a minha conta e me arrumar encontros com garotas nada a ver ou reescrever completamente o meu perfil.

Nina sorriu.

— Eu também me preocupo com isso. Ou pior! Que ele e a Posy conversem sobre minhas seleções e encontros durante o café da manhã. "A Nina não vai conseguir fazer nada esta manhã. Ela estava arrumando encontros até depois da meia-noite."

— Quer dizer que você usa muito o HookUpp? — Noah perguntou cautelosamente, depois fixou o olhar em seu drinque.

— Bom... *sim*. — Nina se sentiu como se estivesse confessando algum crime terrível ou um hábito repugnante, como o de uma antiga colega de apartamento, que costumava limpar as unhas dos pés enquanto assistia à TV. — Estamos no século XXI, e é isso que as pessoas fazem. Não existem muitas oportunidades de trocar olhares com alguém no meio de um salão de baile lotado nos dias de hoje, não é? — Não havia necessidade de mencionar sua recente decisão de largar o HookUpp e redobrar seriamente os esforços para encontrar seu único amor verdadeiro, isso poderia transmitir uma mensagem totalmente errada...

— Mas ele é mais para sair com pessoas mesmo, não tanto para relacionamentos — Noah comentou, olhando fixamente para o copo, como se fosse o mais fascinante receptáculo para líquidos que via nos últimos tempos. — Acho que encontros casuais podem ser divertidos, mas às vezes é um pouco como estar em uma daquelas rodas de hamster. Girando em círculos sem parar, sem nunca chegar a lugar nenhum. Você entende o que eu quero dizer?

— Eu estou nessa roda de hamster há *séculos* — Nina respondeu, com genuíno pesar. — Às vezes acho que já dei o que tinha que dar. — Então ela percebeu como aquilo poderia soar. — Não *naquele* sentido de dar, entendeu?

— Embora *aquele* sentido de dar possa ser divertido — disse Noah. Agora seu olhar havia deixado o copo e se fixava diretamente nos olhos de Nina, que então se contorceu um pouco na cadeira, estendeu as pernas e seus joelhos bateram nos de Noah sob a mesa, e apenas esse toque casual pareceu acender um fogo no fundo de sua barriga, o que fez Nina se contorcer de novo. Agora era sua vez de encarar o copo, porque sabia que, se olhasse para Noah, poderia fazer algo tolo. Como rir, ou enrubescer, ou puxá-lo do outro lado da mesa para beijá-lo.

— Eu não concordo com esse tipo de diversão antes do terceiro encontro — ela murmurou, com apenas cinco por cento de sua usual vivacidade.

Noah pegou o celular em cima da mesa.

— Preciso tomar nota disso — soltou ele, com uma voz tão profunda e sensual que Nina teve que enrijecer todos os músculos do corpo para não se contorcer uma inédita terceira vez.

— E relacionamentos passados, você teve algum? — Nina perguntou, ousadamente, enquanto dava ordens a si própria para se acalmar. A única razão de se sentir tão perturbada cada vez que a perna de Noah roçava a sua era o fato de aquele ser um segundo encontro depois de meses de primeiros encontros que nunca levavam a nada. O pensamento esquentava seu coração. Um homem! Não um Heathcliff, nem com todo o esforço da imaginação, mas um tipo raro de homem que não achava que pagar a primeira rodada de bebidas contava como preliminares!

— Sim, eu consegui convencer algumas mulheres a sair comigo regularmente — Noah respondeu com seriedade. — Foi bem difícil em Oxford, porque todas as meninas eram pelo menos dois anos mais velhas que eu, e eu ainda tinha espinhas e usava meu amado suporte para canetas no bolso, mas o Sebastian me deu umas dicas sobre imagem pessoal e me apresentou a uma garota do seu grupo de orientação de estudos, um prodígio em matemática, que era dois anos mais nova que todos também.

— O Sebastian parece que gosta de cuidar dos outros — disse Nina, porque Sebastian tinha tomado Sam sob sua asa também, e agora o garoto só usava blusões de cashmere e não asfixiava mais todo mundo com aquele cheiro horrível de perfume barato, porque evoluíra para asfixiá-los com uma colônia cara que só deveria ser usada com moderação. — Ele também te explicou tudo sobre de onde vêm os bebês?

— Felizmente não. Acho que nenhum de nós dois se recuperaria disso. Enfim, eu fiquei com a Laura durante os dois últimos anos em que estive em Oxford, depois fui viajar, ela foi fazer mestrado em Durham, e nós concordamos que um namoro a distância não seria bacana. Ainda somos amigos — disse Noah. Era *legal* seu primeiro relacionamento ter sido tão cordial, mas não era uma história para despertar paixões.

Noah contou sobre uns poucos relacionamentos muito casuais enquanto viajava, depois ele se mudou para San Francisco e entrou para o mundo tecnológico e de muito trabalho, então saiu com algumas mulheres até conhecer "a Patricia, com quem fiquei por quase quatro anos. Nós terminamos no último verão, antes de eu voltar para Londres", ele disse, mas sua atenção foi distraída pelo copo vazio.

— Vamos pedir mais uma bebida e ver o que aconteceu com os nossos nachos? — ele sugeriu. E assim foi impossível saber o que ele sentia em relação à Patricia e ao rompimento.

Mas Nina estava determinada a descobrir. A ver o que se escondia por trás daquele exterior quase sempre afável, às vezes irônico, de Noah. Portanto, assim que ele voltou do bar com os drinques e a notícia de que, aparentemente, os nachos estavam a caminho, ela perguntou, talvez um pouco ansiosa demais:

— A Patricia sofreu por sua causa? Ou você sofreu por causa dela? Doeu muito?

— Bom, durante a briga que levou à nossa separação, ela jogou uma bolinha antiestresse da Microsoft na minha cabeça, o que doeu bastante — disse Noah, esfregando a têmpora direita como se ainda se lembrasse da dor. — Mas ela ficou mais brava do que triste.

— Para mim isso parece um bom sinal de que ela estava triste. A gente não joga coisas na pessoa de quem está se separando se não se importar — disse Nina, porque, se algo não se partisse (geralmente pratos ou copos e, uma vez, um iPhone) com seu coração, isso indicava que o relacionamento não havia valido a pena. E, se Noah pôde despertar esse tipo de paixão em sua ex, talvez pudesse haver algo de Heathcliff escondido bem no fundo dele.

— Não, ela ficou brava mesmo. — Noah tomou um gole de seu novo gim-tônica e torceu o nariz. — A Patricia tinha planos bem definidos em mente. Ela fazia um plano para um ano, outro para cinco, outro para dez anos, um plano para transformar o namorado em marido, depois o marido em pai de seus filhos, então eu acho que qualquer homem serviria. Para ela, cumprir todos esses planos era mais importante do que estar apaixonada.

Nina se inclinou para ele.

— Então você acredita em amor?

— Acho que sim. — Noah levantou um brinde para o espírito abstrato do amor. — Mas o amor não vem com um plano para cinco anos. Ele acontece ou não acontece, certo?

— É o que dizem — Nina respondeu com um suspiro melancólico, porque ela também acreditava imensamente no amor, mas ele sempre parecia acontecer para as outras pessoas.

— E você? Qual foi o seu relacionamento mais longo? — Noah indagou, como tinha todo o direito de fazer, já que Nina acabara de o interrogar sobre o mesmo assunto.

"Cinco anos, sete meses, três semanas e seis dias", Nina poderia ter respondido, porque antes ela era o tipo de garota que media um relacionamento em termos muito específicos. Como se merecesse algum tipo de medalha por permanência no emprego, quando na verdade o que constituía um relacionamento eram beijos, olhares, passar a noite acordados conversando sobre tudo e nada, brigar, ir embora com raiva, mas depois correr de volta para os braços um do outro na chuva, e ainda ter aquela sensação que fazia o corpo todo arrepiar quando se passava um tempo longe e chegava a hora do reencontro. Esse tipo de coisa.

— Foi um namoro adolescente — ela falou, sem dar muita importância. — Começamos a namorar quando éramos praticamente crianças e depois, claro, quando crescemos, percebemos que não tínhamos nada em comum.

Noah sentou um pouco mais ereto.

— Ah. Ele também era de Worcester Park?

Nina afundou no assento como se pudesse se encolher para dentro do vinil vermelho que imitava couro.

— Era — ela admitiu, a contragosto. — Mas tenho certeza que você não o conheceu. Ele não... ele ia... ele era muito discreto.

Ambos fizeram uma leve careta. Noah porque a menção à sua cidade natal devia conjurar todo tipo de lembranças mal reprimidas, e Nina porque sabia que seu irmão fora a causa principal do sofrimento de Noah.

Quanto a Dan, Nina realmente não se lembrava de ele ter participado do bullying, mas a verdade é que muito poucos meninos de seu ano eram espectadores inocentes.

Nina mal suportava pensar em quanta dor, física e emocional, Noah devia enfrentar enquanto ela andava pelos mesmos corredores e pátios, completamente indiferente. E só Deus sabe como não suportava pensar em Dan também, depois daquele rompimento horrível, então era mais fácil distrair, desviar, se esquivar.

Seu discurso habitual deveria servir.

— De qualquer modo, isso ficou no passado e estamos no presente, no agora, e eu não quero sossegar ou me conformar com algum cara razoável só para estar em um "relacionamento". — Nina fez aspas no ar. — Quero mais que isso. É como eu falei para você quando saímos na semana passada: eu quero paixão. Viver sem paixão é só existir.

Noah piscou algumas vezes, como se tivesse entrado algo em seu olho.

— Não sei se concordo com você. É possível estar em um relacionamento estável e ter paixão ao mesmo tempo, não acha?

— Bom, sim, mas...

— Quer dizer, as pessoas podem se amar louca e apaixonadamente, mas ainda precisam pagar os impostos e fazer compras no supermercado de vez em quando.

— Eu entendo a sua posição — disse Nina, usando o modo tradicionalmente testado de discordar por completo do que está sendo dito sem querer criar uma cena. — Mas isso não me parece muito apaixonado.

Noah sorriu como se estivesse gostando de fazer o papel de advogado do diabo. Ou talvez não estivesse fazendo papel nenhum, mas apenas gostando de provocá-la.

— Vocês poderiam ter brigas apaixonadas no corredor dos cereais para decidir se compram Corn Flakes ou Rice Krispies.

Foi muito difícil não sorrir de volta, mas Nina não queria incentivar Noah. Além disso, o tema da paixão era muito sério para ela. Mesmo assim, Nina murmurou:

— Cheerios. Sempre Cheerios.

Noah teve compaixão.

— Não dá para ter paixão vinte e quatro horas por dia, sete dias por semana. É preciso ter bases mais sólidas para construir o amor. A menos que você prefira paixão a amor.

— Eu quero amor também. Claro que sim, acho que todo mundo quer. — Nina concordou com um suspiro. — Mas não quero estar em um relacionamento por dois, cinco, dez anos, e ele se tornar apenas seguro, chato, rotina. É por isso que amo tanto *O morro dos ventos uivantes*. — Nina não ia dizer nada, mas a adrenalina da vitória no jogo de laser e o estímulo dos martínis estavam soltando sua língua. — Eu estava presa em um relacionamento chato e seguro, toda a minha vida estava indo para a mesma direção chata e segura, e mais ou menos nessa época eu li *O morro dos ventos uivantes* e percebi que tinha que pular fora antes que fosse tarde demais.

— Pular fora do quê?

Da velha rotina do casamento, Nina quase disse, mas sacudiu a cabeça. Eles haviam tido apenas dois não encontros, dois encontros, e era cedo demais para abrir sua alma e compartilhar seus segredos mais íntimos.

— Esse relacionamento que eu falei, ele terminou porque percebi que tinha vinte anos e, pela primeira vez na vida, eu precisava escutar o que meu coração queria, não o que os outros diziam que eu devia querer. E meu coração queria paixão. Meu Deus, eu nunca tinha feito nada com paixão antes disso, a não ser nunca comer carboidratos. Isso não era jeito de viver.

— E agora você vive apaixonadamente?

— Eu tento. — Mas era como se aquela vida cheia de paixão ainda se esquivasse de Nina. Estava ali quase ao alcance, mas, em vez de paixão, ela tinha um monte de drama, o que não era de forma alguma a mesma coisa. E, porque a conversa parecia sempre voltar para ela, Nina perguntou: — E você, o que te desperta paixão?

— Eu não sou muito de paixões — respondeu Noah, com um jeito indiferente, como se paixão não fosse grande coisa. — Sou um cara bem meio-termo.

Nina não pôde evitar a cara de espanto.

— Você deve ter paixão por alguma coisa — ela insistiu.

Noah deu de ombros.

— Não, acho que não.

— Não poderia ser um caso de águas paradas que são profundas? — Nina perguntou, esperançosa, embora não devesse importar para ela se Noah não ligava para paixões.

— Eu diria que minhas águas são bastante rasas. Congeladas até. — Noah parecia achar divertida a persistência de Nina. — Já me disseram que eu sou um pouco frio, que não deixo as pessoas chegarem perto demais.

Ah, meu Deus, era óbvio que tudo que aconteceu na escola tinha deixado Noah com sérios problemas de confiança e profundas cicatrizes emocionais. Paul o havia *arruinado*.

— Nina, não precisa ficar tão arrasada com minha falta de paixão. Existem muitas coisas de que eu gosto muito — Noah continuou, ainda parecendo um pouco que a provocava. — Eu gosto de drinques e de laser tag, obviamente. Comida. Trabalho, mas também da vida fora do trabalho e de viver aventuras. E, claro, gostaria de alguém para compartilhar essas aventuras comigo.

— Que tipo de aventuras? — Nina perguntou. O mais perto que ela já havia chegado de uma aventura foi tentar abrir passagem para entrar em um bar que ficava aberto depois do horário oficial em uma travessinha escondida entre a Oxford Street e a Tottenham Court Road, o que não parecia o tipo de aventura de Noah. — Imagino que você esteja procurando uma namorada do tipo corajosa que desceria o Amazonas de caiaque. Ou que faria trilhas pelo Indocuche? Esse tipo de coisa?

O tipo de coisas que Nina não faria nem em um milhão de anos.

— Acho que meus dias de fazer qualquer coisa que exija vacinas para malária e febre amarela ficaram no passado. Mas eu realmente quero tirar seis meses de férias antes de voltar em definitivo para o Reino Unido e fazer uma viagem de carro pelos Estados Unidos. Parar em todos os estados. Ficar em hotéis de beira de estrada, comer naqueles restaurantezinhos minúsculos, ver todas as vistas, do Grand Canyon até Graceland.

— Isso parece incrível — Nina suspirou, enquanto os nachos finalmente chegavam. — Eu nunca estive nos Estados Unidos, mas adoraria...

— Bom, nós só tivemos dois encontros e ainda nem chegamos na parte divertida, então vamos ver como as coisas vão se desenvolver — Noah disse sem rodeios, e Nina ficou devidamente horrorizada. E enrubesceu de novo. Ela nunca enrubescia tanto como quando estava com ele. Talvez estivesse entrando em uma menopausa precoce.

— Eu não estava sugerindo nada — disse ela, ofendida. — E até parece que a Posy me daria seis meses de folga. Haha! — Ela forçou uma risada para mostrar que estava brincando também. Não era de surpreender que Noah estivesse lhe dando outro daqueles olhares avaliadores, que sempre a deixavam nervosa. Ela procurou depressa algum assunto menos delicado para conversar. — Então... você não veio para Londres com a intenção de ficar?

— Não. Eu pretendia vir só para uma visita de Natal, mas, quando fiquei sabendo que meu pai tinha sido diagnosticado com esclerose múltipla...

— Ah... eu sinto muito.

— São os estágios iniciais, mas ele e minha mãe estão convencidos de que a medicina ocidental só vai acabar com ele mais depressa e que deveriam tratá-lo com ervas chinesas e meditação, então eu quero estar por perto para ajudar mais e, sei lá, aqui é o meu lugar. — Noah encolheu os ombros de novo. — Além disso, enquanto estive fora, ganhei dois sobrinhos e uma sobrinha e gostaria muito de ver os três crescerem, ser o tio favorito deles, essas coisas.

Nina não tinha dificuldade para entender esses laços de sangue.

— É verdade. Minhas duas sobrinhas, Ellie e Rosie, são sem dúvida as pessoas que eu mais amo neste mundo. Eu as amo tanto que até concordei em ir a um bufê infantil na festa de aniversário da Ellie. — Ela fez uma pausa com um nacho carregado de queijo a caminho da boca para contemplar melhor o horror com que havia concordado. — A festa começa às dez da manhã de domingo. Eu nem sabia que existia manhã de domingo. Costumo dormir até a hora do almoço.

Noah não concordou desta vez, porque, embora fosse mais de dez horas da noite em um dia de semana e ele estivesse no terceiro gim-tônica, parecia óbvio que ele era uma pessoa matinal.

— Vai ter que sair cedo, então?

— Na verdade, eu vou para Worcester Park no sábado à noite. Combinei de sair com minha cunhada — Nina explicou, desanimada. Na contagem geral, uma noite de sábado em Worcester Park tinha que ser melhor que levantar antes das oito no domingo de manhã. Quando Nina comentou com Chloe que não suportava a ideia de ficar na casa de seus pais e passar a noite de sábado com a mãe, Chloe lhe disse que, se ela não se importasse de dormir no sofá, poderia ficar lá e elas sairiam juntas no sábado. — Ela sugeriu o All Bar One — Nina contou a Noah com uma expressão de lamento. — E eu nem posso ficar bêbada, porque tenho a festa de manhã e depois, à tarde, vou fazer a próxima parte da minha tatuagem.

— Tatuagem e ressaca não combinam?

— Não mesmo, e digo isso por amarga experiência própria.

— Bom, se é algum consolo, vou voltar para Worcester Park no sábado à noite também — disse Noah. — Nada tão animado quanto o All Bar One. Minha irmã e meu cunhado têm um casamento e a babá não vai estar disponível, e eu era a única pessoa que poderia ficar lá assim, tão em cima da hora. — Ele suspirou.

— Você está preocupado por ser o responsável por manter seus sobrinhos vivos?

— Não tanto por isso, estou mais preocupado por ter que trocar fraldas. — Noah fez uma careta. — Não existe um app que possa ajudar com isso.

— É, nesse caso não existe. Eu treinaria prender a respiração, se fosse você.

Noah encenou um estremecimento teatral que fez Nina rir. Ela poderia ficar ali a noite toda, com suas pernas roçando as dele sob a mesa. Mas *era* uma noite de meio de semana e eles estavam nas profundezas de East London. Então, quando Noah perguntou se ela queria mais um drinque, Nina recusou, com pesar.

— Acho melhor a gente ir — disse ela. Quando saíram do bar, Noah apoiou a mão na parte inferior de suas costas para acompanhá-la, e ela de repente se viu agradecida por não estar de salto, porque suas pernas ficaram perigosamente moles. Se era pelo efeito dos martínis que tinha tomado ou pelo toque de Noah, Nina não sabia, ou não queria saber.

Tudo que sabia era que, quando finalmente se acomodaram no banco traseiro de um táxi preto terrivelmente caro (depois de Noah ter insistido que Nina fosse deixada em casa primeiro, embora fossem para direções totalmente diferentes), acabaram sentados tão perto um do outro que por mais alguns centímetros Nina estaria praticamente no colo de Noah.

Em situações normais, ela teria algo atrevido para dizer sobre a situação, mas começava a sentir que seu normal a havia abandonado dois não encontros atrás.

— Desculpe — disse ela, tentando se afastar um pouco para Noah ter mais espaço, mas ele pôs a mão em seu braço.

— Não — ele falou, em uma voz que soou profunda, desesperada e totalmente sexy. Em vez de se afastar, Nina se viu chegando ainda mais perto, até estarem quase com o nariz se tocando, e ela poder ver o anel castanho em volta das pupilas de Noah.

Também podia ver bem de perto aquele rubor delicado que se instalava na pele dele sempre que suas emoções eram ativadas, embora ele tivesse dito que suas emoções estavam sempre sob perfeito controle.

Podia contar cada uma das sardas, mas mal conseguira chegar até cinco quando Noah levou a mão gentilmente ao seu rosto para trazê-la para ainda mais perto, e Nina não sabia quem tinha beijado primeiro, apenas que estavam se beijando.

Meu Deus, estou beijando Noah Harewood! Não que ela precisasse desse aviso enquanto sentia os lábios de Noah se movendo um pouco hesitantes sobre os dela, o polegar acariciando a pele delicada e hipersensível atrás de sua orelha.

Nina não foi capaz de resistir à urgência de deslizar para mais perto ainda, o corpo pressionado um contra o outro, os dois se beijando sem nenhuma hesitação agora. As mãos de Nina agarraram-se ao glorioso cabelo de Noah, e o movimento sinuoso da língua dele ecoava o modo como o seu polegar agora acariciava o pescoço dela, e Nina não pôde evitar os gemidos ávidos que escaparam de sua boca.

Eles se afastaram pela mera necessidade de respirar, mas logo em seguida Nina o puxava para a segunda rodada, e desta vez, houve mãos explorando, o que levou a algumas leves carícias e a Nina acidentalmente arrancando um botão da camisa de Noah, até que foram interrompidos por uma tosse no intercomunicador e pela voz do motorista, dizendo:

— Têm certeza que não posso parar em Bermondsey primeiro?

Não vou agir como a senhora entre vocês, ou morrerei de fome.

Quarenta e três horas mais tarde e Nina ainda estava um pouco atordoada e com os lábios sensíveis do trajeto no táxi, enquanto se dirigia para Worcester Park no sábado à noite, com sua mala de fim de semana e muito poucas expectativas para a noite que tinha pela frente.

Tinha instruções expressas para ir direto ao All Bar One na área vizinha de Sutton para se encontrar com Chloe, porque "se você passar em casa para deixar suas coisas e as meninas te virem, nunca mais vamos conseguir levá-las para a cama".

Mesmo com a decisão de levar a verdade para o túmulo com ela, a ideia de uma noite de sábado tranquila com Chloe e Paul em casa e talvez uma entrega de comida indiana e um filme na Netflix teriam sido bem mais atraentes para Nina. Especialmente porque ela não podia beber mais que duas taças pequenas de vinho, se queria mesmo passar toda a tarde de domingo e uma boa parte da noite sendo tatuada.

Também não estava no espírito de passar uma noite inteira driblando as atenções de lobos solitários em suas caçadas de sábado à noite. Nina nunca encontraria seu amor verdadeiro em um All Bar One em Sutton em uma noite de sábado. Mesmo que ele por acaso se apresentasse a ela, Nina teria que rejeitá-lo a princípio, porque, embora não fosse ele seu amor verdadeiro, não conseguia parar de pensar em Noah. Especificamente, em ser beijada por Noah e em Noah lhe dizendo com uma risada quando o táxi a deixou em casa: "Que bom que não esperamos até o terceiro encontro para ter um pouquinho de diversão".

Haveria um terceiro encontro. Não um não encontro, mas um encontro de verdade. Ou Nina esperava que sim, mas ainda não fazia nem quarenta e oito horas, portanto era muito cedo para fazer planos. Quarenta e oito horas era o período de espera padrão mínimo antes de contatar alguém com quem se esteve em dois encontros para perguntar como iam as coisas e marcar um terceiro encontro.

Claro, Noah poderia ter entrado em contato com ela. Nina desejou que ele o fizesse, mas isso não aconteceu. Provavelmente porque ele estava muito ocupado com o trabalho, ou então, quando ele relembrou o encontro, desde o momento em que viram o cartaz do Ye Olde Laser Experience até Nina de pé na calçada acenando enquanto ele se afastava no táxi, talvez tenha decidido que não queria o terceiro encontro.

Talvez os beijos tenham sido abaixo do padrão com que Noah estava acostumado, embora Nina nunca tivesse recebido nenhuma reclamação sobre a qualidade de seus beijos.

Nina não estava acostumada a essas dúvidas. Não gostava nem um pouco delas. Não gostava do fato de que Noah pudesse fazê-la se sentir como aquela menina do passado que achava que um sábado à noite em Sutton era o melhor dos programas.

Era justo dizer que os sentimentos que tinha em relação a Noah eram complicados e confusos. Portanto, até que conseguisse entendê-los, qualquer Casanova de Sutton podia ir caindo fora.

Enquanto Nina trocava de trem em Waterloo, caminhando contra a corrente na ponte e avançando o túnel no meio da multidão que vinha dos subúrbios para uma grande noite em West End, ela sentia o medo se infiltrar em seu sangue e se instalar no estômago como um kebab ruim que se recusasse a ser digerido.

Quando foi conduzida para dentro do All Bar One, na Hill Street, por dois seguranças, ignorando as cantadas de um grupo de rapazes que fumava do lado de fora e obviamente nunca tinha visto uma mulher de vestido muito justo com estampa de cerejas e cabelo cor-de-rosa, Nina ansiou que chegasse logo a hora do almoço de domingo para ela poder voltar à civilização.

— Minha nossa! Olha só para isso. — Ela ouviu uma mulher murmurar para a amiga enquanto passava por elas em direção ao fundo da enorme sala onde Chloe havia prometido, em uma mensagem de texto, que estaria à sua espera com uma garrafa de rosé.

Você não está mais em Kansas, Totó, Nina pensou consigo mesma, então viu Chloe acenando e pôs um sorriso no rosto.

— Pronta para nossa "Noite das Meninas"? — Nina perguntou com entusiasmo, dando uma olhada para as outras cinco mulheres acomodadas nos dois bancos. — Querem ver se encontramos uma mesa mais sossegada?

— Ah, desculpe. A "Noite das Meninas" se transformou em "Mães na Balada" — Chloe explicou, com um sorrisinho de lamento. — Você não se importa, não é? Pode ser mãe honorária.

— Ou representante das tias! Claro que não me importo — disse Nina, seu sorriso aumentando com uma intensidade histérica, enquanto olhava para as outras mulheres e pegava uma ligeira entreolhada entre duas delas ao verem seus braços tatuados quando ela tirou o casaco de couro. — Quanto mais alegre, melhor, certo?

Elas abriram espaço para Nina em um dos bancos, infelizmente do outro lado da longa mesa baixa que dividia os dois sofás, de modo que ela ficou no lado oposto a Chloe. Ela sorriu, constrangida, para a mulher ao seu lado, Kara, que respondeu com outro sorriso constrangido.

As amigas de Chloe tinham feito cursos pré-natal juntas, participavam dos mesmos grupos de atividades para mães e filhos ou eram colegas de playground na escola, então a conversa básica entre elas era sobre os filhos. Como os dentes do pequeno Nathan ainda estavam nascendo e como Anjali tinha demorado para começar a falar, mas agora não parava mais. Quando uma mulher reclamou que seus gêmeos de três anos não tinham conseguido vaga em sua primeira escolha de pré-escola, Nina lembrou que ela havia sido sua colega de classe na Orange Hill. Enrijeceu o corpo. Olhou em volta para suas companheiras de drinques naquela noite e teve certeza de que duas delas eram do ano acima na Orange Hill. Não era só Noah que tinha más recordações de seu tempo de escola.

Você é mais do que isso, Nina disse a si mesma. *Você mora em Bloomsbury, trabalha em uma livraria, tem muitos amigos interessantes, tatuagens, e recentemente esteve em dois não encontros com um homem que é diferente de todos os outros homens com quem você já esteve em encontros antes.*

Sentiu-se um pouco melhor com a lembrança de que realmente era possível deixar de ser uma garota de Sutton. Depois também se lembrou de que fazia quase quarenta e oito horas desde que vira Noah e não seria a pior coisa do mundo lhe enviar uma mensagem amigável. Só de pensar em como seria se ele de repente entrasse no All Bar One, dispensado de seus deveres de babá, já fez Nina sentir um pequeno arrepio e levar um dedo aos lábios, que ainda pareciam hipersensíveis dos beijos da outra noite.

> Como estão as coisas? Já teve que trocar alguma fralda? Estou no All Bar One com um punhado de "Mães na Balada". Quer trocar de lugar comigo? Bj Nina

Ela deliberou sobre o "bj" por alguns momentos, mas, depois de todos os "bjs" da quinta-feira à noite, pareceu apropriado. Então pressionou "enviar", sorriu vagamente para as mães ao seu lado, que agora falavam de desmame guiado pelo bebê, o que quer que isso fosse, e esperou pela resposta de Noah com alguma ansiedade.

E esperou.

E esperou.

E esperou um pouco mais.

Mesmo que Noah estivesse de fato trocando uma fralda, já tinha que ter dado tempo. Não lhe restaria nada a fazer a não ser responder à mensagem de Nina, mas ele não tinha feito isso, e ela não queria ser *aquela* mulher (embora estar de volta a seu velho território sempre a fizesse se sentir como *aquela* mulher), mas o silêncio de Noah a perturbou muito.

Será que ele não havia gostado dela, apesar de ter sido ele quem a convidara para o primeiro encontro? Será que só tinha concordado com o segundo encontro para ser educado? E os beijos? Será que foram mesmo abaixo da média? Nina se eriçou em seu banco. Ela sempre havia recebido avaliações tão entusiasmadas!

Olhou irritada para o celular e, só para conferir se ainda tinha outras opções, conectou-se ao HookUpp, que ela *ainda* não havia apagado. Em segundos, ao contrário da função de mensagens, o aplicativo soava com avisos de caras que viram sua foto, gostaram do que viram e a selecionaram.

— Ah! Esse é aquele aplicativo de encontros? — perguntou Kara, olhando sem nenhum pudor para o celular de Nina. — Minha irmã mais nova não sai daí. Ela falou que já recebeu sugestões horrorosas.

— É assim mesmo — disse Nina. — Olha este aqui. Não pode ter mais do que doze anos! — Ela clicou na mensagem que ele havia acabado de enviar.

— Isso aí é... um pênis? — Kara deu um gritinho e cobriu os olhos.

— Não é grande coisa — respondeu Nina, levantando o celular. — Literalmente. É só uma foto de pinto.

Houve um coro de gritinhos e Chloe disse, orgulhosa:

— Eu vivo a vida de solteira indiretamente por meio da Nina. Ela tem as *melhores* histórias. Conta para elas do cara que trabalhava na casa lotérica.

Noah podia não ter respondido a sua mensagem, mas tudo bem, porque Nina era corajosa e independente. A representante das garotas solteiras explorando seu rico acervo de histórias de encontros ruins ("E foi então que ele decidiu equilibrar um copo de cerveja no pau duro e eu decidi arrumar uma desculpa para cair fora") para o prazer horrorizado das amigas de Chloe. Podia até sentir a sensação de alívio delas por já serem casadas e nunca precisarem pensar em se conectar ao HookUpp ou, pior, sair com alguém do HookUpp.

Nina jamais se incomodava em fazer a animação da festa. Muitas vezes, no trabalho, se a loja estava quieta, Posy e Verity pediam que ela contasse uma história de seu repertório de encontros. Agora, ali na mesa, aquilo havia quebrado o gelo.

Não demorou para que as amigas de Chloe percebessem que por baixo do cabelo cor-de-rosa e das tatuagens Nina era muito divertida. E Nina percebeu, com um pouco de vergonha, que as amigas de Chloe eram ótimas pessoas e que, quando era quase impossível conseguir uma babá e de modo geral já se estava na cama antes do noticiário das dez porque certamente nenhum dos filhos dormiria a noite inteira, uma noite de sábado no All Bar One em Sutton era o equivalente a uma semana em Las Vegas.

Já estavam todas totalmente integradas quando chegaram à terceira garrafa de rosé, com Nina tentando desesperadamente fazer sua segunda e última taça durar enquanto ela e a melhor amiga de Chloe, Dawn, conversavam sobre como Nina poderia otimizar as redes sociais da Felizes para Sempre e começar a ganhar seguidores e potenciais compradores de livros românticos. Dawn havia criado uma conta no Instagram para seus dois buldogues franceses, Eric e Ernie, e no espaço de um ano tinha mais de cinquenta mil seguidores e empresas que lhe mandavam todo tipo de presentes, de comida orgânica para cachorros a roupinhas de frio e tratamentos antipulgas. Tinha até feito algumas parcerias, de modo que estava mais ou menos sendo paga para postar fotos. Nina nem imaginava como Posy reagiria se ela arrumasse uma nova fonte de renda para a livraria. Provavelmente, ela teria que se esforçar um pouco.

— Tudo tem a ver com as hashtags — disse Dawn. — E seguir os outros. Eu sigo praticamente todo mundo que já postou uma foto de um cachorro no Instagram.

Apesar de todas as desconfianças de Nina, acabou sendo uma ótima noite. Teria sido ainda melhor se ela tivesse podido beber mais, pensou, enquanto esperava no balcão para pagar sua rodada e ver se eles ainda estavam servindo algum tira-gosto. Chloe estava totalmente de porre e precisava de alguma coisa para aliviar o álcool antes que pudessem pensar em pegar um táxi.

Nina teve que se contentar com água com gás e dois saquinhos de batata frita. Quando virou para abrir caminho de volta à mesa entre a multidão, colidiu com um homem que havia dado um súbito passo à direita, em cima do pé dela.

— Ai! — ela exclamou, enquanto a camisa dele ficava toda molhada. — Cuidado aí!

— Cuidado você! — o homem rosnou e se virou, batendo em um grupo que estava de pé atrás dele, que também pediu para ele tomar cuidado.

Nina piscou, sacudiu a cabeça e quase derrubou o que restava da garrafinha de água. Ainda havia ecos do garoto de dezesseis anos que fora o primeiro a convidá-la para ir a uma festa da escola. O cabelo começava a exibir entradas, o corpo e rosto magros estavam agora mais cheios e o queixo parecia um pouco rígido, como se tivesse o hábito de sempre apertar os dentes. Era evidente que ele não a havia reconhecido e que ela poderia escapar sem que ele jamais ficasse sabendo, mas ela não pôde conter a aguda exclamação — "Dan?" — que lhe veio à boca.

Viu o reconhecimento finalmente surgir no rosto dele. Choque. E, por fim, resignação.

— Nina — ele disse, sem emoção. — É você.

— A própria — ela confirmou.

Fazia quase dez anos que eles haviam se separado. Dez anos desde que Nina dera a Dan uma explicação totalmente confusa sobre o motivo do término do namoro, a respeito do qual Dan não quisera ouvir nenhuma palavra sequer. Ele só ficava implorando que ela mudasse de ideia, mas Nina estava absolutamente determinada, como nunca se sentira antes... ou desde então.

E, claro, eles haviam se cruzado algumas vezes até Nina se mudar de Worcester Park. Não demorou muito para que a tristeza acusadora de Dan desse lugar a uma espécie de superioridade arrogante, especialmente depois que ele ficou noivo de uma garota chamada Angie, se casou e teve dois filhos. Tudo que ele tanto queria.

Então, Nina e Dan se moveram para o lado para não obstruir o fluxo de pessoas que iam para o balcão, e Nina conseguiu olhar direito para ele. Tinha apenas trinta e um anos, mas sua expressão amarga e desiludida o fazia parecer mais velho.

No entanto, Nina não achava que os anos tivessem sido tão generosos com ela também.

— E aí, como está? — ela perguntou, animada, porque sempre desejou que Dan ficasse bem. — Como estão a Angie e as crianças?

O rosto de Dan se entristeceu.

— Nós nos separamos.

Foi uma longa história que se resumia a alguns poucos fatos infelizes. Angie começou a sair com outra pessoa. Depois ela o pôs para fora da casa que ele pagou, e ele ainda teve que ir ao tribunal para poder ter acesso aos filhos.

— Ah, Dan, eu sinto muito — Nina lhe disse, com genuína sinceridade.

— É, tem que sentir mesmo — ele respondeu com rispidez, e, sim, ela havia feito algo horrível com Dan muitos anos atrás, mas essa era uma história antiga. Ela não tinha jogado Dan nos braços de Angie. Houve um intervalo de dois anos entre Nina se decidir pelo término do namoro deles e Dan ter se unido a Angie, e, embora Nina lamentasse muito o modo como ela havia colocado um ponto-final no relacionamento, fora um alívio terminá-lo. Já fazia muito tempo que ela não se sentia mais culpada por isso.

— Ah, por favor. Não sei quantas vezes mais vou ter que pedir desculpas por ter partido seu coração tantos anos atrás, mas isso *foi* muitos anos atrás — Nina o lembrou, sensatamente. Ela merecia uma medalha por se manter calma e não levantar a voz. — Isso são águas passadas. Nós dois sabemos que, se tivéssemos ficado juntos, se tivéssemos levado adiante, teríamos acabado infelizes.

— Você não sabe se seria assim, sabe? — Dan perguntou, com tristeza, sem revolta ou arrogância, muito como o garoto que era dez anos atrás. Seu amor de adolescência. Seu noivo.

Nina pôs a mão no braço dele.

— Eu sei, sim — ela respondeu, firmemente.

— É porque você está feliz agora.

Esse era o eterno dilema de Nina: ela não era feliz, mas também não era infeliz. Ainda estava em algum lugar no meio disso, mas uma coisa sabia com certeza: estivera certa ao deixar Dan naquele passado e sair de Worcester Park e da vida segura e enfadonha que parecia sufocá-la. Ainda tinha algum caminho a percorrer antes de alcançar seus sonhos, mas estar ali, diante de Dan, a fez ver como já havia chegado longe.

— Olha, eu sinto muito mesmo que não tenha dado certo com a Angie — disse ela. Enquanto se afastava, Dan falou alguma coisa às suas costas, mas Nina não parou, ela só queria ajudar Chloe a melhorar e ir embora.

185

Nos poucos minutos em que ela estivera no balcão, a última garrafa de rosé produzira um desastre no círculo de amigas. As mães haviam todas alcançado o estágio de embriaguez do "Eu te *amo* tanto, você é minha melhor amiga", e todas queriam abraçar Nina e lhe dizer como ela era uma mulher incrível e como precisava encontrar uma pessoa legal e ter filhos. "Isso vai te deixar completa."

Nina achou melhor não destacar que ela já estava completa. Estava pronta. Tirando sua tatuagem de *O morro dos ventos uivantes* ainda por concluir, ela era um produto acabado. E também esperava que não fosse tão irritantemente repetitiva quando estava bêbada.

— Mais uma garrafa para encerrar! — Kara gritou, mas Nina estava atenta.

— Não, chega — ela determinou. — Vocês têm que estar na festa de aniversário daqui a algumas horas.

Houve reclamações de todo lado e Nina conseguiu levar todas elas ao banheiro para os últimos xixis, depois para fora, onde foi um trabalho cansativo decidir quem dividiria o táxi com quem. Exceto Chloe, que não dividiria o táxi com ninguém, porque estava tão verde que nenhum taxista queria levá-la.

Foi inevitável que, durante a longa e cambaleante caminhada até sua casa, Chloe vomitasse na beira da calçada.

— Isso — disse Nina, massageando-lhe as costas carinhosamente. — Melhor fora do que dentro. Não! Não tire os sapatos. Você acha que quer fazer isso, mas não quer.

Chloe endireitou o corpo e limpou a boca e o que restava do batom com as costas da mão.

— Eu te amo, Nina — disse ela. — Eu te amo *muito*.

— Eu sei, eu sei — Nina murmurou, enquanto a apoiava e a incentivava a dar alguns passos oscilantes. — Todo mundo me ama muito.

Pessoas honestas não escondem seus atos.

Passava das duas da manhã quando Nina finalmente foi para a cama. Ou melhor, desabou no sofá na sala de Paul e Chloe e puxou sobre si uma colcha de chenile manchada de chocolate. Nina rezou para que fosse chocolate.

O relógio mal havia marcado seis horas quando foi rude e abruptamente acordada por suas sobrinhas, pulando em cima dela. Nada que Nina dissesse ("Vou falar para o Papai Noel pôr vocês duas na lista das crianças malcomportadas") seria capaz de convencê-las a voltar para a cama.

— Papai Noel nem existe — disse Rosie, de oito anos, com desdém.
— E, mesmo que ele existisse, o Natal está *muito* longe. Temos muito tempo para entrar na lista boa.

Enquanto isso, a pequena Ellie, que não se preocupava em respeitar os limites do espaço pessoal de ninguém, enfiou a cara na cara de Nina.

— Você fica estranha sem maquiagem. Eu não gosto.

Não havia mais nada que Nina pudesse fazer a não ser levantar, ligar a TV em algo chamado *Patrulha canina*, mirar o cereal matinal na direção de duas tigelas e voltar para o sofá, espremida entre as duas sobrinhas, uma de cada lado. Nenhuma delas parava de falar, mesmo Nina implorando para calarem a boca.

Paul e uma Chloe muito pálida não desceram a escada até as oito horas. Foram as duas horas mais longas da vida de Nina.

— Obrigado por deixar a gente dormir até mais tarde, irmãzinha. — Paul sorriu. — Você vai ter que esperar um pouco para o banho. Acabou a água quente.

— Eu te odeio — Nina disse com grande sentimento, enquanto se deixava cair sobre o balcão entre a cozinha e a sala. — Sinto como se um carro tivesse passado por cima de mim.

— É. É assim que pais e mães se sentem todos os dias — disse Chloe, despejando café em uma caneca tão grande que poderia ser usada como sopeira.

Considerando quanto ela se sentia podre, tanto fazia se tivesse enchido a cara, pensou Nina duas horas depois, ao entrar no verdadeiro inferno que era um bufê infantil.

Tudo era neon e fluorescente até onde os olhos podiam ver, enquanto o que pareciam centenas de menininhas, todas vestidas de princesas da Disney, corriam pelo bufê inteiro, soltando gritinhos de estourar os tímpanos, que competiam com uma repetitiva trilha sonora de música pop com o som distorcido, que talvez estivesse sendo cantada por um grupo de esquilos que haviam inspirado gás hélio.

E o cheiro! Comidas fritas, desinfetantes e um leve traço de vômito.

— Elas vomitam o tempo todo — explicou a adolescente entediada, que vigiava para que ninguém fizesse xixi na piscina de bolinhas.

Não dá para ficar muito pior do que isso, Nina pensou, e o feitiço virou de imediato contra ela porque, em um sopro de Chanel Nº 5 e más energias, sua mãe apareceu ao seu lado.

Não havia muito para Alison O'Kelly reclamar naquela manhã. Nina estava lá, presente, de modo geral consciente, sendo cooperativa e boa tia. Mas aquela era sua mãe; ela *sempre* encontrava algo de que reclamar.

— Ah, Nina, você podia ter se esforçado mais — disse ela, como cumprimento. — É uma festa de aniversário.

Como tinha dormido pouco e planejava passar grande parte do dia tendo agulhas espetadas na pele, Nina se vestira de modo confortável. Usava uma jardineira de seu fornecedor favorito de denim vintage, a

Freddies of Pinewood, blusa de seda vintage verde-escura e branca de bolinhas com um laço no decote e penteara o cabelo para cima, quase todo ele escondido em um lenço de cabeça. Nina gostava de pensar que estava encarnando uma vibe Rosie The Riveter. Além disso, tinha feito maquiagem completa, e todas as outras mães e pais estavam de suéter e jeans.

Mas ela não morderia a isca.

— Você está bonita, mamãe — elogiou Nina, indicando o vestido envelope floral de Alison e seu cabelo imaculadamente arrumado.

Sua mãe não se abalou.

— E você nem vai ficar para o almoço. A pobrezinha da Ellie ficou arrasada quando soube.

A pobrezinha da Ellie, com o traje completo da *Pequena sereia*, corria pelo espaço com suas amigas segurando um cupcake em uma das mãos e um punhado de salgadinhos de queijo na outra, enquanto gritava na nota mais alta de seu registro vocal.

— Parece que ela se recuperou bem — Nina comentou, mas sua mãe ainda não havia terminado.

— Imagino que sejamos muito entediantes e suburbanos para você — ela continuou, e Nina nunca se sentiu tão feliz por ouvir o sinal de mensagem em seu celular.

— Desculpe — disse ela, nem um pouco sentida. — Preciso ver isso. Pode ser alguma coisa sobre o horário da minha tatuagem.

Provavelmente não era, porque ainda estava cedo demais para Claude ou Marianne estarem de pé, com pleno controle da mente para operar uma tela de celular. Quando Nina tirou o telefone do bolso da jardineira, foi o nome de Noah que viu. Seu coração deu uma tremida estranha, como se estivesse fibrilando.

> Desculpe não ter respondido sua mensagem ontem. Dormi em serviço! Você soube que os trens não estão funcionando por causa de obras de manutenção? Estou de carro, quer uma carona?

O encontro com Dan na noite anterior provou para Nina que ela havia estado certa em não se acomodar com um garoto de Worcester Park. Que havia sido necessário mudar tudo em sua vida para que não acabasse com um garoto dali. Noah era um garoto de Worcester Park também, mas...

> Sim, por favor! Me tira daqui! Estou em um bufê infantil em Ewell. Acho que o nome deve ser Inferno na Terra.

Porque Noah podia ser um garoto de Worcester Park, mas também tinha ido embora na primeira oportunidade. Tivera aventuras. Havia vivido, e não uma vida pela metade. Além disso, ele estava se oferecendo para resgatar Nina, como o proverbial cavaleiro de armadura em um fogoso corcel.

Noah respondeu imediatamente.

> Pode me mandar a localização no mapa?

> Eu adoraria, se soubesse como.

Ele lhe escreveu as instruções, que ela seguiu enquanto sua mãe resmungava atrás: "Que falta de educação passar toda a festa da Ellie no celular".

— Acho que está na hora de cortar o bolo — disse Nina, quando viu Chloe se aproximar da mesa com uma caixa enorme. — Nós não podemos perder isso!

Então Nina passou apressada por sua mãe e nem mesmo Alison pôde encontrar defeitos no modo como ela convenceu o gerente a desligar os detectores de fumaça só pelo tempo de eles acenderem as velas e Ellie soprar. Depois Nina liderou o grupo em uma animada cantoria de "Parabéns a você" e passou pedaços de bolo para crianças de mãos meladas e mães de ressaca.

Outro som em seu celular. Outra mensagem de Noah:

> Chego em dois minutos. Te encontro na frente do bufê.

Ah, não! Se Nina não tivesse sido distraída por sua mãe buzinando em sua orelha, teria dito a Noah para encontrá-la virando a esquina, porque ainda não haviam tido a conversa sobre Paul ter destruído a vida dele.

E se Noah resolvesse entrar no bufê para encontrá-la? Não queria nem pensar nisso.

Ela levou um minuto e quarenta e sete segundos para gritar uma despedida geral rápida para todos que estavam ao alcance de sua voz, abraçar Ellie, pegar sua malinha e não reagir à sua mãe dizendo: "Está indo embora? Já? Mas você acabou de chegar!"

Havia um carro estacionando em uma vaga livre a poucos metros de distância quando Nina escapou do bufê/purgatório. Ela olhou bem para confirmar que, sim, o motorista tinha cabelos ruivos. Levantou o braço para deter Noah, mas ele já estava saindo do carro.

— FIQUE ONDE ESTÁ! — ela gritou para Noah, que acenou para ela com um largo sorriso no rosto, como se estivesse contente por vê-la. — FIQUE PARADO AÍ! NÃO SE MOVA!

Ela estava berrando feito uma besta do inferno, mas funcionou, porque, embora parecesse confuso, Noah não deu nem mais um passo, portanto havia poucas chances de ele ter um encontro constrangedor, horrível e aniquilador com Paul, que, para horror de Nina, também se encontrava do lado de fora com Rosie, que estava tendo uma crise nível dois pelo fato de Ellie estar recebendo toda a atenção.

Mas Noah *estava* perto o bastante para responder.

— Por que o pânico? Eu vim te tirar daqui!

Nina gesticulou para ele ficar quieto. Paul estava escondido por um quadro-negro no momento, mas claro que isso não ia durar. Ele estava agachado, com Rosie equilibrada precariamente sobre o joelho, e só tinha olhos para a filha mais velha, graças aos céus.

No entanto, não havia como se esquivar de se despedir deles, mesmo com Noah à distância de um cuspe. Quando Rosie se jogou sobre Nina, Paul levantou, e Noah ainda estava perto do carro, e Paul estava de costas para ele, e Nina talvez ainda conseguisse se safar...

— Paul — Nina murmurou, puxando-o em direção à porta. — Você está perdendo a festa de aniversário da sua filha e a mamãe está *furiosa* com você.

— Ah, não!

Não havia nada mais garantido para fazer Paul desaparecer. Ele entrou em um piscar de olhos, arrastando Rosie aos gritos atrás de si, e Nina pôde caminhar até Noah, que segurava a porta de passageiro aberta para ela.

— Oi. Desculpe por isso — ela falou, tensa, enquanto entrava no carro. Noah deu a volta para o lado do motorista e entrou.

— Tudo bem. Com pressa de sair daqui, né? — ele perguntou, ligando o carro.

— Nem fale. Bufês infantis são ainda piores que o Ye Olde Laser Tag Experience.

Noah olhou para Nina e riu.

— Vou te dar um tempo para recuperar o fôlego.

Ela mal podia acreditar que tinha escapado. Noah não viu Paul, Paul não viu Noah. O Dia do Juízo Final ainda estava por vir, mas, se passasse por mais uma situação por um triz como aquela, Nina talvez morreria de um ataque cardíaco antes de ter que confessar tudo.

Seguiram em silêncio e Nina só quebrou o gelo depois que entraram na rodovia A3.

— Não sabia que você tinha carro — comentou ela, porque não sabia como dizer nenhuma das outras coisas que precisava dizer.

— Eu faço parte de um clube de aluguel de carros — disse Noah, mudando de pista.

— Ah, sim. — Uma vez mais, Nina desejou ter ficado bêbada na noite anterior para agora estar de ressaca e entorpecida para todos os sentimentos. Ou, melhor, ainda bêbada.

Ela olhou pela janela, fitando, desanimada, as casas e os jardins que passavam. Talvez O Dia do Juízo Final fosse hoje e estivesse na hora de abrir o jogo. Aquela *coisa* com Noah — os dois não encontros e agora o resgate dela daquele clima irritante de festinha infantil — estava se transformando de uma *coisa* em algo, mas como poderia ser o que quer que fosse enquanto Nina escondesse esse segredo dele. E, sim, o resultado poderia ser que Noah não quisesse mais nada com ela, mas isso cabia a ele. Era direito dele tomar essa decisão...

— Já está pronta para uma conversa de adultos? — perguntou Noah.

— Acho que sim. — Nina respirou fundo. — Eu tenho que...

— É que eu estava pensando se você sente o mesmo que eu sobre Worcester Park — Noah falou. — Que voltar para casa... não que ainda pareça ser a minha casa, mas me faz sentir como se tivesse doze anos outra vez. — Quando Nina olhou para ele, notou que suas faces estavam coradas. — Como se tudo que eu fiz desde que saí da escola, todas as coisas que aprendi, as novas experiências, amigos, lugares, tudo desaparecesse e eu fosse de novo aquele nerd CDF de óculos, com espinhas no rosto e que não fazia nada certo. Hoje de manhã fui ver meus pais e só de andar pela nossa rua já me veio essa completa memória sensorial. A mesma sensação de querer estar doente todas as manhãs enquanto ia para a escola. Domingo era o pior dia, por saber que o fim de semana estava terminando e logo seria segunda-feira...

— Mas você não disse que tinha aprendido a compartimentalizar? — Nina perguntou, meio desesperada, porque não suportava ouvir mais nenhuma palavra. Até pôs a mão no braço de Noah para confortá-lo, mas, principalmente, para fazê-lo parar.

E nesse momento ela soube que jamais conseguiria lhe contar que era o irmão dela quem tornava aquelas noites de domingo, a antecipação das segundas-feiras de manhã, tão abomináveis para Noah.

Se contasse, isso estragaria tudo. Em vez de vê-la, Noah olharia para ela e só enxergaria seu irmão. Não o Paul que ele era agora, gentil, carinhoso e o pai mais amoroso do mundo, mas o que ele tinha sido. "Um delinquente vestido em agasalhos Kappa", como o próprio Paul havia dito.

— Tenho consciência de que, não consigo separar algumas coisas — disse Noah. — Não quando volto para cá.

— Mas não faz bem viver no passado — argumentou Nina, na mesma voz desesperada. Noah havia dividido algo com ela e, embora não pudesse lhe contar a verdade, Nina também queria compartilhar algo pessoal e doloroso também. — Ontem à noite, eu dei de cara com o meu ex. *O ex.*

— Ah. — Noah deu uma olhada rápida para ela enquanto mudava de pista. — O namorado da adolescência?

— O próprio. Dan Moffat — Nina disse sem pensar.

— Dan Moffat? O nome parece conhecido — Noah comentou, mas não falou nada além disso e não houve mais nenhum enrubescimento em seu rosto. Então pelo menos Dan não havia tornado a vida de Noah um inferno também.

— Nós começamos a namorar quando eu tinha quinze anos. Foi meu primeiro namorado — explicou Nina. — Eu estava obcecada por arrumar um namorado. — Oh, Deus, ela não tinha mudado muito. — Eu era tão comum na época. Queria ser como todo mundo, usar as mesmas roupas, ir aos mesmos lugares.

— Mas a maioria das pessoas quer ser como os outros na adolescência — Noah falou. — É o mais seguro.

— Às vezes seguro é só outra palavra para chato. Tudo à minha volta era chato. Todas as mulheres da minha família já estavam casadas aos vinte anos, e essa era a soma total da minha ambição também. Então eu namorava o Dan, ele era perfeitamente certo, nós ficamos noivos no meu aniversário de dezoito anos, a data do casamento estava marcada, o bufê reservado, e foi quando eu li *O morro dos ventos uivantes* e percebi que estava vivendo como uma sonâmbula. Só andando em águas rasas, e era hora de aprender a nadar, pular de um trampolim realmente alto. Você entende o que eu quero dizer?

— A maior parte. — Noah ousou dar uma provocadinha em Nina e, agora, estava sorrindo de novo. — Acho que eu me perdi um pouco nas metáforas da natação.

Nina sorriu.

— Certo, vou pular a parte de aprender a nadar borboleta depois de anos em um tranquilo nado de peito no automático. — Sua expressão

194

ficou mais séria, em parte porque não podia lhe contar que a razão de sua epifania fora o acidente de Paul. — Enfim, eu decidi que não queria mais viver a vida que minha mãe tinha planejado para mim. Larguei o emprego no salão da minha tia para poder trabalhar em um lugar na cidade que seria mais desafiador e, bom, rompi com o Dan, mesmo faltando só duas semanas para o nosso casamento, então acho que quase posso dizer que o abandonei no altar. Já faz dez anos que isso aconteceu e minha mãe ainda não me perdoou.

— Uau — disse Noah. — Ela já devia ter deixado isso para trás.

— Não foi só eu ter desistido do casamento — Nina continuou. — Tudo que eu fiz para tentar ser eu mesma foi uma afronta pessoal a ela, desde tingir o cabelo até comer carboidratos. Ela me manteve na dieta Atkins desde os doze anos.

— Quando meus pais descobriram que eu não era mais vegano... meu pai encontrou uma embalagem de empanadas na minha sacola de roupa para lavar quando eu voltei da universidade para casa... Tivemos uma semana de sessões de meditação familiar para eu refletir sobre o que tinha feito — Noah contou.

— Eu preferiria uma semana de meditação a dez anos das hostilidades passivo-agressivas da minha mãe — disse Nina, e então pensou melhor. — Não é nem passivo-agressiva. É agressivo-agressiva. — Mas eles estavam desviando do assunto. — O que estou dizendo é que não importa quem nós éramos. O importante é as pessoas que escolhemos ser agora — disse ela, com grande ênfase e sentimento.

Noah deu uma olhada para ela outra vez. Sua expressão era séria, mas ela não estava mais triste.

— Amém.

195

17

*Se você olhasse uma vez para mim com o que sei
que sente por dentro, eu seria seu escravo.*

Apesar de toda a insistência de Nina para Noah deixá-la na primeira estação de metrô em que passassem, ele não só a levou de volta a Londres, como até a casa de Marianne e Claude, em Kentish Town.

No caminho, ele a apresentou ao podcast *This American Life* e, quando Nina perguntou o que ele queria dizer quando escreveu que tinha dormido em serviço na noite anterior, Noah lhe passou seu celular quando pararam em um semáforo.

— Minha irmã tirou isto quando chegou em casa — ele explicou. — Antes de me acordar e me dar uma bronca por ser tão desleixado nas minhas funções de babá.

Na foto, Noah estava esparramado em um sofá com um bebê aconchegado junto ao pescoço e uma criança pequena deitada em seu peito. Os três dormindo profundamente, com a boca aberta e a mesma expressão pacífica no rosto.

— Perfeita para o cartão de Natal da família este ano — Nina zombou, enquanto continha a vontade de inclinar a cabeça e soltar um *ownnn*, porque toda a cena era incrivelmente fofa. Nina não era do tipo de se impressionar com incrivelmente fofo nem de se perguntar se o homem com quem estava saindo no momento daria um bom pai.

Só que não conseguiu deixar de pensar que Noah seria um excelente pai, mas se deteve exatamente nesse ponto e fez uma pergunta qualquer a Noah sobre o podcast ("esse Ira Glass, ele não é um personagem de um romance de J. D. Salinger?") antes que começasse a lhe perguntar se ele já havia pensado em ter filhos, se tinha preferência por meninos ou meninas e se já tinha escolhido algum nome.

De repente, embora tivessem levado bem mais de uma hora, Noah já estava entrando na pequena travessa da Kentish Town Road, onde Marianne tinha sua loja de roupas vintage no térreo; Claude, seu salão de tatuagem no andar de cima; e o apartamento onde moravam, no último andar.

Nina conversara com Claude por mensagens durante toda a viagem, e agora ele caminhava pela calçada com uma sacola cheia de guloseimas açucaradas deliciosas para mantê-la entretida.

Ela deu uma batidinha na janela enquanto soltava o cinto de segurança.

— Este é o Claude — ela disse para Noah. — Ele vai ficar me picando com agulhas pelas próximas horas.

— Imagino que existam maneiras piores de passar uma tarde de domingo — comentou Noah, irônico.

— Vem falar "oi" — convidou Nina, porque queria que Noah conhecesse alguém que ela amava e que isso não fosse uma experiência totalmente traumatizante para ele.

Claude podia assustar com seu topete alto, suas costeletas muito pretas e as tatuagens que cobriam completamente cada centímetro de pele visível dos punhos da jaqueta de couro até o pescoço, mas era um doce de pessoa, um verdadeiro querido, e claro que insistiu para que Noah entrasse quando soube que ele tinha dirigido desde Surrey sem parar nem para um café.

— A Marianne estava cozinhando, o que, para ser sincero, não é exatamente um incentivo...

— Ela muitas vezes se esquece de pôr algum ingrediente essencial — Nina concordou, ofegante, enquanto atravessavam o salão de tatuagem e continuavam escada acima. — Uma vez, ela fez uma receita de muffins de Snickers da Nigella Lawson e esqueceu de acrescentar o açúcar.

— Mesmo assim você comeu três! — Marianne a lembrou do alto da escada, de onde os esperava.

— Um monte de barras de Snickers tiveram que morrer para fazer aqueles muffins — disse Nina, quando finalmente chegou ao topo e, caramba, estava mesmo fora de forma. Noah nem sequer respirava mais forte quando ela o puxou para a frente. — Este é o Noah. Ele me deu uma carona de Surrey até aqui.

Marianne deu uma examinada rápida em Noah. Ele estava usando um jeans que não era rasgado nem era skinny, um suéter azul-marinho comportado, embora com pequenos vestígios de roxo no padrão canelado, e um sorriso amigável. Não podia parecer mais básico, mas o sorriso de Marianne foi igualmente amigável.

— É um prazer, Noah. Aposto que está louco por uma xícara de chá.

— Eu adoraria — Noah aceitou, enquanto Marianne o conduzia para dentro do apartamento. Havia muito para absorver, desde o saguão minúsculo que parecia menor ainda com o papel de parede com estampas de flamingos e as luzes coloridas, até a sala de estar abarrotada com um conjunto de sofá e duas poltronas da metade do século reformadas em padrão de oncinha, um minibar de bambu de inspiração tiki e estantes do chão ao teto que abrigavam a coleção de discos de vinil de Claude. Em cada superfície havia algo para olhar, fosse um abajur em forma de abacaxi, a estimada coleção de bonequinhos de Elvis Presley de Marianne ou uma dançarina de hula feita de plástico que dançava quando seu umbigo era pressionado.

Noah parou no centro da sala, mesmo Marianne tendo lhe dito para sentar, e fez um giro lento de trezentos e sessenta graus para poder ter uma ideia de tudo.

— Eu adoro a tendência maximalista — disse ele, por fim. — Me faz lembrar de uma loja vintage em que estive em Palm Springs.

— Eu adoro Palm Springs! — Marianne exclamou da pequena cozinha contígua. — No ano passado, o Claude e eu fomos à convenção Viva Las Vegas, depois passamos uma semana em Palm Springs. Excelentes lojas vintage. Quase fui à falência.

— E quase me levou à falência também — Nina lembrou, deixando sua mala no chão. — Ela voltou com uma montanha de vestidos que escolheu especialmente para mim.

— É, mas para você eu faço um precinho de amiga. Noah, como você toma seu chá? E eu fiz biscoitos de creme de amendoim e, sim, eu coloquei açúcar neles. — Marianne fez um gesto com a mão para Noah se mover. — Vamos, sente! Você não, Nina. Pegue seu café e desça para a câmara de tortura. O Claude quer começar logo.

— Desculpe — Nina disse para Noah, que estava sentado em uma das poltronas arredondadas e não parecia muito preocupado com o fato de Nina abandoná-lo. Marianne tinha um metro e oitenta de altura em seus saltos, o cabelo preto-azulado arrumado em ondas e uma franja curta sob a qual sobrancelhas perfeitamente arqueadas lhe davam um ar dominador. Usava uma roupa informal de domingo que consistia em calça cigarette preta e um suéter preto justo. O efeito geral era bastante intimidador. — Ela não é tão assustadora quanto parece — Nina acrescentou, porque o coração de Marianne era puro ouro. Ela era uma cuidadora, uma mãezona, e havia ajudado Nina a superar rompimentos amorosos, despejos, demissões e muitas outras crises.

Ainda assim, ela não podia deixar de se preocupar por deixar Noah lá em cima enquanto se posicionava de bruços sobre a mesa preta acolchoada de Claude. Nesse instante Claude apareceu de trás de um biombo com sua máquina de tatuagem.

— Vamos ver se nós dois estamos satisfeitos com o desenho, e então vou fazer a esterilização — disse Claude, e Nina se lembrou do motivo de estar ali e de quanto ia doer.

Noah ia ter que se virar sozinho. Nina agora teria que se preocupar só consigo mesma.

Os primeiros dez minutos eram sempre os piores. O primeiro choque do primeiro golpe da primeira agulha em sua carne. Depois outro. E outro. Como um inseto sugador de sangue com dentes afiados a devorando. Nina relaxou a cabeça e tentou respirar com a dor, porque sabia que só tinha que passar pela agonia inicial e se acostumar, enquanto sua voz interior praticamente gritava que não tinha maneira de suportar outros dez segundos daquilo, quanto mais dez minutos, menos ainda algumas *horas*.

— Tudo bem, Nina? — Claude perguntou.

— Me deixa quieta! — ela revidou. — Ah, Deus, por que eu deixo você fazer isso comigo?

Claude, sabiamente, não lembrou a Nina que fora ela quem lhe pedira para lhe infligir essa tortura e estava até pagando por esse privilégio.

A dor e a ardência do fura-fura lhe davam vontade de gritar. Como pôde ter esquecido quanto aquela coisa doía? Chloe certa vez lhe dissera que havia reprimido a lembrança de como expulsar um bebezinho por sua vagina fora uma agonia inimaginável. Se ela não tivesse se obrigado a esquecer isso, nunca teria tido uma segunda filha. Ela também dissera que tatuar o nome de Ellie e Rosie em dois corações em seu tornozelo tinha doído muito mais do que dar à luz.

— Se um dia você tiver filhos, Nina, depois de ter feito todas essas tatuagens, vai pôr eles para fora como se estivesse descascando ervilhas — Chloe lhe falara certa vez com toda a seriedade. Pensar na cara séria de Chloe enquanto lhe dizia isso fez Nina sorrir, e, se ela conseguia sorrir, isso significava que a barreira da dor tinha sido ultrapassada.

Ainda doía como se uma centena de formigas estivessem mordendo sua pele, mas era uma dor suportável.

— Desculpe se eu fui grosseira — ela disse para Claude, virando o rosto de onde ele tinha estado enterrado na curva de seu ombro.

— Sem problemas — Claude respondeu tranquilamente, ajustando o ângulo do outro braço de Nina, aquele em que estava trabalhando, no apoio estofado que se projetava de sua cadeira de tatuador. — Então, como vai a vida?

Enquanto Nina contava a Claude sobre suas aventuras no Ye Olde Laser Tag, ouvia o distante murmúrio de vozes no apartamento no andar de cima e imaginava como Noah e Marianne estariam se entendendo. Embora ambos fossem do tipo que se dava bem com todo mundo — Marianne sempre cativava senhores idosos em filas de supermercado —, Nina esperava que Noah não estivesse tentando descobrir informações sobre ela e que Marianne não estivesse revelando nenhum de seus segredos. Mais que qualquer outra pessoa, Marianne sabia de todos os seus podres e de quantos corpos apodrecidos estavam empilhados no cemitério de encontros passados de Nina.

Passos soaram e Nina enrijeceu o corpo na expectativa de que Noah aparecesse na porta para se despedir, quase fazendo a máquina de tatuagem de Claude escapar de seu braço.

— Ei, quietinha — ele murmurou, enquanto os passos seguiam adiante passando pela porta aberta. Ouviram a voz de Marianne.

— Seria ótimo se você pudesse me dar umas ideias como um observador imparcial. Porque algumas das minhas clientes querem o estoque exposto por décadas, outras por tamanho, mas eu acho que fica mais bem dividido por cores e...

A voz dela foi sumindo ao longe e Nina não podia acreditar que ela estivesse pedindo conselhos de negócios de graça para Noah, apesar de que, conhecendo Marianne, podia, sim, acreditar nisso.

Mais uma hora se passou antes que eles subissem a escada novamente, mas desta vez pararam no salão de tatuagem e entraram.

— Como vai indo, Nina? — Marianne perguntou, com carinho. — Pronta para algum açúcar?

— Sim, por favor — respondeu Nina, porque, quando seu nível de energia começava a cair, a dor ficava quase insuportável novamente. — Vocês me compraram um isotônico bem calórico?

— Claro que sim — disse Marianne. — Noah, mais um chá ou prefere algo mais forte?

— Um chá está ótimo — Noah falou, e Nina levantou a cabeça, que estivera outra vez enterrada na curva de seu braço não maltratado, para vê-lo de pé à porta. — Eu posso voltar lá para cima, se você preferir — ele acrescentou.

— Não, tudo bem — ela disse baixinho, embora não estivesse exatamente certa de que estava tudo bem. Tinha procurado ficar o mais confortável possível, por isso agora estava descalça e havia desabotoado a parte de cima da jardineira e tirado a blusa, portanto estava deitada de bruços com um colete preto e as alças vermelhas do sutiã aparecendo. Nina já estivera em posições bem mais comprometedoras e despida com outros homens, mas agora, por causa da dor, se sentia especialmente vulnerável. Mais especificamente, era Noah, e ela começava a perceber que tudo com Noah parecia diferente. Não sabia bem por quê. Talvez por causa do passado deles, ou pela relação de trabalho, ou pelo fato de Noah tão claramente não ser seu tipo que acabara se tornando seu tipo. Ele era inadequado por todas as razões certas, em vez das razões erradas. — Ai! Caramba! Me avisa se for acertar um músculo — ela protestou com Claude.

— Então pare de ficar com os músculos tensos — ele lhe respondeu, com toda a calma.

— Você está me atacando com uma máquina de agulha. Como espera que eu *não* fique tensa? — Nina reclamou.

— Pegue aquele banquinho e puxe aqui perto — Claude disse a Noah, ignorando completamente o sofrimento de Nina. — E, se esta aqui virar uma fera, não tome como algo pessoal.

— Eu te odeio — disse Nina, o que só provou a afirmação de Claude.

Então Marianne apareceu com o isotônico e os biscoitos recém-assados, e a dor e a irritação de Nina se amenizaram novamente. Marianne sentou com uma pilha de costuras e Noah moveu seu banquinho para ver de perto o processo de fazer uma tatuagem.

— Foi você quem desenhou isso? — ele perguntou a Nina, quando viu o esboço em que Claude estava se baseando.

— Foi — Nina respondeu e quase fez um movimento abrupto de culpa, mas se deteve a tempo, porque não podia fazer movimentos rápidos. — Eu usei aqueles lindos lápis Faber Castell pelos quais nunca te agradeci, porque sou uma ingrata sem educação.

— Você me agradeceu no e-mail em que me convidou para o Ye Olde Laser Tag, que foi uma das noites mais divertidas da minha vida, então acho que estamos quites — disse Noah, aproximando ainda mais o banquinho para poder ver melhor o que Claude estava fazendo. — Você devia mesmo pensar em fazer aulas de desenho, Nina. Você tem realmente talento. Devia desenvolver. — Noah olhou de novo para o desenho a lápis que Nina havia feito da velha árvore desgastada pelo tempo, as andorinhas voando acima, Cathy e Heathcliff recostados no tronco.

Nina enfiou novamente o rosto na curva do ombro para esconder o sorriso de prazer, que com certeza a faria parecer convencida.

— Talvez — ela admitiu, porque havia uma escola de artes em Bloomsbury, bem perto da livraria, e não custaria ir lá ver se eles tinham alguma turma noturna para iniciantes. — Desde que os modelos-vivos sejam bonitos.

Noah sorriu e sacudiu a cabeça, como sempre fazia quando Nina estava sendo travessa, depois voltou novamente a atenção para a máquina de tatuagem nas mãos firmes de Claude.

— Você está fazendo à mão livre — ele observou, surpreso. — Quando eu fiz a minha, o tatuador usou um estêncil.

— Eu gosto de fazer à mão livre, assim consigo encaixar melhor a tatuagem no braço dela e o desenho fica mais orgânico — Claude explicou.

— E eu confio no Claude para saber o que funciona melhor para pôr sua própria marca na tatuagem. — Nina sorriu, brincalhona. — Quer dizer, eu suponho que ele seja *muito* bom no trabalho dele.

— Obrigado pelo voto de confiança — disse Claude. Ele era a pessoa mais tranquila que Nina já conhecera. Era impossível irritá-lo, a não ser quando Nina precisava lhe pedir para livrá-la de um admirador grudento e inconveniente, aí Claude sabia ser absolutamente aterrorizante.

— Sempre me perguntei como tatuadores desenvolvem um estilo próprio — Noah comentou. — Não dá para praticar nas pessoas, não é?

— Não sei os outros, mas meu irmão tem uma tatuagem bem ruim do Bruce Springsteen nas costas, que eu fiz quando era aprendiz — Claude respondeu, inexpressivo, enquanto Noah, Nina e Marianne o olhavam, consternados. — Brincadeira! Eu tatuava em pele de porco curtida do açougue. — Ele suspirou. — Sinto saudade de trabalhar em peles de porco. Não resmungavam tanto quanto meus clientes humanos.

— Se você não tivesse a mão tão pesada — Nina grunhiu, querendo pedir a Claude que desse uma paradinha para ela esticar o corpo, mas sabia que, se ele parasse, ela teria que passar pelo processo de se acostumar com a agulha de novo.

203

— "Seja do que for que nossas almas são feitas, a dele e a minha são iguais" — Noah leu a citação de *O morro dos ventos uivantes* que ondulava pela base do tronco da árvore, no braço de Nina. — Ah! Eu não consegui ler isso direito no nosso primeiro encontro. A luz era muito fraca e eu estava usando óculos de uísque.

— Aqueles drinques foram letais — Nina lembrou.

Noah olhou intensamente para o braço dela outra vez.

— Então, esta citação... Este é o seu lema de vida, certo?

Ele não pareceu irônico, mas genuinamente curioso, então Nina não se pôs na defensiva. Porque, embora estivesse gravada em seu braço para o mundo ver e embora eles já tivessem conversado sobre o que *O morro dos ventos uivantes* significava para ela, a citação em si era algo intensamente pessoal. Não era uma história para muitas pessoas ouvirem. Ela havia contado para Claude e Marianne, claro, mas até Posy e Verity achavam que Nina adorava *O morro dos ventos uivantes* apenas pela sua carga dramática, e ela nunca se preocupara em corrigi-las.

— Eu nunca li o livro enquanto estava na escola. Provavelmente não teria prestado muita atenção se tivesse lido — ela disse, hesitante. — Mas aí alguém próximo de mim sofreu um acidente... — Ela rezou para que Claude ou Marianne não se manifestassem com "o Paul?", e felizmente ambos ficaram em silêncio. — Ele quase morreu. Estava em uma mobilete, colidiu com um caminhão e acabou dando de cara em um poste. Nós não sabíamos se ele ia sobreviver, se ia voltar a andar, por isso fizemos questão de que sempre tivesse um de nós ao lado de sua cama.

A voz de Nina falhou enquanto ela falava.

— Eu ia me casar em menos de um mês e, de alguma forma, ficar sentada junto dele, ouvindo os sons dos monitores e sua respiração lenta e constante... Era como uma espécie de descanso de todos os preparativos do casamento. Quando eu pensava no casamento, tinha a mesma sensação de pânico de quando o bipe de um dos monitores na UTI apitava com aquele ruído intermitente e os médicos e enfermeiros corriam de todas as direções... — Ela fez uma pausa e engoliu em seco. — Então, no fim, eu preferia nem pensar no casamento. De qualquer modo, a definição dos lugares em que cada um ia sentar era a mais insignificante das minhas preocupações — ela lembrou. — Na sala de espera do hospital havia uma pequena estante de livros, e a razão de eu ter escolhido *O morro dos ventos uivantes* foi por ser o único livro lá que não era do Len Deighton ou do Jack Higgins. Foi difícil pegar o ritmo no começo, mas aí ele parou de ser complicado e cada palavra me dizia algo especial. Todos os pensamentos e sentimentos que eu não sabia como expressar estavam ali naquelas páginas. Eu estava prestes a me casar com o meu Edgar Linton, embora não o amasse nem sequer soubesse o que era o amor. E, sim, eu sei que no dicionário Heathcliff é a própria definição de algo tóxico, mas a sensação foi como se eu estivesse dando adeus a qualquer possibilidade de um dia experimentar esse tipo de paixão. Eu estava sentada em um hospital, com a plena consciência de como a vida pode ser curta, de como ela pode ser arrancada de nós em uma fração de segundo, e então cancelei o casamento dali mesmo. Por mensagem de texto.

— Nina! — Marianne ofegou, baixando o vestido de lantejoulas que estava consertando. — Você nunca disse que tinha sido por mensagem de texto.

— Bom, não é algo de que eu me orgulhe — Nina respondeu. — Mas eu senti que não tinha tempo a perder. Queria ser uma menina outra vez, "meio selvagem, destemida e livre". Quando pensei na Emily Brontë e nas irmãs dela, fechadas em uma casa paroquial, mas escrevendo com tanta vitalidade, senti que tinha que começar a viver em vez de apenas existir. Ser mais como a Cathy, mesmo que acabasse com o coração partido...

— Ou morta... — Claude a lembrou, com um sorrisinho provocador que Nina decidiu ignorar.

— Eu ia ter a aparência que quisesse, comer o que quisesse, amar quem eu quisesse. Fazer as coisas porque eu queria, não porque era o que esperavam de mim. Então esta tatuagem simboliza tudo isso — ela finalizou e ousou olhar para Noah, embora tivesse evitado esse contato até então.

Nina tinha sua atenção plena. O olhar dele estava fixo nela, a expressão pensativa e séria, embora um sorriso tenha suavizado seu rosto quando encontrou o olhar de Nina.

— Tenho a impressão de que você não compartilha essa história com muitas pessoas e lhe agradeço por compartilhá-la comigo — disse ele. — Por confiar em mim.

— Você tem uma cara muito confiável — Nina disse, tendo a sensação de que eles estavam vivendo um momento especial, e de repente sentiu-se nua de uma maneira que não tinha nada a ver com seu estado de pouca roupa ou com os segredos que acabara de revelar. Hora de quebrar o encanto com uma brincadeira. — Se o trabalho de análise de negócios não der certo, você pode tentar vender seguros de vida.

— É bom ter um plano B — Noah concordou sem alterar a voz, e ela não conseguia parar de olhar para ele, para o aconchego de seus olhos verdes, seu sorriso...

— Muito bem, vocês dois, já chega — interrompeu Claude, e foi só então, agora que ele parou com suas malditas agulhas, que Nina se deu conta de que nem havia reparado na dor na última meia hora. — Dê uma alongada no corpo antes de eu começar a colorir.

Nina se sentou lentamente, depois se esticou com cuidado, mantendo o braço recém-tatuado junto ao corpo. Baixou os olhos para ver a obra de Claude.

— Está perfeito. Muito melhor do que eu tinha imaginado — disse ela.

— Está bom — Claude concordou, enquanto Marianne se levantava e alongava o corpo também.

— Mais chá? — ela perguntou. — Nina, Noah?

— Acho que eu vou embora — disse Noah, sem muito entusiasmo e sem se mover um milímetro do banquinho.

— Não vá — Nina pediu, suavemente.

— Se você quer que eu fique...

— Claro que ela quer que você fique — disse Marianne. — E, como você não está sendo tatuado nem fazendo a tatuagem, podia me acompanhar em um drinque, depois podemos pedir um curry no Tiffin Tin. Você não vai querer perder isso.

— Estou de carro e vou levar a Nina para casa, então não quero nada de álcool, mas não recusaria mais um chá.

206

E, assim, estava decidido que Noah ficaria.

Durante as últimas duas horas da sessão de tatuagem, ele fez algumas perguntas gentis, mas curiosas, sobre como Nina e Marianne haviam se conhecido. Elas contavam às pessoas que tinha sido em uma feira de roupas vintage.

— Mas, na verdade, foi em um curso de dança de striptease de cabaré — Marianne admitiu.

— Não que a gente tenha vergonha disso — Nina garantiu a Noah. — Mas passa uma ideia errada para as pessoas.

— E nenhuma de nós jamais conseguiu aprender a girar os tapa-seios com franja — Marianne acrescentou, e Noah ficou tão corado que parecia doer, e até Claude teve que parar a máquina de tatuagem e dizer muito seriamente para as duas pegarem mais leve.

A conversa pareceu fluir com o vinho tinto que Marianne abriu. Leve e fácil, com muitas risadas e brincadeiras, especialmente quando o trabalho de Claude terminou e a tatuagem de Nina foi coberta com gaze esterilizada e papel filme e eles subiram à sala de estar para devorar um banquete indiano.

Embora Nina tendesse fortemente para o time dos bad boys e para uma vida menos comum, houve momentos em que havia tentado imaginar seu verdadeiro amor e acabava sempre voltando para a mesma imagem: desse homem desconhecido se dando bem com seus amigos, sentado na sala eclética e abarrotada de Marianne e Claude e compartilhando uma comida comprada pronta, como Nina fazia com tanta frequência.

Os três, Noah, Claude e Marianne, estavam conversando sobre Palm Springs, quando Claude e Marianne contaram da vez que eles tinham ido passear no teleférico, e só então Claude descobriu que tinha pavor de altura. Marianne, sentada em um pufe com as pernas longas estendidas para a frente, deu uma olhada para Noah, depois virou para Nina e piscou para ela.

Ocorreu a Nina que, assim como Posy e Verity lamentavam seus muitos e frequentes encontros desastrosos, Marianne e Claude também os desaprovavam, à sua própria maneira.

— Ah, *não*, Nina, ele não! — Marianne invariavelmente dizia se Nina a apresentasse a um homem que tivesse sobrevivido aos três primeiros encontros e que ela já pudesse descrever, de certa forma, como um namorado. E Claude, que frequentemente considerava apropriado agir como um irmão mais velho superprotetor, parecia estar gostando muito de Noah, se o jeito como ria e concordava com a cabeça queriam dizer alguma coisa.

E Nina? Ela gostava muito de Noah. Tanto que "gostar" era uma maneira inteiramente inadequada para descrever como ela se sentia enquanto ele a acompanhava escada abaixo quando saíram do apartamento. Ela havia tomado uma taça de vinho tinto, depois de cinco horas sendo tatuada e com endorfinas de dor correndo pela circulação, então o álcool fora direto para a cabeça e para suas pernas muito moles.

Noah a segurou pelo cotovelo, de leve, mas com firmeza, como se gostasse de tocá-la. Ao seguirem de carro de volta para o centro da cidade, a mão de Noah roçava a perna de Nina quando ele mudava a marcha, porque ela havia curvado o corpo na direção dele. A vontade dela era que a viagem não terminasse nunca. Que eles continuassem acomodados no calorzinho aconchegante de um carro alugado, só os dois, naquele silêncio confortável.

Desde quando ela queria algo aconchegante? Ou confortável?

— Então, nosso terceiro encontro. Isso significa que podemos oficialmente passar para a diversão? — Noah perguntou de repente, com uma voz sugestiva que fez coisas com as terminações nervosas de Nina que não eram nem remotamente aconchegantes ou confortáveis.

— Este não foi um terceiro encontro — ela respondeu, séria, porque não tinha sido. Havia regras para essas coisas. — Nós só saímos juntos.

— Ah, que pena. Eu estava ansioso por mais beijos — disse Noah, com a mesma voz sensual que deixava a cabeça de Nina muito leve e outras partes do corpo moles e pesadas.

— Coisas boas valem a espera — ela rebateu, com um olhar lânguido. Ela estava totalmente derrubada depois de uma única taça de merlot.

208

— Tudo bem, eu espero — concordou Noah. Era quase como se eles tivessem pulado algumas etapas e o clima de flerte tivesse sido descartado em favor de discussões profundas, compartilhamento de segredos íntimos, portanto Nina, na verdade, estava bem feliz por terem voltado ao flerte. — A propósito, vou dar uma passada na Felizes para Sempre esta semana, mas você não acha que devíamos manter *isto* em segredo?

Nina sentiu a pontada no mesmo instante; doeu mais até que o latejamento incômodo em seu braço. Então lembrou que nem sequer sabia o que era *isto*. Mudava de um minuto para outro, de uma hora para outra. Em um momento, era aconchegante e confortável como um blusão velho, no seguinte, era carregado de tensa expectativa.

Sim, não dava para saber o que era aquilo entre eles. Mas Nina queria descobrir. Quando Noah parou o carro na entrada do Rochester Mews, ela disse:

— Fiquei contente de a gente ter se visto esta semana.

Ela virou a cabeça para sorrir para Noah no momento exato em que ele virava para sorrir para ela. Então, para sua surpresa, porque aquilo também era um território novo, ele pousou a mão em seu joelho e ficou difícil lembrar por que ela não podia fazer mais nada com ele naquela noite.

— E eu fico contente por você estar contente. — A voz dele era grave, os olhos semicerrados ao olhar para Nina. — Que tal selarmos o acordo com um beijo?

Nina já estava soltando o cinto de segurança para chegar mais perto de Noah, mesmo que isso significasse um contato muito íntimo com a alavanca de câmbio.

— Parece uma boa ideia — ela concordou, com a voz rouca.

*Eles se esqueciam de tudo no minuto
em que estavam juntos outra vez.*

Quando Noah chegou à Felizes para Sempre na manhã seguinte, Nina o cumprimentou vagamente com a cabeça enquanto ele entrava e continuou sua conversa com Posy para informá-la de que não poderia ficar guardando livros nas estantes até que sua tatuagem cicatrizasse.

— Acho que posso mexer nas prateleiras do meio, mas acima disso tenho que esticar os braços e dói demais — Nina explicou.

— Sério mesmo? — Posy indagou, cética.

— Sério mesmo — Verity confirmou do escritório. — Tive que ajudá-la a pôr o sutiã hoje de manhã. Ainda estou traumatizada.

— Será que poderíamos não falar sobre meus *itens pessoais* quando houver homens presentes? — Nina a repreendeu, porque Tom estava em um dos sofás, com o rosto enfiado em seu habitual panini de café da manhã. Mas Tom praticamente nem contava como um homem (Nina uma vez o mandara comprar suco de cranberry para ela quando teve uma infecção urinária), estava mais preocupada com Noah, que no processo de tirar o casaco deu uma piscadinha para ela e se permitiu um pequeno sorriso.

— Desculpe! — Verity cantarolou. — Mas nada de carregar pesos para a Nina. Sério, Posy, o braço dela está cheio de casquinhas e dolorido.

Nina mostrou o braço para Posy, que recuou depressa.

— Ugh! Eu não quero ver. — Ela suspirou. Posy andava suspirando muito ultimamente. — É uma pena, porque temos muito estoque novo para colocar nas prateleiras.

— Eu faço isso — Tom se ofereceu, com a boca cheia de panini. — A Nina atende os clientes. Está tudo certo.

— Eu tinha pensado em passar a manhã trabalhando no Instagram da livraria — Nina falou, animada. — Conheci uma mulher sábado à noite que fez uma conta no Instagram para seus buldogues franceses e agora tem mais de cinquenta mil seguidores e ganha presentes das pessoas. Eu sei que nós não queremos presentes, mas cinquenta mil seguidores com certeza seriam muito úteis. Além disso, embora eu ainda não saiba como, as pessoas podem clicar e comprar itens, o que, no nosso caso, seriam livros. Muitos e muitos livros.

— Não sei... vender livros em uma publicação no Instagram parece incrível, mas também muito complicado e tecnológico — disse Posy, franzindo a testa.

— Ainda bem que você está casada com alguém muito complicado e tecnológico — Nina respondeu, enquanto todos, inclusive Posy, se reuniam em volta de seu celular para se encantar com as fotos dos cãezinhos Eric e Ernie. E, então, era hora de cuidarem de seus respectivos afazeres. Posy saiu para a reunião mensal da Associação de Comerciantes da Rochester Street, e Noah pegou seu iPad e se retirou para um canto sossegado.

Ele tinha dito apenas duas palavras para Nina: "Bom" e "dia", mas, assim que Verity voltou ao escritório e Tom começou a separar o novo estoque que havia sido entregue, ele sorriu para ela.

— Como está o braço? Além de cheio de casquinhas e dolorido? — ele perguntou em um sussurro.

— Cheio de casquinhas e dolorido descreve bem — Nina murmurou de volta, chegando um pouco mais perto dele. — Então, agora que já tivemos dois encontros e saímos juntos, você vai me mostrar todas as coisas horríveis que tem escrito sobre nós?

— Nunca! — Noah escondeu o iPad nas costas. — E eu jamais escreveria coisas horríveis sobre você.

Nina sorriu com um jeitinho tímido.

— Espero que não.

— Talvez algumas críticas construtivas — disse Noah, e Nina chegou ainda mais perto para poder simular um soco nele. Estava perto o bastante para sentir o calor de seu corpo, o que a fez se sentir quente também. Talvez pudesse atrair Noah para uma das antessalas mais tarde, se a loja estivesse tranquila, para poderem trocar alguns beijos escondidos.

— O que você vai fazer na hora do almoço? — ela perguntou.

— Tenho que encontrar um cliente. — Noah parecia lamentar bastante isso. — Depois volto para o Soho à tarde.

— Que pena...

— Nina, o que você está fazendo? — Tom surgiu de repente do outro lado do balcão, com uma pilha enorme de livros nos braços e uma expressão interrogativa no rosto. — Por acaso está assediando o Noah?

Nina se afastou como se tivesse se queimado.

— Claro que não! — Ela desdenhou e pôs o máximo de distância possível entre os dois. — Nós só estávamos falando sobre hashtags, na verdade. O sucesso no Instagram tem tudo a ver com as hashtags.

— É mesmo? — Tom fingiu bocejar, Noah fez uma anotação em seu iPad e tudo voltou ao normal.

Assim que deu início à missão de melhorar a página da Felizes para Sempre no Instagram, Nina ficou bastante entretida na tarefa. Sob a negligência infantil de Sam, eles só haviam postado uma foto e ganhado vinte e sete seguidores.

Com os conselhos de Dawn em mente, nos intervalos do fluxo de clientes, Nina seguiu todo mundo que tinha alguma coisa a ver com escrever livros, fazer blogs sobre eles e vendê-los; seguiu até dois encadernadores, além de todos os apaixonados por ficção romântica que pôde encontrar no Instagram, curtindo suas postagens e deixando comentários. Foram duas horas de um intenso puxa-saquismo, mas compensou, porque não levou muito tempo para o número de seguidores da Felizes para Sempre no Instagram aumentar consideravelmente.

— Já temos cento e vinte e três seguidores! — ela anunciou em certo momento da manhã.

— Se você for ficar atualizando a página e informando o número de seguidores a cada cinco minutos, vou me jogar do alto da escada de rodinhas — Tom resmungou, mas Noah sorriu, em apoio a ela.

— Aposto que vai conseguir ainda mais seguidores depois que começar a postar fotos — disse ele, e essa foi a deixa para Nina entrar em uma orgia de postagem de fotos. Postou uma foto de uma pilha de lançamentos artisticamente escorados no vaso de vidro lapidado de Lavinia, que continha suas queridas rosas brancas de bordas rosadas. Postou a placa da Felizes para Sempre balançando alegremente sob a brisa de fevereiro. Até convenceu duas clientes a serem fotografadas com suas compras, e estava tentando persuadir uma delas a subir na escada da prateleira quando do Posy chegou da reunião com os comerciantes.

— Temos quase duzentos seguidores no Instagram — disse Nina, depois que a mulher voltou a terra firme, com seus livros pagos e na sacola. — Cento e noventa e três, para ser exata. Eu estava pensando, será que poderíamos distribuir brindes quando chegarmos a quinhentos?

Posy olhou surpresa para Nina, depois franziu a testa.

— Você tomou uma dose dobrada do analgésico?

— Não. Mas, agora que você me lembrou, meu braço está latejando loucamente — Nina percebeu. O entusiasmo de ver os números no Instagram crescerem havia afastado sua mente por completo da dor persistente da nova tatuagem. — Por que a pergunta?

— Você não costuma ser tão entusiasmada com o trabalho — respondeu Posy, o que a magoou, mas, quando Nina parou para pensar, não deixava de ser verdade.

— Acontece, Posy, que eu me entusiasmo com algumas coisas — Nina protestou. — Fazer as vitrines, por exemplo.

— E ser a primeira a ler quando chega um novo pedido de ficção erótica, e acho que é só — interveio Tom, como o traidor que era. Os dois estavam de pé junto ao balcão e Nina pensou em lhe dar um chute na canela, mas decidiu-se por um olhar inconformado para Noah, que sacudiu a cabeça como se ele também não pudesse acreditar naquilo.

— Eu sou muito dedicada em meu trabalho — Nina insistiu. — Veja o que estou fazendo no Instagram. Isso é assumir novas responsabilidades.

— Já tomei nota — Noah murmurou, e Nina lhe deu um grande sorriso.

— Por falar em assumir novas responsabilidades... — começou Posy, e parou. — É uma pena que já tenha passado a hora dos doces do meio da manhã, porque esse é o tipo de notícia que iria melhor com doces.

— O que é? Você vai demitir um de nós? — Tom perguntou, sua voz ficando um pouco aguda. — Tem noção do tamanho dos empréstimos estudantis que preciso pagar?

Até Verity se sentiu movida a levantar de sua cadeira no escritório e vir até a porta para perguntar:

— As taxas subiram? De novo?

— Fale de uma vez, Posy — Nina aconselhou, porque Verity e Tom continuariam a sugerir cenários tenebrosos, e Posy continuaria a hesitar, e eles ficariam ali o dia inteiro esperando que ela fizesse sua fatídica revelação. — É má notícia, não é?

— Não é necessariamente uma *má* notícia — Posy decidiu. — Acho que depende de sua definição de má notícia.

— Se você pudesse nos contar antes do próximo Natal, seria ótimo. — Nina fez uma grande demonstração de bocejo e se espreguiçou, estendendo os braços acima da cabeça. — Ai! Droga!

Noah estava ao lado dela em um instante. Até largou seu iPad.

— Você está bem? — Ele tocou gentilmente o cotovelo do braço dolorido de Nina, viu a expressão aflita no rosto dela e tirou a mão depressa, como se ela estivesse revestida por uma fina camada de ácido clorídrico. — Só estou perguntando porque vocês não parecem ter uma caixa de primeiros socorros por aqui, o que certamente é contra as regras de saúde e segurança...

— Todos os comerciantes concordaram que vamos ficar abertos até mais tarde no verão — Posy falou depressa. — A partir de maio, vamos abrir até as sete e meia todas as noites, até as nove nas quintas-feiras, e vamos abrir aos domingos também. E, para sua informação, Noah, nós temos uma caixa de primeiros socorros, que está embaixo da pia na cozinha dos fundos.

Todos ficaram paralisados. Nina foi a primeira a se recuperar.

— Nós vamos receber horas extras? — ela perguntou, porque conhecia seus direitos.

— Claro! — Posy pareceu magoada por Nina ter ao menos pensado o contrário. — Não cinquenta por cento a mais ou algo complicado, mas folgas quando estivermos com menos movimento, e podemos fazer uma escala de revezamento aos domingos, se quiserem. A Associação dos Comerciantes tem vários planos para barracas de lojas e food trucks, e um festival de rua para o feriado prolongado em agosto. Parece que pode ser bem legal para os negócios.

Houve murmúrios gerais de aprovação entusiasmada, então Posy foi dar a notícia a Mattie e às funcionárias do salão de chá.

— Vai ser bem mais difícil convencer a Mattie do que vocês. Ela vai querer ter certeza que nenhum food truck vai vender nada que se pareça com bolo — ela disse, desanimada, antes de ir.

— Acho que a Posy não está gostando muito de seu novo poder — Tom comentou. — Agora que não é mais novidade.

— Ela achou que ia ser só festas de lançamentos e encontros com escritores e acabou virando uma chatice de preencher formulários de impostos — Verity acrescentou.

— Não que a gente tenha tido alguma festa de lançamento desde a semana da reabertura. — Nina se forçou a tirar os olhos da tela do celular e da página da livraria no Instagram, na qual estavam agora marchando rapidamente para duzentos e dez seguidores. — Eu poderia ajudar a organizar lançamentos e essas coisas. Já segui uma tonelada de escritores no Instagram e ainda nem comecei com o Twitter. E também tem os editores e jornalistas, acho que eu devia seguir esses também, para poder tuitar para eles sobre o que a livraria está fazendo. O que acha, Very?

— Hummm, parece bom — Verity respondeu vagamente, com os olhos fixos em Noah, embora ela já tivesse namorado. — Por que você está anotando tudo o que a gente fala? Não estamos *criticando* a Posy. Só estamos nos solidarizando com ela por causa dessa nova carga de trabalho.

Tom se virou devagar.

— Nós nunca criticaríamos a Posy. Nós amamos a Posy.

— Só estou observando — Noah respondeu, mansamente. — Não estou aqui para julgar.

— Sei! Falou o homem que fica bisbilhotando conversas particulares — disse Verity, já adquirindo a expressão dura e fechada com que sempre ficava quando estava prestes a discutir com alguém.

— O Noah não está bisbilhotando — Nina protestou, pondo-se entre Noah e Verity. — Ele só está fazendo o trabalho dele, um trabalho que a Posy pediu para ele fazer. Ele está trabalhando com ela, com a gente, não contra nós.

Ela estava de costas para Noah, fazendo uma representação muito boa de escudo humano, então Tom e Verity puderam ver quando Noah pôs uma mão de advertência sobre o ombro dela.

— Nós concordamos em ser discretos — ele sussurrou, sua respiração roçando a orelha de Nina de uma maneira que não era de forma alguma desagradável.

— Se você está dizendo — Verity murmurou. — Mas não sei por que tanta observação. Nós somos uma livraria pequena com três pessoas em tempo integral. Não devia levar *tanto* tempo, não é?

— E um membro da equipe muito valioso em meio período — Tom acrescentou depressa.

— Ele só está tirando a prova dos sete — Nina insistiu, e desta vez a mão de Noah a empurrou delicadamente para o lado para ele poder avançar e se defender sozinho.

— Prova dos nove — ele corrigiu, delicadamente. — Esta semana é a última observação antes de eu apresentar minhas recomendações.

— Vai ter alguma recomendação sobre o número de funcionários? — Tom perguntou, ansioso. — Eu já falei o tamanho do empréstimo estudantil que tenho que pagar?

— Já — Noah respondeu, e Nina não sabia como ele conseguia manter a mesma calma e a mesma entonação. Ela já estaria guinchando àquela altura. — E, como eu disse, só estou fazendo as últimas observações. Na verdade, tenho que trabalhar em outro projeto esta tarde e já devia até ter saído.

E então ele se foi, levando junto sua calma e seus olhos verdes brilhantes, deixando Nina com uma estranha sensação de abandono.

ↄ◡ↄ

Mas Noah voltou na manhã seguinte. Trocaram cumprimentos cordiais e sorrisos educados, depois ele se recolheu para um canto sossegado da sala principal para fazer seu trabalho ainda um pouco intimidante de observação, e Nina continuou sua missão de postar no Instagram cada item da loja (e era uma livraria, portanto havia muitos e muitos itens), intercalando-a com atender clientes e preparar um cartaz com seus lindos lápis novos para anunciar os novos horários de abertura no verão.

Mattie havia aceitado totalmente a ideia de abrir até mais tarde e estava planejando um cardápio especial de verão para o fim de tarde, com bolos cheios de sabores de frutas exóticas e coquetéis com bebidas alcoólicas e sorvete, mesmo com Verity toda hora resmungando sobre precisarem de uma licença especial para servir drinques.

— Não vamos ficar esquentando a cabeça com detalhes pequenos como esse — Posy havia dito. Verity deixou o assunto de lado, porque naquela manhã Posy estava muito empolgada com o horário estendido e, enviava e-mails para os editores que conhecia para ver se conseguia alguns escritores para fazer sessões de autógrafos.

Posy também aprovou o primeiro rascunho do cartaz de Nina e estava evidentemente no espírito de tomar decisões, porque quis saber se Nina tinha alguma ideia para a vitrine de Páscoa.

— Eu pensei em ovos de Páscoa gigantes com livros dentro — disse Nina, embora não tivesse pensado de fato em nada, porque Posy a pegou de surpresa.

— Não sei bem se isso funcionaria — respondeu Posy delicadamente. — Esperava algo mais na linha de cores vibrantes que lembrassem a primavera e muitos livros.

— Mas, se a gente usasse ovos de Páscoa, poderíamos fazer o Strumpet posar em um deles — Nina persistiu, porque a ideia de Posy era *tão* sem graça. — Ele ia adorar dormir em um ovo confortável o dia inteiro se eu forrasse metade dele com algodão e o subornasse com pedacinhos de atum.

— Não, eu realmente acho que não — Posy declarou com firmeza e uma leve insinuação de brilho no olhar que indicava que Nina não deveria forçar a sorte. — Quero algo de primavera e de Páscoa que também diga: "Por favor, compre um monte de livros em nossa loja". E com certeza não quero ser obrigada a pôr uma placa lá na frente dizendo: "Nenhum gato foi maltratado para fazer esta vitrine".

— Se bem que o Strumpet dormindo em um ovo de Páscoa ia ser bonitinho — disse Verity, enquanto passava por elas a caminho do salão de chá com uma pilha de faturas na mão.

— Viu, até a Very concorda comigo... Oh! Oh! Oh, meu Deus! Como eu pude ser tão burra? — Nina exclamou, pegando o celular.

— O que você fez? Ficou sem créditos? — Posy perguntou, preocupada.

— Strumpet! Estamos sentadas em uma mina de ouro com esse gatinho gordo e eu não tirei nenhuma foto dele para o nosso Instagram. Essa é uma maneira perfeita de aumentar os seguidores.

— Mas ele é um gato e nós vendemos livros. Não estou percebendo a ligação...

— O Instagram adora um bichinho fofo — disse Nina, balançando o celular entusiasticamente. — Veja só o Eric e o Ernie, os buldogues franceses.

— E eu tenho certeza que deve existir uma relação enorme entre amantes de gatos e leitores de ficção romântica — Noah opinou, como se não aguentasse mais continuar sendo apenas um observador imparcial. — Tenho um amigo que trabalha no Buzzfeed. O número de acessos que eles conseguem com qualquer coisa ligada a gatos...

— Não temos nem mais um segundo a perder — Nina decidiu, dando uma volta de trezentos e sessenta graus em sua agitação.

— E a vitrine? — Posy a lembrou.

— Vou fazer algo totalmente doce que tenha tudo a ver com a primavera — Nina prometeu. — Será o modelo de vitrine de Páscoa. Mas primeiro preciso tirar umas fotos do Strumpet e postar no Instagram.

— Não esqueça as hashtags — Noah lembrou. — Quer que eu calcule um algoritmo rápido para ver quais são as hashtags de gatos mais populares?

— Você pode fazer isso? — Nina ofegou. — Parece muito difícil.

— Não é tão difícil. O Sebastian vive calculando uns algoritmos rápidos — disse Posy, porque já devia fazer uns quinze minutos inteiros que ela não mencionava seu marido.

— Sim, é muito simples — Noah confirmou. — Eu faço isso enquanto você arruma umas fotos do Strumpet em várias situações.

— Adoro essa eficiência — Nina declarou alegremente, enquanto já imaginava Strumpet se equilibrando precariamente em uma pilha de livros. Ou talvez posando cheio de charme sobre as novas sacolinhas, com os dizeres: "Não vou mentir, adoro livros grandes".

Claro que Noah teve que ajudar com a sessão de fotos improvisada, porque Strumpet era gordo e pesado demais para Nina levantar com seu braço dolorido. Além disso, o gatinho respondia muito melhor ao toque de um homem, principalmente se este estivesse armado com algumas guloseimas.

Nina tirou várias fotos de Strumpet se esparramando em total despojamento sobre mercadorias da loja e até alguns vídeos dele tentando escalar a escada de correr da estante, depois se apavorando e miando de dar pena até Noah o resgatar.

De modo geral, Strumpet não tinha permissão para descer à loja, porque, mais cedo ou mais tarde, acabaria desferindo um ataque ao salão de chá. Ou, mais especificamente, aos bolos, sanduíches e doces que as pessoas tentavam comer. Mas ele adorava se aconchegar em braços masculinos ainda mais do que encher sua cara gorda e peluda de comida, e parecia amar se aninhar a Noah mais do que tudo isso junto.

— Ele é o gato mais carente que eu já conheci — Noah reclamou, quando Strumpet se enrolou alegremente em seu pescoço. -— Estou acostumado com gatos silenciosos e críticos.

— Nós não conhecemos nenhum gato assim — disse Nina, estendendo os braços e franzindo um pouco o rosto quando sua tatuagem protestou. — Aqui, Strumpet, vem com a tia Nina.

— Seu braço ainda está doendo? — Noah perguntou, preocupado. — Você tem se lembrado de passar aquela pomada especial?

Noah parecia nunca se esquecer de nada referente a Nina. Nem mesmo da pomada especial que Claude lhe dera para aplicar na tatuagem enquanto estivesse cicatrizando.

— Sim, papai — ela respondeu, com um leve revirar de olhos.

— Eu estou bem longe de ser seu pai — ele disse e fez uma careta. — Por favor, não me diga que você me vê como uma figura paterna.

Foi a vez de Nina estremecer. Quando pensava em beijar Noah, não havia a menor hipótese de querer pensar em seu pai. Nunca em tempo algum.

— Cale essa boca — ela respondeu, com a voz rouca, depois olhou para a boca em questão, no momento curvada em um sorriso. A boca de Noah era linda, com um lábio inferior carnudo que Nina gostaria muito de mordiscar se eles viessem a se beijar outra vez.

— Está bem — disse Noah. — Se você me prometer que vai se lambuzar bem com aquela pomada para tatuagem e tomar um analgésico se estiver doendo.

— Eu prometo — Nina garantiu, e toda aquela conversa de promessas parecia carregada de um sentido mais profundo do que se lembrar de manter seu braço machucado lambuzado de pomada.

Noah manteve o olhar preso no dela, e Nina se maravilhou novamente ao notar que, quando ele a olhava, era como se visse a Nina real, por baixo do cabelo, da maquiagem, das tatuagens e dos piercings, e que a Nina real era aceitável para ele. Nem mesmo Strumpet, que se contorcia entre os dois, conseguiu estragar o momento.

— Desculpem, mas o *que* vocês estão fazendo com o meu gato? — perguntou uma voz brava atrás deles, porque Verity era muito mais propensa a estragar momentos.

Nina se virou e, para sua surpresa, viu que a loja estava cheia e uma Posy com ar muito desesperado estava na caixa registradora enquanto uma longa fila de clientes esperava para pagar seus livros.

Que estranho! Ela poderia jurar que ela e Noah eram as duas únicas pessoas naquela sala.

— Estávamos tirando fotos do Strumpet para o Instagram da livraria — Nina respondeu, enquanto Verity assumia a custódia de seu gato.

— Vou precisar da assinatura dele em um formulário de autorização de uso de imagem?

— Ou a impressão da patinha — disse Noah, e Nina riu, enquanto Verity sorria com os lábios apertados.

— Você sabe que o Strumpet não tem permissão para ficar na loja — ela ofegou, porque agora que Strumpet não estava mais aconchegado nos braços de um homem, ele tentava se livrar do colo e das mãos firmes de Verity. — Estou surpresa de ele não ter disparado porta afora e ido direto para o restaurante.

Quando não conseguia entrar no salão de chá, Strumpet gostava de ficar rondando o restaurante de peixe e fritas na Rochester Street. Certo dia, o belo Stefan o encontrara tentando derrubar a porta da pequena câmara de defumação nos fundos da delicatéssen onde ele defumava seu próprio salmão. Só que Strumpet não havia escapado desta vez, portanto não havia nenhuma necessidade de Verity estar parada ali, com aquela cara de mau humor.

— Não sei por que você está tão irritada — disse Nina. — O Strumpet estava bem feliz com o fato de ser explorado em nome da publicidade. Não estava?

— Estava — Noah concordou, mas agora seu sorriso era tenso, por causa da súbita atmosfera que se instalara na loja: até as clientes que continuavam na fila pareciam constrangidas e baixavam os olhos para o chão. Noah consultou o relógio. — Eu tenho que ir. Devia estar no Soho meia hora atrás.

Ele juntou rapidamente suas coisas e ainda estava vestindo o casaco azul-marinho quando saiu apressado, murmurando uma despedida que foi cortada pelo som da porta fechando.

Nina o observou atravessar a praça a passos largos, um pouco magoada por ele não ter olhado nenhuma vez para trás. Depois se lembrou de que fazia pelo menos dez minutos que não checava quantos seguidores novos haviam conseguido no Instagram.

— Nina! Se não estiver muito ocupada, uma ajudinha aqui seria bom — Posy chamou energicamente quando viu Nina olhando o celular, porque, embora fosse casada com um empreendedor digital, Posy ainda achava que fazer qualquer coisa associada a redes sociais era vadiar em horário de trabalho.

— Estamos com um pouco mais de seiscentos seguidores no Instagram — Nina informou quando se uniu a Posy atrás do balcão. — E mais de trezentos seguidores no Twitter. Mas o Noah falou que o Twitter está bem menos na moda atualmente e que é melhor eu me concentrar no Instagram e só replicar publicações no Twitter em vez de...

— Obrigada, esperamos voltar a vê-la em breve — Posy disse para uma cliente que acabara de atender. Dava muito a impressão de que estava falando com os dentes apertados.

— Por favor, tire uma foto dos seus livros novos e poste no Instagram com a hashtag CompreiNaFelizesParaSempre — Nina pediu à cliente. —Tudo uma palavra só! Sabe, eu amo a Bertha, mas, se tivéssemos uma caixa registradora computadorizada e não uma de antes da Revolução Industrial, poderíamos programá-la para imprimir mensagens em todos os tíquetes de caixa, incluindo nossas redes sociais e hashtags.

— Não há nada errado com a Bertha. — Posy fez um afago amoroso na máquina temperamental. — E eu achei que você gostasse de coisas velhas.

— Existe vintage e existe fim da linha — Nina destacou e teve a certeza de ouvir Posy resmungar alguma coisa baixinho.

Para surpresa e alegria das duas, tiveram um fluxo contínuo de clientes interessados em fazer estoques de ficção romântica. Por vinte minutos sem precedentes, até Verity teve de vir do escritório para embalar as compras enquanto Posy ficava na caixa registradora e Nina ajudava as pessoas a procurarem os livros.

Eram quase três horas quando a loja esvaziou brevemente e o estômago de Nina roncou em protesto por ter tido que adiar o almoço até o movimento diminuir.

— Estou faminta! — ela anunciou. — Querem que eu vá até a delicatéssen comprar alguma coisa para nós? Eu quero devorar um bagel com salmão defumado e cream cheese. O que acham?

222

— Depois a gente vê isso — Posy a cortou. Para alguém que havia tido uma loja cheia de gente gastando dinheiro, ela passara as duas últimas horas extremamente ríspida. — Eu preciso ter uma conversa com você, mocinha.

Posy soou horrivelmente como a mãe de Nina, tanto que ela teve um sobressalto de culpa e tentou pensar depressa que coisa terrível era essa que ela poderia ter feito.

— É por causa de eu ficar atualizando direto os nossos seguidores no Instagram?

— Não, mas, já que você mencionou, isso é mais do que irritante — disse Posy, apoiando o quadril no balcão e cruzando os braços. — Mas não é sobre isso. É sobre você e o Noah.

O sobressalto de culpa anterior de Nina se tornou quase um solavanco. Ela conseguiu se controlar, porque não havia como Posy saber sobre ela e Noah. Mal havia algo para saber. Posy não frequentava pequenas hamburguerias do Soho ou bares de gim em East End e, quanto à loja... Ela e Noah tinham sido a própria definição de discretos.

— O que tem eu e o Noah? — Ela encerrou a pergunta com um pequeno som de desdém. — Você não ficou satisfeita por eu estar sendo boazinha com ele agora?

— Boazinha? Você chama *aquilo* de boazinha! — Posy exclamou, o que deixou Nina muito surpresa. — Você e o Noah...

— Sim! O *que* está acontecendo entre você e o Noah? Sinceramente, eu fiquei sem ação — acrescentou Verity, que ainda estava perto do balcão, embora geralmente tivesse que ser arrancada do escritório para ajudar na loja.

— Não sei do que vocês estão falando — disse Nina, pegando uma pilha de livros que haviam sido deixados em um dos sofás. — Ele estava me ajudando com aquele lance do Instagram. Ele já trabalhou na Google, vocês sabem.

— Sim, eu sei, mas como *você* sabe? — Posy indagou. — O que está acontecendo entre vocês? O que é todo esse flerte? Não é verdade, Very?

Verity concordou veementemente com a cabeça.

— Vocês estavam praticamente se comendo com os olhos.

— Sim! — Posy apertou as mãos, assentindo. — Fazendo coisas com os olhos que me deixaram vermelha.

— Tudo te deixa vermelha — Nina revidou, ríspida.

— Nina! — Posy saiu de trás do balcão para ir até Nina, que se moveu rapidamente para o outro lado da loja. — E como ele sabia que você tem uma pomada especial para passar na tatuagem?

— Eu devo ter falado de passagem — Nina murmurou.

— E ontem a porta do escritório estava aberta e eu posso jurar que vi o Noah pôr a mão nas suas costas — disse Verity.

— Ah, não seja tão bobinha — protestou Nina. — Existe uma centena de razões para o Noah pôr a mão nas minhas costas...

— Certo, então cite três delas...

— O problema com vocês duas é que, por estarem amando e tranquilas, esperam que todo mundo faça o mesmo — disse Nina, entusiasmando-se com seu ponto de vista. — Mas eu já falei para vocês um milhão de vezes: eu não quero sossegar. Não quero isso! Sem querer ofender.

— Não ofendeu — disse Posy, um pouco melindrada. — De qualquer modo, o Noah também não quer sossegar. Ele está sempre por aí viajando, fazendo tirolesas em florestas e essas coisas. O Sebastian falou que é um milagre que o Noah ainda não tenha quebrado o pescoço ou não tenha sido sequestrado por um bando de traficantes bolivianos em troca de resgate. Ele não é mesmo o seu tipo, Nina.

— Eu tenho aventuras — Nina revidou.

— É, mas suas aventuras parecem que envolvem beber muita vodca e se enroscar com aqueles homens *horríveis* que você encontra na internet — disse Posy, impiedosa. Nina não lhe pediria uma carta de referências tão cedo.

— Mas é estranho, porque a Merry jurou de pés juntos que viu você uma noite dessas em uma hamburgueria no Soho com um cara que, segundo ela, não era o seu tipo habitual — Verity comentou, pegando o celular no bolso de trás do jeans. — Ela tirou uma foto. Eu disse que não queria ver porque era invasão da sua privacidade, mas mudei de ideia. Vou mandar uma mensagem para ela agora mesmo.

Nina fingiu que estava guardando um livro na estante, mas, na verdade, estava se segurando na prateleira em busca de apoio.

— A sua irmã tirou uma foto de *mim*? Isso é uma violação das minhas liberdades civis!

— Falou a mulher que tirou uma foto do Johnny na noite em que ela e a Posy me seguiram até o restaurante onde nós estávamos e depois a mostrou para essa mesma irmã — disse Verity, o que era irrelevante para Nina naquele momento em que ela estava muito mais preocupada com o sinal no celular de Verity, indicando que uma mensagem tinha acabado de chegar. — Ah, sim! Não tem nenhuma dúvida! É você mesmo!

— Eu aposto que não! — Nina se aproximou depressa para poder ver a maldita prova com seus próprios olhos. — Nem parece comigo! — ela insistiu, embora a mulher de cabelo cor-de-rosa na foto...

— Parece exatamente com você! — Posy exclamou, agarrando o celular da mão de Verity. — E este parece exatamente com o Noah! Você e o Noah! Comendo hambúrgueres! Tomando drinques! Você estava em um encontro com ele! Como? Como isso aconteceu? Por que isso aconteceu? Há quanto tempo está acontecendo? Por que você não me contou?

Posy estava andando de um lado para o outro em pequenos círculos enquanto despejava suas intermináveis perguntas. Havia uma possibilidade muito real de que algo no cérebro de Posy entrasse em curto-circuito. Tomara. Porque, por mais que se esforçasse (e ela estava se esforçando muito), Nina não conseguia pensar em nenhuma razão inocente para ela e Noah estarem comendo hambúrgueres e tomando coquetéis de uísque.

— Tudo bem, tudo bem... Posy, para com isso, você está me deixando tonta — suplicou Nina e, quando Posy parou, era a hora da verdade. — Eu e o Noah... Sim, tudo bem, nós estávamos em um encontro. Mas era um não encontro! E depois nós tivemos outro não encontro, só que ele não sabia que era um não encontro, mas depois se transformou em um encontro.

— O QUÊ? — Posy já estava de novo andando em círculos no mesmo lugar. — Isso é mesmo grande. É *enorme*.

— Não é tão enorme assim — disse Nina, um pouco desesperada.

— Como você pode saber se é enorme ou não? Ainda não teve o terceiro encontro, teve? — Verity riu. Nina não achou nem um pouco engraçado Verity ter escolhido aquele momento para fazer sua primeira piadinha suja.

— Haha! Boa, Very! Muito boa! — Posy vibrou. — Então, Nina, seu terceiro encontro está chegando? E nós sabemos muito bem o que acontece em um terceiro encontro!

Como Nina desejava nunca ter contado a Posy ou Verity sobre a regra do terceiro encontro...

— Você *não* precisa transar no terceiro encontro. Não é uma lei — disse ela.

— Ah, é mesmo? Porque você sempre foi muito categórica de que *é* uma lei, a menos que haja circunstâncias especiais — disse Posy, e Verity concordou vigorosamente com a cabeça.

— Exatamente, você disse que ser filha de um vigário era uma circunstância especial, então tudo bem se eu esperasse até o quinto encontro, mas, até lá, seria educado pelo menos fazer um pouco de sexo oral — Verity lembrou, com um dedo no queixo, o que Nina achou que era totalmente desnecessário.

— Eu tenho certeza que nunca disse isso!

— Você disse, sim — Verity garantiu. As duas estavam se divertindo demais com aquilo.

Nina lançou um olhar ansioso para a porta da livraria, rezando para que um ônibus inteiro de clientes entrasse com todas aquelas perguntas urgentes sobre livros que só Nina sabia responder. Mas não teve essa sorte.

— Ah, pobre Nina — Posy provocou, quando viu a expressão aflita da amiga. — É uma merda quando o feitiço vira contra o feiticeiro, não é? Mas todas aquelas vezes que você ficou pegando no nosso pé sobre os nossos encontros...

— Ou falta de encontros — Verity completou. — Ou especulando sobre a nossa vida sexual, geralmente na frente dos clientes. É muito bom o gosto da vingança.

— Eu tenho certeza que sempre apoiei os relacionamentos de vocês — Nina resmungou, mas soou sem nenhuma convicção, porque Posy e Verity estavam certas. Que droga. Ela era a garota irritante que arrastava as amigas solteiras para arrumar homens, mesmo se elas não estivessem nem um pouco a fim disso. E, quando Verity estava namorando um oceanógrafo chamado Peter Hardy que a deixava sozinha por longos períodos enquanto mapeava oceanos, Nina vivia especulando como Verity fazia para satisfazer suas necessidades sexuais nas longas ausências. — Está bem, vocês têm mais cinco minutos para fazer piadinhas comigo, mas depois chega.

— Já parei, mas estou curiosa — Posy admitiu, sentando-se em um dos sofás. A loja estava tão tranquila que Nina decidiu que poderia sentar ao lado dela. — O *Noah*. Isso não entra na minha cabeça.

— Como assim, o *Noah*? — Nina perguntou, indignada. — Ele é um amor.

— Exatamente. Você não sai com pessoas que são um amor. Ele parece muito nada a ver para você — Posy refletiu. — Você disse que estava procurando um Heathcliff, mas o Noah é bonzinho demais para ser um Heathcliff.

— Para ser sincera, o seu tipo não estava funcionando muito bem para você — Verity disse gentilmente, sentando-se no braço do sofá em que Posy e Nina haviam se sentado, de modo que aquilo começou a parecer muito uma reunião de aconselhamento. — O Heathcliff é o pior exemplo de par romântico possível para ser a base da sua busca de uma alma gêmea. Pelo menos o Darcy ficou bom no final. Não é surpresa você acabar com todos esses bad boys que no fim só te tratam de um jeito horrível. Isso não pode ser muito divertido, ou será que você só gosta da emoção da conquista?

— Não seja boba, Very. Eu AMO a emoção da conquista — Nina declarou, porque era isso que queria dizer. Era isso que sempre dizia. — Vocês me conhecem, eu quero a paixão e o drama. Sem paixão e drama é a mesma coisa que se estar morto. E o Noah, por mais que ele seja um amor, definitivamente não é paixão e drama.

— Bom, Nina, sou obrigada a dizer que isso parece um saco — comentou Posy, com grande sentimento, porque ela era casada com um homem que havia trazido um monte de paixão e drama para sua vida. — Onde acaba esse jogo? Você ainda vai estar no HookUpp ou indo a noitadas em bares duvidosos e pubs alternativos quando tiver quarenta, cinquenta...

— Eu ainda não tenho nem trinta anos — Nina interrompeu. — E, de qualquer forma, idade não passa de um número e o jogo acaba quando eu encontrar meu verdadeiro amor. Minha alma gêmea. O homem de quem eu nunca enjoe: que eu não possa viver sem ele e não possa viver com ele.

— Isso também parece um saco — Verity falou. — Conheço muita gente que está em uma relação feliz, mas não conheço ninguém com esse tipo de relacionamento.

— Porque um amor como esse não aparece toda hora — disse Nina. Um amor além da razão. Sem isso, ela só estava cumprindo os rituais e parecia que o vinha fazendo, presa a um padrão de bad boys, *esperando*, há anos.

— Bom, o Noah é uma excelente pessoa, então, por favor, não o machuque — Posy implorou. — Ele não merece ser magoado e, além disso, o Sebastian ia ficar muito bravo. Ele vê o Noah como um irmão mais novo. — Posy suspirou e ficou toda derretida e de olhos úmidos. — O Sebastian é muito mais sensível do que a maioria das pessoas imagina. E, sim, ele é muito passional e excessivamente dramático, mas não o tempo todo, graças aos céus. Paixão e drama podem cansar muito rápido, Nina.

— Talvez o que você acha que quer e aquilo de que realmente precisa sejam duas coisas muito diferentes — disse Verity, com toda a lógica tranquila que Nina costumava valorizar. — Eu gosto muito do Noah, exceto quando ele fica escutando minhas conversas particulares ou usando o Strumpet. Ele pode não ser do tipo paixão e drama, mas poderia ser ótimo para você.

E esse era o único problema com Noah, o que era estranho, porque geralmente os homens com quem Nina saía vinham com pelo menos no-

228

venta e nove problemas: Quem queria sair com alguém de que todo mundo gostava? Que não era um rebelde incompreendido?

Mesmo que Nina e Noah tivessem um relacionamento de verdade, ele acabaria implodindo, como acontecia com todos os relacionamentos dela. Não de um modo dramático e passional, com pratos quebrados, porque esse não era o estilo de Noah, e era por isso que o rompimento seria inevitável, porque eles eram absolutamente incompatíveis. E, se Nina fosse realmente honesta consigo mesma, o problema com ele não era apenas sua falta de drama e paixão.

A verdade secreta de que Nina vinha fugindo desde a viagem de trem de volta de Worcester Park era que Noah, apesar de toda a sua conversa de compartimentalização e de ser um cara frio, havia arriscado a vida em todo tipo de aventuras arrepiantes. Ele nunca ficava em um mesmo lugar por muito tempo, estivera no mundo todo e estava planejando uma road trip pelos Estados Unidos. Nina, em contrapartida, apesar de toda a sua conversa de viver a vida ao máximo, não se aventurara por mais do que os cerca de vinte e cinco quilômetros que separavam Bloomsbury de Worcester Park. Se tirasse as roupas vintage, a maquiagem e os vinte quilos extras que ganhara desde então, Nina desconfiava de que ainda era a mesma menina que quase se casou aos vinte anos. E se agarrar aos pilares do drama e da paixão era a única maneira que conhecia de se livrar daquela menina.

Assim que Nina se lembrou da menina que havia sido, inevitavelmente pensou no menino que Noah havia sido. Arrastando-se e encolhendo-se pelos corredores da escola enquanto as pessoas faziam coro de "Sabe-Tudo" ou tentavam enfiá-lo de cabeça nos armários ou nos vasos sanitários. E, na maioria das vezes, o agressor era o irmão dela.

E, quando Nina se lembrava dos dias da escola, lembrava-se também do segredo terrível que escondia dele, o que significava que ela e Noah nunca poderiam ser nada.

Talvez fosse melhor acabar tudo de uma vez. Parar nos dois não encontros, antes que houvesse danos colaterais excessivos e, especialmente, antes que Noah descobrisse que Nina era a última pessoa no mundo de quem ele ia querer gostar.

Verity e Posy olhavam para ela, com a expressão cheia de esperança e expectativa de que tudo de que Nina precisava era de alguns encontros com um homem decente para perceber o erro de suas ideias. Para sossegar, como elas haviam feito. Nina detestava decepcioná-las, porque as amava de verdade, mas...

— Não vamos pôr a carroça na frente dos bois! — ela declarou, em sua voz mais indiferente. — Eu e o Noah tivemos dois encontros. Não temos nem a obrigação de sairmos só um com o outro, então parem de ter ideias. Sim, ele é um amor de pessoa, mas nunca poderia ser o meu Heathcliff.

Você sabe que te esquecer seria como esquecer minha existência!

Normalmente, Nina não era o tipo de mulher que costumava hesitar. Ela era uma arrancadora de curativos, uma mergulhadora em piscinas geladas, mas, em vez de romper tudo com Noah de uma vez, ela decidiu dar um tempo.

Então Noah lhe deu a oportunidade perfeita no dia seguinte, quando lhe escreveu que precisava pegar um voo para Glasgow para resolver uma crise em uma fábrica de embalagens.

> Posy e Verity sabem sobre nós.

> Parece que não fomos muito discretos.

Nina escreveu de volta, raciocinando que seria mais justo ter a conversa difícil pessoalmente. Dispensar pessoas por mensagem de texto era tão dez anos atrás...

> Eu sei que elas sabem. O Sebastian está preocupado que você seja uma má influência e eu acabe com piercings e tatuagens no corpo inteiro.

O que Sebastian provavelmente tinha dito era mais algo na linha de "Você merece coisa melhor que a Garota Tatuada: ela é mais rodada que prato de micro-ondas". Nina também não queria pensar no corpo de Noah ou em sua linda pele sardenta cobertos de tatuagens.

Não se lembrava da última vez que tivera tantos pensamentos conflitantes sobre um homem. Provavelmente não desde que Orlando Bloom (sua paixão de adolescente) se casou com Miranda Kerr.

Ela respondeu com um neutro:

> Eu te vejo na volta.

Nesse meio-tempo, se dedicaria a esquecer Noah, o que significava reativar o HookUpp e selecionar um designer gráfico que trabalhava ali perto. Em sua foto de perfil, ele era moreno e de olhar sexy, e sua biografia tinha só uma linha: "Me deixe te pintar como uma daquelas garotas francesas".

Quando Nina apareceu para encontrá-lo no Thornton Arms, Wilhelm tinha um olhar ainda mais sexy pessoalmente. E também tinha um sorrisinho autoconfiante que a atraía tanto quanto caras de skinny jeans, camisetas dos Ramones (será que eles distribuíam camisetas dos Ramones no primeiro dia de aula em faculdades de artes com o guia de orientação?) e barba curta por fazer.

Nina não teve tempo de tomar nem três goles de sua vodca com tônica antes de ele dizer que gostaria de desenhá-la nua.

— É, quem sabe — Nina se ouviu dizer, em um tom cansado do mundo, quando de modo geral esse era justamente o tipo de sugestão que a fazia disparar de volta algum comentário picante, mas, sinceramente, ela estava cansada dos sapos que só estavam interessados em baixar sua calcinha. O encontro durou apenas aquele único drinque.

Noah a havia arruinado para todos os outros homens, e pelo resto da semana ela viveu como uma freira. Bem, uma freira muito progressista e liberal que ainda ia ao pub com os amigos, mas estava determinada a não se deixar levar por nenhuma conversa ou paquera, então mantinha os olhos em si mesma.

— Você está doente? — Verity lhe perguntou certa noite no Midnight Bell, quando Nina recusou a oferta de um drinque de um australiano descabelado com tatuagens tribais. — Ele é bem o seu tipo.

— Doente pelo Noah, talvez? — Posy sugeriu com um sorriso maroto.

Tom, que não estava por dentro das últimas novidades sobre a vida amorosa de Nina, disse:

— Por que esse comentário? O Noah e a Nina? Isso é ridículo.

Até mesmo Tom sabia que Nina e Noah eram duas pessoas que não se encaixavam, como água e óleo, ou listras e bolinhas.

— Ficamos muito surpresos quando você apareceu com o Noah — Marianne disse a Nina, quando elas se encontraram para a noite mensal só para as meninas, que envolvia uma supersessão no Mecca Bingo em Camden, depois gastar tudo o que haviam ganhado em um prato de macarrão e uma garrafa de vinho no *ristorante* de estilo antigo do outro lado da rua.

— É, eu sei, ele não é o meu tipo — Nina murmurou enquanto esperavam o bingo começar. — Já estou sabendo.

— Ele pode não *parecer* seu tipo, mas isso não quer dizer nada. Você saiu com uns caras ridículos só porque eles pareciam ser o seu tipo — Marianne lembrou, o que não foi muito útil. Então acenou para uma mulher mais velha que estava sentada do outro lado do corredor. — Oi, Lily, como vão seus joelhos?

— Eu não desejaria estes joelhos nem para o meu pior inimigo — respondeu Lily, como sempre fazia, começando a recitar uma lista de seus outros males, que eram muitos, e pelo restante da noite Nina garantiu que o nome de Noah não fosse mencionado mais.

Ela fez um trabalho tão bom de se esquecer dele que, quando desceu as escadas na sexta de manhã, dez dias depois de Noah ter voado para Glasgow, e o viu entrando pela porta da livraria, perdeu o equilíbrio. Seu coração bateu como louco, o corpo estremeceu em alegre reconhecimento, e ela teve que se conter para não sorrir demais, nem correr até ele.

Agiria com naturalidade.

Então Noah levantou os olhos, viu Nina hesitando no território indefinido entre a loja e o balcão e deu um sorriso tão largo e feliz que era como se a mera visão dela fosse suficiente para fazer tudo ficar bem no mundo.

Esquecendo-se de todas as suas resoluções de pôr um fim naquilo antes que começasse, Nina sentiu o coração e o espírito se alegrarem como nunca sentira antes.

— Você voltou! — ela exclamou, com um poder de observação que não tiraria o sono de Sherlock Holmes.

— Sim, eu voltei — Noah confirmou. — Você mudou o cabelo.

Nina levou a mão ao cabelo, que estava novamente loiro-platinado.

— Todos sempre dizem que as loiras são mais divertidas — ela respondeu, com a voz ofegante, como se tivesse acabado de sair de um ataque de asma.

— Falando em se divertir, você tem o restante da semana de folga — disse uma voz atrás dela, fazendo-a dar um pulo de susto antes de se virar e ver Posy. Dois minutos com Noah e, uma vez mais, o resto do mundo havia deixado de existir.

— Como assim, eu tenho o restante da semana de folga? — ela perguntou, porque tinha certeza de que se lembraria se tivesse pedido uma licença para sexta e sábado.

— Espero que você não se importe, fui eu que pedi para a Posy. É uma surpresa — disse Noah, um pouco hesitante. — Você gosta de surpresas?

— Depende — respondeu Nina, porque muitas vezes, quando um homem lhe perguntava se ela gostava de surpresas, tinha a ver com ele arrancar as calças. Além disso, estava decidida a terminar com Noah na primeira oportunidade. — Que tipo de surpresa?

— Bom, é uma surpresa do tipo road trip — Noah revelou, com um sorriso esperançoso. — O que acha?

Nina apertou as mãos no peito.

— Nossa, eu acho emocionante!

— Vamos passar a noite fora — Noah explicou. — Eu pedi para a Verity arrumar sua mala como parte da surpresa, mas ela disse que não achava que daria certo.

— Só de pensar na maquiagem! — Verity exclamou da cozinha. — Eu nem saberia por onde começar.

Nina agradecia por Verity ter reconhecido suas limitações e não ter tentado mandá-la para uma viagem sem delineador líquido ou creme para a noite.

— Vou arrumar a mala. Tudo bem? — ela perguntou, um pouco atordoada por Noah estar ali e pronto para levá-la para outro lugar.

— Você vai precisar de sapatos confortáveis para caminhar e de um casaco pesado — Noah avisou, o que, sinceramente, pareceu bem menos emocionante.

Nina levou vinte minutos (seu recorde pessoal) para arrumar duas malas (uma apenas para maquiagem, cremes para a pele e produtos para o cabelo), e então Noah a conduziu para o carro alugado estacionado na frente da livraria, com um pacote de comida de Mattie e café de Paloma.

— Não se preocupe com a folga! — Posy avisou gentilmente quando se despediu deles. — Você pode compensar quando começarmos nossos horários estendidos de verão.

Nina nem sabia o que pensar. Tinha sido tudo tão inesperado. Ela havia se convencido de que, para seu próprio bem-estar emocional, precisava terminar com Noah assim que ele voltasse de Glasgow; no entanto, ele aparecera subitamente para resgatá-la de dois dias de trabalho enfadonho e arrebatá-la para uma aventura.

Uma aventura de verdade.

— Para onde estamos indo? — ela perguntou, quando avistou o Regent's Park. — É em Londres?

— Se eu contar não vai ser surpresa — Noah respondeu com firmeza, como se ele fosse uma daquelas pessoas irritantes que não cedem sob interrogatório.

Logo entraram na rodovia M1 e passaram por uma placa que indicava "Para o norte", o que fez Nina pensar em iglus, ursos e calotas polares. Então Noah começou a contar a ela sobre a emergência na fábrica de embalagens em Glasgow e como ele tivera que passar a maior parte do tempo em uma instalação, no meio de um enorme complexo industrial.

— Falei um monte de coisas sobre motivação de equipe — contou. — Eles não tinham nem uma cantina para os funcionários. Só uma parede cheia de máquinas de venda, metade delas quebradas, e a outra metade que vendia barrinhas de proteína a preços absurdos.

— Parece que você esteve em um lugar muito triste — Nina comentou, dando uma olhada para Noah. Muitas trocas de olhares estavam acontecendo.

— Muito — ele confirmou, pesaroso.

Fizeram uma parada rápida no posto de serviços Watford Gap para um café e voltaram ao carro em direção às Midlands, enquanto Nina se vangloriava de seu sucesso nas redes sociais.

— Quase dois mil seguidores no Instagram — ela relatou com orgulho. — Um pouco mais de mil no Twitter, e fiz o Sam me dar um tutorial sobre como atualizar o site, embora eu não tenha entendido nada.

— Vou te ajudar com isso — Noah ofereceu de imediato. Ele tentou explicar como influenciar os rankings do Google, mas Nina só entendeu uma palavra ou outra. Mesmo assim, era tão bom ver Noah de novo, ter a mão dele roçando sua perna quando ele mudava a marcha, pensar com avidez em todo o tempo que iam estar juntos.

Passaram por Derby e Nottingham, por placas para o Peak National Park, e Nina não conseguia nem imaginar para onde Noah a levava.

— Não estamos indo para Glasgow, não é? — ela perguntou, com um lampejo de genuína suspeita. — Você ainda tem algo a fazer naquela fábrica de embalagens?

— Ah, me pegou. — Noah sorriu e sacudiu a cabeça. — Não. Tente de novo.

Saíram da estrada para um almoço de sanduíches quentes de queijo em um pub simpático em uma cidadezinha na periferia de Chesterfield e conversaram sobre como Noah tinha sentido falta de pubs simpáticos em cidadezinhas quando esteve nos Estados Unidos. E também da novela *Coronation Street* (pela qual ele nutria um gosto secreto, embora seus pais fossem muito contrários à televisão comercial) e de "uma xícara de chá decente".

— Não é um pouco clichê reclamar que não se consegue uma xícara de chá decente assim que se deixa as águas britânicas? — Nina perguntou, para provocar.

— É um clichê só porque é verdade — Noah respondeu. — A gente tem que pagar uma fortuna por uma boa marca de saquinhos de chá em uma loja de importados e a água de lá tem um gosto esquisito, e eles nem têm leite de verdade. Têm aquela coisa chamada meio a meio. É metade leite e metade nem sei o quê.

— É por isso que eu só bebo café — disse Nina, e os olhos de Noah se arregalaram muito.

— Acabou. Vou te deixar na estação mais próxima e você que se vire para voltar para casa — disse ele, pondo a mão em cima do pires com a conta enquanto Nina esticava o braço para pegá-la. — Não, eu pago.

— Você não precisa ser gentil se pretende me largar por aí como um pacote imprestável — Nina lhe disse, e Noah sorriu.

— Bom, já que chegamos até aqui, acho que podemos continuar.

Estavam bem no norte agora. Passaram por Barnsley, Wakefield e pequenas cidades e vilarejos cujos nomes pareciam esquisitos quando Nina tentava pronunciá-los em voz alta. Cleckheaton. Scholes. Hipperholme. Northowram. Os campos verde-escuros eram como um borrão pela janela do carro, até que deram lugar a uma área de pedras cinzentas enquanto cruzavam Bradford.

Queensbury.

Denholme.

O coração de Nina batia forte, porque ela sabia que estavam no território Brontë, o Brontë Country, antes mesmo de ter visto a primeira placa indicando Haworth, o vilarejo onde as irmãs Brontë haviam morado a maior parte da vida, mas não quis estragar a surpresa de Noah. A adorável e carinhosa surpresa que ele havia planejado enquanto passava seus dias preso em uma fábrica de embalagens em um complexo industrial nos arredores de Glasgow e pensava nela e em onde ela poderia gostar de ir em seu terceiro encontro.

— Nós estamos... Estamos, não é? — Nina balbuciou, porque estavam agora dentro de Haworth e ela teve que virar no banco para poder absorver tudo. — Ah, Noah, não acredito que estamos aqui! Você... você...

— Você o quê? — Noah perguntou, mas Nina sacudiu a cabeça, sem palavras para dizer, o que era uma primeira vez para ela. Em vez disso, pôs a mão sobre a mão de Noah, que estava pousada de leve na alavanca de câmbio, e tentou transmitir pelos dedos a sua gratidão, aquela alegria que ele a fazia sentir.

Haworth era uma das cidadezinhas mais charmosas que ela já tinha visto. Talvez não bonita no estilo caixa de chocolate, como os vilarejos de Devon ou da Cornualha: suas lojinhas eram construídas com pedras irregulares e gastas pelo tempo, a igreja era imponente. O efeito era amplificado pelo fato de ser um dia cinza e úmido de março, em que não estava exatamente chovendo, mas não estava exatamente *não* chovendo.

— Que névoa úmida — disse Noah, ligando o limpador de para-brisa. — Uma garoa enevoada ou uma névoa garoenta, um dos dois.

Nina admirou pela janela uma antiga botica que lembrava a que havia existido em Rochester Mews, que estava inativa e fechada com tábuas havia décadas.

Enquanto seguiam as placas para a casa paroquial, o vilarejo lhe parecia estranhamente familiar.

— Sinto que já estive aqui antes — ela comentou, espiando uma pequena fileira de lojas. — Não ficaria surpresa de ver Emily, Charlotte e Anne se materializarem de repente diante de mim.

— Anne? Eu não sabia que havia uma terceira irmã Brontë — disse Noah, enquanto estacionava o carro.

— Ela escreveu *A senhora de Wildfell Hall*. — Nina fez cara de desânimo. — Mas foi uma dificuldade ler esse livro e eu nem tentei *Agnes Grey*, o outro livro dela. Acho que estão além do meu inglês de ensino médio — acrescentou, no que esperava ter sido um jeito brincalhão. Noah provavelmente poderia liquidar *A senhora de Wildfell Hall* em umas duas horas e depois fazer uma apresentação sobre o romance com gráficos, quadros e gifs.

— Ah, sem essa. Você leu mais livros do que quase qualquer outra pessoa que eu conheço — disse Noah, desligando o motor. — Tirando a Posy, e eu acho que o amor dela pelos livros beira a loucura.

Era muito desleal deixar Noah falar sobre sua querida amiga e empregadora daquele jeito, exceto que...

— A Posy lê tão depressa que os olhos dela fazem aquele movimento rápido de um lado para o outro, e a Verity e eu ficamos com medo de que ela tenha um AVC — Nina contou com um sorriso. Depois, como não estavam mais em movimento e ela havia recuperado o poder da fala, pegou a mão de Noah outra vez. — Obrigada. Muito obrigada por me trazer aqui. — Segurar a mão de Noah, seus dedos entrelaçados aos dele, era uma sensação bem diferente de tocar sua mão enquanto ele dirigia. Como se, agora, as mãos dadas pudessem ser um prelúdio de... bom, qualquer coisa. — Eu sempre sonhei em vir aqui. Não só porque é o cenário de *O morro dos ventos uivantes*, mas porque eu queria entrar um pouco na cabeça da Emily Brontë, ver o que ela via, esse tipo de coisa. Parece bobo, não é?

Ela baixou a cabeça e teria soltado a mão, mas Noah não a deixou.

— Não parece bobo — disse ele, indicando o para-brisa respingado de chuva com a mão livre. — Bom, agora que já vimos, vamos voltar a Londres a tempo de não pegar a hora do rush?

A boca de Nina se abriu por apenas um segundo muito desajeitado antes de ela conseguir soltar a mão e dar um soquinho de leve no ombro de Noah.

— Diga que está brincando.

Ele fingiu se encolher dela.

— Estou brincando. Na verdade, temos uma visita agendada na casa paroquial às quatro horas. Ainda não é nem uma e meia. Acha que está úmido demais para darmos um passeio pela região pantanosa?

Se estivessem em Londres, Nina teria insistido em se armar com seu enorme guarda-chuva com estampa de flamingos para evitar que qualquer pingo chegasse perto dela. Mas fazia dez anos que desejava vir a Haworth e não ia deixar um pouquinho de chuva atrapalhar seu passeio.

— Eu não vou derreter — respondeu ela, intrépida. — Tenho sapatos confortáveis, um casaco grosso e uma vontade enorme de ver a cachoeira Brontë.

Eu fugi de minha terra e fui para o pântano.

— Sabe — disse Noah, pensativo, dois minutos depois de terem começado a caminhada. — Não tenho certeza se botas de motociclista e casaco de pele falsa de leopardo contam como sapatos confortáveis e casaco grosso.

— Para mim contam — respondeu Nina, ofegando ligeiramente. Suas botas eram adequadas para a tarefa. O casaco, nem tanto.

Noah, claro, estava usando uma mistura de anoraque e corta-vento (Nina não sabia o nome técnico para aquilo) azul-marinho que sem dúvida tinha sido feito de algum material da era espacial, resistente a suor e a intempéries. E ele não ficara ocioso durante seu tempo livre em Glasgow.

Armado com seu fiel iPad, que também estava vestido em um estojo à prova de intempéries, Noah era a fonte de todas as coisas sobre as irmãs Brontë. Enquanto caminhavam pela Main Street, ele foi descrevendo o roteiro.

— E esta loja de lembrancinhas era o correio onde as irmãs Brontë postavam seus manuscritos — disse ele. Depois, quando passaram por uma trilha que cruzava o antigo pátio da igreja, Noah fez Nina parar junto a um estreito portão de ferro. O coração dela começou a bater mais rápido do que era estritamente necessário. *Que lugar romântico*, ela pensou e levantou o rosto, estendendo um pouquinho os lábios na expectativa de...

— E a parte mais antiga da igreja data do século XV.

... uma aula sobre quantas vezes a igreja tinha sido destruída e reconstruída e se Nina estava vendo a marca da Ordnance Survey, a agência nacional de mapeamento, no canto sudoeste da torre da igreja, que indicava que estavam a duzentos e quarenta e dois metros acima do nível do mar.

Quando chegaram a uma rústica placa de madeira informando que faltavam quatro quilômetros para chegarem à cachoeira, Nina teve vontade de chorar. Não só porque achava que nunca havia andado quatro quilômetros em sua vida, mas porque a ideia de que Noah comentaria cada poste de cerca e cada grande pedra no caminho era terrível demais só de pensar.

— Então, aqui é a colina Penistone. Não se preocupe, é uma subida bem suave, e isso significa que estamos agora dentro de um parque oficial e esta área antes era uma pedreira.

Tinha cara de pedreira mesmo. Havia grandes pedras espalhadas pelo terreno enquanto Noah caminhava e Nina se arrastava ao seu lado. Atravessaram uma estrada, infelizmente sem nenhum carro à vista, porque Nina não teria pensado duas vezes antes de estender o dedo e pedir que o motorista a levasse de volta à civilização. Noah continuava falando sobre o reservatório que podiam ver ao longe e que devia haver um cercado de gado logo adiante.

— E agora estamos na região pantanosa — Noah informou, dando uma olhada em seu iPad e tentando enxugar a tela, porque a garoa começava a se transformar em chuva. — Esta é uma área de especial interesse científico, especialmente se você for observador de pássaros...

— Pare! Pare! — Nina pediu, levantando as mãos como se estivesse tentando deter um bando de pássaros cientificamente interessantes. — Por favor...

— Eu estava querendo tornar a caminhada interessante — Noah protestou. — Sei que você é uma garota da cidade e achei que, se mostrasse alguns pontos significativos, a caminhada ficaria menos... cansativa.

— E eu agradeço tudo isso, de verdade — disse Nina, porque ela entendia a intenção, mesmo que aquela história de Noah mostrando pontos significativos estivesse lhe dando vontade de gritar. — Agradeço toda a sua atenção e o tempo que você deve ter passado no seu quarto de hotel em Glasgow montando este passeio, mas eu não preciso saber sobre reservatórios, pardais ou quaisquer que sejam esses pássaros cientificamente interessantes.

— Maçaricos e falcões peregrinos, na verdade — Noah corrigiu, com uma pequena fungada.

— Eu saí uma vez com um cara chamado Peregrino — Nina lembrou. — Ele era tão metido que o que saía da boca dele nem parecia inglês.

Noah fungou de novo, enquanto Nina girava lentamente em um círculo completo.

— Quer voltar, então? — ele perguntou, na mesma voz ofendida.

Nina girou de novo.

— Não. Eu quero olhar. Só *olhar*.

Não era de admirar que descrevessem Yorkshire como a terra do próprio Deus. Os pântanos não eram como os gramados perfeitamente aparados e os caminhos bem cuidados dos parques com que Nina estava acostumada. Ali, naquelas terras altas, o céu, escuro e cinzento, pendia pesado e parecia maior, mais poderoso do que normalmente. Era o pano de fundo dramático perfeito para o verde luxuriante abaixo; todos os tons de verde para os quais Nina tinha nomes, de verde-lamacento e esmeralda vibrante, musgo e samambaia, até o mais pálido tom de espuma do mar.

Mas o cenário que se estendia diante dela de todos os lados não era bonito. Havia uma beleza selvagem, linhas profundas que cortavam o espaço, formações rochosas oscilantes e aleatórias que se erguiam a cada curva.

Era selvagem, incontido, elemental. E, acima do tamborilar suave da chuva nas pedras inabaláveis da velha pedreira, Nina ouvia o vento soprando em volta deles.

— Noah! Ouça!

— Achei que eu só devia olhar — ele resmungou.

— O vento... acho que ele está uivando.

— Nem sei como é isso.

Nina levou a mão ao ouvido.

— Parece que o vento está nos chamando. — Ela estremeceu, e não só porque estava congelando. — É o mesmo uivo sobre o qual a Emily Brontë escreveu e, se você esquecer dos reservatórios, da pedreira e das marcas da Ordnance Survey e só olhar em volta, isto, *isto* é o que as Brontë viam. Podem até ter estado aqui neste mesmo lugar onde estamos parados agora. A Charlotte escreveu sobre a cachoeira, então as três devem ter andado por estes mesmos caminhos duzentos anos atrás. Isso mexe com a minha cabeça.

— Também está mexendo com a minha. Ou pode ser só o vento. Uivando — disse Noah, não parecendo tão irritado agora. — Vamos parar um pouco aqui?

— Vamos.

Ficaram lado a lado apreciando novamente as áreas pantanosas acidentadas, a paisagem indomada, como eles eram insignificantes comparados à vastidão da natureza.

— Tudo bem, já parei o suficiente — Nina decidiu. — E você?

Noah concordou. Seu rosto estava bem avermelhado de ser tão rigorosamente açoitado pelo vento.

— Eu também.

Eles retomaram a trilha e, embora Noah não resistisse a algumas informações sobre o terreno ou uma ocasional cabana em ruínas na passagem, manteve os breves comentários. A cabeça de Nina estava repleta de imagens de Cathy e Heathcliff. Agora que conhecia aquele lugar ao vivo, mal podia esperar para reler *O morro dos ventos uivantes*.

A última parte do caminho até a cachoeira envolvia subir por degraus de pedra escorregadios com a chuva e desigualmente distribuídos, como se tivessem sido lançados ali por um deus zangado.

Noah levantou a sobrancelha quando Nina lhe disse isso.

— Tudo bem, se você diz...

— Eu estou ótima no simbolismo de *O morro dos ventos uivantes* agora — ela explicou. — Como os pântanos representam Heathcliff; selvagens e imprevisíveis. Felizmente, ninguém vai me fazer escrever um ensaio sobre o uso da natureza como metáfora.

— Ah, mas era isso que eu tinha planejado para esta noite... entre outras coisas — disse Noah, sorrindo de um modo que fez Nina sentir calor por dentro, mesmo estando congelada.

Nos últimos metros do trajeto, eles encontraram um pequeno grupo de excursionistas e, então, finalmente! Estavam na cachoeira Brontë.

Tinha chovido muito na véspera, de acordo com o homem que estava guiando o grupo, e era por isso que a cachoeira apresentava um espetáculo tão impressionante, derramando-se por uma série de plataformas de pedra que haviam sido cavadas na encosta ao longo de milhares de anos. Havia uma ponte de pedra na base da cachoeira, no local onde a ponte original havia sido carregada por uma inundação repentina em 1989, de acordo com as informações em uma pequena placa.

— Acha que é seguro? — Nina perguntou a Noah antes de pisar na ponte. — Eu quero muito uma selfie aqui, mas não quero ser arrastada pela correnteza.

Noah lançou um olhar com jeito de profissional para a água que descia lá do alto.

— É uma cachoeira bem pequena para o padrão de cachoeiras. Acho que você vai estar segura.

Não eram as condições ideais para uma selfie. A luz era *terrível*. E, mesmo preso e quase todo escondido sob um lenço de bolinhas, o cabelo de Nina estava horrível e o vento e a garoa pareciam ter removido boa parte de sua maquiagem, então ela...

— Vá em frente, você sabe que sempre está bonita — disse Noah, embora Nina não soubesse nada disso.

— Meu delineador mal está aparecendo — ela gemeu, antes de levantar o celular, encolher as faces, fazer biquinho e tirar dez fotos rápidas, mudando o ângulo da cabeça em cada uma delas.

Se havia uma coisa que Nina sabia fazer era tirar uma selfie, mesmo com o grupo de excursionistas a olhando, como se de repente ela tivesse começado a vomitar ectoplasma pelas orelhas.

Noah também a observava, com um ar de diversão que logo se transformou em horror quando Nina o chamou com um gesto.

244

— Você não vai me querer atrapalhando suas selfies.

— É claro que eu quero! — Nina insistiu. Ela havia sonhado em estar ali. Bem, talvez não em uma cachoeira do outro lado de um vasto pântano, em um dia frio e úmido, mas em Haworth, e Noah era a pessoa que tinha feito isso acontecer. E eles haviam tido dois encontros ou não encontros, passado tempo juntos várias vezes, e nem sequer tinham uma selfie juntos. — Trate de vir logo aqui!

Noah era mais alto e tinha braços mais longos, então ele segurou o celular e, pacientemente (ou talvez nem tanto), ouviu as instruções de Nina de "afasta a mão um pouquinho para a esquerda, não, foi demais, volta, volta, volta!" e suportou bem enquanto ela apagava a maior parte das fotos porque não tinham correspondido aos altos padrões que ela esperava de suas selfies.

— Por mais que eu deteste te apressar, temos que estar na casa paroquial de Haworth às quatro horas, e são quinze para as três agora — ele disse, por fim. — Temos que voltar.

— Ah, e é melhor vocês apressarem o passo — avisou uma mulher do grupo de excursionistas, enrolada em uma jaqueta com capuz roxa, à prova d'água. — A previsão é de chuva.

— Já não está chovendo? — Nina arriscou.

— Aff! Você chama isto de chuva? São só uns pinguinhos — a mulher disse, com uma bufada de desdém, embora a névoa úmida já estivesse na fase de um chuvisco muito determinado agora. — Vamos, vocês podem voltar com a gente, e eu garanto que não fiquem fazendo hora pelo caminho.

— Quanta gentileza — Noah murmurou, dando uma pequena cutucada de advertência em Nina quando ela riu um pouco histericamente diante da ideia de ter que se arrastar pelo caminho de volta com a sra. Jaqueta Roxa gritando com eles cada vez que ousassem diminuir o passo.

Maureen, que era como a sra. Jaqueta Roxa tinha sido batizada, "Mas vocês podem me chamar de Mo", era uma mulher miúda e cheia de energia, com opiniões muito firmes.

— Não acho as solas das suas botas muito apropriadas — disse ela, olhando para as botas de motociclista de Nina com desaprovação. — E, quanto a esse casaco... você está buscando a morte — ela acrescentou.

— Sempre é uma esperança — Nina murmurou, porque o passo rápido que Maureen havia prometido era um primo muito próximo de uma corrida e o tom intimidador era muito similar ao de sua mãe. Na verdade, era uma pena que a pulseira de monitoração de atividades Fitbit que Alison lhe dera no Natal do ano passado (sua mãe sempre se superava em comprar presentes passivo-agressivos) estivesse apodrecendo em uma gaveta, porque Nina certamente já havia ultrapassado dez mil passos naquele dia e ainda não estavam nem na metade do caminho de volta a Haworth.

Noah, que estivera caminhando à frente com os outros excursionistas, parou para esperar Nina.

— Como você está? — ele perguntou.

— Acho que é melhor você me deixar aqui no pântano — Nina ofegou. — É muito tarde para mim e eu só vou te atrasar, mas você ainda pode conseguir chegar à civilização. Deus, como estou fora de forma.

— Você está indo bem — Noah a incentivou, mesmo Nina sabendo que era o completo oposto. Mesmo ela estando gelada e, sim, aquela merda de casaco estava encharcada e, ao mesmo tempo, ela estava com calor e suada do exercício forçado. — Não falta tanto agora.

— Ah, ainda temos pelo menos um quilômetro e meio — disse Mo, cheia de animação, como se estivesse de fato se divertindo. Sim, ela com certeza tinha o mesmo DNA que Alison O'Kelly.

— Mas pense só, daqui a pouco você vai estar dentro da casa paroquial de Haworth — Noah a lembrou. — Onde Emily e suas irmãs e aquele irmão esbanjador delas, não lembro o nome dele, moraram.

— Branwell — disse Nina, apesar de querer guardar todo o fôlego que lhe restava para andar, não falar. — Ele era o que se podia chamar de "imprestável". Fez dívidas enormes com jogo e bebida. Essa foi uma das razões que levaram as irmãs a escreverem. Branwell acabou com todo o pouco dinheiro que eles tinham.

— São parentes seus? — Mo perguntou, com um leve brilho nos olhos, como se suspeitasse de que Nina vinha de uma família inteira de imprestáveis.

— Não, nós estamos falando dos Brontë — Noah explicou, educadamente. — É por isso que viemos a Haworth. A Nina adora *O morro dos ventos uivantes.*

Se Noah podia fazer um esforço, Nina também poderia.

— É meu livro preferido — disse ela. — E eu sempre quis vir aqui para ver onde a Emily Brontë viveu. Você já leu?

— Eu não tenho tempo para ler — respondeu Mo, com uma expressão condenatória no rosto batido pelo vento frio.

Essas seis palavras presunçosas costumavam ser como uma bandeira vermelha para um touro, mas, agora, Nina apenas grunhiu, porque estavam atravessando de volta o local da antiga pedreira, o chão de pedra liso e molhado, e ela não queria cair de bunda no chão.

— Cuidado. — Noah segurou o braço dela sem fazer nenhum comentário sobre a falta de aderência de suas botas. — Ossos quebrados não estão muito no topo da lista dos meus planos para o dia.

— Fico feliz em saber — Nina ofegou e decidiu que precisava de toda a sua energia para andar e não para falar, porque os excursionistas, apesar de serem todos muito, muito mais velhos que ela, ainda estavam seguindo firmes e fortes em um ritmo extenuante.

Mas a caminhada foi muito mais fácil com Noah a seu lado para ela se apoiar, e logo o pináculo da igreja surgiu e, não muito depois, estavam passando novamente pelo portão de ferro e se despedindo de seus companheiros de viagem.

— Marque minhas palavras, você estará tossindo e espirrando antes que o dia acabe — foi o golpe final da poderosa Mo.

Nina só sacudiu a mão, embora a vontade fosse enfiar a mão na cara dela.

— Eu estou bem — ela garantiu, quando viu a expressão preocupada de Noah. — Sério, não vou dar uma de Emily Brontë.

— O que quer dizer dar uma de Emily Brontë? — Noah perguntou, enquanto voltavam para onde haviam estacionado o carro.

247

— Ela pegou uma gripe forte no enterro de Branwell, que virou uma tuberculose, e ela recusou tratamento médico até que foi tarde demais e, então, ela morreu. Na casa paroquial de Haworth — Nina acrescentou, e um pequeno arrepio a percorreu de fato ao pensar na pobre teimosa Emily finalmente pedindo a Charlotte para chamar o médico e morrendo umas duas horas depois. — Eu não vou cair dura durante o nosso passeio. Só vou tirar este casaco, porque ele está com cheiro de cachorro molhado. Além do mais, desde meados do século XIX já inventaram todo tipo de remédios para gripes e resfriados que a gente encontra em qualquer farmácia.

— Tem certeza? — Noah segurou uma das mãos de Nina, o que a fez tremer de novo, mas não por estar pensando em uma morte precoce. — Você está gelada.

— Vou trocar este casaco molhado por um suéter — disse Nina. Eles estavam no carro agora. — Hum... você tem um para me emprestar?

Não houve jeito de Nina e seus seios caberem em um dos suéteres azul-marinho de Noah — ao contrário de Emily Brontë e seu famoso caixão que media apenas quarenta centímetros de largura —, então ela teve que se contentar com uma jaqueta fleece de zíper que não combinava com seu vestido preto anos 50 com estampas de gatinhos brancos esguios.

"Você nunca deve sair com um homem mais magro, mais baixo ou mais jovem que você", tinha sido uma das lições de vida de Alison quando Nina chegara à adolescência, e as palavras voltaram para assombrá-la enquanto ela tentava e não conseguia fechar o zíper da jaqueta.

— Isso ficou muito melhor em você do que em mim — disse Noah, com aprovação, embora Nina tivesse certeza de que ele estava mentindo.

Noah segurou a mão dela outra vez, e não porque a estivesse ajudando a passar por pedras escorregadias ou checando se ela não havia pego tuberculose. Segurou sua mão pelo simples prazer de segurá-la. Como se gostasse de tocá-la.

Nina apertou suavemente os dedos de Noah e ele devolveu a pressão de imediato. A jaqueta tinha um leve perfume de loção pós-barba fresca e revigorante, então era muito como se ela estivesse envolvida por ele. Nina estremeceu pela terceira vez, levantou a cabeça e viu Noah olhando para ela com aquela sua expressão pensativa, como se desejasse estar com o iPad para fazer anotações detalhadas.

Por fim, ela desviou o olhar e sentiu a respiração parada na garganta quando viu o jardim bem cuidado à sua frente e a casa bem cuidada ao fundo.

A Casa Paroquial dos Brontë.

Toda relíquia dos mortos é preciosa se eles foram estimados em vida.

Cruzar a porta branca na entrada da casa paroquial, um movimento que Emily Brontë e suas irmãs fizeram centenas, ou mesmo milhares de vezes, era algo indescritível.

Nina parou e olhou em volta para as paredes cinza, tentando absorver tudo, mas foi interrompida por um pequeno grupo de senhoras de meia-idade que desciam a escada na frente deles, falando muito alto.

— Muito mais limpo do que eu imaginava — uma delas anunciou com um leve sotaque americano. — E muito menor também.

— As pessoas eram menores naquela época. Com as más condições de saneamento e a falta de hortaliças frescas — outra senhora comentou, e todas fizeram um som de concordância.

— Eu imaginei que uma coisa que não faltava para eles eram hortaliças frescas — Noah murmurou no ouvido de Nina, mas ela ainda se sentia paralisada e mal podia se concentrar em qualquer coisa que não fosse o fato de estar ali. Emily Brontë não era só uma personagem da história, um verbete na Wikipédia; ela havia sido de carne e osso e vivera entre aquelas quatro paredes.

Nina olhou pela porta aberta à sua esquerda para uma pequena sala com uma mesinha ao lado da lareira, quatro cadeiras dispostas em volta dela, papéis e canetas e um tinteiro sobre a superfície polida. Ficou ali parada com uma expressão deslumbrada no rosto, mal percebendo que havia criado um gargalo para as senhoras americanas que queriam sair.

— Desculpe — disse Nina, movendo-se para mais perto da corda vermelha que a impedia de entrar na sala de jantar e passar a mão em todas as superfícies disponíveis. — Noah. — Ela pôs a mão para trás e o puxou. — Esta... esta é a sala onde as Brontë escreveram seus romances. Dá para imaginar? Emily escrevendo *O morro dos ventos uivantes* enquanto Charlotte trabalhava em *Jane Eyre* e Anne escrevia *A senhora de Wildfell Hall*. Seria como a Posy, a Verity e eu na livraria, escrevendo romances que viriam a se tornar grandes sucessos. — Nina sacudiu a cabeça. — Quais seriam as chances de isso acontecer?

— Vale a pena apostar dez libras em cada uma — Noah decidiu e esperou ali pacientemente enquanto Nina se apertava contra a corda, desesperada para não perder nenhum pequeno detalhe da sala em que tanta grandeza literária ocorrera.

Eles caminharam pela casa, vendo o escritório do sr. Brontë e a cozinha com seu fogão antiquado, depois subiram a escada para visitar a sala onde as crianças brincavam e o quarto de Charlotte. Emily e Anne pareciam não ter tido seu próprio quarto, mas, como as placas informativas explicavam, um certo reverendo Wade, que se mudara para a casa depois da morte dos Brontë, havia acrescentado uma nova ala à construção e alguns dos antigos quartos tinham sido convertidos em um corredor.

— Não só a mãe deles, Maria, morreu neste quarto, mas a própria Charlotte também — disse Nina, com a voz baixa e emocionada, enquanto olhavam o quarto de Charlotte. Esse não era o tipo de informação que se dizia em volume normal. No meio do quarto havia uma vitrine com um dos vestidos de Charlotte. Apesar das saias volumosas e das mangas enormes, era evidente que a pessoa que o usara tinha sido bem pequena. — Não caberia nem uma perna minha dentro dele — Nina exclamou. — E, quando eu morrer, espero que ninguém exponha minhas meias-calças para visitação pública.

Ela se virou para ver o que Noah achava, mas ele não estava olhando para as meias brancas de Charlotte Brontë pregadas atrás do vestido, mas para seu relógio de pulso. Ele estivera bastante irrequieto durante toda a visita e Nina não poderia culpá-lo. Aquela devia ser uma maneira bem chata de passar uma hora se você não fosse uma fã alucinada das Brontë.

— Desculpe — disse Nina. — Acho que não tem muito mais para ver. Eu pensei, e isso não é uma crítica, que o lugar seria muito maior. Parecia maior quando olhei pela internet. Está muito chato para você.

— Ah, não, está ótimo. É muito interessante — Noah respondeu, sem muita convicção.

— Porque eu acho que não deve ter muito mais para ver, então podemos ir à loja de lembrancinhas. — Nina estalou os dedos, animada. — Eu *adoro* uma loja de lembrancinhas.

— Quem não gosta? — Noah concordou muito vagamente e, sem conseguir se conter, olhou o relógio outra vez. — Desculpe. Você está brava comigo?

— De jeito nenhum — disse Nina, porque seria estranho se Noan fosse tão obcecado por *O morro dos ventos uivantes* e Emily Brontë quanto ela. Ele não esperava que Nina começasse a praticar caiaque em corredeiras ou descer em tirolesas, graças aos céus. — Eu nem poderia ficar brava depois de você ter preparado esta surpresa maravilhosa para mim. Vai ser difícil manter esse padrão tão alto nos próximos encontros.

Parecia presunçoso pressupor que haveria próximos encontros, mas aquele terceiro encontro estava sendo tão espetacular que Nina queria um quarto, um quinto, talvez tantos encontros subsequentes que parassem de ser encontros e se tornassem um relacionamento, e fazia muito tempo que ela não tinha isso que a mera ideia fez seu estômago se agitar como se um caminhão de borboletas tivesse sido despejado dentro dele. Talvez se ela explicasse sobre Paul, sobre o acidente e como ele havia mudado depois disso, Noah pudesse aceitar. Talvez...

— Por falar em surpresas... — ele estava dizendo, de modo que Nina foi forçada a parar de imaginar o que poderia ser e se concentrar no que era. — É por isso que fico olhando para o relógio. Eu reservei um horário para você às quatro e quinze.

— Reservou um horário para quê? — Nina lançou um olhar desconfiado para o vestido de Charlotte. — Vão me vestir com uma roupa e acessórios antigos para tirar uma foto?

— O *quê*? Não! É... bom, espero que seja, muito mais incrível que isso — disse Noah, hesitante, como se não tivesse certeza de como Nina reagiria à sua próxima surpresa.

Ela estava definitivamente curiosa e, sim, um pouco nervosa, quando desceram novamente a escada.

Noah a conduziu para os fundos da casa paroquial e para uma sala de exposição. Como as outras partes da casa, àquela hora, em uma tarde úmida e cinzenta de sexta-feira fora de temporada, a sala estava vazia, exceto por uma funcionária que sorriu quando eles entraram.

— Noah Harewood? — ela perguntou, com um sorriso simpático. — E a amiga de Noah?

— Esta é a Nina — Noah disse, puxando Nina para a frente. — Não estamos atrasados demais, não é?

— Eu sou Moira. Vocês chegaram bem na hora. Vamos fechar em quinze minutos. — A mulher fez um gesto para a mesa à sua frente e se dirigiu a Nina. — Quer sentar?

Nina estava louca para sentar, principalmente porque fazia *horas* que estava de pé. Sua curiosidade era como um animal irrequieto que ela não conseguia conter.

— O que vai acontecer? — ela indagou, a voz aguda com o suspense.

— No ano que vem é o bicentenário de nascimento de Emily Brontë e, para comemorar, estamos pedindo que os visitantes do museu escrevam cada um uma linha de *O morro dos ventos uivantes* em um caderno especialmente produzido para isso — a mulher explicou.

— E você ganha um lápis especial para guardar — Noah acrescentou, como se Nina precisasse de um incentivo, o que não era o caso. Ela já estava na cadeira.

— Eu quero! — ela exclamou, com as mãos no ar, flexionando os dedos. — Olha! Já estou me aquecendo!

— Vamos criar um pouco de clima? — Moira sugeriu. Ela apagou as luzes principais e a sala ficou quase escura, exceto pela lâmpada de mesa na frente de Nina que lançava um brilho aconchegante.

Agora que havia se acalmado um pouco, Nina viu uma pilha enorme, mas bem organizada, de papéis à sua esquerda, uma edição antiga de *O morro dos ventos uivantes* aberta mais ou menos em dois terços de seu volume com um marcador de página deslizante antigo e uma caixa de madeira de cantos curvos aberta e repleta de lápis pretos.

Nina inclinou a cabeça e viu que em cada um havia a inscrição *O morro dos ventos uivantes — Um manuscrito.*

— Você vai precisar de um deles — disse Moira e, com grande cuidado, Nina escolheu um lápis, embora todos fossem idênticos. — Agora, aqui está o manuscrito e esta é a linha que você vai escrever: "Vesti a touca e saí, sem pensar mais no assunto".

Nunca em sua vida Nina se concentrara tanto na escrita como quando copiou as palavras em sua melhor, mais bonita e uniforme caligrafia. Todos os seus músculos estavam tensos até que ela terminou e descobriu que, estranhamente, tinha os olhos cheios de lágrimas.

— É muito emocionante — disse ela, com a voz rouca. — Sentar aqui, nesta casa, e escrever as mesmas palavras que a Emily Brontë escreveu neste mesmo lugar quase duzentos anos atrás. Sem ter ideia de que a história que ela estava contando seria lida e amada dois séculos depois. Meu Deus, fico até tonta!

— Muita gente tem esse tipo de reação — Moira comentou, olhando para Noah. — Sua vez.

— Ah, sim! Noah! Faça isso! — Nina exclamou, mas ele estava recuando, com as mãos erguidas.

— Não, eu não quero me intrometer na sua festa — ele respondeu com firmeza. — Este é o seu momento.

— Mas eu quero compartilhar com você — Nina disse, com a mesma firmeza, empurrando a cadeira para trás e se levantando. — Isto é uma coisa que a gente só faz uma vez na vida. Ele pode mesmo escrever uma linha, não pode?

— Claro que sim. — Moira sorriu discretamente da expressão determinada no rosto de Nina enquanto ela puxava o braço de Noah.

— Sente! — ela mandou. — Venha, sente!

— Eu não sou um cachorro — Noah resmungou, mas sentou. — Tenho uma letra horrível. Vou ter que escrever em letra de forma ou vai ficar totalmente ilegível.

— Não tem problema — Moira lhe assegurou. — Pegue um lápis e esta é a linha que deve copiar: "Ela saltitou na minha frente, depois voltou para o meu lado, então correu de novo, como um cãozinho novo".

Nina queria manter uma distância respeitosa enquanto ele trabalhava, mas ficou intrigada com a maneira como Noah manejava com dificuldade o lápis e o papel. Segurava o lápis como se de repente ele fosse fugir de sua mão e se aproximava do papel como de um inimigo mortal.

— Ah, meu Deus! Eu tinha esquecido de quando você me mandou aquele bilhete e eu mal consegui ler. Você não estava mesmo brincando sobre a sua letra — Nina falou sem pensar, depois se repreendeu pela falta de tato. Até as letras de forma de Noah pareciam estar tendo um colapso nervoso na página.

— Pois é, Nina, eu não posso ser bom em *tudo* — disse Noah, e Nina esperou até ele terminar a última letra, que mais parecia um inseto que acabara de morrer no papel, e lhe deu um soquinho no ombro.

— Eu ia dizer que você é incrível para planejar viagens-surpresa, mas você ia ficar muito vaidoso — ela falou, enquanto Noah levantava da cadeira. Ela se virou para Moira. — Muito obrigada por nos deixar fazer isso.

— É ao seu amigo que você tem que agradecer, mas acho que isso o deixaria muito vaidoso também — respondeu Moira. Ela os acompanhou até a porta com um sorriso que quase pedia desculpas, como se não tivesse nada que mais quisesse no mundo que ficar ali, ouvindo-os trocar gracejos um com o outro. — Nós fechamos às cinco e acho que vocês vão querer visitar a loja antes de ir embora.

— Sim! — ambos exclamaram em uníssono, e Nina pegou a mão de Noah para apressá-lo. Caramba, ela tinha feito mais exercício em um único dia do que em um ano inteiro.

255

— Temos só quinze minutos! — ela disse a Noah com genuíno alarme ao chegarem à loja. — Isso é que é pressão!

Nina era uma compradora muito objetiva. Atribuía isso a todos os anos de garimpagem em cabides de bazares de caridade e brechós em busca de boas roupas vintage. Agora, foi direto para uma bela gravura da casa paroquial no outono, depois pegou um punhado de cartões-postais e acrescentou barras de chocolate com a marca Brontë para levar para o trabalho segunda-feira (uma barra Charlotte de chocolate ao leite para Posy, uma Branwell de chocolate ao leite com laranja para Tom e, embora Verity vivesse dizendo que era uma fã incondicional de Jane Austen e que as Brontë eram muito austeras e melodramáticas para o seu gosto, poderia ficar com uma barra Anne e dar-se por feliz com isso). Nina pegou cinco barras Emily de chocolate amargo para si. Queria muito comprar algo para Noah também. Uma maneira simples, mas nem de longe à altura de lhe agradecer pelo dia que ele havia lhe proporcionado. Parecia que ele tinha olhado dentro de sua alma para planejar a mais perfeita das experiências — até a infernal marcha até a cachoeira teve seus momentos memoráveis — e ela gostaria de olhar dentro da alma dele para saber qual seria o presente de agradecimento perfeito. Embora suas opções fossem limitadas em uma loja de presentes da Casa Paroquial dos Brontë. Talvez uma capa para iPad ou celular? Nina olhou em volta em busca de inspiração e parou ao lado de uma vitrine de lembrancinhas com citações de alguns romances das irmãs Brontë.

Não pôde evitar um sorriso terno ao ver uma caneca com a frase "Leitor, eu me casei com ele". Posy havia sugerido a famosa citação de *Jane Eyre* como um possível novo nome para a livraria e a ideia havia sido bombardeada, embora no fim ela tivesse mandado fazer uma sacola "Leitor, eu me casei com ele" e encomendado impulsivamente quinhentas delas.

— Ah, não, a Posy não pode descobrir nunca sobre todas estas mercadorias com citações — disse Noah, aparecendo atrás dela. — A Verity me contou sobre as sacolas.

— Nós temos camisetas "Leitor, eu me casei com ele" também — informou Nina. — Elas vendem surpreendentemente bem como presentes para futuras noivas. Mas não podemos contar a Posy sobre estes — ela acrescentou, apontando para luvas de cozinha e um avental com a citação "Eu sou Heathcliff" impressa.

— Está tentada?

— Não, eles não combinam com a minha estética. E para fazer torradas ou esquentar uma refeição pronta, que é tudo que eu faço na cozinha, não preciso de acessórios — Nina explicou. — Mas vou levar uma caneca, e uma para você também! Todo mundo precisa de uma caneca.

A caneca de Emily Brontë tinha a citação "A minha alma não é covarde", o que parecia apropriado para alguém como Noah, que gostava tanto de atividades que desafiavam a morte. Uma caneca de sete libras e meia era um modo bem ruim de dizer "obrigada", mas teria que servir por enquanto.

— Todo mundo precisa de uma caneca — Noah concordou solenemente e Nina viu que ele também tinha estado fazendo compras.

— Belo lenço — disse ela, indicando o lenço cinza e lilás adornado com pequenas bolinhas azul-claras que Noah estava segurando.

— Para minha mãe, no Dia das Mães — explicou Noah, franzindo a testa. — Temos uma regra de não gastar mais que dez libras em presentes, e eu não sei se a lã vem de carneiros criados livres e de forma ecologicamente correta, que passam os dias saltitando alegremente pelos pântanos.

— Tenho certeza que ela vai adorar. — Nina não tinha certeza de nada disso. A mãe de Noah, como a sua, parecia ser difícil de satisfazer. Ele também tinha pegado várias caixas de chá. — O chá é para ela também?

— O Emily, hum, Bron-Tea é para o meu pai. Ele está em uma dieta detox desde que foi diagnosticado com esclerose múltipla, e isto é bom porque tem urtiga e frutas silvestres, e também peguei o Branwell, que tem erva-mate e condimentos, para o meu irmão mais novo. Ele se orgulha de ser capaz de beber as misturas mais terríveis.

— Como suco verde? Eca! — No ano anterior, Nina, Posy e Verity tinham decidido fazer uma dieta saudável que durou dois dias e envolveu uma aula de ioga e um suco verde que custou dez libras e tinha gosto de espuma de água parada.

— Suco verde é obra do diabo. — Noah estremeceu. — Quando eu morava em San Francisco, todo mundo tomava suco verde. Se você pedisse um café totalmente cafeinado, eles te olhavam como se você tivesse pedido para acrescentar pedrinhas de crack e deixar a espuma.

— Mas cafeína não é um dos cinco grupos básicos de alimentos? — falou Nina com ar pensativo, enquanto caminhavam para a caixa registradora onde uma mulher os olhava com a expressão desesperada de alguém que queria fechar a loja e ir para casa.

Eles pagaram pelas compras e saíram da casa paroquial. Estava escuro quando caminharam de volta para o estacionamento e de repente, apesar de suas pernas doloridas, ou melhor, de toda ela dolorida depois de tanta atividade forçada e da fome que fazia seu estômago roncar, Nina se sentia com os nervos à flor da pele.

Noah havia lhe dito para preparar uma mala para passar a noite, então, obviamente, não estava planejando voltar para Londres. Eles iam ficar em algum lugar.

Talvez dividir um quarto. E uma cama.

Era o terceiro encontro e ambos sabiam *exatamente* o que isso significava.

Os tremores estavam de volta porque Nina não era de forma alguma desfavorável à ideia de finalmente embarcar em alguma diversão séria. Muito pelo contrário, especialmente quando ele pegou sua mão e perguntou:

— Você está com frio?

Nina fez uma pausa para refletir. Na verdade, ela *estava* com frio, somado à dor no corpo e à fome.

— Um pouquinho, mas tenho algumas ideias de como poderia me esquentar — ela respondeu, sensualizando a voz e apertando a mão de Noah logo antes de ele a soltar, porque estavam no carro agora.

— Um bule de chá e torradas? — ele sugeriu, com todo recato. — Depois ir para a cama cedo com um bom livro.

— Talvez um desses quatro — Nina concordou.

Faça o mundo parar aqui. Faça tudo parar e ficar imóvel e nunca mais se mover. Faça os pântanos nunca mudarem e eu e você nunca mudarmos.

Foi uma viagem rápida até o próximo destino. Não estavam no carro nem há dez minutos com a moça no GPS ronronando direções quando viraram em uma rua no fim da qual havia uma casa comprida e baixa de ardósia cinza. As luzes estavam acesas e, assim que eles pararam, a porta da frente se abriu.

— Parece legal — disse Nina. — Aconchegante e convidativa.

— Não é só isso que ela é — respondeu Noah, um pouco convencido, o que não combinava muito com ele, mas indicava que havia mais surpresas pela frente. — Vou pegar suas malas.

— Entrem! — chamou a mulher que estava parada à porta. — Vocês devem estar congelando!

Não tardou para que Nina e Noah estivessem sentados lado a lado em um sofá gloriosamente macio, cada um deles com uma caneca de chá e uma enorme fatia de bolo, enquanto os proprietários do *bed & breakfast* contavam como os Brontë tinham sido visitantes frequentes e que aquele local costumava ser visto como a inspiração para a própria casa de *O morro dos ventos uivantes*. Nina não achava que seus olhos pudessem se arregalar ainda mais — eles já pareciam pular das órbitas —, quando eles também revelaram que ela ficaria no Quarto Earnshaw com sua "janela Cathy", por onde o fantasma de Cathy havia tentado entrar.

Tudo era tão mágico. Nina só pôde olhar para Noah, que baixou a cabeça, modestamente. Aquele era, sem dúvida nenhuma, o melhor encontro que Nina já tivera na vida. O melhor encontro, de fato, desde que se tem registro.

E também a melhor viagem. O melhor miniferiado. As melhores preliminares, porque, ah, sim, eles definitivamente iam fazer AQUILO nesta noite.

— Nós queríamos saber se vocês ainda vão querer dois quartos. É que acabamos de receber um telefonema de um casal americano perguntando se teríamos um quarto livre para esta noite — indagou um pouco hesitante seu anfitrião, que era extremamente cordial, tanto nas maneiras como no caráter.

— Nós só precisamos de um quarto — Nina respondeu com firmeza e certa autoridade. — Certo? — Então deu uma batidinha enfática no joelho de Noah. Ninguém jamais poderia acusá-la de ser ambígua.

— Para o caso de você ficar com medo se ouvir alguma coisa batendo na janela, não é? — Noah indagou, levantando de leve as sobrancelhas. — Ou alguém?

— Exatamente. Você sabe como a minha imaginação é fértil — Nina disse, piscando tão teatralmente que quase deslocou a pálpebra.

Houve um momento de silêncio, *constrangido*, e então a proprietária tossiu baixinho.

— Bom, imagino que vocês queiram ver o quarto e descansar.

— Sim, seria ótimo — Nina concordou. Ela ainda estava usando as roupas úmidas e pagaria bem caro por um banho quente.

O quarto era uma preciosidade. Tirando os adereços da vida no século XXI — os sofás, a colcha aveludada, a lareira com jeitão antigo, mas na verdade muito moderna, que iluminava o quarto com um brilho agradável e aconchegante —, pouco havia mudado desde quando os Brontë tinham sido visitantes da casa. Havia paredes ásperas de tijolos e vigas grossas de madeira, como troncos de árvores, sustentando o telhado inclinado, com vigas menores entrecruzadas.

E havia o que seus anfitriões chamaram de "cama de caixa", exatamente como a que Emily Brontë descreveu em *O morro dos ventos uivantes*. Uma cama escondida em um armário de carvalho: "Deslizei os painéis laterais, entrei com minha vela, tornei a fechá-los e me senti protegido contra a intromissão de Heathcliff e de qualquer outra pessoa".

Era como se Nina tivesse entrado nas páginas do livro.

Noah estava perguntando sobre lugares para comer nas proximidades e a que horas serviam o café da manhã, enquanto Nina andava pelo quarto, com as mãos passando por cada peça de mobília, os olhos tentando absorver cada detalhe. Em seu pequeno cubículo, a cama parecia tão convidativa, tão macia e confortável, cheia de travesseiros, que Nina não estava nem pensando em como seria perfeito aquele lugar para suas atividades de terceiro encontro, mas em como gostaria de cair de cara nela e dormir por cem dias.

— Nina? Acha que é uma boa ideia? — Noah perguntou, e ela se virou para ele com um sorriso fixo, mas luminoso, no rosto.

— Desculpe, eu não estava ouvindo. Qual é a ideia?

A ideia era que Nina passasse um tempo "não excessivamente longo" se arrumando e, então, seus anfitriões fariam a gentileza de levá-los a um pub local para o jantar e de ir buscá-los quando eles quisessem vir embora.

Nina nunca havia recebido esse tratamento em nenhum hotel em que tinha ficado antes, embora, é verdade, os hotéis em que ela ficara tendessem a ser B&Bs convencionais ou Premier Inns.

Eles lhe prometeram até emprestar um casaco ao levarem sua maltratada imitação de pele de leopardo para secar. Noah saiu do quarto com eles e Nina ficou sozinha.

Quando acordou naquela manhã, e parecia que tinha sido semanas atrás, ela não esperava mais do que um dia movimentado vendendo livros, talvez uma ida ao Midnight Bell para uns drinques depois do trabalho. Com certeza não esperava nada daquilo, ou que a primeira noite deles juntos estivesse tão próxima.

Sentiu uma leve decepção quando viu que o banheiro tinha apenas um chuveiro e não a banheira que estava desejando, mas provavelmente era melhor assim. Era bem possível que ela dormisse em uma banheira quente. Na verdade, até mesmo o chuveiro quente a fez ter vontade de desabar no chão do boxe e dar uma cochilada.

Mas não havia tempo para cochilar. Não quando Nina precisava cumprir toda a sua rotina de se aprontar para a noite-do-terceiro-encontro em meia hora. Lavar, condicionar, depilar, esfoliar, hidratar e, depois, tentar secar rapidamente o cabelo para ter tempo de usar a escova modeladora.

Quando Noah bateu na porta trinta e sete minutos depois de ter saído, Nina estava pronta. Ela abriu a porta e os olhos dele se arregalaram, sua boca se abriu, o que foi toda a comprovação de que ela precisava. Mas seu deslumbrado "Nina, você está incrível!" foi a cereja do bolo.

Era o terceiro encontro, afinal, e, na maior parte do tempo, Noah tinha visto Nina em sua detestada camiseta Felizes para Sempre, em sua jardineira Land Girl e em uma produção própria para um jogo de laser, mas nunca desse jeito, em toda a sua glória.

Seus olhos não sabiam onde focar primeiro. Nas ondas platinadas e brilhantes do cabelo estilo Veronica Lake, no rosto, nas sobrancelhas perfeitamente arqueadas e na pele perfeita, na camada de delineador líquido, nos cílios postiços e no batom vermelho-matte. Muitos outros produtos faziam parte do pacote, e o efeito final era o de uma deusa do cinema, enfatizado ainda mais pelo vestido justo de cetim preto, que mergulhava nos lugares certos e se agarrava lindamente em todos os outros pontos.

— A ideia é prestar uma homenagem à autêntica Hollywood de antigamente — disse Nina, terminando com um risinho, porque não havia percebido quanto estava nervosa. Ou talvez fosse só o jeito como Noah continuava olhando para suas pernas com meias arrastão e os dedos se curvando dentro dos sapatos de camurça de salto.

— Missão cumprida — Noah afirmou, com a voz alterada, segurando Nina pelos pulsos, os olhos muito fixos, e ela pensou que poderiam pular o jantar e seguir direto para a sobremesa, mas... não. Ele a conduziu gentilmente, mas com determinação, até a porta.

— Me dê dez minutos — disse ele, empurrando-a para o corredor. — É todo o tempo de que preciso para tomar um banho e fazer a *minha* produção —, e Nina riu enquanto pegava sua bolsa de estampa de leopardo na mesinha ao lado da porta.

Os demais hóspedes da casa eram um jovem casal americano, Rachel e Ford, em viagem pela Europa e ligeiramente desapontados por se encontrarem na Grã-Bretanha em um março basicamente cinzento e chuvoso.

— Nós somos de Austin, Texas — explicou Rachel, quando todos se espremeram em um carro para serem levados ao pub para jantar. — Ninguém nos disse que ia estar tão frio.

— Ou molhado — Ford acrescentou, desanimado.

Quando chegaram ao pub, que era charmoso e com jeito de antigo como qualquer pub na terra dos Brontë deveria ser, Nina percebeu que não haveria chance de se livrarem de Rachel e Ford e ficarem em uma mesa para dois.

Para Nina, não teria nenhum problema em deixá-los. Noah, porém, tinha modos muito mais educados e disse com um entusiasmo convincente que seria ótimo todos jantarem juntos, mas Nina viu como ele engoliu em seco para disfarçar sua decepção e, quando ele a ajudou a tirar o anoraque acolchoado emprestado, murmurou "eu sinto muito" em seu ouvido.

O jantar passou em uma espécie de névoa agradável para Nina. Com o calor do fogo obrigatório na lareira, o conhaque no copo e a substanciosa torta de carne à frente, não estava sentindo nenhuma dor. Rachel e Ford, apesar da aparência de geração saúde — parecia que estavam encenando uma propaganda de cereal matinal integral ou produtos de limpeza livres de parabenos —, eram boa companhia. Antes de viajarem pela Europa, tinham vendido todos os seus bens, comprado um motorhome e viajado pelos Estados Unidos, então estavam repletos de histórias sobre a vez que foram ao Grand Canyon ou aos desertos de sal em Utah e como Rachel havia ficado trancada em um banheiro em Graceland.

Noah estava cheio de perguntas sobre road trips, às quais eles respondiam com todo o prazer, e Nina estava satisfeita tomando seu conhaque e murmurando um comentário aqui e ali, enquanto brincavam de roçar os pés debaixo da mesa. Estavam trocando tantos olhares quentes que nem precisavam estar sentados tão perto da lareira.

Só o que cortava um pouco o clima era o fato de que cada pessoa no pub encontrava um motivo para passar pela mesa deles e lançar um olhar admirado para Nina. Normalmente, ela não se importaria com a atenção (pelo contrário, ela costumava adorar isso), mas, naquela noite, havia se vestido apenas para o olhar admirado de Noah.

A verdade é que ficaria bem feliz de pular a sobremesa e voltar para seu B&B e sua cama de caixa, mas Rachel e Ford tinham andado mais de vinte e cinco mil passos naquele dia e queriam a sobremesa. Os dois eram muito legais, muito mesmo, mas Nina teve vontade de socá-los.

— Você está bem? — Noah perguntou, depois de terem pedido a sobremesa e Rachel e Ford terem saído da mesa para tirar fotos da decoração rural rústica e charmosa do pub e postá-las no Instagram. — Quer que eu vá sentar do seu lado?

— Sim, por favor — disse Nina e, quando se sentou na cadeira que Ford havia desocupado, Noah passou o braço sobre os ombros dela. O primeiro impulso de Nina foi empurrá-lo, porque estava com muito calor depois de ter passado a maior parte do dia com muito frio, mas ele a puxou para ainda mais perto e lhe beijou o rosto. Isso fez Nina se recostar nele e os lábios de Noah estavam descendo, tocando o canto de sua boca, quando algo ocorreu a ela. — Não acredito que esse foi nosso primeiro beijo de hoje!

— Não pode ser! — Noah franziu a testa. — Bem, acho que é verdade. Precisamos corrigir essa situação de falta de beijos bem depressa.

— Muito depressa — Nina concordou, mas logo se afastou. — Mas não aqui, especialmente porque aquelas duas meninas já passaram pela nossa mesa duas vezes e acham que eu não sei que estão tentando tirar uma foto de mim sem eu perceber. — Ela levantou a voz e as duas meninas recuaram, com o celular ainda apontado na direção de Nina. — Mas, sim, precisamos de mais beijos, o mais rápido e humanamente possível.

— Mais rápido que isso — disse Noah, com o olhar fixo na boca de Nina. — Eu queria que não tivéssemos pedido sobremesa.

— Falando no diabo...

A sobremesa deles já estava a caminho, assim como Rachel e Ford, que falavam entusiasmados sobre a história do pub, agora que um dos funcionários lhes havia contado que o lugar era assombrado por vários fantasmas diferentes.

Talvez, pela primeira vez em dez anos, Nina não havia pedido sobremesa, mas Noah continuou sentado a seu lado, dando-lhe na boca pedacinhos deliciosos de seu pudim de caramelo, embora ela estivesse sem nenhum apetite.

Tudo ficou um pouco nebuloso depois disso. Houve definitivamente mais um conhaque. E trocas de carícias. Muitas trocas de carícias. Especialmente no carro, no caminho de volta.

Nina achava que tinham conversado com Rachel, Ford e seus anfitriões no carro. Possivelmente também recusaram um último drinque antes de dormir, porque a próxima coisa de que se lembrava era de subir a escada para o quarto, com o corrimão de madeira liso sob seus dedos, Noah andando atrás dela e pausando para roçar o nariz em sua nuca mais uma vez quando pararam no corredor para se situar.

Então, finalmente, estavam no quarto. O fogo tinha sido renovado enquanto eles ficaram fora e o calor era de torrar, e Nina já estava entrando em ponto de ebulição só de todo aquele contato físico.

A porta se fechou atrás de Noah com um som forte que combinou com a batida do coração de Nina.

— Então — disse ela, ofegante. — Sobre aqueles beijos...

— Sim, aqueles beijos — repetiu Noah, chegando mais perto dela, e Nina achava que nunca havia desejado tanto ser beijada quanto naquele momento...

E então a espera acabou, porque Noah havia fechado o pequeno espaço entre eles, puxado Nina para seus braços, e ela estava trazendo a cabeça dele para baixo, os dedos enfiados em seus cabelos, e eles estavam se beijando.

Finalmente!

265

Não havia como ser comedido naquilo. Não havia tempo para beijinhos hesitantes de boca fechada. Só para beijos quentes, ávidos, famintos, vorazes, ambos se agarrando um ao outro. Nina estava se desmanchando, literalmente se desmanchando, nos braços de Noah e, ah, o gosto dele era divino. De conhaque, caramelo e café.

Em certo ponto, Nina teve de empurrá-lo para poder puxar algum ar para os pulmões. Eles ficaram parados a centímetros de distância, ofegantes, incapazes de tirar os olhos um do outro.

— Nós não precisamos fazer nada — Noah se esforçou para falar. — Eu não *espero* que você faça nada porque sente que tem que fazer.

— Eu sei — Nina assegurou rapidamente. — Eu *não* sinto que tenho que fazer.

— Ah. — Os ombros de Noah se curvaram para baixo, assim como os cantos de sua boca, enquanto ele tentava não parecer muito decepcionado, mas não conseguia.

— Eu não *tenho* que fazer nada — Nina repetiu, para o caso de Noah não a ter ouvido bem da primeira vez —, mas, ah, eu *quero* muito.

— Você quer? — A voz de Noah voltou a soar esperançosa.

— Quero! Claro que quero! E por que estamos conversando sobre isso quando poderíamos estar fazendo? — Nina mal havia chegado ao fim da frase e a boca de Noah já estava na sua outra vez, e eles foram aos trambolhões desajeitados até o gabinete, e Nina bateu o ombro e Noah bateu a cabeça enquanto tentavam deslizar o painel de madeira que escondia a cama.

Noah se jogou na pilha de almofadas e travesseiros.

— Vem — disse ele, em um tom muito incisivo, muito não Noah, que causou um estrago nas terminações nervosas de Nina.

— Espera — respondeu ela, porque estava usando um vestido vintage genuíno da década de 40 que era difícil de vestir e mais difícil ainda de tirar. Nele havia um zíper lateral escondido, e Nina às vezes se perguntava se esse estilo de vestido recebia o nome de wiggle, ou rebolado, porque o único jeito de entrar e sair dele era rebolando muito.

Ela estava rebolando agora enquanto puxava o vestido para cima sobre os quadris. Os olhos de Noah se arregalavam como os de uma criança vendo os presentes embaixo da árvore de Natal. Então ela passou o vestido sobre a cabeça, soltando com cuidado os braços das mangas justas e, por mais que adorasse suas curvas, sentiu um momento de puro terror de que o olhar fascinado de Noah fosse substituído por outro de desgosto, mas, quando finalmente se livrou de todo o cetim preto e pôde enxergar outra vez, Noah a olhava como se não tivesse acabado de vir de um jantar de três pratos e ainda estivesse faminto. Louco de fome.

— Uau! — ele ofegou. — Nina. Uau. Eu devo ter feito algo muito bom em uma vida anterior para estar aqui com você e você... ser... *assim.*

Nina pôs as mãos nos quadris para exibir melhor o sutiã e calcinha de renda preta e a cinta-liga que segurava as meias, porque, se algo valia a pena ser feito, valia a pena ser feito direito.

— Ah, essas coisas velhas! — ela disse, zombando.

— Eu quase tenho medo de tocar em você. — Noah levantou a mão, hesitante, como se não pudesse acreditar que ela logo estaria tocando a pele de Nina.

— Bom, não vamos chegar muito longe se for assim. — Nina estava nervosa de novo. Porque era uma coisa fazer poses bonitas enquanto Noah a comia com os olhos, mas, agora, ela estava esperando pelo sinal verde e ele parecia estar empacado no vermelho.

— Quase, eu disse que *quase* tenho medo de tocar em você — Noah esclareceu com um sorriso maroto, e seus movimentos foram rápidos para puxar Nina para a cama, e ela estava nos braços dele de novo enquanto ele fechava o painel e o mundo de fora deixava de existir e agora eram só os dois.

No escuro dentro do cubículo, Nina não conseguia ver Noah, mas então suas mãos, sua boca, estavam nela e ela não precisava vê-lo, porque podia senti-lo. Nela. Dentro dela. Em toda a volta dela.

A primeira vez foi quente, intensa e frenética, mas, ah, tão boa.

Nina nem se importou de depois estar toda suada e melada. Ficaram deitados de costas, com os dedinhos entrelaçados, respirando no mesmo ritmo.

267

A segunda vez foi lenta e sensual, com longos minutos dedicados a aprender os segredos um do outro, murmurar promessas de encontro à pele e terminar a longa subida juntos, e foi igualmente bom, se não melhor.

O ar estava um pouco frio quando eles deslizaram para baixo das cobertas e Nina normalmente não era de dormir agarradinha, porque isso era muito convencional, mas era delicioso ter os braços de Noah em volta dela, conchinha grande encaixada em conchinha pequena.

Ela achou que Noah estivesse dormindo. A respiração dele era profunda, regular, mas então ele disse baixinho:

— Isso não é só uma brincadeira, é, Nina? Eu não quero que seja só uma brincadeira.

A frase soou meio como pergunta, meio como confissão, como se ele estivesse com receio de que Nina tivesse tido sua noite de paixão e agora fosse cair fora. O que era ridículo. Ela o conhecia havia pouco mais de um mês, mas não era o bastante. Ela sabia com uma rara certeza que Noah era o tipo de homem com quem ela poderia estar por um ano, dez anos, uma vida inteira, e ele ainda encontraria novas maneiras de surpreendê-la, de fazê-la rir, de fazê-la se sentir segura.

De repente, Nina entendeu. Que tola havia sido! Paixão era uma coisa, houve muita paixão naquela noite, mas, quando acompanhada de algo mais suave, mais doce, mais profundo, talvez a paixão pudesse ter um poder de permanência real.

Um homem que conseguia deixar você como um trapo e depois a abraçava para dormir poderia ser alguém para ficar.

Ou, pelo menos, Nina esperava que sim.

*Eu não parti seu coração, foi você mesma que o partiu — e,
ao parti-lo, partiu o meu também.*

Nina acordou confusa e desorientada na manhã seguinte. Não lembrava onde estava, por que estava tão escuro, ou por que parecia estar aconchegada junto a uma garrafa de água quente.

Ficou ali deitada, desejando que seu cérebro funcionasse, até que lentamente, os acontecimentos da véspera foram ganhando foco. Não era de admirar que estivesse tão dolorida, ligeiramente de ressaca, e aquilo não era uma garrafa de água quente; era um Noah nu e quente.

— Nina? Está acordada? — Noah nu e quente sussurrou em seu ouvido e ela tentou dizer "sim", mas saiu mais como um gemido.

— Acho que estou — ela resmungou e precisou de todo o esforço no mundo para encontrar energia para se virar na cama e ficar de frente para ele. — Oi!

— Olá. Fiquei com saudade. Não vamos dormir nunca mais — disse Noah e beijou a ponta do nariz dela, e Nina já havia vivido suficientes manhãs seguintes constrangedoras antes para saber que aquela não era uma delas. Noah não era o tipo de homem de se divertir e sair de cena; ele falara sério na noite anterior sobre aquilo não ser uma brincadeira.

E Nina? Apesar das dores e da desconfiança de que alguma pequena criatura do mato havia rastejado para dentro de sua boca durante a noite e morrido ali, raramente ela se sentira tão contente.

— Ou poderíamos dormir mais um pouco agora? — ela sugeriu, porque ainda estava cansada.

— Quando você diz *dormir*, quer dizer dormir ou quer dizer alguma outra coisa? — perguntou Noah, cutucando Nina de uma maneira que deveria ter acendido todo tipo de fogueira, mas, no momento, tudo que ela conseguiu foi uma fumacinha e, quando ele se aproximou para beijá-la, Nina teve que desviar o rosto.

— Eu quis dizer dormir mesmo — ela respondeu, sonolenta. — Você acabou comigo e, além disso, tenho a pior boca matinal de todos os tempos, então pare de tentar me beijar.

— Pobre Nina. — Noah não parecia se importar de haver um pequeno bicho morto na boca de Nina, porque roubou mesmo assim um beijo rápido, mas terno, depois riu e a soltou. — Como você é minha pessoa favorita no mundo no momento, vou te deixar na cama mais um pouco enquanto tomo banho primeiro, mas já são mais de nove horas. Acho que perdemos o café.

Nina costumava adorar o café da manhã de hotéis. Nada de opção continental; ela queria sempre o café completo, mas nem a ideia de bacon, ovos e torradas conseguia movê-la de sua posição. Sentiu Noah sair da cama e aproveitou a oportunidade para se afundar mais sob as cobertas. Poderia dormir por uma semana.

Seu celular começou a tocar do outro lado do quarto, onde ficara carregando desde antes de saírem para jantar na noite anterior.

— Quer que eu pegue para você? — Noah ofereceu.

— Não, deixa.

— Tarde demais, preguiçosa — disse Noah, e Nina abriu um olho e o viu olhando com curiosidade para seu celular, que continuava tocando.

— Por favor... não pode ser tão importante — ela gemeu, louca para voltar a cochilar.

— O quê? — Noah perguntou, ríspido, de um modo que fez Nina conseguir se apoiar em um cotovelo, mas então o telefone parou de tocar, ele sacudiu a cabeça e entrou no banheiro com um andar tão instável que se chocou contra a parede.

270

Parecia que ela não era a única que estava cansada, Nina pensou, quando seu telefone emitiu um bip para avisá-la que tinha uma mensagem de voz. Depois começou a tocar de novo. *Para. Tenta dormir.* Bip.

De novo, e de novo.

Na quarta vez que tocou, Nina jogou as cobertas de lado com um resmungo de frustração. Era evidente que era alguma emergência e alguém precisava falar com ela urgentemente, ou era melhor que fosse isso, caso contrário Nina iria atrás dessa pessoa em busca de vingança.

Suas pernas estavam muito moles quando ela se enrolou como uma múmia no lençol e cambaleou até a mesinha onde estava seu celular.

Começou a tocar de novo, a foto de Paul com as filhas piscando na tela. Nina atendeu com dedos desajeitados.

— O que foi? É uma emergência? É a vovó? Oh, meu Deus, *é* a vovó! Ela passou mal de novo?

— Não é a vovó, ela está bem — disse Paul, com jeito alegre, esclarecendo que não havia nenhuma razão tão urgente para bombardeá-la de telefonemas tão cedo em um domingo de manhã. — Mas você não parece muito bem. Está com voz de ressaca das bravas. Noitada boa ontem, hein?

Nina corou. Por que estava corando, ela não sabia muito bem. E também não sabia como revelaria a Noah que era irmã daquele seu torturador da época da adolescência. Que ela, na verdade, também tinha estudado na Orange Hill e testemunhado os crimes de seu irmão em primeira mão.

Era uma situação muito complicada, que precisaria ser conduzida com bastante delicadeza. Mas ela estava se precipitando. O mais urgente era ser sincera: não seria agradável, mas o que eles tinham era tão especial, tão raro, que certamente poderia superar alguns obstáculos, não é? Ela lhe contaria tudo quando voltassem a Londres.

— Só uma noitada mediana — ela falou com a voz rouca. — Estou passando o fim de semana fora da cidade e...

— Tudo bem, legal. Podemos falar sobre mim agora? — Paul obviamente não estava interessado em uma conversa social. — Você tem que me ajudar! É nosso nono aniversário de casamento e será meu último se eu não arrumar um presente incrível para a Chloe.

As pernas de Nina realmente não queriam mantê-la em pé por mais tempo, então ela desabou em uma das poltronas do lado da lareira.

— Por que você deixou para a última hora?

— Porque a gente tinha dito que não ia comemorar. Tínhamos concordado! E agora ela está se sentindo ofendida porque eu não comprei nada para ela — disse Paul, indignado. — Disse que ainda não me perdoou pelo presente que eu dei no aniversário dela.

— Você deu um aspirador de pó para ela — Nina o lembrou. — Você é um monstro.

— Era um modelo último tipo... — Paul desistiu, porque sabia que não havia argumento convincente. — Você é mulher. O que eu dou para ela?

Nina inclinou a cabeça para trás. Não sabia se estava com calor ou com frio. Sentia-se pegando fogo embaixo do lençol, mas suas pernas, expostas ao ar, estavam congelando. E seu cérebro realmente não queria funcionar.

— Você quer a minha ajuda? — Nina falou, elevando a voz, o que piorou a sensação de dor na garganta. — Porque, se quiser, é melhor baixar o tom, colega.

— Tudo bem, desculpe — Paul respondeu, tentando encontrar uma maneira mais cordial. — É que ela já está bem brava. Já gritou comigo por eu não ter colocado a minha tigela de cereal no lava-louças. Então, será que você tem alguma ideia brilhante do que eu posso dar para a Chloe?

Essa conversa estava dando a Nina uma dor de cabeça dos infernos.

— Não tem um presente para cada ano de casado? Tipo, prata para vinte e cinco anos, ouro para cinquenta... Espere um pouco, vou procurar no Google o que é para nove anos.

Ela estava ocupada no Google quando ouviu uma tossezinha discreta. Levantou os olhos da tela do celular e viu Noah de pé ao seu lado, com uma toalha amarrada na cintura. "Desculpe", ela murmurou. "Crise familiar." E, então, teve que desviar o olhar, porque na noite anterior não pôde enxergar nada e, nesta manhã, podia ver tudo. Podia ver que Noah era magro, mas musculoso, porque todos aqueles caiaques e tirolesas deviam ser um bom exercício, e, sim, ele era cheio de sardas e, na próxima vez, ela beijaria cada uma delas.

E provavelmente era por isso que Noah estava franzindo a testa, porque Nina olhava para ele do jeito que Strumpet olhava para a geladeira quando ainda faltavam *horas* para o seu jantar.

— E aí? Encontrou? O que é nove anos? — Paul perguntou, a quem ela tinha posto no viva-voz enquanto fazia a busca, e Noah pareceu fazer uma careta, pegando roupas limpas e se fechando de novo no banheiro.

— É cerâmica ou vime — Nina respondeu, mas sua cabeça estava preocupada com Noah.

— Ah, foi por isso que a Clo me deu uma cesta de piquenique de vime. Garota esperta. O que mais é feito de vime?

— Sei lá.

Quando Noah voltou para o quarto, totalmente vestido com um jeans e o onipresente suéter azul-marinho, a mesma testa franzida, Paul havia recebido instruções expressas de ir à loja John Lewis mais próxima ("mas fica em Kingston!") e comprar uma vela Diptyque edição limitada em um lindo castiçal de cerâmica feito à mão.

— Cinquenta e cinco libras por uma porcaria de uma vela? — Paul gritou ao telefone.

— E aproveite e compre um perfume enquanto estiver lá — Nina completou. — Ela é a mãe de suas filhas. Passou dois dias inteiros em trabalho de parto com a Rosie, então você pode caprichar no presente.

— É, acho que sim — Paul resmungou, mas Nina sabia que ele ia fazer o que ela lhe dissera. Ele adorava Chloe; ela era a melhor coisa que lhe havia acontecido na vida e ele não a merecia de fato.

— Ninguém mais fora a Chloe te aguentaria — ela o lembrou, carinhosamente. — Já te falei isso, não é?

— Acho que sim. Só umas cinquenta vezes, porque você é a irmã mais irritante de todos os tempos — disse Paul, e Noah estava arrumando a mala, ainda com a mesma expressão muito séria, e Nina não sabia por que ele parecia tão *bravo*...

Oh!

Oh, meu Deus!

Não!

Não tinha como ele saber. Não ainda!

Porque Nina precisava de tempo para explicar aquela história direito, com muito cuidado, e, depois que o tivesse feito e reapresentado os dois, Noah ia ver como Paul havia mudado, como ele era uma pessoa completamente diferente do menino detestável que tinha sido na escola. Ficaria tudo bem. Tinha que ficar tudo bem.

Mas isso seria no futuro. Não muito longe no futuro, mas ele não poderia saber ainda. Ou poderia? Nina se despediu apressadamente de Paul e voltou sua atenção para Noah.

— Desculpe — disse ela, sentindo as orelhas ficarem quentes. — Uns problemas familiares chatos.

— Tudo bem — respondeu Noah, guardando o carregador de celular em um dos bolsos de sua sacola. — Não queria te apressar, mas é melhor você tomar um banho enquanto eu vou ver se ainda dá tempo de tomarmos o café da manhã.

Nina não estava com tanta fome, mas lançou a Noah o que esperava ser um sorriso radiante.

— Terá minha gratidão eterna — disse ela, mas ele não sorriu de volta, e talvez ela estivesse vendo demais nas linhas tensas de seu rosto. Talvez ele apenas fosse uma dessas pessoas que ficam mal-humoradas de manhã até tomar pelo menos uma xícara de café.

Ainda havia tanto para descobrirem um sobre o outro, Nina refletiu, enquanto entrava no chuveiro. Noah ainda nem a vira sem maquiagem, porque ela não tivera a chance de tirar toda a produção na noite anterior. Sentiu a tentação de desviar o rosto da água e apenas retocar o que havia sobrado, mas, quando saiu do banheiro, estava banhada, vestida e de cara limpa.

— Eu não sou tão bonita ao natural, não é? — ela achou melhor esclarecer para Noah, que estava sentado de costas eretas em uma das poltronas. Era óbvio que ela havia demorado muito mais tempo do que pretendia. — Desculpe, demorei demais? Você viu se dá para a gente tomar café? Umas torradas já seriam suficientes. Nem estou com tanta fome, o que é estranho, porque normalmente...

274

— Isso não vai dar certo — Noah disse, abruptamente, erguendo uma das mãos para interromper os comentários de Nina sobre sua falta de apetite.

— Ah, tudo bem — Nina respondeu. — Nós podemos tomar café em outro lugar. Se bem que eu acho que já seria um brunch a esta altura. Dá tempo de eu fazer uma maquiagem leve?

Noah suspirou.

— Estou falando de nós. Não vai dar certo — ele disse sobriamente e de um jeito tão definitivo que foi como se uma porta batesse na cara limpa de Nina.

— Como assim? — Nina se sentira com o corpo pesado e dolorido desde que acordara, mas agora havia um peso de chumbo dentro dela, como se todos seus órgãos estivessem sendo puxados para baixo. — Nós estamos ótimos! Ontem à noite foi incrível. Mais que incrível. E esta manhã você disse... — Era difícil lembrar o que Noah tinha dito... Então ela se lembrou de ele a ter cutucado com os quadris e... — Você disse que tinha sentido saudade de mim enquanto eu dormia. Você até quis repetir!

Ele fechou os olhos como se a lembrança daqueles momentos deliciosos entre o sono e a vigília fossem dolorosos. Nina mal podia olhar para ele. Tinha uma sensação maluca de que, se olhasse, poderia se transformar em pedra como nas lendas gregas, mas, quando conseguiu coragem para encará-lo, com os olhos queimando, era ele que parecia ter se transformado em pedra.

— É muita bagagem para isso dar certo.

Nina torceu os lábios. Não era a primeira vez que tinha essa conversa com um homem na manhã seguinte.

— É claro que eu não sou virgem. Tenho quase trinta anos — ela disse, amargamente. — Mas não dormi com tantos homens quanto as pessoas pensam. De qualquer modo, mesmo que eu tivesse transado com mil homens, isso não devia importar. Só devia importar que estou transando com você.

— Eu não estou falando desse tipo de bagagem. — Teria sido mais fácil, melhor, se Noah estivesse vermelho e levantando a voz. Este era território conhecido para Nina: brigas acaloradas com um gritando na cara do outro. Mas o rosto de Noah era tão inexpressivo quanto o tom sem emoção de sua voz. — Eu vi a foto dele aparecer quando fui pegar o seu celular. Faz muito tempo, mas eu o reconheceria em qualquer lugar. Paul O'Kelly. Ele é seu irmão.

A frase não foi uma pergunta. Foi uma declaração absolutamente ine-quívoca que Nina não poderia negar. Não havia como se esquivar. Era preciso falar disso agora.

— É — ela respondeu em um sussurro vacilante. — Ele é, e eu queria... Noah levantou a mão para interrompê-la.

— Sabe, tinha passado pela minha cabeça se ele não seria seu irmão. Vocês têm o mesmo sobrenome, e eu poderia jurar que era ele que eu vi do lado de fora daquele bufê quando fui te buscar na outra semana, mas eu disse a mim mesmo que estava sendo bobo. Se ele fosse seu irmão, você teria me contado, mas você não disse nada, então eu imaginei que tivesse sido só uma infeliz coincidência.

— Eu queria te contar — Nina falou baixinho, suando frio agora que a terrível verdade tinha aparecido justamente quando tudo estava tão per-feito. — Eu pretendia te contar.

— E minha avó, você se lembra dela, uma cliente assídua do salão da sua tia? Ela insistiu que a moça que trabalhava lá e pintava o cabelo dela era a irmã de Paul O'Kelly, mas eu achei que não podia ser verdade, por-que ela sempre confunde as coisas, e de qualquer forma a Nina teria me contado. Assim como teria me contado que frequentou a Orange Hill — disse Noah. — Porque você estudou lá, não foi? Você me conheceu naquela época. — Os olhos dele a perfuravam e Nina baixou a cabeça. — Quando você descobriu?

Havia algo duro na voz dele agora: a falta de emoção começava a se romper sob o peso da raiva. Mas não era só raiva; quando ela ousou olhar rapidamente para o rosto dele, pôde ver mágoa, decepção e confusão se misturarem ali.

— Depois do jogo de perguntas, quando você estava me acompanhan-do até o ponto de ônibus — ela admitiu e estremeceu, porque a sensa-ção era de que ela estava sendo enterrada no gelo. — Mas... Mas...

— Mas você nunca pensou em me contar? Por que não me contou?

— Eu não queria mexer em um passado que eu sabia que tinha sido tão doloroso para você. — Nina estendeu a mão para Noah, mas ele deu um passo para trás. — Você não sabe como eu me torturei por causa disso... — Nina começou, e Noah sorriu, mas não foi um sorriso bom.

— Você se *torturou?* Do mesmo jeito que o seu *irmão* — ele cuspiu a palavra como se tivesse um gosto podre em sua boca — me socava, me agredia, jogava coisas em mim, cuspia em mim, me xingava... Acho que as palavras dele ainda são o que mais dói.

— Para! — Nina tampou os ouvidos com as mãos, porque não suportava ouvir a lista dos crimes de Paul, depois fechou os olhos para não ter que ver a expressão horrível no rosto de Noah.

— Ah, desculpe, Nina, eu estou te incomodando? — Noah revidou e, quando Nina se forçou a abrir os olhos, a expressão dele era sombria, resoluta, inflexível. — Ele é um monstro.

— Ele é meu irmão — disse Nina, fragilmente. — Isso não significa que tenha passe livre para fazer o que fez com você, e eu e ele nem éramos próximos na época, aliás a gente mal se tolerava, mas isso faz *anos*. Foi ele a pessoa que eu contei que quase morreu em um acidente, e isso o fez repensar tudo, quem ele era e como se comportava. Agora ele tem a Chloe e as meninas. — As lágrimas ardiam em seus olhos e logo rolariam pelo seu rosto.

Aquilo era para ser diferente. Noah *era* diferente de todos os outros que ela já conhecera. E, na noite passada, ela até imaginara que ele fosse o homem certo, a rara mistura de paixão e permanência. Não, não imaginara, tivera certeza disso, como raramente sentira certeza de qualquer outra coisa.

E agora?

Tudo, eles, o nós que poderiam ter sido, estava reduzido a pó e cinzas, e tudo por culpa dela, mas tinha que haver um jeito de consertar, algo que ela pudesse dizer. Para fazer Noah perceber que o passado não tinha nada a ver com o futuro deles.

— Ele não é a mesma pessoa que era na escola. Ele mudou, e de um jeito bom, e sabe que estava errado. Ele quer a oportunidade de pedir desculpas, de compensar um pouco tudo o que fez com você — disse Nina, as palavras distorcidas pelo soluço que subia de sua garganta.

— Não tem nada que ele possa dizer ou fazer para compensar. Nada — disse Noah, levando a mão à testa. — Você devia ter me contado! Em vez disso, você me enganou. Mentiu para mim. Quantas mentiras! Negou até o simples fato de ter estudado na mesma escola que eu.

— Eu não queria mentir! — Nina gritou. — Como eu ia saber que nós dois íamos acabar tendo alguma coisa? Que eu ia sentir algo por você?

Ela parou, para que Noah pudesse dizer que também tinha sentimentos por ela, mas ele não disse e, a julgar pela expressão sombria de seu rosto, qualquer sentimento que tivesse por ela não seria bom. Ainda assim, ela estava determinada a continuar tentando.

— Eu me senti péssima por não te contar, tão culpada e envergonhada pelo que o Paul fez com você na escola... Foi por isso que eu concordei com aquele primeiro encontro. Porque eu fiquei tão triste por você, e eu queria, de alguma maneira, mesmo que pequena, tentar compensar. — Não foi isso que ela queria dizer, mas ela mal conseguia pensar. Sua cabeça parecia cheia de algodão.

— Você ficou triste por mim?

— Não triste, culpada — Nina corrigiu, como se isso melhorasse as coisas.

Mas não melhorou.

— Então foi um encontro por pena. Nem sequer um encontro de verdade? — Noah indagou, mas ainda não estava gritando com ela, nem xingando, portanto isso devia ser um bom sinal.

— Bom... *sim*. Quer dizer, você não é exatamente o meu tipo, nem eu sou o seu, mas isso foi antes...

— Na verdade, pensando bem agora, é óbvio que você é irmã *dele*. Crueldade, ao que parece, é uma característica da família — disse Noah.

Nina puxou o ar. Foi um golpe baixo, o mais baixo possível, e ela mereceu, o que não significava que fosse recebê-lo calada.

Ela abriu a boca e estava pronta para lembrá-lo de que não tinha sido apenas Paul, de que ele não poderia ser responsabilizado sozinho pelo bullying, mas então se deu conta de como isso soava. Ela estaria diminuindo a dor de Noah, o medo e a aversão que haviam caracterizado sua adolescência, e o fato de que seu irmão tinha sido o mentor da destruição dele.

Não, não havia como amenizar os atos de seu irmão.

— Eu sinto muito — disse ela, tentando fazer essas três palavras terem peso e significarem algo. Noah estava ali sentado, os braços e pernas jogados, a cabeça baixa, parecendo arrasado. — Sair com você por culpa foi antes de te conhecer. E agora...

— Agora eu gostaria de nunca ter te conhecido. Na verdade, acho que eu não te conhecia de fato até ver o rosto do seu irmão no celular. — Noah deu uma risadinha curta e sem humor. — Você ainda é a mesma menina maldosa, como todas as outras daquela escola. As que ficavam rindo enquanto viam o seu irmão me espancar.

— Eu nunca ri. Nem uma vez — Nina protestou, embora o quadro que Noah estava pintando dos seus dias de escola fosse verdadeiro. Ela nunca ria, mas tratava de passar depressa de cabeça baixa. — Não sou maldosa. Eu não sou assim. Fiquei tão feliz de sair de Worcester Park quanto você.

— Todas as evidências indicam o contrário. — O rosto de Noah estava pálido como cinzas. — Acho que é bem maldoso ter mentido para mim esse tempo todo.

— Eu não tive a intenção de mentir para você. Eu não *menti* de verdade, só omiti. Se você tivesse me perguntado se o Paul era meu irmão, eu teria falado a verdade, mas você nunca perguntou — Nina disse e, de novo, não era o que queria dizer, e ela sacudiu a cabeça para tentar dissipar a névoa do lugar onde seu cérebro deveria estar, mas isso só fez tudo doer.

— Então a culpa é minha por não ter um raciocínio lógico mais desenvolvido? Sinceramente, Nina, como você achou que isso ia acabar? — Noah perguntou.

Nina apoiou a ponta dos dedos na testa dolorida.

— Foi *você* que me convidou para sair — ela murmurou.

— Você não precisava aceitar... Ah! Já entendi! — Noah balançou a cabeça. — Era exatamente isto que você queria, não era?

— Como você pode achar que era *isto* que eu queria?

— Como você não parece nem um pouco familiarizada com o conceito de sinceridade, permita-me lhe apresentar algumas verdades. A razão de você querer paixão e drama é porque não sabe fazer um relacionamento real funcionar. Um relacionamento tem a ver com amar alguém, tem a ver com gentileza, com ser altruísta às vezes, e tudo isso são qualidades que você não tem. — Noah lançou essas palavras sobre ela como se fossem dardos envenenados, cada um deles mirando direto seu coração.

Para alguém que insistia que era frio, naquele momento Noah estava sendo mais passional do que Nina jamais o vira, exceto na noite anterior. E, sim, aquele era o drama e a paixão que Nina tanto desejava, só que eram sentimentos destrutivos e devastadores, e de repente ela percebeu que não os queria mais em sua vida.

Porque Noah não estava totalmente errado. Havia algo faltando nela, que ela tentava disfarçar com tinturas de cabelo, tatuagens e estampas de oncinha, mas, por baixo disso tudo, não havia muita substância nem muita profundidade. Ela sabia que podia ser dura e mordaz, mas não se via sendo maldosa. Havia um lado mais doce nela, e agora Noah nunca o veria. Ele nunca a veria como ela realmente era. Nunca veria uma mulher por quem ele poderia se apaixonar.

— Eu sinto muito — ela disse de novo, mas nunca as palavras haviam significado tanto quanto agora.

O olhar de Noah a percorreu rapidamente e com desdém.

— Acho que nem a noite passada pode compensar isso. Nem foi *tão* bom assim — disse ele, enfiando os últimos pregos no caixão do que eles poderiam ter sido. — Arrume suas malas, vamos voltar para Londres. Eu tinha um dia inteiro planejado para nós, mas não agora, não com você.

Então ele se levantou e saiu do quarto, como se não suportasse mais olhar para ela, o que foi bom, porque ela não poderia suportar que ele a visse chorando.

*Ele nunca saberá como eu o amo; e não é por ele ser bonito,
mas por ele ser mais eu mesma do que eu sou.*

A viagem para casa levou cinco longas e incômodas horas, talvez as horas mais incômodas da vida de Nina. Noah tinha dito apenas cinco palavras para ela durante toda a viagem. "Quer parar no próximo posto?", ele lhe perguntara em algum ponto perto de Leicester e, apesar de estar com alguma vontade de ir ao banheiro, Nina lhe disse apenas duas palavras, "Não, obrigada", porque não queria prolongar a agonia. Só precisava aguentar um pouco mais pelo restante do caminho até Londres.

Sua cabeça latejava com todos os pensamentos que lhe abarrotavam a mente.

Sua garganta ardia com todas as palavras que queria dizer.

Nina passava de uma sensação repleta de calor a uma repleta de frio quando pensava na noite anterior, os dois entrelaçados um no outro, depois a trágica manhã seguinte.

Ela se sentia péssima e, pelas linhas tensas no rosto de Noah, quando ela ousava dar uma espiada rápida, ele não se sentia muito melhor.

Mas, por mais horrível que fosse a viagem de volta, Nina sabia que aqueles eram os últimos momentos que passaria com Noah e, embora ele estivesse sentado ao seu lado mudando as marchas muito agressivamente, já sentia saudade dele.

E então, como se não tivesse se passado um instante sequer e ao mesmo tempo tivessem se passado décadas, Noah entrou na Rochester Street.

— Não precisa entrar na praça — disse Nina, em uma voz tão rouca das lágrimas sufocadas e do silêncio forçado que era como se ela fumasse quarenta cigarros por dia. — Você não vai conseguir manobrar o carro.

Noah soltou o cinto de segurança.

— Vou pegar suas malas — ele ofereceu, lacônico.

— Pode deixar, eu pego — Nina falou com fingida animação, puxando as malas do banco de trás e quase decapitando Noah no processo. — Desculpe! E obrigada por ontem. A gente se vê, certo?

Por um segundo, nem mesmo um segundo, seus olhares se encontraram e, de imediato, Nina sentiu a ardência quente das lágrimas. Noah abriu a boca para dizer alguma coisa, mas ela não conseguiria ouvir nem mais um comentário cruel, ainda que merecido, daqueles lábios que a haviam beijado tão docemente. Bateu a porta depressa e correu para a praça, para o santuário que era a Felizes para Sempre, embora fosse difícil correr quando suas pernas pareciam pesadas como sacos de areia.

Era sábado à tarde e o sol brilhava, então a loja estava lotada de clientes. A fila para pagar serpenteava por toda a sala principal, de modo que Nina teve que atravessar pelo meio de uma multidão de amantes de livros para chegar à porta que levava à escada sem ser vista por...

— Nina! O que está fazendo aqui? Eu não esperava te ver antes de segunda-feira — Posy gritou de trás da caixa registradora. — O que aconteceu? Você está com o rosto inchado. Andou chorando? Não me diga que você e o Noah já brigaram. Ah, Nina! Eu não esperava que isso fosse acontecer.

Todas as pessoas que esperavam na fila viraram para olhar para Nina com uma expressão solidária, curiosa, bondosa.

Mas Nina não queria a bondade delas. Se alguém se mostrasse um pouquinho gentil que fosse com ela, começaria a soluçar. Então, deu de ombros.

— Você me conhece, Posy — disse ela, com a voz rouca. — Partir corações dos homens é minha especialidade.

— Pobre Noah — Posy respondeu com tristeza. — O Sebastian vai ficar tão bravo com você.

Sebastian Thorndyke ia lamentar o dia que nasceu se decidisse dar a Nina QUALQUER sermão sobre o que ela havia feito ao pobre Noah.

Verity, que estava embalando os livros e que, pela expressão desolada de seu rosto, obviamente havia sido arrastada para ajudar na loja contra sua vontade, sacudiu a cabeça com ar de lamento.

— Pobre Noah — ela acrescentou sua voz ao coro, depois deu uma rápida avaliada em Nina. — Mas não acho que o Noah é o único que está sofrendo. Você está horrível. Tem certeza que está bem?

Nina não estava bem. Ela achava que nunca mais estaria bem.

— Estou legal — ela garantiu a Verity. — Detesto te revelar isso, Very, mas esta é a minha cara sem maquiagem.

Verity apertou os olhos.

— Já te vi sem maquiagem e você não parecia ter passado uma temporada no inferno como parece agora.

— Você sabe como fazer uma garota se sentir especial — disse Nina, no mesmo tom indiferente que exigia cada grama de capacidade de encenação que ela possuía. — Não sei o que você está fazendo aí no balcão, mas quer que eu assuma agora, Very? Sua pálpebra esquerda está com espasmos.

A pálpebra esquerda de Verity estava de fato com espasmos, o que significava que ela estava a poucos clientes de ter um ataque de nervos.

— Ah, você faria isso? O Tom saiu para almoçar e a Pequena Sophie teve que ir ao supermercado comprar umas coisas para a Mattie.

Era a última coisa que Nina queria fazer: vestir sua cara profissional e ser sociável. Mas a última, a *última* coisa mesmo que queria fazer era subir e ficar sozinha com seus pensamentos confusos e dolorosos.

— Claro, se eu ofereci é porque posso ficar — disse ela, aproximando-se para liberar Verity da obrigação de atender os clientes.

E, pelas três horas seguintes, Nina sorriu e comentou as escolhas de livros das pessoas e agiu como se não tivesse nenhuma preocupação no mundo.

Por fim, eram sete horas. A porta se fechou atrás do último cliente. E então eram sete e meia e o caixa tinha sido fechado, o chão, varrido, os livros espalhados pelas mesas, sofás e balcões estavam de volta às estantes, e Tom, Posy e a Pequena Sophie foram embora.

— Eu vou ficar no Johnny hoje — Verity informou a Nina enquanto subiam a escada para o apartamento. — Sinto muito mesmo pelo seu fim de semana com o Noah ter acabado tão mal. Você tem algum outro plano para esta noite?

Nina tinha falado com Marianne e Claude no começo da semana de ir a uma rave rockabilly em King's Cross, mas o começo da semana estava a milênios de distância.

— Claro que você tem planos — continuou Verity, sem esperar pela confirmação de Nina. — Você, Nina, ficar em casa em um sábado à noite? Seria como os corvos irem embora da Torre de Londres. A Inglaterra afundaria!

Demorou séculos para Verity sair. Primeiro, ela precisou de sua meia hora deitada para desestressar, depois teve que arrumar sua sacola para passar a noite fora, pensar onde ela e Johnny poderiam ir jantar, o que dependia de onde eles poderiam ir para o brunch no dia seguinte, e se Nina queria ir se encontrar com eles, e embora Verity fosse introvertida, meu Deus, como aquela garota falava, Nina pensou, enquanto grunhia qualquer coisa nos pontos em que Verity esperava uma resposta.

Então, finalmente, *finalmente*, Verity estava correndo escada abaixo porque havia se atrasado e, um minuto depois, a porta da loja fechou e Nina ficou sozinha.

Todos aqueles anos, Nina havia passado imaginando como seria realmente amar e agora ela sabia. Era um inferno. Era a pior coisa do mundo. Era muito, muito pior do que qualquer coisa que havia lido em *O morro dos ventos uivantes*. Em comparação com o que ela estava sentindo em uma noite solitária de sábado, Cathy e Heathcliff tinham sido apenas uma dupla de idiotas que precisavam mais é que alguém batesse a cabeça dos dois.

Nina ficou na cama, sem conseguir dormir. Não era nem a dor ou o arrependimento que vinha guardando desde que Noah lhe dissera "Isso não vai dar certo" que a mantinha acordada. Seu tormento era menos emocional e mais físico. Ou ficava com tanto calor que parecia estar queimando viva, com o suor ardendo nos olhos e fazendo-a chutar as cobertas, ou sentia tanto frio que seu corpo repentinamente se agitava com tremores que eram parentes próximos de convulsões, e ela mal tinha energia para puxar o edredom e se enrolar nele.

Na manhã de domingo, a privação de sono era o menor de seus males. Nina tinha uma dor de cabeça de arrebentar os miolos, que só piorava com os acessos de tosse que a faziam se dobrar. Suas pernas estavam pesadas, e chegar da cama à sala, depois à cozinha, foi tão árduo quanto atravessar os pântanos dois dias atrás. Preparar uma xícara de café levou o que restava de suas poucas forças e ela mal teve energia para bebê-lo. Então os tremores recomeçaram e Nina praticamente rastejou até o sofá, porque a sala ficava mais perto que seu quarto.

Depois ela deve ter adormecido, porque foi atormentada por sonhos em que estava perdida nos pântanos. Ouvia a voz de Noah a chamando, mas cada vez que tentava cambalear até ele percebia que era só o vento uivando para ela e que Noah não estava em nenhum lugar ali perto. Ou então o via ao longe, mas quando se aproximava não era Noah, mas um velho tronco retorcido ou uma pedra.

— Onde você está? — Nina gritou no sonho. — Não me deixe. Meu coração está partido.

— O que ela está falando? — perguntou uma voz estridente e conhecida.

— Nunca pensei que um coração partido fosse assim — Nina sussurrou para o vento cruel e implacável.

— Não é coração partido, é gripe — disse a mesma voz e, quando Nina forçou os olhos a se abrirem, havia um rosto olhando de perto para ela, obscurecido em sua maior parte por uma máscara cirúrgica. — Abra a boca!

Nina abriu a boca e teve um termômetro enfiado nela.

— Seus modos de cuidadora são horríveis — disse uma voz vinda da porta, e Nina virou a cabeça, gemendo em volta do termômetro porque seu pescoço doía, até que viu um aglomerado de pessoas ali. Posy, que havia acabado de falar, Verity e, atrás delas, uma figura morena, alta...

— Heathcliff — Nina murmurou.

— Não, não é o Heathcliff, sou eu, a Merry! — E uma mão no queixo de Nina virou sua cabeça para a pessoa que estava de pé junto dela. Nina piscou olhos sonolentos e inchados enquanto fitava Merry, ou Mercy, que era seu nome de batismo, uma das muitas irmãs de Verity. Mercy era pesquisadora médica no hospital universitário nas proximidades e a pessoa a quem elas recorriam sempre que se sentiam mal. — Vamos ver isso. — O termômetro foi arrancado da boca de Nina. — Quase trinta e nove graus. Tem dor no corpo?

— Muito. E fico com calor, depois com frio. Dói tudo — Nina constatou. — Ah, meu Deus, é exatamente como quando a Emily Brontë pegou friagem, depois virou uma tuberculose e ela morreu.

— Não é tuberculose. Já te disse, você está com gripe. Não vai morrer — Merry a tranquilizou. — Embora, na verdade, não se deva descuidar de uma gripe, porque pessoas podem morrer de gripe — ela acrescentou, de forma não tão tranquilizadora.

— Morland, eu te proíbo terminantemente de entrar nesse antro contaminado de doença — ordenou a figura alta e morena na porta da sala, que não era Heathcliff, mas Sebastian Thorndyke. — Não quero saber de você morrendo.

— Pelo amor de Deus, Sebastian — Posy reclamou, dando um ou dois passos cautelosos para trás. — Seria bom se você pensasse antes de falar.

— Bom, é claro que a Garota Tatuada não vai morrer — disse Sebastian, sarcástico. — Você é forte demais para ser derrubada por uma gripe. Mas, para ser sincero, uma dose leve de gripe é como uma sobremesa depois do que você fez com o pobre Noah. Ele tenta fazer cara de valente, mas está *arrasado*.

Nina não achou que fosse possível se sentir ainda mais podre, mas seus visitantes estavam fazendo um bom trabalho para provar que ela tinha se enganado. Lágrimas se formaram no canto de seus olhos. Ela queria perguntar de Noah, saber o que ele tinha dito dela, embora não pudesse ser nada de bom, mas o esforço era excessivo e ela só conseguiu emitir uma tosse fraca que doeu loucamente.

— Pois a Nina também está arrasada e é claro que não vai morrer — Verity declarou com firmeza, mas não se moveu da porta para segurar a mão dela ou enxugar sua testa excessivamente suada. — E eu tenho certeza que as pessoas que morrem de gripe já têm problemas médicos anteriores ou são muito velhas. Acha que ela precisa de um médico, Merry?

— Não tem nada que um médico possa fazer por ela — Merry respondeu, despreocupada e, de uma maneira estranha, era também reconfortante para Nina ter todos falando a seu respeito como se ela não fosse um ser muito presente, quente e suado jogado no sofá. — A gripe é uma virose, então não adianta tomar antibióticos. Só analgésico e antitérmico para baixar a temperatura e muito líquido para não desidratar.

— Pobre Nina — Posy murmurou com carinho, recostada ao batente da porta. — Vamos comprar um estoque de remédios para febre. E arrumar uma canja de galinha em algum lugar para você.

— Que pena que você e o Noah só duraram três encontros — Verity comentou com tristeza. — Eu aposto que ele seria o tipo de namorado bom de se ter por perto durante uma gripe.

— Ele acha que eu sou uma pessoa horrível. — Nina não conseguia levantar a voz acima de um sussurro oscilante. — Porque eu sou. Ninguém nunca vai me amar.

— Ah, Nina! Isso não é verdade! — Posy exclamou. — Todos nós amamos você.

Houve um coro vibrante de concordância de Verity e Mercy, embora Sebastian tivesse protestado que "amar é forçar a barra, principalmente depois que você acabou de partir o coração do Noah... *aiiii*", isso de uma cotovelada que levou de Posy, "mas, de modo geral, eu te acho uma garota bem legal". Então a voz distante de Tom chamou da escada:

— Só eu vou trabalhar aqui hoje? Posy! Tem uma entrega.

— Tudo bem, tudo bem — Posy respondeu, impaciente. — É melhor eu ir. Você também, Very. Mande uma mensagem se precisar de alguma coisa, Nina.

— Melhore logo — Verity disse, com sinceridade, mas já estava indo embora, e Sebastian já tinha ido faz tempo, o que deixou apenas Mercy, que tirou orgulhosamente uma caixinha amassada de analgésico da bolsa.

— Dois destes aqui a cada seis horas. — Franziu a testa. — Você devia tentar comer. Não é bom tomar remédio com o estômago vazio.

Mas Nina não queria comer, o que era uma novidade. Mal conseguia forçar para dentro os copos d'água e os comprimidos que Posy e Verity lhe levavam a intervalos regulares, as duas usando luvas de látex e máscaras cirúrgicas, cortesias de Mercy, para não pegarem gripe também.

Normalmente, Nina até gostava de ter uma pequena indisposição. Podia ficar deitada no sofá vendo seriados e comendo porcarias. Mas aquela era uma grande indisposição e tudo que Nina podia fazer era oscilar entre muito calor e muito frio, em lençóis que estavam começando a ficar um pouco malcheirosos.

Mal dormia e mal ficava acordada, em um estado onírico delirante em que Noah e Heathcliff haviam se fundido em um único ex-amante, distante e desdenhoso.

Nina não sabia nem dizer por quanto tempo estava naquele estado letárgico, porque dia e noite, horas e minutos, haviam parado de ter significado para ela. Mais tarde, descobriu que era quinta-feira de manhã, o quinto dia de seu confinamento, quando acordou com dificuldade e ficou na dúvida se não estaria ainda dormindo, porque aquilo só podia ser um pesadelo.

Olhando para ela com uma expressão aflita, estava sua mãe.

*O tempo trouxe resignação e uma melancolia
mais doce do que a alegria comum.*

— Olha só para você — disse Alison O'Kelly, e Nina se surpreendeu por ela não sacar um espelho para que pudesse ver por si mesma como estava horrorosa. — Não estou surpresa por ter ficado doente se nunca se agasalha direito, e duvido até que se lembre da última vez que comeu cinco porções de frutas, legumes e verduras por dia. — Sua mãe apertou os lábios. — Na verdade, deveriam ser dez porções por dia.

— Pode me matar de uma vez — Nina gemeu e de fato desejou uma morte súbita, porque sua mãe brandia um copo plástico cheio de um virulento suco verde.

— Pare de ser dramática e engula isto — sua mãe disse. — É rico em antioxidantes. E eu trouxe canja também. Eu ia aquecer no seu micro-ondas, mas vou ter que limpá-lo primeiro. Está imundo. Falando nisso, você vai se sentir muito melhor depois que tomar um banho.

— Não tenho energia — insistiu Nina fragilmente, embora, para ser bem sincera, já se sentisse um pouco melhor agora. Alterou mentalmente seu estado de crítico para estável para respondendo ao tratamento. Mas com certeza não queria responder ao tratamento de sua mãe. — Você não devia ficar aqui. Não quero que fique doente.

— Duvido que ainda esteja na fase de transmitir o vírus. Além do mais, na última vez que eu tive gripe, você e o Paul tinham menos de cinco anos, seu pai estava trabalhando de sol a sol, e eu tive que seguir em frente.

Alison se manteve nessa linha durante todo o tempo que levou para Nina engolir o horroroso suco verde, que tinha gosto de água de narguilé.

Então, com pernas trêmulas e principalmente para sair de perto de sua mãe (que agora questionava em voz alta o gosto de Nina em decoração doméstica, bem como um ataque pouco velado às suas escolhas de estilo de vida: "Meu Deus, quantos drinques você bebe para precisar ter um bar em casa?"), Nina chegou até o banheiro. Elas não tinham de fato um chuveiro, mas uma mangueira de borracha encaixada precariamente nas torneiras da banheira. Foi um prazer sentar na banheira e lavar o cabelo pela primeira vez em uma semana. Precisou passar xampu três vezes para remover todo o suor e a sujeira e não teve entusiasmo suficiente para raspar as pernas, que estavam tão eriçadas que, se ela se esfregasse em alguma fibra artificial, era capaz de pegar fogo.

Quando saiu do banheiro vestindo pijamas limpos, um conjunto de cetim preto e rosa de bolinhas, que havia sido presente de Marianne, sua mãe estava de luvas de borracha e com a cabeça enfiada no micro-ondas.

— Nem pense em voltar para a cama — disse Alison, com a voz abafada. — Tirei os lençóis, mas aquele quarto precisa arejar um pouco antes de eu arrumar a cama de novo. Abri as janelas, mas estou pensando em chamar alguém para fazer uma desinfecção.

— O que você está fazendo aqui, mamãe? — Nina perguntou numa voz rouca pelo desuso e pela garganta detonada. — Não é que eu não esteja agradecida — ela acrescentou, o que era uma mentira deslavada.

— Sua amiga Posy me chamou. Falou que você andou delirando ultimamente e ela estava preocupada. — A cabeça de Alison apareceu de dentro do micro-ondas para lançar um olhar magoado a Nina. — Se você tivesse me chamado, eu teria vindo imediatamente. Você sabe que sim.

— Você acabou de me dizer que, quando teve gripe, manteve a calma e seguiu em frente, então, mesmo que eu tivesse ligado, você provavelmente ia me acusar de estar exagerando.

290

Alison bufou como um dragão zangado.

— Certo... — disse ela, assim que conseguiu formar palavras outra vez. — Já está bom aqui. Vá se sentar no sofá que eu vou te levar uma sopa, depois vou embora.

Foi a vez de Nina bufar.

— Mamãe...

— Eu sei quando não sou bem-vinda — disse Alison, com ar de mártir. Sua mãe dizia coisas com ar de mártir desde que Nina podia se lembrar, então isso não a fazia de forma alguma se sentir culpada. Na verdade, mal podia esperar que sua mãe fosse embora. Agora que a gripe havia transitado para um resfriado forte e ela já conseguia andar de um aposento a outro, poderia começar a aproveitar o fato de estar doente. Isso envolvia se instalar no sofá para se empanturrar de Netflix e mandar mensagens para Verity ou Posy sempre que precisasse de mais café ou bolo. Nina desabou com prazer no sofá, porque já estava exausta de tanta atividade.

Ouviu Alison ainda batendo coisas e resmungando baixinho na cozinha. Revirou os olhos e foi então que viu. Ordeiramente pousada ao lado de uma das poltronas estava a malinha de sua mãe, e o coração de Nina afundou até o chão, que, ela admitia, bem que precisava de uma boa passada de aspirador de pó.

— Você quer torradas com a sopa? — Alison perguntou. — Aquela regrinha é comer na febre e não comer no resfriado ou o contrário? Eu nunca lembro.

— Só a sopa está ótimo, obrigada — Nina respondeu, com a voz falhando quando tentou um volume mais alto. Seu coração estava pesado outra vez, agora de culpa e vergonha. Noah realmente a definira bem: ela era completamente desprovida de decência e bondade.

Sentiu-se ainda pior quando sua mãe entrou na sala com a sopa e as torradas, que ela havia cortado em triângulos.

— Você sabe o que eu penso de carboidratos — disse ela, em voz baixa, enquanto pousava a bandeja na mesinha de café. — Mas você precisa se fortalecer.

— Mamãe, sua mala...

— Experimente. Talvez precise de mais tempero — disse Alison, sem se sentar, para poder pegar a sopa de volta assim que Nina desse seu veredicto de que estava meio sem gosto.

A verdade era que cheirava muito bem. O aroma penetrou as narinas entupidas de Nina, ainda que suas papilas gustativas só pudessem dizer que a sopa estava quente e saborosa.

— Está ótima — ela respondeu, com entusiasmo, porque não havia se dado conta de como estava com fome.

Alison sentou na beirada da poltrona e ficou observando enquanto Nina conseguiu comer metade do prato de sopa e dois triângulos de torrada antes de admitir a derrota.

— Não estou com muito apetite — Nina disse, com tristeza. — Isso *nunca* acontece.

— É a melhor coisa de estar doente. — Alison se permitiu um leve sorriso na direção de Nina. — A gente perde peso sem nem tentar.

— Bom, é preferível a ter que ir à academia — comentou Nina e, antes que sua mãe pudesse louvar as virtudes de suas aulas de zumba, ela continuou: — A sua mala... você pretendia dormir aqui esta noite? Por quê?

— Porque você estava doente — Alison explicou. De novo. — Sua amiga Posy não teria me ligado se não fosse sério, e ela disse que sua colega de apartamento... Very, que tipo de nome é esse, Very?

— É um diminutivo para Verity...

— Que ela tinha passado três noites seguidas cuidando de você e a pobre estava exausta.

Nina tinha uma vaga lembrança de um pano fresco e úmido sobre sua testa quente e suada e também de abrir os olhos embaçados depois de um ataque de tosse especialmente feroz e ver uma silhueta obscura de pé ao lado da cama com um copo d'água e um frasco de xarope.

— Andei tão fora de órbita que é difícil saber o que era real e o que era sonho — disse Nina, com um aperto no coração, porque, agora que se sentia melhor, lembrava-se do que havia acontecido com Noah com dolorosa precisão. O que eles haviam tido era real. Sim, tinham sido apenas três encontros, muitos outros momentos passados juntos e uma noite de sexo selvagem e impetuoso (de que Nina ainda se lembraria quando estivesse em seu leito de morte), mas haviam significado para ela mais do que todos os outros encontros, todos os outros relacionamentos, que tinham fracassado. Mais até do que os cinco anos que havia passado com Dan.

Noah se infiltrara nela, encontrara o caminho direto para seu coração e, mesmo tendo ido embora, deixara as coisas que eram dele espalhadas por suas cavidades cardíacas. Seu sorriso, o jeito como dizia o nome dela, o olhar meio indulgente e meio exasperado que lhe lançava quando ela estava sendo travessa...

— Nina! Nina! Você não está ouvindo nada que eu estou falando! — Nina foi forçada a voltar a atenção para sua mãe, que a olhava, desesperada.

— Desculpe, ainda está difícil para mim me concentrar — Nina balbuciou.

— Eu só estava dizendo que essa menina Verity vai passar a noite com o namorado. Parece que ele é arquiteto, e a Posy está com um bilionário da área da tecnologia. Você nunca me contou que ela tinha se casado! — Alison terminou, com um tom ofendido, embora não houvesse nenhuma razão para Nina ter contado a Alison que sua chefe "naquela livraria", pela qual sua mãe jamais havia expressado algum interesse, ia se casar.

— É, foi um romance relâmpago. Pegou todo mundo de surpresa, inclusive a Posy — disse Nina, esperando que sua mãe comentasse com alguma observação negativa ("casamento apressado só leva a arrependimento", parecia uma possibilidade), mas ela estava ocupada demais digerindo a novidade.

— Espero que você não esteja tendo ideias semelhantes com aquele Noah — foi o que ela disse, de forma totalmente inacreditável. — Eu não gostaria de ter *aquela* mulher como parente.

— Do que você está falando? — Nina perguntou e fez uma careta, porque sua dor de cabeça estava de volta com toda a força. Suspeitava de que isso tinha menos a ver com a gripe e tudo a ver com sua mãe, que levantou depressa e pôs a mão fria na testa suada de Nina.

— De volta para a cama — Alison decidiu. — Vou arrumá-la com lençóis limpos agora mesmo. Você devia ter me avisado que estava se sentindo mal outra vez.

Mesmo quando estava sendo gentil, Alison O'Kelly ainda encontrava um jeito de parecer que tudo era culpa de Nina. Mas, dez minutos depois, quando Nina deslizava para dentro de lençóis frescos e limpos, em vez de amassados e úmidos de suor, e Alison esperava com um copo d'água e mais dois comprimidos de ibuprofeno, ela de fato se sentiu aliviada por sua mãe ter vindo.

Devia estar tendo uma recaída, que confundira seu cérebro de novo. Não havia outra explicação para isso, porque Nina não se lembrava da última vez que ficara feliz por ver sua mãe.

❧

Foi o som da porta do apartamento batendo que acordou Nina umas duas horas mais tarde. Ela olhou a hora no celular, que carregava em sua mesinha de cabeceira. Passava das sete da noite. A loja devia estar fechada e Verity certamente já havia subido.

Desta vez, quando Nina saiu da cama, os lençóis não estavam úmidos e suas pernas fizeram um trabalho muito bom de sustentá-la enquanto ela caminhava em direção à sala.

— Very! Eu não sabia que tinha ficado tão doente. Obrigada por ser tão Florence Nightingale comigo — ela gritou. — Eu fui muito chata?

— Muito chata, pelo que ouvi dizer — disse sua mãe, e Nina chegou à porta e confirmou que sim, Alison ainda estava ali. — Tão chata que Verity foi passar a noite na casa do namorado.

— E você ainda está aqui — Nina comentou em uma voz neutra, mas foi o suficiente para sua mãe apertar os lábios.

— Eu posso ir embora... eu já estava indo. Não sou de ficar quando não sou mais bem-vinda — disse ela, com aquele tão conhecido ar de mártir, e não havia nada que Nina quisesse mais do que ver sua mãe ir embora. Então ela ficaria sozinha. Suficientemente bem e lúcida para que todos os seus pensamentos se voltassem para Noah e para como se sentia terrivelmente infeliz agora que não parecia mais estar à beira da morte.

— Você não precisa ir — ela se ouviu dizendo. — Podemos fazer uma noite do pijama.

— Não temos cinco anos, mas eu posso ficar, se você quiser. Seu pai pode se virar sozinho por uma noite.

— Ótimo — disse Nina, tentando parecer animada, mas não tinha certeza se ia conseguir, porque os lábios de Alison se apertaram novamente. — Ainda tem daquela sopa?

Em vez de comerem na sala com o prato no colo como qualquer pessoa normal, Alison arrumou a pequena mesa da cozinha, onde Nina e Verity geralmente largavam a correspondência, as chaves e os livros avulsos. Era realmente pequena demais para duas pessoas se sentarem, em ângulo reto, com joelhos se chocando e cotovelos batendo.

Mais uma vez, Nina mal conseguiu engolir um prato de sopa e um pedaço de torrada. Sua mãe falava em tom de crítica sobre sua vizinha, a sra. Cortes, que tinha mais de noventa anos e havia conhecido um homem mais novo em um baile no centro comunitário local ("Ele tem uns oitenta, no máximo!") e o trouxera para morar com ela, e agora os filhos da sra. Cortes estavam furiosos com o namoradinho da mãe.

Para ser sincera, o assunto era bem interessante.

— Você acha que eles estão transando? — Nina perguntou.

Os olhos de sua mãe se arregalaram.

— Ah, Nina, não! E se ela quebrar o quadril?

— Ou o amante tiver um ataque de ciática em um momento crítico? — Nina sugeriu, e ambas riram.

— Quer saber? Vou limpar as coisas do jantar e depois vou fazer as unhas das suas mãos e dos seus pés, se você quiser — Alison ofereceu. Mas então ela parou e Nina se preparou para um insulto implícito ou algum comentário irônico. — Só que eu não trouxe meu material de manicure.

O alívio deixou Nina um pouco tonta, embora também pudesse ter sido por levantar depressa demais.

— Eu tenho tudo que você pode imaginar para fazer as unhas. Até um hidromassageador de pés! Vem dar uma olhada.

Havia poucas coisas que Nina conseguia fazer certo aos olhos de sua mãe, mas as mãos de Alison se uniram em uma alegria pura e sem palavras quando Nina trouxe para a sala seu carrinho de três prateleiras com artigos de beleza. — Todo o material para unhas está na parte de baixo — disse ela. — Vou pegar o hidromassageador.

— Nada disso — exclamou Alison. — Você está convalescendo. Deixa que eu vou.

Quinze minutos depois, os pés de Nina estavam de molho enquanto as unhas das mãos eram lixadas, e a única crítica que Alison fez foi que, quando entrou no banheiro para pegar o hidromassageador de pés no armário embaixo da pia, não pôde deixar de notar que os azulejos estavam precisando de um rejunte.

Nina mudou rapidamente a conversa para os novos esmaltes em gel que havia escolhido na grande loja de produtos de beleza na Shaftesbury Avenue, e essa era uma coisa que ela e sua mãe ainda tinham em comum. Conversaram sobre as novas paletas de sombras da Chanel, sobre como ninguém havia alertado Alison de que suas pálpebras seriam a primeira coisa a cair com a idade e quanto primer ela precisava usar para fixar a maquiagem dos olhos e se o tratamento de cabelos profissional Olaplex era mesmo tudo aquilo que alardeavam.

Foi uma conversa que nutriu a alma de Nina. E não só porque ela e Alison não haviam trocado uma única palavra agressiva ou comentário sarcástico. Aquela era uma das poucas coisas de que Nina sentia falta do trabalho em um salão: estar cercada de outras mulheres que eram obcecadas por produtos de beleza da mesma maneira que Posy e Verity eram obcecadas por livros.

Nina gostava de livros como a maioria das pessoas. Mais que a maioria das pessoas, na verdade, mas seu amor pela leitura havia se desenvolvido tarde. Não tinha muito como contribuir quando Posy e Verity realmente se entusiasmavam na conversa sobre livros, comentando os títulos das histórias mais amadas da infância, lembrando os textos que estudaram para o vestibular ou como ambas passaram os anos de adolescência lendo Nancy Mitford e os primeiros romances de Jilly Cooper.

Então, poder discutir as vantagens de um hidratante tonalizante em relação a um BB cream ou mesmo um CC cream com sua mãe era, como dizer...

— Isto está sendo ótimo. Nem me lembro da última vez que nos encontramos e conseguimos não brigar.

Nina se xingou por dentro assim que disse essas palavras, porque parecia a garantia de levar a uma briga, mas Alison concordou.

— Eu sei — respondeu ela, docemente, enquanto aplicava uma segunda camada de esmalte vermelho-escuro nas unhas da mão direita de Nina. — Não me entenda mal, Nina, mas às vezes eu acho que você me odeia.

Talvez fosse porque ainda estava fraca da gripe e não tinha energia para uma discussão, mas Nina decidiu não contrair todos os músculos e entrar em modo de combate.

— É claro que eu não te odeio — disse ela, levantando a cabeça para poder olhar sua mãe nos olhos. — Muitas vezes eu acho que é *você* que me odeia.

— Que bobagem — Alison se ofendeu, fechando a tampa do esmalte tão violentamente que Nina se admirou de o frasco não ter estilhaçado. — Eu te amo muito, mas você deixou bem claro o que pensa de mim e da minha vida e que não quer ser parte dela.

— Bom, não, eu não quero a sua vida — disse Nina, com muito cuidado. — Eu quero a minha própria vida. — A irritação venceu. — Mãe, você sabe que, do jeito que me criou, ficava difícil ver que tinha outro tipo de vida lá fora. Que eu tinha opções, escolhas...

Alison apertou os lábios e levantou o queixo.

— Não tem nada errado em querer se casar e ter filhos.

— Não estou dizendo que tenha algo errado em querer essas coisas, mas não aos vinte anos! Eu não tinha feito nada, não tinha estado em lugar nenhum. — Nina sacudiu a cabeça. Ela ainda não tinha feito nada além de pelo menos mil primeiros encontros. Ainda não havia estado em lugar nenhum além de algumas poucas miniférias e alguns fins de semana de despedida de solteira.

— Mas todas as mulheres na nossa família se casam cedo. Têm filhos cedo. É uma tradição — Alison insistiu, embora fosse uma tradição bem boba que já devia ter sido abolida uns cinquenta anos atrás.

Era a hora de Nina confrontar sua mãe.

— Você sabe que a única razão para a vovó e a bisa terem se casado tão cedo foi que elas estavam grávidas, não é? — ela disparou.

— Não! Nina! — Alison sacudiu a cabeça, boquiaberta.

— Claro que é. Você nunca fez as contas? — Nina ficou observando enquanto sua mãe apertava os olhos e fazia as contas.

— Não! Ah, meu Deus!

Nina aproveitou o choque de sua mãe para continuar:

— Eu não *te* rejeitei, mas fiquei brava. Você estava tão decidida a fazer minha vida seguir um determinado caminho, o *seu* caminho, quando eu podia ter continuado estudando, talvez ir para uma universidade. Mas você queria que eu fosse exatamente como você.

— Eu queria você comigo, isso é tão terrível assim? — perguntou Alison, fazendo um agrado no joelho de Nina. — Nós éramos melhores amigas e agora eu sinto que nem te conheço. Você não quer que eu te conheça.

— Ah, mãe, se você conhecesse a Nina real, ficaria horrorizada — ela exclamou, com as palavras de Noah ecoando em sua cabeça como vinha acontecendo desde que ele as lançara sobre ela.

Alison estendeu o braço para afagar o rosto da filha com o dorso da mão.

— Você parece tão triste, querida. Não só hoje. Quando eu te vejo, penso que você não parece tão feliz para alguém que deveria estar vivendo a vida que queria.

— Porque esta não é a vida que eu queria — disse Nina, e estava à beira das lágrimas e decidida a pôr a culpa na gripe ou no carinho do toque tão pouco habitual de sua mãe. — Eu me sinto perdida. Por mais que eu deseje ser livre e corajosa, estou tão presa quanto sempre estive. Minha vida parece tão pequena, tão insignificante.

— Não é insignificante de forma nenhuma! Você tem um emprego interessante com amigas adoráveis e mora no centro de Londres. — Se

Alison continuasse a listar todas as realizações de Nina, não ia demorar muito. — E você é corajosa, Nina. Tem a aparência que quer, vive do jeito que quer e talvez eu não diga isso com muita frequência, mas tenho orgulho de você e a amo muito.

Agora Nina estava chorando descontroladamente.

— Eu também te amo — ela soluçou.

— Ah, bobinha — Alison disse, em uma voz repentinamente rouca, como se as lágrimas pudessem ser contagiosas. — Vem aqui!

Sua mãe era muito ossuda para ser um bom colo, mas, mesmo assim, Nina se aconchegou em seu ombro, de modo que as palavras seguintes de Alison soaram abafadas:

— Eu tenho que te dizer, Nina, que eu sempre tive um pouco de inveja da sua liberdade. E nunca pensei que ia gostar de ter um emprego, mas eu gosto! Eu adoro!

Nina se forçou a se soltar.

— Se você adora ter um emprego, será que consegue sequer imaginar a delícia que vai ser quando se permitir comer carboidratos de novo?

— Isso nunca vai acontecer! — Alison fingiu lhe dar um soquinho. Nina estava começando a pensar se sua verdadeira mãe tinha sido abduzida por alienígenas e substituída por um modelo novo e melhorado. Ou será que ela estava fazendo terapia de reposição hormonal, tomando Prozac ou algum outro remédio que a tivesse feito relaxar como nunca havia relaxado antes?

Mas, então, o sorriso de Alison desapareceu e ela apertou os olhos para Nina. Era um olhar que Nina conhecia muito bem. Um olhar que perguntava: "Como eu pude gerar uma criatura como você?" e não conseguia encontrar uma resposta satisfatória.

— O quê? — Nina indagou, na defensiva. — O que eu fiz *agora*?

— Me diga você — Alison respondeu, sacudindo a cabeça como se tentasse se livrar de uma imagem mental desagradável. — Que *história* é essa de você com aquele menino Harewood?

— O quê? Quem? Como? Quer dizer... eu não sei o que você quer dizer com isso — ela concluiu, ineficazmente.

299

— Tenho anos de prática e sei quando você está mentindo — sua mãe disse, embora Nina estivesse certa de não ter feito careta, ou coçado o nariz, ou dado qualquer outro sinal. — Além disso, o Paul falou que tem certeza que foi o menino Harewood...

— O nome dele é Noah...

— ... que pegou você na festa de aniversário da Ellie — Alison continuou. — E a Posy me contou que você estava saindo com aquele menino Hare... Noah, ou como quer que seja o nome dele, que ele pegou você aqui *para passar a noite fora* e, quando você voltou, os dois estavam arrasados e você estava à beira da morte!

— Ele não me deixou doente. Não foi bem assim — Nina tentou explicar, ainda que uma pequena parte dela acreditasse que provavelmente teria voltado apenas com um resfriado forte se a dor de ter o coração partido não o tivesse feito evoluir para uma gripe violenta. — Nós saímos para fazer uma caminhada por uma região pantanosa e descampada e eu não estava com um casaco impermeável apropriado.

— Quem sai para uma caminhada em uma região pantanosa e descampada? — Alison estava horrorizada. — Sinceramente, que família! Imagino que ele seja vegano como aquela mãe dele.

— Ele não é vegano. E é uma pessoa maravilhosa — disse Nina, começando a chorar outra vez.

*Se você olhasse uma vez para mim com o que sei
que sente por dentro, eu seria seu escravo.*

Na segunda de manhã, Nina decidiu que estava bem o suficiente para sair do apartamento e voltar para o trabalho.

Tinha conseguido devorar um frango com curry enorme na noite anterior, portanto estava obviamente quase curada, embora ainda se sentisse horrível. Mas agora só emocionalmente horrível. Estava de luto pela perda de Noah e também pelo fato de que seu sutiã diminuíra dois números.

— Não, eu não estou usando aquela camiseta cinza horrorosa — Nina já foi anunciando enquanto descia do apartamento, ao ver Posy examinando a correspondência. — Não tenho peitos para preenchê-la no momento. Mas, vendo pelo lado bom, eu não conseguia entrar neste vestido há *anos*.

Nina usava um vestido de crepe preto justo com golas arredondadas em veludo preto, tudo muito sombrio para combinar com seu estado de espírito, embora tentasse parecer animada.

Posy retesou todos os músculos do rosto com ar de susto. Nina parou no terceiro degrau antes do chão e pôs as mãos nos quadris.

— É sério, Posy, cabem *duas* de mim na camiseta da Felizes para Sempre — disse ela, em tom de lamento.

— Não é isso. — Posy levantou os olhos para Nina, ainda parecendo extremamente inquieta. — Eu só acho que você devia estar de repouso. — Ela fez um gesto com as mãos mandando Nina embora. — De volta para a cama agora mesmo.

Nina continuou a descer a escada.

— Eu vou ficar louca lá em cima. Nem queira saber quantos episódios antigos de *Masterchef* eu assisti neste fim de semana.

— Nós podemos muito bem lidar com tudo aqui sem você — Verity interrompeu, aparecendo do escritório. — Eu te falei para não se preocupar em descer para a loja se não se sentisse perfeitamente bem.

— Mas eu me sinto bem, e vocês tiveram muita dificuldade sem mim aqui neste fim de semana — Nina as lembrou, porque sua maratona de episódios de *Masterchef* tinha sido constantemente interrompida por mensagens de texto para lhe perguntar sobre livros que ela havia separado para determinadas clientes, para reclamar que a gaveta da caixa registradora estava emperrando outra vez e qual era o truque especial de dar um soquinho em Bertha, e inúmeras outras perguntas. — Eu não vou carregar peso, mas posso ficar na caixa registradora e lidar com o dinheiro. Não é nada tão complicado, é? Posy! Saia da minha frente!

Nina teve que se espremer para passar por uma Posy imóvel, que parecia estar fazendo o possível para bloquear a passagem dela para a loja.

— Nós não vamos nem abrir esta manhã! — Posy gritou, agarrando a manga do vestido de Nina. — Você pode subir e pôr os pés para cima.

— Posy! Não amasse meu vestido vintage — Nina disse, brava. Nunca havia tido tanto trabalho para conseguir *trabalhar*. — Por que a loja não vai abrir esta manhã? Estão fazendo inventário de estoque? Por quê? Nós nunca fizemos isso, então por que se incomodar agora?

— Não é inventário de estoque — disse Verity. — É, hum, uma reunião de funcionários.

— Cala a boca! — Posy sibilou e, se Nina fosse um cachorro, teria ficado com os pelos das costas em pé. Como não era, um pequeno arrepio percorreu sua espinha.

— Uma reunião de funcionários? — ela perguntou, desconfiada. — Uma reunião de funcionários para a qual eu não fui convidada? Ah, meu Deus, vocês vão conversar sobre me demitir!

— Quem vai te demitir? Isso seria loucura. Ninguém sabia como nada funcionava na loja enquanto você esteve doente. — Foi a vez de Tom aparecer do escritório. — Vamos começar de uma vez? O Noah já está aqui e eu terminei meu panini, então podemos ir logo em frente com isso.

À menção de Noah, o estômago de Nina revirou tão violentamente que, por um momento, ela imaginou se estaria tendo uma recaída e também se o frango com curry da noite anterior estaria prestes a fazer uma apresentação extra.

— Noah... — Nina ecoou, trêmula, levando uma das mãos ao coração, que tinha começado a bater erraticamente, embora a ideia fosse que ele ficasse fora de serviço por tempo indeterminado. Durante o período em que ficara doente, Nina havia percebido que o amor trágico e apaixonado que sempre desejara não era tudo aquilo que parecia. Na realidade, era exaustivo (como todos já a haviam alertado) e, para completar, destruía a alma e partia o coração. E de que servia um coração que não funcionava?

Mais que isso, a ausência de Noah doía, e ela havia repetido em sua mente cada sorriso, cada coisa gentil, doce e engraçada que ele lhe dissera, cada beijo, até que as lembranças foram se diluindo. Mas a lembrança da briga que tiveram, de como Noah arrancara a máscara que ela usava para expor a garota triste e maldosa que estava por trás, ainda era muito viva. No entanto, ali estava ele, a apenas alguns metros de distância, quando Nina já estava meio atormentada e meio confortada pela ideia de que nunca mais o veria.

— É, o Noah — Posy sussurrou. — Por que você acha que eu estava tentando te convencer a subir de novo? Além disso, eu tinha avisado para ele que você não ia estar presente.

— Ele não quer me ver? — Nina perguntou, magoada. Ela não podia culpar Noah por nunca mais querer pôr os olhos nela, o que não queria dizer que tivesse que ficar contente com isso.

— Ele não falou que *não queria* te ver, mas tem andado muito *triste* desde que voltou daquela viagem desastrosa. — Posy encolheu os ombros, desanimada. — E, por falar nisso, agora que você está se sentindo melhor, o que foi que aconteceu com você e o Noah? Ele está de um jeito que parece que o mundo dele desmoronou.

— O que aconteceu é entre mim e o Noah — disse Nina, porque já estava com vergonha suficiente de seu comportamento sem ter Posy também pegando no seu pé.

Não, ela não ia se esconder. Ia enfrentar em alto estilo, por isso passou por Posy de nariz empinado e entrou na loja com uma expressão altiva. O coração de Noah não era problema dela, porque ela era uma garota malvada que devorava homens no café da manhã. Mas, de repente, ela parou.

Noah estava de pé ao lado da escada deslizante, com a atenção fixa na tela do iPad. Usava o mesmo terno azul-marinho de seu primeiro dia na Felizes para Sempre, com uma camisa branca e gravata azul-marinho. Parecia tão empresarial, tão elegante, até o topete rebelde de seu cabelo que nunca ficava abaixado tinha sido domesticado, que Nina se perguntou o que ele teria visto nela.

Então Noah levantou a cabeça, viu que Nina olhava para ele, e seu rosto pareceu se contrair, as sobrancelhas se uniram, a boca se franziu em um formato estranho, o corpo se retraiu, como se a visão dela fosse uma surpresa muito inesperada e desagradável.

A vontade de Nina era implorar perdão, mas, em vez disso, encontrou uma reserva de força bem lá no fundo de si e se jogou em um dos sofás com o que esperava ser uma graça indiferente.

— Ah, oi, Noah — ela gorjeou, como se o fato de eles se verem de novo não fosse absolutamente nada de importante.

Noah murmurou algo que poderia ter sido um "Oi". Ou com a mesma facilidade ter sido algo como "Eu te odeio", mas então Posy entrou, apressada, com Verity na retaguarda.

— Muito bem, vamos manter isto civilizado e puramente profissional, não vamos? — Posy perguntou, ansiosa, enquanto se sentava no braço do sofá onde Nina se recostava, determinada.

— Claro — Nina respondeu com pouco caso, ainda que, na verdade, não soubesse o que Noah estava fazendo ali, todo alinhado e com cara de que preferia estar em qualquer outro lugar, mesmo que envolvesse tortura.

— Isto é estritamente profissional — disse Noah, com mau humor, e Nina havia sentido saudade de sua voz mal-humorada, mas disfarçou, revirando os olhos para Tom, que estava sentado no sofá da frente e respondeu a Nina com um de seus olhares desaprovadores.

— Vamos acabar logo com isso — Tom disse para Nina só movendo os lábios, enquanto Verity perguntava a Noah se ele precisava de "um flipchart? Flipcharts foram muito úteis para nós no passado".

— Não preciso de um flipchart — Noah declarou, muito sério. — Depois vou enviar meu relatório para vocês em seus novos endereços de e--mail da Felizes para Sempre, que são parte da nova rede digital da livraria. Também criei para vocês uma conta da loja no WhatsUpp. É muito mais eficiente do que notas em post-it e anotações no verso de envelopes.

Posy resmungou baixinho.

— Notas em post-it são muito eficientes.

— Sim, mas um e-mail e uma conta de WhatsUpp para o grupo são *mais* eficientes — disse Noah, e ele estava em modo adulto sério total naquela manhã, sem disposição para aturar nenhuma bobagem. Mais ou menos como quando enfrentou aquele Peter horroroso na Ye Olde Medieval Laser Tag, Nina lembrou, com relutante carinho, enquanto Noah fazia um breve discurso sobre como havia sido interessante passar um tempo na Felizes para Sempre. Ele também informou que tinha muitas sugestões para poderem trabalhar com mais inteligência e aumentar as vendas.

— São só sugestões — ele concluiu, com um pequeno sorriso que não alcançou os olhos. — Por exemplo, vocês teriam um fluxo muito melhor na loja se derrubassem...

— Não! Pode ir parando por aí — Posy gritou, pulando do sofá para formar um escudo humano na frente das estantes de lançamentos, como se desconfiasse de que Noah tinha uma escavadeira esperando na praça.

— Não vou derrubar nada. Ponto-final.

— Eu desconfiava disso, mas você tem que concordar que não podem continuar com apenas uma caixa registradora, especialmente uma que precisa levar um soco a cada dez minutos — Noah prosseguiu.

— Você *tem* que concordar, Posy — Verity interveio. — Quando a loja está realmente cheia e a Bertha tem uma crise, a fila acaba se estendendo até a porta e os demais clientes não conseguem nem entrar.

— Mas a Bertha está aqui desde sempre! — Posy exclamou. Nina e Tom trocaram olhares. Era difícil entender por que Posy concordara em chamar Noah para analisar sua livraria se teria um chilique a cada uma de suas sugestões.

— E é por isso que vocês podem manter a Bertha para transações em dinheiro, embora ela realmente precise passar por uma manutenção, e podem receber pagamentos com cartão, por PayPal ou Apple Pay na própria loja, se você der iPads para os funcionários — disse Noah, calmamente, como se estivesse mais seguro de si agora que tudo era estritamente profissional. — Depois podem enviar o recibo para os clientes por e-mail e acrescentá-los à mala direta ao mesmo tempo.

— Mas... e pôr os livros nas sacolas... os marcadores de livros de brinde... — Posy gemeu.

— Todas as novas estantes de artigos para presente têm gavetas. A gente pode guardar sacolas e marcadores de livros nelas — Tom sugeriu com uma voz cansada, como se aquilo fosse entediante demais para pôr em palavras.

Mas não era entediante. Não exatamente.

— Nós vamos mesmo receber iPads? — Nina perguntou, e todos lhe lançaram olhares zangados pela interrupção. Todos, mas especialmente Noah. O olhar dele foi como a mais afiada das facas cortando Nina até os ossos.

— Quando vocês se tornarem mais digitais, fazer encomendas, inventário do estoque ou mesmo a contabilidade será muito mais fácil. A Posy e a Verity vão ficar mais livres para trabalhar com promoções e eventos, como vocês pretendiam quando estavam planejando a reinauguração.

Nina não pôde deixar de se sentir menosprezada, porque não era ela que vivia insistindo com Posy para fazerem mais eventos? Aí chega Noah com seus ternos azul-marinho e suas análises de negócios, e agora Posy balançava a cabeça com entusiasmo, e até Verity não parecia alarmada pela perspectiva de ter que sair do escritório dos fundos de vez em quando.

Nina suspirou e olhou para Tom em busca de solidariedade, mas Noah chegara agora à parte dele de seu relatório, e Tom estava muito atento a cada palavra. Grande coisa. Todos sabiam que Tom era uma das principais razões de terem tantas clientes assíduas de uma certa idade.

— Então, o Tom vai assumir a conta da livraria no Twitter a partir de hoje — declarou Noah. *O quê?!*

Era difícil de não levantar protestando diante de toda aquela injustiça. Nina não havia assumido o controle das redes sociais da loja? Aumentado seu número de seguidores no Instagram? Pedido repetidamente a Sam para lhe mostrar como atualizar o site da livraria? Sim! E agora o Tom ia tirar o Twitter dela só porque, aparentemente, tinha postado alguns tuítes divertidos enquanto ela estava acamada no quarto, flutuando entre a vida e a morte?

— Judas — ela balbuciou para Tom, que encolheu os ombros. — Eu te odeio.

— E agora chegamos à Nina — Noah disse, baixando a voz. E ela vinha tentando não olhar para Noah, mas agora ele tinha toda a sua atenção. Era difícil de acreditar que aquele homem frio e distante em um terno azul-marinho feito sob medida a havia segurado nos braços enquanto ela dormia. — Por onde posso começar? Talvez por sua falta de limites profissionais.

Parecia que todos os receios de Nina quanto ao que Noah digitava em seu iPad eram inteiramente justificados. Ele anotou cada uma das vezes em que ela havia reclamado com Posy e Verity, ou falado da vida sexual delas ou da sua própria, lido em voz alta partes picantes de livros quando havia uma fila esperando para pagar, comido enquanto manuseava livros ou atendia clientes. A lista era infindável.

Obviamente, Nina era parcial em seu próprio favor, mas até ela mesma se teria demitido. Era uma funcionária *terrível.*

Nina esperava que ele estivesse chegando ao fim da longa lista de suas falhas morais e profissionais. Então poderiam avançar rapidamente para a parte em que Posy a demitia e Nina subia para tirar suas coisas do apartamento. Porque ser demitida significava ficar sem ter onde morar também. Ela nunca imaginara que ele fosse se vingar dessa maneira tão mesquinha.

— E ela se comporta assim porque... se sente entediada — disse Noah.

— Vocês não aproveitam bem os talentos dela. Ela assume para si a tarefa de criar as vitrines mais incríveis — Noah continuou, e Nina olhou em volta para ver se ele estaria falando de alguma outra Nina, porque não podia estar falando dela. — É tão criativa que desenhou ela mesma o logotipo da Felizes para Sempre, mas disse a vocês que tinha sido seu amigo Claude, porque achou que vocês não levariam o desenho a sério se soubessem que era trabalho dela.

— Nina! — Posy exclamou, parecendo muito mais brava do que quando Noah estava exaltando as virtudes de abrir espaço na loja. — Por que você não contou isso para a gente?

Precisamente pela razão que Noah havia dito. E Nina não contara nem a Noah sobre o logotipo; a única pessoa que poderia ter lhe contado era Marianne, quando os dois ficaram sozinhos enquanto Nina era tatuada.

— Ah, nunca apareceu um momento certo — Nina disse baixinho.

— E vejam o que Nina fez com o Instagram da livraria. — Noah levantou seu iPad. — Acrescentou dois mil seguidores em menos de duas semanas. Paguem um curso para ela desenvolver suas habilidades, aprender a codificar e usar plataformas de sites, e ela pode assumir toda a responsabilidade pelo site da Felizes para Sempre. Vocês precisam mesmo começar a dar mais atenção ao fluxo de receitas pela internet.

Uma vez mais, Nina nem sabia direito para onde olhar. Como Noah podia estar dizendo aquelas coisas sobre ela se a odiava, e com bons motivos?

— Espera aí, então você está dizendo que a Nina não deveria mais trabalhar dentro da livraria porque ela se comporta de maneira completamente não profissional? — Verity indagou. — Não! Isso não dá certo. A Felizes para Sempre seria muito chata sem a Nina. Não me leve a mal, Posy.

— De modo algum — disse Posy. Ela estava encostada no balcão, mas agora veio depressa até o sofá de Nina. — Um dia sem a Nina fazendo comentários pessoais totalmente inaceitáveis é como um dia sem sol.

— Eu não conseguiria aguentar um dia inteiro de trabalho sem ela para dar um pouco de alívio e me salvar de algumas das clientes mais assanhadas — Tom acrescentou. — Você não pode deixar a Nina escondida no escritório fazendo esse trabalho tecnológico sem graça.

Todo aquele apoio foi muito inesperado, e Nina sentiu a ardência característica em seus canais lacrimais, porque tinha sido pega de surpresa, ainda estava se recuperando da gripe e seus colegas de trabalho a amavam. Eles realmente a amavam. E Noah...

— Eu concordo. A loja viraria um caos sem a Nina — disse ele, e agora Nina notou que seu rosto não vestia mais a máscara fria e contraída. Ele estava olhando para ela agora, mas desviou o olhar rapidamente, como se não tivesse coragem de fitá-la por mais que alguns segundos. — A Nina conhece o texto da contracapa de quase todos os livros da loja, além de saber as preferências de leitura de todas as clientes mais fiéis. É a única pessoa que sabe exatamente onde dar um soquinho na Bertha quando ela se comporta mal e consegue cativar de tal maneira uma fila de clientes que esperam para pagar que eles acabam se desculpando por terem ficado de mau humor. A Nina é o coração e a alma da Felizes para Sempre.

— Ah — disse Nina. Sem saber mais o que dizer, então só repetiu: — Ah...

— Eu sei disso porque é meu trabalho analisar negócios — disse Noah, piscando. Depois deixou o iPad na prateleira atrás de si. Houve um silêncio, expectante, quase grávido de promessas. Noah sorriu. Foi um sorriso cansado, frágil, que combinava com o coração cansado e frágil de Nina. — É meu trabalho, entende, encontrar soluções para problemas, e eu percebi que te amar só é um problema se eu fizer com que seja.

— O quê? — disse Posy. — Do que ele está falando?

— Cala a boca — Verity sibilou para ela.

— Você não tem ideia de quantas vezes eu tomei a decisão de te contar sobre o Paul — disse Nina, com uma súbita sensação na garganta de ter engolido um elefante. Só dizer o nome de seu irmão já era como abrir um rombo na doce alegria que a invadira quando Noah disse que a amava. — Mas, quando nós estávamos juntos, era tão especial que eu não queria fazer nada que pudesse quebrar o encanto. Então, quanto mais tempo eu mantinha o segredo, mas difícil ficava te contar, porque eu sabia que quando a verdade aparecesse isso ia estragar tudo. Eu lidei de uma maneira péssima com a situação, mas não foi por mal. Acredite em mim.

— Eu acredito em você — disse Noah, e com certeza não estaria olhando para ela daquele jeito, doce e terno, se ainda pensasse que ela era uma bruxa cruel e maldosa.

— E eu juro que o Paul está realmente arrependido, está se sentindo mal mesmo pelo que fez com você na escola.

— Bom, isso já é alguma coisa. Olha, eu não posso imaginar seu irmão sendo o meu melhor amigo, mas não vou conseguir superar o passado se não me livrar do ressentimento — explicou Noah. — Tem pais que conseguem perdoar os assassinos dos seus filhos, mesmo quando eles não demonstram nenhum remorso. E não é como se o Paul tivesse matado alguém, não é?

— Não mesmo e, falando sério, se você souber aproveitar, vai ter serviços de encanador grátis pelo resto da vida — respondeu Nina, depois ficou séria. — Mas eu não espero que você aja como se nada nunca tivesse acontecido entre vocês, porque aconteceu e é importante que isso não seja esquecido. Eu só peço que o deixe sair com você para um único drinque horrivelmente constrangedor, para ele poder te pedir desculpas pessoalmente.

Noah concordou com a cabeça.

— Eu posso fazer isso — ele assentiu, e seu rosto, que havia relaxado, ficou tenso outra vez. — Eu não falei sério quando disse que você era incapaz de amar.

— Mas você tinha razão em certo sentido — declarou ela, com um soluço. — Acho que sempre tive medo de me apaixonar porque tinha medo de ficar presa de novo, mas, quando eu estou com você, eu não me sinto presa. — Nina se inclinou para a frente. — Depois que você descobriu o que eu tinha feito, toda a enganação, toda a mentira pela qual eu, de novo, sinto muito mesmo, eu me convenci de que você me odiava. E a pior coisa era que eu não podia te culpar por me odiar. Eu também me odiei! Se eu tivesse imaginado que poderia te fazer mudar de ideia, eu teria dado tudo de mim para isso. Aliás, o que fez você mudar de ideia?

— Eu não gosto de usar clichês, mas, pelo amor de Deus, já estou enjoado de segurar vela para vocês dois — resmungou Tom, embora ninguém estivesse pedindo para ele ficar ali, assistindo.

— Cala a boca! — Posy e Verity protestaram em uníssono, mas Nina mal os ouviu, pois só tinha olhos e ouvidos para Noah, que deu um passo à frente.

— Bom, eu passei uma semana lendo todas as muitas, muitas anotações que tinha escrito sobre você, e eu percebi que você fez as duas semanas que eu levei analisando a Felizes para Sempre serem as duas semanas mais gostosas da minha carreira. Então, embora eu estivesse muito bravo com você, comecei a sentir sua falta. — Noah soltou o ar com força.

— Eu também senti sua falta — Nina admitiu. — Senti tanta falta que chegava a doer.

— Você me fez perceber que eu não sou exatamente o rei da compartimentalização. Na verdade, desde que nos conhecemos, eu não parei de pensar em você, estava sempre ansioso para ficarmos juntos e, de repente, tive que passar nove dias sem você. Sabendo que você estava com uma gripe terrível e que foi tudo minha culpa, porque eu te arrastei para uma marcha forçada por um pântano completamente descampado. — Os olhos de Noah nunca estiveram tão verdes e profundos. — Pode-se morrer de gripe.

— Mas a culpa foi minha por não ter levado um casaco adequado. — Essa era uma frase que Nina nunca imaginara que fosse pronunciar. — O tempo todo eu sempre quis paixão e drama e um amor que não conhecesse limites, mas isso não era real. Cathy e Heathcliff não são reais. Mas nós somos, nós *éramos* reais.

— E poderíamos ser outra vez, não poderíamos? — Noah perguntou, com a esperança pondo cor em suas faces e hesitação em sua voz.

Nas últimas semanas, Nina tivera muito tempo para refletir sobre como lhe faltava coragem. Não havia feito tirolesa ou caiaque. Não conseguia subir mais de três degraus na escada alta da prateleira sem que houvesse alguém de pé embaixo para segurá-la, se ela caísse. Podia querer aventura, mas havia evidências em abundância sugerindo que ela era alérgica a adrenalina. E, por mais que dissesse desejar um *coup de foudre*, um amor à primeira vista, havia saído com um monte de caras nada a ver, na segurança de saber que nenhum deles jamais conquistaria seu coração.

Ela era uma covarde.

— Nina... — Noah hesitou e deu um passo para trás. — Você acha que a gente podia começar de novo?

— Não, eu não quero começar de novo.

Houve uma puxada de ar simultânea entre todos os presentes, agora em estado de choque.

— Cruel — Posy murmurou. — Muito cruel.

— Tudo bem — disse Noah. Ele se virou, como se não suportasse olhar para ela, e pegou o iPad. — Bom, pelo menos eu sei qual é a minha posição agora.

Não, Nina jamais ia pular de aviões ou se lançar de pontes amarrada em uma corda elástica. E jamais sairia para outra caminhada através de uma região pantanosa, porque ela não tinha esse tipo de coragem.

Seu tipo de coragem era outro.

— Eu não quero começar de novo...

Noah fechou os olhos.

— Você já disse isso.

— ... Eu quero retomar de onde a gente parou — concluiu Nina, se levantando, e os oito passos que deu até Noah foram os mais corajosos que alguém já tinha dado, mesmo aquelas pessoas que gostavam de andar sobre carvões em brasa. — Seja do que for que nossas almas são feitas, a sua e a minha são iguais.

Então ela o beijou, ou talvez Noah a tenha beijado. O que importava era que estavam se beijando, e os braços de Nina não doíam mais, porque o estavam abraçando, e seus lábios não estavam mais entorpecidos,

porque a boca de Noah os trouxera de volta à vida. E o coração de Nina...
Ah, seu coração! Não estava mais partido e vazio, mas repleto de amor.

Por fim, quando a falta de oxigênio começou a se tornar um problema, eles se afastaram com o som de aplausos de Posy e Verity, e Tom dizendo, com um jeito escandalizado: "Vou registrar você no livro de assédio sexual, Nina, por demonstração pública e ostensiva de afeto".

— Isso foi tão romântico — disse Posy, extasiada.

— E eu adorei quando você citou *O morro dos ventos uivantes* — acrescentou Verity, se levantando. — E então, terminamos aqui? Porque já passa das onze e precisamos abrir a livraria.

— Estou totalmente pronta — declarou Nina, oscilando um pouco, mas Noah nem notou, porque já havia se virado para pegar seu precioso iPad outra vez.

— Quase — disse ele, olhando para a tela, e Nina não sabia como podia passar tão rápido de querer beijá-lo para querer bater nele. — Só mais uma sugestão. Ou, na verdade, é mais uma ordem, Posy. Você vai ter que dar uma licença de seis meses para a Nina a partir de maio, porque nós vamos fazer uma road trip pelos Estados Unidos.

Foi perfeito, incluindo a cara de espanto de Posy. Só era preciso mais um ato de coragem de Nina.

Ela pegou o iPad das mãos de Noah. Seu impulso era atirá-lo a uma grande distância, mas apenas o colocou com cuidado na superfície plana mais próxima. Então respirou fundo, segurou as mãos de Noah, e seu coração estava batendo muito forte, mas, quando olhou para ele e viu a expressão terna em seu rosto que ela havia pensado que nunca tornaria a ver, não precisou mais de coragem. Era, de fato, a coisa mais fácil do mundo.

— Eu te amo de verdade — disse Nina. — E, quando eu entro em algo, entro de cabeça. Isso vai ser um problema?

— Se isso for um problema, não quero encontrar uma solução para ele — Noah respondeu, tomando-a nos braços outra vez.

Verity já havia virado a plaquinha da loja para "Aberto" e as primeiras clientes começavam a entrar. Posy murmurava algo sobre a citada ameaça de "derrubar", como se isso fosse algo que ela não superaria rapidamente, Tom contornou Nina e Noah, fazendo *tsc tsc* ruidosamente, e Verity se perguntava em voz alta se alguém por acaso estaria planejando trabalhar pelo menos um pouco naquela manhã.

Mas nem Nina nem Noah se importaram. Eles só tinham olhos um para o outro.

— Vamos acabar fazendo uma tatuagem igual, não é? — Noah perguntou, com uma voz bem-humorada, mas resignada, entre beijos. — Alguma citação apropriada de *O morro dos ventos uivantes*?

— Pode contar com isso — Nina lhe garantiu. — Já estou com três ideias na cabeça. Mas você tem que ter certeza. Tatuagens são para sempre.

— Para sempre ainda é pouco para mim — disse Noah e, embora os três colegas de Nina agora estivessem resmungando para ela começar a trabalhar, ela os ignorou e, erguendo-se na ponta dos pés, pressionou os lábios apaixonadamente nos de Noah.

Afinal, que lugar poderia ser melhor para jurar amor eterno que numa livraria chamada Felizes para Sempre?

AGRADECIMENTOS

Agradeço à minha maravilhosa agente, Rebecca Ritchie, embora a palavra "maravilhosa" não seja suficiente para lhe fazer justiça, e a Helen Ferry, Jennifer Custer e todos na AM Heath.

Também muitos abraços ligeiramente desajeitados em Martha Ashby, minha editora, por sempre saber o que estou tentando fazer com um livro, mesmo que eu própria não tenha percebido, e obrigada a Jaime Frost, Emma Pickard e toda a equipe da Harper Collins.

TORNE-SE UMA RAINHA VINTAGE

Imite o look retrô glamoroso de Nina com estes cinco websites.

www.collectif.co.uk
Moda de inspiração vintage, de perfeitos vestidinhos pretos a cardigãs com estampa de leopardo e todas as coisas glamorosas de Hollywood.

www.freddiesofpinewood.co.uk
Fornecedores de denim e roupas informais estilo vintage e o lugar onde Nina comprou sua jardineira Land Girl.

www.scarletragevintage.com
Há muitos lugares online para comprar roupas vintage de boa qualidade (e de não tão boa qualidade), mas meu favorito é a Scarlet Rage, com moda vintage das décadas de 20 a 60, de excelentes fornecedores.

www.rocketoriginals.co.uk
Embora Nina prefira seus sapatos com saltos vertiginosamente altos, outras garotas vintage vão à Rocket Original para comprar sapatos reproduzidos de autênticos modelos antigos, incluindo sapatos Oxford e as mais incríveis sandálias de plataforma que você já viu.

www.whatkatiedid.com

Até mesmo a mais dedicada compradora de moda vintage pode sentir resistência a comprar roupas íntimas de segunda mão, mas não há necessidade disso graças à What Katie Did e suas belas lingeries e meias de inspiração vintage. De sutiãs em cone a meias com risca atrás, eles têm de tudo.

HERÓIS ROMÂNTICOS TÓXICOS

Apaixonantes nas páginas dos livros, mas você os bloquearia na vida real...

1. **Heathcliff, de** *O morro dos ventos uivantes*
   Sim, ele faz o tipo meditativo como ninguém, mas é o homem emocionalmente manipulador que levaria suas amigas a convocar uma reunião de aconselhamento.

2. **Darcy, de** *Orgulho e preconceito*
   "Permita-me que lhe diga com quanto ardor eu a admiro e a amo...". Tudo bem, tudo bem, agora cai fora, sr. Arrogância.

3. **Rupert Campbell-Black, de** *Riders*
   Meio que perde seu charme insolente quando você faz uma busca no Google e descobre a inspiração da vida real para o sedutor extraordinariamente politicamente incorreto de Jilly Cooper. (Pesquise por sua conta e risco!)

4. **Mr. Rochester, de** *Jane Eyre*
   Leitor, eu não me casei com ele, porque, vixe, o cara era muito problemático.

5. James Bond
Na vida real, o superagente secreto seria denunciado por assédio sexual mais depressa do que poderia preparar um martíni.

Impresso no Brasil pelo Sistema Cameron da Divisão Gráfica da
DISTRIBUIDORA RECORD DE SERVIÇOS DE IMPRENSA S.A.